フランス白粉の秘密

エラリー・クイーン
越前敏弥・下村純子＝訳

角川文庫
17735

THE FRENCH POWDER MYSTERY
1930
by Ellery Queen
Translated by Toshiya Echizen and Junko Shimomura
Published in Japan
by Kadokawa Shoten Publishing Co., Ltd.

目次

第四話

《主な登場人物》

サイラス・フレンチ　フレンチ百貨店の社長
ウィニフレッド・マーチバンクス・フレンチ　サイラスの妻
マリオン・フレンチ　サイラスの娘
バーニス・カーモディー　ウィニフレッドと前夫の娘
ヴィンセント・カーモディー　ウィニフレッドの前夫
ジョン・グレイ　百貨店の取締役
ヒューバート・マーチバンクス　百貨店の取締役
A・メルヴィル・トラスク　百貨店の取締役
コーネリアス・ゾーン　百貨店の取締役
ソフィア・ゾーン　コーネリアスの妻
ウェストリー・ウィーヴァー　サイラスの秘書
ポール・ラヴリー　デザイナー
アーノルド・マッケンジー　百貨店の支配人
ウィリアム・クラウザー　百貨店の専属探偵

ダイアナ・ジョンソン　百貨店の店員
ジェイムズ・スプリンガー　百貨店の書籍売り場の主任
ピーター・オフレアティ　百貨店の夜間警備主任
ホーテンス・アンダーヒル　フレンチ家の家政婦
ドリス・キートン　バーニスつきの女中
スコット・ウェルズ　警察委員長
サルヴァトーレ・フィオレッリ　麻薬捜査課課長
サミュエル・プラウティ医師　検死官補
ヘンリー・サンプソン　地方検事
ティモシー・クローニン　地方検事補
トマス・ヴェリー　部長刑事
ヘイグストローム、ヘス、フリント、リッター、ジョンソン、ピゴット　刑事
ジューナ　クィーン家の召使
リチャード・クイーン　警視
エラリー・クイーン　リチャードの息子。推理作家

フランス白粉の秘密

——ある推理の問題

おもな登場人物――フレンチ事件の捜査の過程で出会う人々*

著者覚書

読者諸氏のために、「フランス白粉の秘密」事件の関係者一覧をここに記す。本文に挑む前に、読者は労を惜しまず、この一覧に入念に目を通し、それぞれの名前をしっかり心に刻みこんでもらいたい……。さらには、本文を読むあいだも、このページをたびたび参照するとよいだろう……。探偵小説に没頭する最も痛切な喜びは、読者と著者の知力の戦いから生じることをお忘れなく。すべての登場人物に細心の注意を払うことがこのきわめて望ましい結果に達するひとつの術であることが多い。

エラリー・クイーン

ウィニフレッド・マーチバンクス・フレンチ　安らかに眠れ《レクイエスカト・イン・パーセ》。彼女の死の陰にはいかなる罪悪の巣がひそむのか？

バーニス・カーモディー　不運の子。

サイラス・フレンチ　アメリカ人そのもの——豪商にして清教徒並みに潔癖。

マリオン・フレンチ　もの柔らかなシンデレラ？

ウェストリー・ウィーヴァー　秘書にして、恋する男——著者の友人でもある。

ヴィンセント・カーモディー　陰鬱で不幸そうな男《ロム・ソンブル・エ・マルルー》。古美術商。

ジョン・グレイ　取締役。ブックエンドの贈り主。

ヒューバート・マーチバンクス　取締役。故フレンチ夫人の兄で、熊のような男。

A・メルヴィル・トラスク　取締役。追従者で、名家の面汚し。

コーネリアス・ゾーン　取締役。アントワープ出身の大富豪、太鼓腹、不満の固まり。

コーネリアス・ゾーン夫人　ゾーンのメドゥーサのように恐ろしい妻。

ポール・ラヴリー　まぎれもないフランス人。現代的装飾芸術の先駆者。美術分野における専門研究書の著作が複数あり、『ファイアンス陶器の技法』（モンセラ社、パリ、一九一三年）が名高い。

アーノルド・マッケンジー　フレンチ百貨店の支配人。スコットランド系。

ウィリアム・クラウザー　フレンチ百貨店に雇われた法の番人たちの長。
ダイアナ・ジョンソン　よくいる黒人の典型。
ジェイムズ・スプリンガー　書籍売り場の主任。謎の人物。
ピーター・オフレアティ　フレンチ百貨店の職務に忠実な夜間警備主任。
ハーマン・ラルスカ、ジョージ・パワーズ、バート・ブルーム　夜間警備員。
ホーテンス・アンダーヒル　〝独裁家政婦〟属の生物。
ドリス・キートン　内気な女中。
スコット・ウェルズ〝閣下〟　単なる警察委員長。
サミュエル・プラウティ医師　ニューヨーク郡検死官補。
ヘンリー・サンプソン　ニューヨーク郡地方検事。
ティモシー・クローニン　ニューヨーク郡地方検事補。
トマス・ヴェリー　クイーン警視の部下の部長刑事。
ヘイグストローム、ヘス、フリント、リッター、ジョンソン、ピゴット　クイーン警視の部下の刑事たち。
サルヴァトーレ・フィオレッリ　麻薬捜査課課長。
〝ジミー〟　警察本部の指紋鑑定専門家。姓は不詳。
ジューナ　クイーン家の愛すべき召使。登場の機会があまりにも少ない。

刑事たち、警官たち、店員たち、医師、看護師、黒人の管理人、貨物搬入係などなど。

そして

リチャード・クイーン警視　今回の事件では本領を発揮できず、いつになく苦悩する。

そして

エラリー・クイーン　幸いにも事件を解決する。

(原注)

＊　前作『ローマ帽子の秘密』におけるこの工夫が好評を博したため、クイーン氏は本作でもこういうリストを作成した。多くの読者が、登場人物目録を手もとに置いて重宝したという。(編者)

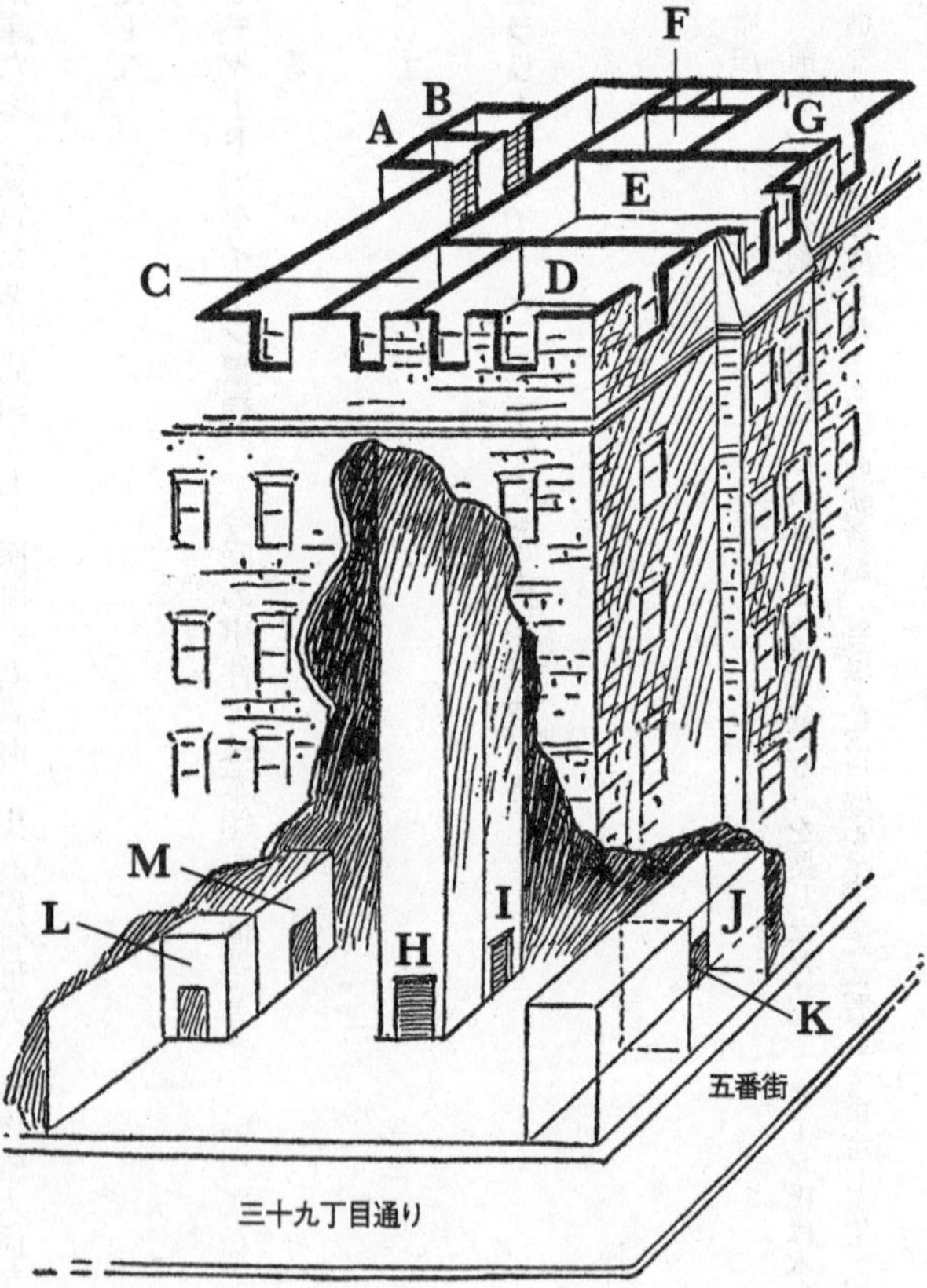
A
B
F
G
E
C
D
M
L
H
I
J
K
五番街
三十九丁目通り

《フレンチ百貨店の見取図》

A　エレベーター

B　階段

C、D、E、F、G　フレンチのアパートメント

　C　浴室

　D　寝室

　E　書斎

　F　控え室

　G　カード部屋

H　一階のエレベーター口（三十九丁目通り側の通路に面する）

I　一階の階段口（五番街側の通路に面する）

J　ラヴリーの展示がおこなわれるショーウィンドウ

K　死体が発見されたショーウィンドウへ通じるドア

L　オフレアティの守衛室、三十九丁目通り側の出入口が見える

M　貨物搬入口

まえがき

編者覚書

クイーン氏の前作[*1]の読者なら、J・J・マックと称する紳士のまえがきが添えられていたのを覚えていらっしゃるだろう。編者たちは当時もいまも、クイーン父子の友人であるこの人物の素性を知らない。だが、マック氏が著者の希望に応じて友の新作にふたたび序文を寄せてくれたので、以下にそれを掲載する。

何年ものあいだ、わたしは並々ならぬ関心をもってクイーン父子の命運を見守ってきた。おそらく、父子の友人のだれよりも長きにわたってだ。エラリーに言わせると、そのせいでわたしは古典演劇の合唱隊《コロス》のごとき不運な立場にある。すなわち、同情ある観衆の耳を惹《ひ》きつけようとして、せいぜい焦《じ》れた罵声《ばせい》を浴びることしかできない、風変わりな前口上の担い手の役割だ。

とはいえ、この殺人と推理を扱った現代の物語へ序文を寄せる役割をいま一度果たせるのは、欣快《きんかい》の至りである。それにはふたつの理由がある。ひとつには、出版にわたしが多少なりとも責任を負い、筆名《ノム・ド・プリユム》で発表されたクイーン氏の処女作が、読者からあたたかく歓迎されたこと。もうひとつは、クイーン父子との長きにわたる、ときには骨の折れる親交のためである。

〝骨の折れる〟というのは、一凡人としては、ニューヨーク市警の警視の多忙な生活と、本の虫にして論理家の知的活動の双方に足並みをそろえるための努力を形容するにはそのことばしかないからだ。市警に三十二年奉職した古強者《つわもの》で、退職のはるか以前からわたしと旧知の仲であるリチャード・クイーンは、活力のあふれる小柄な銀髪の紳士で、まさに精励恪勤《かっきん》の人である。犯罪に精通し、犯罪者に精通し、法律に精通している。しかし、そうしたたぐいまれな特質に加えて、大胆な捜査手法を用いることで、凡百の警視をはるかにしのぐ功績を残した。子息が用いる直観的な捜査手法の熱烈な支持者ではあるが、本人は爪の先まで実務家肌の警察官だった。刑事部は、長きに及んだクイーン体制下において――上役たちが理論や新聞世論に迎合しようと部の総点検に乗り出した波乱の時代を除き――ニューヨーク市警史上随一の重大犯罪解決の記録を打ち立てた。

エラリー・クイーンのほうは、おそらく読者諸氏も想像がつくだろうが、父親の職業の想像力に欠ける側面を嘆かわしく思っていた。エラリーは生粋の論理家でありながら、夢想家と芸術家の資質もふんだんに兼ね具えている——愛用の鼻眼鏡の奥にひそむ知性の鋭敏な精密機械によって、不幸にも犯罪を看破されてしまう極悪人にとっては、それは致命的な組み合わせだ。父親が引退する前、エラリーの〝生業《なりわい》〟*2は、気が向けば推理小説を書くという不安定な習慣を生業と呼ぶなら話は別だが、めぼしいものは何もなかった。おもに教養と知識の探求に専念していたエラリーは、母方の伯父から自活していけるだけの資産を受け継いで、社会の寄生虫階級とはかけ離れた立場にあったので、みずからいみじくも名づけた〝究極の知的生活〟を送っていた。幼少のころから殺人や違法行為の話に事欠かない環境であったため、エラリーが犯罪に強い興味を覚えたのは当然の成り行きだが、生来の芸術家としての資質のせいで、警察の決まりきった犯罪捜査には不向きだった。

何年か前のある日に、犯罪捜査の問題について父子の見解がまったく相反することが浮き彫りにされたふたりの会話を、わたしはいまもはっきりと覚えている。そのやりとりは両者のちがいをこの上なく明確にするものであり——クイーン父子をじゅうぶん理解するにはきわめて肝心なものなので、ここに引用したい。

警視は自分の職業についてくわしく述べ、エラリーは父親とわたしのあいだでゆったりと椅子に腰かけていた。

「ふつうの犯罪捜査は」警視は言った。「概して機械的な作業だ。たいていの犯罪は

〝犯罪者〟――つまり、環境や反復行為によって悪事が常習となった人々によってなされる。その手の輩《やから》は百人中九十九人が前科者だ。

そうした九十九の事件を想定してみよう。捜査する側にとっては、たくさんの手がかりがある。ベルティヨン測定法――つまり、指紋台帳、顔写真、詳細な身上調査書だな。さらに、犯人の個人的性癖に関するちょっとした資料もある。われわれの犯罪捜査科学は、ロンドン、ウィーン、ベルリンの警察ほど進歩してはいないが、少なくとも基礎となるものはある……。

たとえば、ドアや窓をこじあけたり金庫破りをしたりするのに、ある一定の手口を用いる押しこみ強盗。いつも粗末な手製のマスクをつける追い剝《おいは》ぎ。ただの習慣から決まった銘柄の煙草を吸い、その吸い殻を落としていく殺し屋。並みはずれて女好きな無法者。同じ空き巣でも、かならずひとりで仕事をする者もいれば、かならず〝見張り〟を使う者もいる……。そうした癖はときに、指紋に劣らず、犯人を割り出す決め手になることがある。

一般人には奇妙に思えるだろうが」クイーン警視は――本人にとっての捨てがたい習慣で――古い嗅《か》ぎ煙草入れからひとつまみを吸って、話をつづけた。「犯罪者はつねに同じ手口《モダス・オペランディ》を使う。いつも同じ吸い方をした同じ銘柄の煙草を落としていったり、いつも同じ種類のマスクをつけたり、いつも〝ひと仕事〟のあとで女たちと乱痴気騒ぎに及んだりする。だが、犯罪が犯罪者の〝職業〟であること、そして、どんな職業人も自分なりの痕跡《こんせき》を残して消し去れないものだということを、連中は忘れている」

「ちなみに、こちらにおわす心理学者気どりの警察官は」エラリーがにやにやして言った。「情報屋の助けも軽んじていないんだよ、マック。情報屋というのは、サイの背中に乗って虫を食べ、危険が近づくと警告するちっぽけな鳥みたいな連中さ……」

「ちょうどその話をしようとしていたところだ」父親が落ち着いた口調でやり返した。「最初に言ったように、常習犯の捜査では手がかりがたくさんある。しかし、せがれは冷やかすが、ありきたりな犯罪の捜査では、暗黒街の〝たれこみ屋〟や〝囮《おとり》のハト〟、いや、もっと露骨な名前でも呼ばれているが、そういうやつらをわれわれは特に頼りにするようになった。囮のハトがいなければ重大犯罪の多くが迷宮入りするにちがいないのは、公然の秘密だ。あの連中は、法律家がしかるべき法令の知識を必要とするように、大都市の警察にとってはなくてはならない存在なんだよ。それは理の必然だ――暗黒街というのは、驚くべき情報網によって、だれが大きな〝仕事〟をやってのけたかをまちがいなく知っているからな。こちらにとって大切なのは、それなりの報酬と引き換えに内々の情報を提供してくる〝ハト〟を見つけることだ。ただし、見つけたところで、すんなり事が運ぶとはかぎらないが……」

「そんなのは高が知れてるな」エラリーが挑発するような口調で言った。そして、にやりとした。

「わたしは固く信じているよ」老警視は動じずにつづけた。「もし暗黒街からの密告の仕組みがなくなったら、世界じゅうの警察は半年で壊滅するとな」

エラリーはもの憂げに論戦に応じた。「父さんの言い分のほとんどはまさしく真実だよ。だから、父さんが手がける捜査の九十パーセントに、ぼくはこれっぽっちも魅力を感じない。でも、残りの十パーセントときたら！

警察の捜査が情けない失敗に終わるのはね、J・J」エラリーはわたしを見て、微笑みながら言った。「犯人が常習犯ではない場合だ。そのため、台帳に載っているのと一致する指紋は残されていないし、前科がないというばからしいほど単純な理由から、個人的な性癖は何ひとつわからない。ふつう、そういう人間は暗黒街とのつながりなどないから、いくら囮のハトを絞りあげたところで、役に立つ情報はひとかけらも出てこない。

つまり、糸口はまったくない、と言っていい」エラリーは鼻眼鏡を手でまわしながらつづけた。「あるのは、犯罪そのものと、観察と捜査によって判明する手がかりや関連事項だけだ。どう考えても──父のかつての仕事にはしかるべき敬意を表して言うけれど──その手の事件で犯人をあげるのが、かなり厄介で困難な仕事であるのはまちがいない。そのことはふたつの事実を説明できる――この国の未解決事件の割合が驚くほど高いことと、ぼくがこの道楽に夢中になっていることをね」

『フランス白粉《おしろい》の秘密』は、クイーン家に保管されている古い事件記録のひとつで――これは現実に起こった事件であり、エラリーのたぐいまれなる才能が生き生きと発揮された一例である。エラリーはフレンチ事件の捜査のさなかにこの覚書を記していたが、それはエラリーの数少ない実用的な習慣のひとつだ。のちに殺人犯の正体がわかると、エラリーは文学の形式にかなうように事実を誇張したり脚色したりして、実際にあった出来事に基づく本を執筆した。

わたしはエラリーに推敲《すいこう》を促し、筆名を用いた小説の二作目として出版するよう勧めた。それは、わたしがイタリアにあるクイーン家の聖なる別荘に滞在していたときのことだ。ご記憶にあろうかと思うが、かつての職業からすっかり足を洗ったエラリーは、結婚してよき家庭人となり、古い事件記録を書類整理棚の奥深くに秘匿していたため、熟成された原稿を世に出すためには、この厚かましい友人による熱心な勧告の爆撃がなんとしても必要だった。

クイーン警視に対してあくまで公平を期するために留意していただきたいのだが、このフレンチ事件における老警視の役割がいくぶん小さいのは、あの波乱の時代のさなかで、膨大な公務に忙殺されていたのと、民間人である新任の警察委員長、スコット・ウェルズによる少なからぬ妨害に悩まされていたからである。
締めくくりに、この序文を書いているいま、クイーン一家はなおもイタリアのささやかな山荘で暮らしていることを喜びをもって書き添えたい。エラリーの息子はよちよち歩きを覚え、無邪気にも大まじめに〝おじい〟としゃべる。ジューナもこの上なく健康で、先ごろ地元の小悪魔のような娘との大恋愛を経験した。警視はいまもドイツの雑誌に専門的な論文を寄稿していて、ときおりヨーロッパ諸国の警察を視察に出かけている。エラリー・クイーン夫人は少し前に患った病から幸いにも快復した。最後に、エラリー自身は、昨秋ニューヨークを訪れたのち、あの〝宝石をちりばめた〟ローマの景色へと大喜びでもどってきて、ウェストサイドの娯楽にはなんの未練もないと言っている（怪しいものだとわたしは思っているが）。もはや書くことが尽きたが、読者諸氏がわたしと同じく『フランス白粉の秘密』を存分に楽しまれることを心から願うばかりだ。

J・J・マック

ニューヨークにて
一九三〇年六月

（原注）

＊1 『ローマ帽子の秘密』エラリー・クイーン（フレデリック・A・ストークス社、一九二九年）

＊2 〝エラリー・クイーン〟が、父親の警視在任中に、クイーン名義ではなく本名で多くの推理小説を発表している点は興味深い。だが、それらの諸作品を、『フランス白粉の秘密』が第二作となるエラリー・クイーン名義の作品群と混同してはならない。後者は著者とその父親が実際におこなった犯罪捜査をほぼそのまま土台としている。筆名《ノム・ド・プリュム》を用いるのも、クイーン父子の素性を秘匿するのも、それが理由である。

第一話

注釈めいた言い方をすると……多くの事件で、犯罪捜査の成否を分けるのは、いわば……（捜査する者の精神知覚において）浸透を厭《いと》うかどうかである。すなわち、見せかけの繊毛に分け入り、実態である中枢の流れに達しようとするか否かで決まる。

——ルイジ・ピナ博士『犯罪のための処方箋《しょほうせん》』より

1 「女王《クイーン》たちは応接室で」

クイーン家のアパートメントで、男たちが古めかしいクルミ材のテーブルを囲んでいる——妙な取り合わせの五人だ。痩身《そうしん》で輝く目をしたヘンリー・サンプソン地方検事。その隣で苦い顔をしているのが麻薬捜査課の課長で、名前はサルヴァトーレ・フィオレッリ。右の頬に黒く長い傷跡がある、イタリア系の大柄な男だ。サンプソンの部下で赤毛のティモシー・クローニン地方検事補もいる。そして、リチャード・クイーン警視とエラリー・クイーンが肩を並べて腰かけているが、ふたりの表情はまったくちがったものだ。警視は不機嫌そうに口ひげの先を嚙《か》み、エラリーはフィオレッリの顔の瘢痕《はんこん》をぼんやりながめている。

近くの机の上に置かれたカレンダーには、一九——年五月二十四日火曜とある。春のそよ風が窓のカーテンを揺らしている。

クイーン警視が一同をにらみつけた。「ウェルズがいったい何をしたって？　教えてもらおうじゃないか、ヘンリー」

「まあまあ、Q、スコット・ウェルズはそう悪い人間じゃない」

「馬にまたがって、猟犬連れで狩りをする。ゴルフのスコアは九十一。だから警察委員長にふさわしいだと？　もちろんそうだ、言うまでもないとも！　で、われわれによけいな仕事を山ほど押しつけて……」

「そこまでひどくないさ」サンプソン地方検事が言った。「公平に見て、役に立つ仕事もいくつかしている。洪水救援委員会だの、社会福祉事業だの……。政治とは無縁の分野で大いに活躍してきた人間が、まったくの役立たずではありえないよ、Q」

警視は鼻を鳴らした。「あの民間人が警察委員長に就任して何日経つ？　いや、言わなくていい——あててみよう。そう、二日だ……。いいか、この二日であの男はつぎのことをした。よく聞いてくれ。

その一——失踪《しっそう》人捜索課の人事を一新した。哀れなパーソンズの首がなぜ飛んだかはまったくの謎だ……。その二——七人の分署長を総入れ換えした。おかげで連中はなじみの管区へ帰るのに道路地図が要る始末だ。なぜそんなことをする？　教えてくれ……。その三——交通系統B、C、Dを変えた。その四——ちょうど一ダースの二級刑事を平巡査へ降格させた。理由はあるのか？　もちろんだ！　大叔父《おおおじ》の姪《めい》が知事の第四秘書と知り合いとかいうだれかさんが、血に飢えているからだよ……。その五——警察学校の粗探しをして校則を変えさせた。つぎは、わが殺人捜査課に目を光らせているにちがいない……」

「警視、そのうち血管が破裂しますよ」クローニン地方検事補が言った。

「まだある」警視はかまわずつづけた。「一級刑事はみな、日報を――いいか、職務の一環としてだぞ――ひとりひとりが日報を書いて、委員長室へじかに提出せよときた！」

「なるほど」クローニンがにやりとした。「ぜひともすべて読んでもらいたいですね。連中の半分は〝殺人〟という単語の綴《つづ》りもおぼつかないから」

「読むものか、ティム。あの男がそんなことに貴重な時間を費やすとでも？　まさか。とんでもない！　ぴかぴかにめかしこんだ秘書のシオドア・B・B・セント・ジョーンズに日報を持たせて、わたしの執務室へ届けさせるんだ。丁重なメッセージを添えてな。〝リチャード・クイーン警視殿。添付した報告書の信頼性について、一時間以内に貴殿の見解を賜りたし〟。だからこうしてわたしは、この麻薬捜査のために平静を保とうと玉の汗をかきながら――刑事たちの日報に署名をしなくてはいけない」警視は忌々しげに嗅《か》ぎ煙草入れへ指を突っこんだ。

「それだけじゃ半分にもならないぞ、クイーン」フィオレッリがうなるように言った。「あのぎょろ目のセイウチ野郎め。こそこそ歩きをするあの〝民間人〟野郎は、うちの課へ忍びこんで部下どものあいだを探りまわり、阿片《あへん》の缶をこっそりくすねて鑑識のジミーへ届けてたんだ——なんのためかというと——指紋だよ！　いやはや、指紋とはね！　一ダースの悪党が手をふれたあとでも、ジミーなら売人の指紋を見つけ出せるとでも思ってるのか。そもそも、指紋ならうちでとうに採取してある！　ところが、あの男は説明を聞きやしない。そうこうしてるうちに、スターンがその缶をさんざん探しまわったあげく、とんでもない話を持ってすっ飛んできた。われわれが行方を追っていた張本人が警察本部に乗りこんで、問題の缶をかっさらっていったというんだ！」フィオレッリはそれだけ言って大きな両手をひろげ、黒くて不恰好《ぶかっこう》な両切り葉巻を口にくわえた。

ちょうどそのとき、エラリーがテーブルの上から表紙の破れた小型本を手にとって読みはじめた。

サンプソンの笑みが消えた。「冗談はさておき、早いところ例の麻薬組織を追い詰めないと、われわれ全員が大変なことになる。ウェルズもわざわざこんなときにホワイトの試訴の件を蒸し返さなくてもいいのに。いまはやはり麻薬組織が——」いぶかしげに首を振る。

「何よりそれに腹が立つよ」警視は不満をこぼした。「せっかくピート・スレイヴィン一味の動きをつかみかけているのに、法廷での証言にまる一日費やさなくてはいけない」

沈黙がおり、すぐにクローニンがそれを破った。「キングズリー・アームズでの殺しの件で、オショーネシーはどうなりましたか」興味深そうに尋ねる。「自白しましたか」

「ゆうべな」警視は言った。「多少は締めあげねばならなかったが、こちらが確証を握っていると知って罪を認めたよ」口もとの険しい線がゆるむ。「エラリーの手柄だ。われわれが一日がかりで調べても、オショーネシーがヘリンを殺した証拠のかけらもつかめなかった。やつの仕業だという確信があるのにだ——そこへ息子が現れて、現場に十分間いただけで、殺人犯を火あぶりにできるだけの証拠を見つけたんだ」

「またしても奇跡が起こったというわけか」サンプソンが小さく笑った。「内幕話はどんなものだ、Q」一同はエラリーに目を向けたが、本人は椅子のなかで背をまるめて小型本を読みふけっていた。

「丸太を転がすくらい簡単だよ」警視が誇らしげに言った。「エラリーの説明を聞くといつもそうなる——おい、ジューナ、コーヒーのおかわりを頼む」

台所からふいにすばしこい人影が現れ、にっこり笑って黒い頭を上下に振ったあと、姿を消した。ジューナはクイーン警視の召使であり、なんでも屋であり、料理人であり、使い走りであり、刑事部の非公式のマスコットでもある。[*1] パーコレーターを持ってまた部屋へはいってきたジューナは、テーブルの上のコーヒーカップにおかわりをついでまわった。エラリーは手探りで自分のカップをつかんで飲みはじめたが、目は本に釘《くぎ》づけのままだった。

「簡単どころじゃないさ」警視はつづけた。「ジミーがあの部屋のそこらじゅうに指紋検出用の粉を撒《ま》き散《ち》らしたんだが、ヘリンの指紋しか出なくてね――だが、ヘリンは死んだ張本人だ。だれもがいろんな場所へ粉を撒けと言いだして――それがおさまるまで大騒ぎだったよ……」テーブルを叩《たた》く。「そこへエラリーがやってきてな。わたしは事件のあらましを説明して、それまでに得られた手がかりを見せた。食堂の床の粉々になった漆喰《しっくい》にヘリンの靴跡が残っていたのは、きみたちも覚えているだろう。あれはわけがわからなかったよ。というのも、犯行の状況から見て、ヘリンがあの食堂にいたはずはないからだ。ところが、すぐれた頭脳というやつが、そのからくりを見破った。エラリーは言った。〝ヘリンの靴跡なのはたしかなのか〟とね。わたしは疑いの余地なくたしかだと答えた。その根拠を話すと、エラリーも納得した――とはいえ、ヘリンが食堂にいたということはありえない。それでも靴跡が残っているのは、何かの大嘘があるというわけだ。〝なるほど、それなら、ヘリンは食堂にいなかったんだろうね〟と息子は言った。〝だが、エラリー――あの靴跡はなんなんだ！〟とわたしは異を唱えた。息子は〝思いついたことがある〟と言って、寝室へはいっていった」

「そう」警視は大きく息をついた。「たしかにエラリーはあることを思いついていた。寝室でヘリンの死体の足を調べて靴を脱がせたあと、ジミーから指紋検出用の粉をもらい、オショーネシーの指紋の写しを受けとって、粉を靴に振りかけた――すると、手の親指の指紋がはっきりと出たんだ。エラリーがそれを指紋台帳と比べたところ、オショーネシーのものと判明した……。いいか、われわれはやつの指紋を求めてあのアパートメントじゅうをくまなく探したが、それがあったのは、見逃した唯一の場所――死体そのものだった。被害者の靴に犯人の指紋が残っているなどと、いったいだれが思いつく？」

「意外な場所だな」フィオレッリがうなるように言った。「どうしてわかったんだ」

「エラリーに言わせると、ヘリンがあの部屋にいなかったのに靴跡はあったのなら、単純に考えて、ほかの何者かがヘリンの靴を履いていたか、持っていって靴をそこに置いたかのどちらかしかないんだと。まったく子供っぽい理屈だろう？　だが、ほかのだれもそれに思い至らなかった」警視はやや苛立《いらだ》ったふうに、エラリーのうつむいたままの頭を見やった。「エラリー、いったい何を読んでいる。お世辞にも気配りの行き届いた主人役とは言えないぞ」

「素人の指紋道楽が思いがけず役に立つこともあるわけだ」サンプソンがにやりとして言った。

「エラリー！」

エラリーは興奮した面持ちで顔をあげた。勝ち誇ったように小型本を振りまわし、テーブルのまわりで唖然《あぜん》とする一同に向かって読みあげた。「〝サンダルを履いたまま眠りにつくと、革紐《かわひも》が食いこみ、サンダルが足に固く凍りついた。これはひとつには、古いサンダルが使い物にならなくなったために、剝《は》いだばかりでなめしていない牛革靴を履いていたのが原因だ〟。*2 父さん、この一節からすばらしい考えが浮かんだよ」

エラリーは顔を輝かせて鉛筆へ手を伸ばした。

警視はすばやく立ちあがり、不満げに言った。「こういう気分のときの息子はどうにもならない……さあ、行こう、ヘンリー——あんたも来るのか、フィオレッリ——市庁舎へ向かうとしようか」

(原注)

*1　『ローマ帽子の秘密』参照。

*2　このときは『クセノフォン』を読み返していたのだが、一万人部隊が古代アルメニアを撤退するくだりに行きあたり、靴の話から短編小説の構想を思いついた。いま思うと滑稽《こっけい》だが、当時はそのおかしみにまったく気づかなかった。　——E・Q

2 「王たちは勘定部屋で」

クイーン警視がサンプソン、クローニン、フィオレッリとともに西八十七丁目のアパートメントを出て、刑事裁判所のビルへ向かったのは、午前十一時だった。ちょうど同じ時刻、数マイル南では、アパートメントの書斎の屋根窓のそばにひとりの男が立っていた。そのアパートメントは五番街のフレンチ百貨店の六階にある。窓のそばに立つ男は、フレンチ百貨店の筆頭株主にして代表取締役のサイラス・フレンチだ。

フレンチは、五番街と三十九丁目通りの交差点に渦巻く車の流れを、見るともなしにながめていた。年齢は六十五歳、ずんぐりと肥えて鉄灰色の髪を持つ、陰気な顔立ちの男だ。濃色のビジネススーツを身につけていて、襟もとで白い花がほのかに輝いている。

「取締役会がけさの十一時に開かれることは全員にはっきり伝えたな、ウェストリー」フレンチはそう言ってすばやく振り返り、屋根窓の前でガラス天板の机のそばにすわる男を見やった。

ウェストリー・ウィーヴァーがうなずいた。三十代前半で若々しい顔つきをした明敏そうな男だ。

「まちがいなく伝えました」ウィーヴァーは愛想よく答えた。何やら書きこんでいた速記帳から目をあげる。「実のところ、きのうの午後にタイプした連絡票のカーボン複写がここにあります。けさ社長がこの机でご覧になったそちらの写しのほかに、各取締役へ一枚ずつ配付しておきました」ウェストリーは卓上電話機のそばにある青い紙を指さした。ガラスの天板には、その青い紙と電話機があるほかは、円筒形の縞瑪《しまめ》瑙《のう》のブックエンド一対にはさまれた五冊の本が右の隅に載っているだけだ。

「三十分ほど前に取締役のかたがたに電話で念を押しておきました。みなさん、時間どおりに来ると約束なさいましたよ」

フレンチはぶつぶつ言いながらふたたび背を向け、朝の車の混雑を見おろした。両手を背中で組み、ややかすれた声で仕事の用件を口述しはじめた。

五分後、アパートメントのドアをノックする音が控え室越しに聞こえ、作業はさえぎられた。フレンチが苛立たしげに「どうぞ」と叫ぶと、そこからは見えないドアノブを手でいじりまわす音が聞こえてきた。フレンチが言った。「ああ、そうか、むろんドアは閉まっている。あけてやれ、ウェストリー」

　ウィーヴァーは足早に控え室を通り抜けて、重いドアを勢いよくあけた。白っぽい歯茎をのぞかせて微笑む皺《しわ》だらけの老人を招じ入れると、老人は年齢のわりには驚くほどすばやい動きで部屋へ足を踏み入れた。

「いつまで経っても、ここのドアが施錠してあるのを覚えられんよ、サイラス」老人は甲高い声で言い、ウィーヴァー、フレンチと握手を交わした。「わたしが一番乗りか」

「そうだよ、ジョン」フレンチはあいまいな笑みを浮かべて言った。「ほかの面々もじきに来るだろう」

　ウィーヴァーが老人に椅子を勧めた。「おかけになりませんか、グレイさん」

　グレイの痩《や》せた肩には七十年の歳月がそっと載っていた。薄い白髪に覆われた小鳥のような頭。顔はなんとも形容しがたい羊皮紙の色で、つねに微笑をたたえ、そのせいで赤く薄い唇の上の白い口ひげが跳ねあがっている。ウィングカラーのシャツにアスコットタイを結んでいる。

　グレイは驚くほどしなやかな身のこなしで椅子に腰かけた。

「出張はどうだった、サイラス。ホイットニーは与《くみ》しやすそうか」

「ああ、もちろん！」フレンチは答えて、行きつもどりつしはじめた。「それどころか、けさの取締役会で正式に合意に達すれば、ひと月もせずに合併できるだろう」

「それはけっこう！　大儲《おおもう》けだな！」ジョン・グレイは妙なしぐさで揉《も》み手《て》をした。

ふたりは耳障りな声で笑った。

ふたたびドアをノックする音が響いた。ウィーヴァーがまた控え室へ行った。

「トラスクさんとマーチバンクスさんがお見えです。それから、ゾーンさんもエレベーターからこちらへ向かっていらっしゃるようです」ふたりの男と、そのすぐあとから三人目の男が部屋へはいると、ウィーヴァーは机のそばの椅子へ急いでもどった。ドアが音を立てて閉まった。

新たにやってきた男たちは、互いに握手を交わし、部屋の中央にある会議用の長テーブルの席についた。一風変わった集まりだった。トラスク――名士録によるとA・メルヴィル・トラスク――は、いつものようにうなだれた姿勢でだらしなく椅子に腰かけて、テーブルの上の鉛筆をもてあそんでいた。一同はこの男にほとんど注意を払っていない。ヒューバート・マーチバンクスはどっしりとすわっていた。肉づきのよい四十五歳の男で、赤ら顔で無骨な手をしていて、大きな声に一定の間隔で喘息《ぜんそく》らしいかすれた響きが混じる。コーネリアス・ゾーンは古めかしい金ぶち眼鏡の奥からほかの取締役たちをながめていた。頭は禿《は》げて角張り、指は太く、赤みがかった口ひげを生やし、ずんぐりした体を椅子いっぱいに詰めこんでいる。どう見ても、繁盛している肉屋の主《あるじ》そのものだ。

フレンチは上座の席について、一同をおごそかに見渡した。

「諸君——本日の会合は百貨店経営の歴史に残るだろう」ことばを切って咳払《せきばら》いをする。「ウェストリー、ぜったいに邪魔がはいらないように、ドアの外に見張り番を置く手配をしてくれ」

「かしこまりました」ウィーヴァーは机の電話の受話器を手にした。「クラウザーの事務所を頼む」しばらくして言った。「クラウザーかい？　だれだ？　ああ、そうか……いや、探すまでもない、きみに頼もう。店の警備員をひとり、フレンチ社長のアパートメントのドア番によこしてもらいたい。取締役会のあいだはだれも社長を煩わさないように……。われわれの邪魔はせず——ドアの番を頼む……。だれをよこすって？　……ああ、ジョーンズを？　いいだろう。クラウザーが出勤したらその旨を伝えてくれ……。なに、九時にもう来ている？　では、顔を見たらそう伝言してくれ。こちらはいま手が離せないんだ」電話を切り、急いでフレンチの右側の席へもどった。鉛筆をつかんで帳面の上で構える。

五人の取締役たちは束になった書類を読みふけっていた。一同が内容を呑《の》みこむまでのあいだ、フレンチは窓の外の五月の青空をながめながら、テーブルの上で分厚い両手をせわしなく動かしていた。

急にウィーヴァーのほうを向いて、小声で言う。「うっかり忘れるところだったよ、ウェストリー。うちへ電話をかけてくれ。いまは——十一時十五分だな。さすがにもうみんな起きているだろう。家内が心配しているかもしれん――きのうグレイトネックへ発《た》ってから一度も連絡していないのでな」

ウィーヴァーは交換手にフレンチの自宅の電話番号を伝え、しばらくして、受話器に向かっててきぱきと言った。「ホーテンスだね？　奥さまはもう起きておられるかい？……では、マリオンさんはいるか？　バーニスさんは？……なら、マリオンさんを呼んでくれ……」

そう言ったあと、ジョン・グレイ老人と小声で話しているフレンチから身を遠ざけた。目が輝き、顔が急に赤らむ。

「もしもし、マリオンかい？」受話器に向かってささやく。「ウェスだよ。あいにくだが――その――いまは百貨店のアパートメントからかけている――お父さんがきみとお話しなさりたいそうでね……」

女の低い声が答えた。「ウェストリー！　いいの、わかってる……とっても残念だけど、お父さまがいるならあまりおしゃべりはできないわね。わたしを愛してる？　ねえ、言って！」

「おい、い、いまは無理だよ」ウィーヴァーは体を硬くし、ささやき声できびしく言った。しかし、フレンチからそむけた顔には、心のうちがありありと表れていた。

「無理なのはわかっているわよ、おばかさん」女は笑った。「ちょっと困らせようと思って言っただけ。でも、愛してるんでしょう？」また笑う。

「ああ、ああ。もちろんだよ！」

「じゃ、お父さまと替わってちょうだい、ダーリン！」

ウィーヴァーはあわてて咳払いをし、フレンチのほうを向いた。

「ようやくマリオンさんがお出になりました」そう言って受話器を手渡した。「ホーテンス・アンダーヒルによると、奥さまもバーニスさんもまだ起きていらっしゃらないそうです」

フレンチはウィーヴァーの手から急いで受話器を受けとった。「マリオンか、わたしだ。さっきグレイトネックからもどったところで、元気にしている。何も変わりはないか？……どうした、少し疲れているようだが……。ああ、それならいい。無事にもどったのを知らせたかっただけだ。お母さんにそう伝えてくれ――けさは忙しいから、電話をかける暇はもうない。じゃあな、マリオン」

フレンチは椅子にもどり、取締役たちをおごそかに見まわして言った。「さて、諸君。わたしとホイットニーが徹底的に議論した数字はもう頭にはいっただろうから、仕事にかかるとしよう」フレンチは人差し指を振りかざした。

十一時四十五分に電話のベルが鳴り、フレンチとゾーンの白熱した議論をさえぎった。ウィーヴァーの手が受話器に飛びつく。

「もしもし、フレンチ社長はただいま手が離せなくて……。ああ、きみか、ホーテンス。用件は？　……ちょっと待ってくれ」ウィーヴァーはフレンチのほうを向いた。

「すみません、社長——ホーテンス・アンダーヒルからですが、ひどく取り乱している様子でして。いまお話しになりますか、それともかけなおしますか」

フレンチは、太い首の汗を乱暴にぬぐっているゾーンをにらみつけたあと、ウィーヴァーの手から受話器をひったくった。

「おい、どうした」

女の震え声が答えた。「旦那《だんな》さま、大変恐ろしいことになりました。奥さまとバーニスさまのお姿が見えません！」

「ん？　なんだと？　どういうことだ。ふたりはどこにいる？」

「わかりません。けさはずっと女中をお呼びにならないので、どうかなさったのかと思いまして、ついさっき様子を見にまいりました。まさか——まさかとお思いでしょうが——わたしにはどうにも理解でき——」

「何がだ！」

「おふたりのベッドが手つかずのままなのです。ゆうべはお休みにならなかったのではないでしょうか」

フレンチの声が怒りで高くなった。「ばかだな——そんなことで取締役会の邪魔をする気か？ ゆうべは雨だったから、どこか友達の家にでも泊まったのだろう」

「でも、旦那さま——それなら電話をなさるとか、あるいは——」

「いいか、ホーテンス！ 家事にもどれ。その件はあとでどうにかする」フレンチは受話器を架台に叩《たた》きつけた。

「ばかばかしい……」そうつぶやいてから、フレンチは肩をすくめた。ゾーンへ向きなおり、両の手のひらをテーブルに置いた。「さて、どこまで話したかな。きみはたった数千のはした金のために、この合併に反対するというのか？ いいかね、ゾーン……」

3 「ハンプティ・ダンプティが落っこちた」

フレンチ百貨店は、ニューヨークのミッドタウンの中心部で、五番街に面した一ブロックを占めている。北部のより高級な住宅街と、オフィスビルが立ち並ぶダウンタウンとの境界に位置し、富裕層と庶民の両方を顧客としている。昼どきには、広々とした通路と五階までの売り場がどこも女の店員やタイピストたちで混み合い、午後も半ばになると、目に見えて客層がよくなる。それゆえフレンチ百貨店は、ニューヨークで最も安価、最新流行、最も豊富な品数の三拍子がそろっていることを誇りにしていた。魅力的な価格でありながらよそでは手に入れられない商品を提供した結果、街で最も人気の高い百貨店となっている。朝九時から夕方五時半まで、店内は買い物客でごった返し、大理石造りの本館といくつもの翼棟を囲む歩道は、通り抜けるのがむずかしいほどだった。

サイラス・フレンチは百貨店経営の草分けであり、取締役陣の助力も得ながら、その強大な組織の財力を行使して、フレンチ百貨店――フレンチ家が二代にわたって営んできた店――を街の名所に仕立てあげた。芸術運動がアメリカにおいて実用品や衣類に波及するずっと前から、フレンチ百貨店はヨーロッパの業者と接触を持ち、美術品や芸術志向の家具、その他の現代的商品の一般向け展示会を開いてきた。そうした展示会は大群衆を店へ惹《ひ》きつけた。五番街に面した目立つショーウィンドウには、輸入商品が定期的に展示された。そのショーウィンドウはニューヨーク全市民の注目の的となり、板ガラスの囲いの前には物見高い人々がつねに群がっていた。

五月二十四日、火曜日の正午の三分前に、そのショーウィンドウの枠なしの重いドアが開いて、黒い服に白のエプロンと帽子を身につけた黒人の女がはいってきた。女はショーウィンドウのなかを歩きまわり、展示品を確認しているふうであったが、やがて、謎の仕事をはじめる所定の時刻を待つかのように、直立不動の姿勢をとった。

ショーウィンドウのなかは居間兼寝室に見立てられていて、片隅の掲示によると、パリ在住のポール・ラヴリーの超現代的な設計によるものだという。掲示版には、展示品がラヴリーの作品であることが明記され、〝ラヴリー氏の講演会を当店五階にて開催〟との告知がある。黒人の女がはいってきたドアがある奥の壁は、よけいな装飾がなく、淡い緑一色に塗られていた。その壁面には、枠なしで周囲を不規則にカットした、大きなヴェネチア風の鏡が掛かっている。壁際には、蠟《ろう》引《び》き仕上げで木目の浮き立った細長いテーブルが置かれている。テーブルには、オーストリア唯一の近代工芸工場からしか入手できない曇りガラスでできた、ずんぐりとした虹色《にじいろ》のランプが載っている。風変わりな家具が——椅子、サイドテーブル、本棚、長椅子など、いずれも型破りの設計で、奇抜で大胆なデザインが施されていて——ショーウィンドウの磨き抜かれた床のそこかしこに配されている。左右の壁際には、その他の調度品が数点置かれていた。

天井と両脇の壁に取りつけられた照明装置はすべて、このところヨーロッパで急速に流行しはじめた〝間接式〟だった。

正午の鐘が鳴ると、それまでじっと立っていた黒人の女がにわかに動きだした。そのころには、ショーウィンドウの外の歩道にはおおぜいの人が群がり、物欲しそうな目をして落ち着かなげに肩を揺らしながら、実演がはじまるのを待っていた。

女は、簡単な説明書きが何枚か掲げられた金属の台をかたわらに置き、長い象牙《ぞうげ》の指示棒を手にして、最初の説明文を指し示した。そして、東の壁際にある調度品のひとつへしずしずと歩み寄り、その構造や特徴を手ぶりで紹介しはじめた。

五枚目の説明書きには——いまや人だかりは倍にふくれあがり、歩道からあふれている——つぎのように記されていた。

格納ベッド

西の壁に格納されていて、

押しボタンで操作する電動式です。

ポール・ラヴリー氏の考案による特別デザインで、

同種の作品は国内にこれ一台しかありません。

女は強調するようにもう一度その文言を指し示してから、西の壁へ悠然と歩み寄り、真珠色のパネルに取りつけられた小さな象牙のボタンを大げさな身ぶりで指し示したのち、黒く長い指でボタンにふれた。

それを押す前に、女はショーウィンドウの外で押し合いへし合いしながら待ち受ける群衆へもう一度目をやった。いましもあらわになる摩訶不思議《まかふしぎ》を見ようと、だれもが首を伸ばしている。

一同が目にしたものは、たしかに摩訶不思議であった――まったく意外で、おぞましく、不気味であったために、その瞬間、人々の顔は驚愕《きょうがく》のあまり凍りついた。それは信じがたい悪夢の一場面のようだった……。女が象牙のボタンを押すと、壁の一部がすばやく静かに手前へせり出して降下してきた。二本の小さな木の脚が伸び、ベッドの枠組みの頭の部分が現れ、やがて全体が水平に落ち着く――そのとき、絹のシーツの上から黒人の女の足もとへ、真っ青な顔の女の死体が転げ落ちた。不自然な恰好《かっこう》に体をねじ曲げ、着衣の二か所が血に染まっている。
時刻はちょうど十二時十五分だった。

4　「王の馬を集めても」

　黒人の女は、ショーウィンドウの厚いガラス越しでもはっきり聞こえる鋭い悲鳴をひと声あげると、大きく目をむき、気を失って死体のそばに倒れた。外の見物人たちは活人画と化したままだった——恐怖でわれを失い、静まり返っている。やがて、歩道にいるひとりの女が、ショーウィンドウのガラスに顔を押しつけたまま金切り声をあげた。静止が大混乱へ、沈黙が絶え間のない叫喚へと一変する。恐怖に駆られた群衆がなだれを打ってショーウィンドウから離れ、われ先にと逃げ出した。子供が転んで踏みつけられる。呼び子の音が鳴り響き、制服警官が警棒を振りまわして大声をあげながら群衆を掻《か》き分《わ》けていく。警官はこの騒ぎにとまどっているらしく——ショーウィンドウのなかのふたつの動かぬ人影にはまだ気づいていなかった。

　突然、ショーウィンドウの奥のドアが開き、片眼鏡をかけて先細の短い顎《あご》ひげを生やした、痩身《そうしん》の男が飛びこんできた。男の大きく見開いた目は、つややかな床の上でびくともしないふたつの人影をとらえ、外でひしめく群衆と警棒を振りまわす警官のほうへぎこちなく向けられたのち、とうてい信じがたいと言いたげに床へもどされた。男は何やら毒づいて前へ飛び出し、ガラス張りのショーウィンドウの隅にある絹の紐《ひも》をつかんで引っ張った。半透明のカーテンが即座におりてきて、歩道で騒ぐ人々の視界をさえぎった。

顎ひげの男は黒人の女のそばにひざまずいて脈を診てから、もうひとりの女の肌におそるおそる手をふれ、立ちあがってドアへ駆けもどった。ショーウィンドウのすぐ外の売り場には、女店員や買い物客が続々と集まりはじめている。三人の男——売り場監督たち——が、中へはいろうと人ごみを掻き分けて突き進んでくる。

顎ひげの男が鋭く言った。「おい、きみ——すぐに店の専属探偵を呼んでくれ——いや、いい——本人が来た——クラウザー！　クラウザー！　こっちだ！」

肩幅の広い頑丈な体つきで、しみの散ったまだらな顔の男が、悪態をつきながら群衆を押し分けて近づいてきた。男がちょうどショーウィンドウの入口にたどり着いたとき、歩道の人だかりを追い散らした制服警官も駆けつけて、男のあとにつづいた。三人はショーウィンドウのなかへはいり、制服警官がドアを閉めた。

顎ひげの男が脇へ寄った。「恐ろしいことになったよ、クラウザー……。いてくれてよかったですよ、おまわりさん……。ああ、なんということだ！」

フレンチ百貨店の専属探偵クラウザーは、展示品のあいだを足音高く横切り、ふたりの女を見おろした。「この黒人の女はどうしたんです、ラヴ……リーさん」顎ひげの男に大声で尋ねる。

「気を失っているんだろうね、たぶん」

「さあ、クラウザーさん、ちょっと見せてください」ラヴリーを無造作に押しのけて警官が言った。

クラウザーがもったいぶって咳払《せきばら》いをした。「おいおい、ブッシュ。いまは死体を検分するときじゃない。警察本部へ知らせるまでは何ひとつ手をふれてはだめだ。ここはラヴ・リーさんと見張ってるから、電話をかけてこい。さあ行け、ブッシュ、ぐずぐずするな!」

警官はしばしためらって、頭を掻き、ついには急ぎ足でショーウィンドウから出ていった。

「こいつは厄介だな」クラウザーがうなるように言った。「ここで何があったんですか、ラヴ・リーさん。いったいだれなんだ、この女は」

ラヴリーは不安げにびくりと体を震わせ、細長い指で顎ひげを引っ張った。「おや、知らないのか。でもまあ、知るはずもないか……。ああ、いったいどうしたらいいだろう」

クラウザーは眉《まゆ》をひそめた。「まあ、そう興奮なさらずに、ラヴ・リーさん。これはまさしく警察の仕事だ。自分がすぐに現場に駆けつけて幸いでしたよ。くわしいことは警察本部の指示を待ちましょう。ひとまず落ち着いて——」

ラヴリーは冷ややかにクラウザーを見た。「わたしはまったく平静だよ、クラウザー。それよりも——」ことばに威厳を持たせて言う。「いますぐ部下の警備員たちを集めて、売り場の秩序を確保すべきじゃないのか。マッケンジー支配人を呼べ。だれか人をやって、フレンチ社長と取締役たちにも知らせなくてはな。上で会議をしているはずだ。これは——この重大事件は——きみが考えるよりもずっと深刻だよ。さあ、行きたまえ！」

クラウザーは反感の視線でラヴリーを見、かぶりを振ってドアへ向かった。ドアをあけると、医療鞄《かばん》を持った肌の浅黒い小柄な男が中へはいってきた。男はすばやくあたりを見まわしてから、何も言わずにふたりの女のほうへ歩いていった。

男は黒人の女を一瞥《いちべつ》したあと、脈を診た。顔もあげずに言う。「ええと——ラヴリーさんですね？　——手を貸してください——だれか手伝いを呼んで——こちらの黒人女性は気を失っているだけですから、水を一杯飲ませてそこの長椅子に寝かせてください——それと、人をやって、医務室から看護師をひとり呼んでください……」

ラヴリーはうなずいた。ドアへ歩いていき、売り場でささやき合う人々の頭越しに周囲を見た。

「マッケンジーさん！　こっちへ来てください」

人のよさそうなスコットランド系の中年男が急ぎ足でやってきた。「手を貸してもらえますか」ラヴリーが言った。

医師はもうひとりの女の死体を熱心に調べていた。その動きのせいで、女の顔は見えない。ラヴリーとマッケンジーは、意識を取りもどしかけている黒人の女の体を持ちあげて、長椅子へ運んだ。ショーウィンドウの外にいた売り場監督のひとりが水を一杯とりにいかされ、すぐにもどってきた。黒人の女は水を飲み、うめき声をあげた。

医師が深刻な顔をあげた。「こちらの婦人は死亡しています」と告げる。「死後かなりの時間が経っていますね。銃で撃たれている。心臓に命中です。殺人らしいですよ、ラヴリーさん」

「なんたることだ《ノム・デュ・シャン》！」ラヴリーが小声で言った。気分の悪そうな青白い顔をしている。

マッケンジーが小走りにその場を横切り、うずくまった死体を見おろした。たじろいで叫ぶ。

「驚いたな！　フレンチ夫人だ！」

5　「王の家来を集めても」

ショーウィンドウのドアが勢いよく開き、ふたりの男がはいってきた。ひとりは黒っぽい葉巻をくわえた長身痩軀《そうく》の男で、戸口で足を止めて中を見まわし、死体に目をやると、格納ベッドの向こう側の、死んだ女が床に横たわる場所へ歩を進めた。小柄な医者へ鋭い一瞥をくれ、うなずいただけで何も言わずに膝《ひざ》を突く。しばらくして顔をあげた。

「この店の専属医か？」

医師は不安げにうなずいた。「ええ。ざっと調べました。この女性は死亡していま す。思うに――」

「それは見ればわかる」新来の男が言った。「わたしは検死官補のプラウティだ。手伝ってもらおう」ふたたび死体の上にかがみこみ、片手で鞄をあけた。

新しくやってきたもうひとりは、いかつい顎を持つ大男だった。入口で立ち止まり、静かにドアを閉めた。その目はいま、ラヴリー、マッケンジー、店の専属医の凍りついた顔へ向けられている。当人の顔は冷ややかできびしく、無表情だ。

プラウティが死体をあらためはじめると、ふたり目の男はようやく動きだした。マッケンジーのほうへ意味ありげな一歩を踏み出したとき、ドアが激しく叩《たた》かれ、男は足を止めた。

「どうぞ！」と鋭く言い、死体が新来者の目にふれぬよう、ドアとベッドのあいだに立った。

ドアが大きく開いた。人の群れがなだれこんでくる。大男はその行く手に立ちふさがった。

「待ちなさい」ゆっくりと言う。「そんなにおおぜいは無理だ。あんたたちはだれですか」

サイラス・フレンチが怒りに顔を赤くして、噛《か》みつくように言った。「わたしはこの店の経営者で、この紳士たちはみなここにいる権利がある。取締役の面々だ——こっちは店の専属探偵のクラウザーだが——さあ、通してもらおう」

大男は動かなかった。

「フレンチさんですか。それに取締役？　……そうか、クラウザーか……。では、あの男はだれです？」青ざめた顔で一団の端をうろついているウェストリー・ウィーヴァーを指さす。

「わたしの秘書のウィーヴァーだ」フレンチがいらついて言った。「きみはいったい何者だ？　ここで何があった？　通してもらおう」

「なるほど」大男はしばし考えてためらったのち、きっぱりと言った。「わたしは殺人捜査課のヴェリー部長刑事です。すみませんが、フレンチさん、ここではわたしの指示に従ってもらいます。はいってくださってけっこうですが、何物にもいっさい手をふれず、こちらの指示どおりにしてください」ヴェリー部長刑事は脇へよけた。たゆまぬ根気で何かを待っているらしい。

サイラス・フレンチが大股《おおまた》でベッドへ歩み寄るのを見て、ラヴリーは大きく目をむいて駆け出した。襟をつかんで引き留める。

「フレンチさん――見てはいけません――いまはまだ……」

フレンチが腹立たしげにその手を払いのけた。「大きなお世話だ、ラヴリー。いったい何事だ――陰謀か？　自分の店でいちいち指図を受けるとはな！」フレンチがベッドへ向かうと、ラヴリーは表情豊かな顔にあきらめの色を浮かべて引きさがった。ふと思いついたようにジョン・グレイを脇へ連れていき、耳に何やらささやきかける。グレイは青ざめ、一瞬その場に立ちすくんだが、わけのわからない叫び声をあげてフレンチのそばへ飛んでいった。

どうにか間に合った。プラウティの肩越しにのぞきこんだフレンチは、床に横たわる女の死体をひと目見るなり、声もなくくずおれた。沈みこむその体を、グレイが抱き止める。ラヴリーが飛び出し、グレイとともに、ぐったりした体を奥の椅子へ運んだ。

白い帽子と白衣を身につけた看護師がいつの間にか来ていて、長椅子で取り乱している黒人の女の手当てをしていた。看護師はすばやくフレンチのそばへ駆け寄って鼻の下に小瓶をあてがい、両手をさすってあたためるようラヴリーに指示した。グレイはひとりごとをつぶやきながら、不安そうに行きつもどりつしている。店の専属医はあわてて看護師の手伝いにまわった。

取締役たちと秘書は恐怖に身を寄せ合い、おずおずと死体へ歩み寄った。女の顔を見て、ウィーヴァーとマーチバンクスが同時に叫び声をあげた。ゾーンは唇を嚙んで目をそらし、トラスクは恐ろしさに顔をそむけた。やがて、みな一様にぎこちない動きでゆっくりと隅へもどり、力なく目を見合わせた。

ヴェリー部長刑事が太い指を曲げてクラウザーを呼び寄せた。「どういう対応をした？」

専属探偵のクラウザーは微笑んだ。「万事手配ずみですから、ご心配は無用です。部下を全員売り場に集めて、野次馬どもを追っ払わせました。手抜かりはありません。このビル・クラウザーを信用してください、刑事さん！　実のところ、あなたがたのすることはいくらもありませんよ」

ヴェリーが野太い声で言った。「では、こうして待っているあいだに、やってもらいたいことがある。一階を大きくロープで囲んで、この一画を隔離してくれ。だれも近づけるな。いまから出入口を閉鎖しても手遅れだろう。あまり役には立つまい。殺したやつは、いまごろ何マイルも遠くにいる。さあ行ってくれ、クラウザー」

クラウザーはうなずいて背を向けたのち、振り返った。「そう言えば、刑事さん――床に倒れている女はだれなんです？　知っておくと役に立つかもしれません」

「ほう」ヴェリーは冷たい笑みを浮かべた。「なんの役に立つのやら。だが、あれがだれかはわけもなく見当がつく。フレンチ社長の奥方さ。まったく、ここは殺人現場に持ってこいの場所だな！」

「まさか！」クラウザーの顎《あご》が落ちた。「社長の奥さんですって？　あの御大の……。びっくりだな、それは」そう言って、フレンチのぐったりした姿を盗み見た。ほどなく、ショーウィンドウの外から、指示を与えるクラウザーの大声が響いてきた。

中は静まり返っていた。隅の一団はじっと動かない。黒人の女もフレンチもすでに意識を取りもどしている。女は看護師の糊《のり》のきいたスカートにしがみついて目をぎょろつかせており、フレンチのほうは青白い顔で椅子に半ば横たわり、グレイの声をひそめた慰めのことばに聞き入っている。グレイ自身もいつもの奇妙な活力を失っているようだった。

ヴェリーはプラウティの後ろでうろつくマッケンジーを手招きして言った。

「支配人のマッケンジーさんですね」

「さようでございます」

「そろそろ仕事に取りかかる潮時だ、マッケンジーさん」冷ややかに相手を見据える。「しっかりしてくださいよ。だれかが正気でいなくてはね。それもあんたの仕事のうちだ」支配人が姿勢を正す。「よく聞いてくれ。重要な仕事だから抜かりなくやってもらいたいんだ」ヴェリーは声を落とした。「従業員をひとりもこの建物から出さないでくれ——これが第一の仕事で、あんたに責任を持ってやってもらう。第二に、持ち場にいない従業員全員を調べあげる。第三に、きょう店を休んだ従業員全員の一覧を作り、欠勤の理由も書き添える。さあ、すぐに取りかかってくれ！」

マッケンジーは承諾のことばをもごもごとつぶやき、ぎこちない足どりで歩き去った。

ヴェリーは、ウィーヴァーと立ち話をしているラヴリーを脇へ連れていった。

「こちらの責任者のひとりとお見受けする。お名前は？」

「ポール・ラヴリーと申しまして、五階で現代家具の展示会を開いています。ここではわたしの作品の見本を展示しているのですよ」

「なるほど。いや、あなたは落ち着いていらっしゃいますね、ラヴリーさん。あの死体はフレンチ夫人ですね？」

ラヴリーは目をそらした。「はい、刑事さん。まちがいなく、わたしたち全員にとって大変な衝撃でした。夫人がいったいなぜこんな——」ことばを切って唇を噛む。

「なぜこんなところに、と言いたいんですね？」ヴェリーは容赦なく言った。「そう、それが問題だ。そうでしょう？　思うに——ああ、ちょっと失礼、ラヴリーさん」

ヴェリーは振り返って足早にドアへ歩み寄り、新しく来た一団を出迎えた。

「おはようございます、警視。おはよう、クイーンさん！　来てくださって助かりました。どうしようもないありさまでしてね」ヴェリーは脇へよけ、ショーウィンドウのなかとそこにいる面々を大きな手で指し示した。「なかなかのものでしょう？　犯行現場というよりお通夜みたいで！」ヴェリーにしては長たらしい口上だった。

リチャード・クイーン警視——小柄で垢抜けた、頭の白い小鳥のような人物——は、ヴェリーの手に従ってショーウィンドウのなかをぐるりと見まわした。

「なんということだ！」警視は不快げに声を張りあげた。「なぜこんなにおおぜいの人間がはいりこんだんだ。あきれたやつだな、トマス」

「警視」ヴェリーの太い声がさえぎった。「それはですね——」ヴェリーは声を落とし、警視の耳に何やらささやきかけた。

「ああ、そうか、なるほど、トマス」警視はヴェリーの腕を軽く叩《たた》いた。「あとで聞こう。ひとまず死体を見てくる」

警視は足早にその一画を横切り、格納ベッドの向こう側へまわりこんだ。死体をあらためていたプラウティが会釈した。

「殺しだよ」プラウティは言った。「銃は見あたらないが」

警視は死んだ女の不気味な顔をしげしげと見つめてから、乱れた着衣へ目を走らせた。

「なるほど、あとで部下たちに探させよう。つづけてくれ、先生」警視は深く息をついて、反対側にいるヴェリーのもとへ引き返した。

「さあ聞こう、トマス。最初からだ」ヴェリーがこの三十分間の出来事のあらましを手短に小声で説明しているあいだ、警視の小さな目は思慮深げにショーウィンドウのなかの男たちへつぎつぎと向けられた……。外には、私服警官の一団と何人かの制服警官が見える。ブッシュ巡査の姿もそのなかにあった。

エラリー・クイーンはドアを閉めて、それに寄りかかっていた。背が高く細身の体つきで、運動選手のような手と先細の指の持ち主だ。しみひとつない灰色のツイードの服を身につけ、ステッキと薄手のコートを携えている。ほっそりとした鼻梁《びりょう》には鼻眼鏡が載り、その上にひろがる秀でた白い額には皺《しわ》ひとつない。髪はつややかで黒い。

コートのポケットから、表紙の色褪《いろあ》せた小型本がのぞいている。

エラリーはその場のひとりひとりへ好奇の目を向けた――まるで念入りな観察を楽しむかのように、興味深げにゆっくりと。つぎつぎに視線を移しながら、それぞれの特徴を頭の隅にしまいこんでいるらしい。観察しながら、すべてを消化していくかのようだ。とはいえ、それに全神経を集中するのではなく、警視に説明するヴェリーの一言一句に耳を澄ましてもいる。絶えず動いていたエラリーの目がふと、片隅の壁に惨めな様子でもたれかかるウェストリー・ウィーヴァーの視線をとらえた。

互いの目が即座に相手を認めた。ふたりは手を伸ばし、同時に前へ進み出た。

「エラリー・クイーンか。驚いたな！」

「テオフィロスの七乙女にかけて、そのとおりだよ――ウェストリー・ウィーヴァーじゃないか！」ふたりは喜びもあらわに手を握り合った。警視はふたりをいぶかしげに見やったのち、向きなおってヴェリーの説明の残りに耳を傾けた。

「きみの端整な顔がまた見られてほんとうにうれしいよ、エラリー」ウィーヴァーがつぶやいた。その顔にふたたび不安げな皺が刻まれる。「てことは――あれがクイーン警視かい？」

「ああ、疲れ知らずのご当人だ」エラリーが言った。「わが父だよ。鼻を利かせて嗅《か》ぎまわっているところさ。それより教えてくれ。たしか――おお、時の流《オー・テンペス》れよ！――

―五、六年ぶりじゃないか」

「そうなるかな、エラリー。ここで会えてうれしいよ。いろんな理由でね、エル。少しほっとしている」ウィーヴァーが低い声で言った。「これは――この事件は……」

　エラリーの笑みが消えた。「悲劇だというんだな、ウェストリー。聞かせてくれ――きみはこれとどうかかわっている？　まさか、きみがあの婦人を殺したんじゃあるまいね」エラリーの口調はおどけていたが、一抹の不安が言外ににじみ、聞き耳を立てていた警視はそれをいささか奇妙に感じた。

「おい、エラリー！」ウィーヴァーはエラリーの目をまっすぐに見た。「そんな冗談はおもしろくもなんともないぞ」また惨めな顔つきにもどる。「恐ろしいよ、エル。ただただ恐ろしい。どんなに恐ろしいか、きみには想像もつくまい……」

　エラリーはウィーヴァーの腕を軽く叩き、無造作に鼻眼鏡をはずした。「すぐにわかるよ、ウェストリー。あとでふたりきり《ティタティト》で話そう。待っていてくれるだろう？　父がしきりに合図をよこしてる。元気を出せよ、ウェス！」エラリーはふたたび笑みを浮かべて歩み去った。ウィーヴァーは目に希望の光を宿し、また壁に寄りかかった。

　警視が声をひそめて息子に話しかけた。エラリーは低い声で答えた。それからベッドの向こう側へ歩いていき、プラウティを見おろすように立って、医師が手際よく死体をあらためるのを見守った。

警視がショーウィンドウのなかの一団へ向きなおった。「みなさん、静粛に願います」
沈黙の厚いカーテンが部屋におりた。

6 証言

クイーン警視は前へ進み出た。

「みなさん全員に、ここで待機していただかなくてはなりません」もったいぶった口調で切り出す。「そのあいだにわれわれが、簡単ではありますが重要な捜査をおこないます。特別待遇を要求されかねないのであらかじめおことわりしておきますが、これはまぎれもなく殺人事件です。殺人事件においては、一個人をきわめて重大な罪で告発できますし、法律は個人にも組織にも配慮をしません。ひとりの婦人が暴力によって命を落としました。何者かが殺害したのです。その何者かはいまこの瞬間、何マイルものかなたにいるかもしれないし、いまこの場にいるかもしれない。おわかりですね、みなさん」警視の疲れた目が、特に五人の取締役へ向けられた。「仕事に取りかかるのは早ければ早いほど望ましい。すでにあまりにも多くの時間が失われています」

警視はやにわに戸口へ歩み寄り、ドアをあけて、よく通る声で呼んだ。「ピゴット！　ヘス！　ヘイグストローム！　フリント！　ジョンソン！　リッター！」

六人の刑事がはいってきた。たくましい体つきのリッターが最後にドアを閉める。

「ヘイグストローム、記録を」指示を受けた刑事が小ぶりの手帳と鉛筆を取り出した。

「ピゴット、ヘス、フリント――このなかを捜索しろ！」警視はそれから小声で何やら言い足した。三人の刑事はにやりとして、それぞれが異なる持ち場へ散っていった。家具、床、壁を、ゆっくりと丹念に調べていく。

「ジョンソン――ベッドだ！」残ったふたりの一方が格納ベッドへまっすぐに向かい、寝具を調べはじめる。

「リッター――待機していろ」警視はコートのポケットへ手を入れて、茶色の古い嗅ぎ煙草入れを取り出した。香り高い嗅ぎ煙草を鼻孔に詰めて、深々と吸ってから、箱をポケットへもどした。

「さて！」警視は言って、すっかり怯《おび》えている一同をにらんだ。エラリーがつかの間父親の視線をとらえ、微笑を浮かべた。「さあ！　そこのあんた」警視は非難するように黒人の女を指さした。女は恐怖のあまり顔を灰色がかった紫に染め、大きく見開いた目で警視を見つめた。

「は、はあ」女は震え声で言い、よろめきながら立ちあがった。

「名前は？」警視が鋭く尋ねる。

「ダ、ダイ――ダイアナ・ジョンソンといいますんです」恐れをなして呆然《ぼうぜん》と警視を見つめ、つぶやくように言った。

「ダイアナ・ジョンソンだな?」警視は一歩前へ出て、女のほうへ指を突き出した。

「きょう十二時十五分にこのベッドをあけたのはなぜだ」

「そ、そう——そうすることになってたからでして」女は口ごもりながら答えた。

「それが——」

ラヴリーが警視に向かってためらいがちに手を振った。「わたしからご説明を——」

「だまって!」警視はさえぎり、ラヴリーが顔を赤らめて苦笑した。「つづけて、ジョンソンさん」

「は、はあ! それが実演のはじまる時間と決まってたんで。いつも十二時二、三分前には、このショーウィンドウへはいって、実演の準備をしますんです」ことばがほとばしり出る。「それから、このへんてこな仕掛けを紹介しまして、それが終わったら」——ソファとベッドと本棚が組み合わさったような長椅子を指さす——「壁のそばへ行ってボタンを押しますんです。そしたら——あの死んだ女の人が、あたしの足もとに転げ落ちてきまして……」女は身震いをして深く息を吸い、速記で忙しく証言を書き留めているヘイグストローム刑事に視線を送った。

「ボタンを押したとき、中に死体があることに気づかなかったのかね、ジョンソンさん」警視は尋ねた。

女の目が大きく見開かれた。「まさか！　知ってたら、千ドルもらったってあのベッドになんかさわりやしません！」制服姿の看護師が引きつった笑いを漏らす。警視ににらまれ、たちまち真顔にもどった。

「よろしい。質問は以上だ」警視はヘイグストロームのほうを向いた。「残らず書いたか」警視のすばやいウィンクに、刑事が厳粛な沈黙を保ちつつうなずく。警視は一同に向きなおった。「看護師さん、ダイアナ・ジョンソンを階上《うえ》の医務室へ連れていき、こちらの指示があるまで部屋から出さないように」

黒人の女は外へ出たい一心であわてて立ち去った。そのあとを、看護師がいささか不機嫌そうについていった。

警視はブッシュ巡査を呼んでこさせた。巡査は敬礼し、死体がベッドから落ちたときに歩道で何が起こったかや、その後のショーウィンドウ内の様子について二、三の質問に答えたあと、五番街の持ち場へもどるよう命じられた。

「クラウザー！」エラリーとプラウティのそばに立っていた専属探偵が前かがみの姿勢で進み出て、警視を臆《おく》せず見据える。「きみがこの店の専属探偵だね」

「さようです」クラウザーは足をもぞもぞ動かし、煙草の脂《やに》に染まった歯をのぞかせてにやりと笑った。

「ヴェリー部長刑事は、死体が発見されるとすぐ、売り場にきみの部下を配置するよう指示したそうだな。きみはそのとおりにしたのか」

「ええ、しましたよ。外にいた警備員半ダースを動員し、手のあいている監視員もすべて集めました」クラウザーは即答した。「でも、怪しい者はまだ見つかってません」

「見つかる望みはまずないだろうな」警視は嗅《か》ぎ煙草をもうひとつまみ吸った。「ここへきみがはいってきたときの様子を話してくれ」

「ええとですね、警視。自分が最初にこの殺しを知ったのは、上階の事務所にいるときに、ある警備員から電話があって、外の歩道で何かがあったと――暴動か何かが起こったと知らせてきたからです。すぐに階下へおりて、このショーウィンドウのそばを通りかかったところ、ラヴリーさんに大声で呼び止められました。中へ駆けこむと、死体があって、黒人の女が床で気を失ってたんです。警邏《けいら》中のブッシュ巡査が自分のすぐあとからはいってきました。自分は警察本部から人が来るまで何ひとつ手をふれるなとみんなに言い置いてから、外の野次馬を追っ払い、ヴェリー部長刑事が着くまで万事に目を配ってました。そのあとは部長刑事の命令に従いましたよ。ほんとうです。自分は――」

「わかった、もうじゅうぶんだ」警視が言った。「ここにいてくれ。あとで頼むことがあるかもしれない。何しろ、このままじゃ人手が足りないんだ。現場が百貨店とあってはな！」警視は何やらつぶやいてから、プラウティのほうを向いた。

「先生！　所見はつかめたか」

検死医が膝《ひざ》を突いたままうなずいた。「だいたいはね。いまここで何もかも話せと言うのか」一般人たちの前で見解を述べるのが賢明かどうかを暗に尋ねているらしい。

「かまわないだろう」警視は低い声で言った。「どうせたいして役に立つまい」

「それはどうかな」プラウティはうなり声をあげて立ちあがり、黒い葉巻をきつく嚙《か》みしめた。

「この女性は銃弾を二発撃ちこまれて絶命した」ゆっくりと言う。「どちらもコルトの三八口径のリボルバーから発射されたものだ。おそらく同一の銃だろう――顕微鏡で見ないと正確なことは言いかねるがね」ひしゃげて形が損なわれ、赤黒く染まった金属の塊をふたつ掲げる。警視がそれを受けとって指で転がし、だまって息子に手渡すと、エラリーはすぐさま興味津々の様子でその上にかがみこんだ。

プラウティはポケットに両手を突っこみ、夢見るような目で死体を見おろしている。

「一発は心臓部のど真ん中に撃ちこまれた。心膜がずたずたに傷ついているよ、警視。胸骨を砕き、体腔《たいこう》と心膜を隔てている隔膜を貫通し、あとはしかるべき進路をたどっている――まずは線維性心膜、つぎに内側の漿膜《しょうまく》性心膜、最後に大血管のある心臓前部の先端に達している。黄色い心囊《しんのう》液もかなりの量が漏れているな。銃弾のはいった射入角のせいで、恐ろしい傷が残った……」

「すると即死だったんですね」エラリーが訊《き》いた。「二発目は必要ではなかった?」

「いかにも」プラウティはそっけなく言った。「どちらの射創でも即死だったろう。実のところ、二発目は——いや、どちらが先に撃ちこまれたかはわかりかねるから、二発目ではないかもしれないが——第二の弾は第一の弾よりずっといい仕事をしている。というのも、心臓のすぐ下で腹腔の真上にあたる前胸部を貫いているからだ。ここもずたずたに傷ついているし、前胸部は重要な筋肉や血管が集まっているから、心臓そのものと同じくらい生命維持に不可欠な場所だ……」プラウティはふと口をつぐんだ。視線は苛立《いらだ》ち気味に床の上の女の死体へさまよっていく。

「至近距離で撃たれたのか」警視が口をはさんだ。

「火薬の付着はないよ、警視」プラウティは眉《まゆ》をひそめ、なおも死体から目を離さずに言った。

「二発とも同じ場所から撃たれたんですか」エラリーが尋ねた。

「わからない。横の角度はほぼ同じだから、この二発の弾を撃った人物が被害者の右側に立っていたことはわかる。しかし、下降角度がどうも気になってね。あまりに似すぎている」

「というと?」エラリーが身を乗り出して訊いた。

「そうだな」プラウティは葉巻を嚙みながらうなるように言った。「二発の弾が発射されたとき、被害者がまったく同じ位置にいたなら——むろん、二発がほぼ同時に発射されたものと仮定して——心膜の傷よりも前胸部の傷のほうが、下降角度が大きくなくてはいけない。前胸部は心臓の下にあるから、そちらを撃つときは銃を低く構えたはずだということだよ。いや、そんなことはわたしの口から言うべきじゃなかったな。きっと、角度のちがいについてはいくらでも説明がつくのだろう。だが、そっちの専門のケン・ノールズに弾と射創を調べさせるといい」

「何かわかるといいがね」警視がため息をついて言った。「それだけか、先生」

ふたつの銃弾をもう一度よく調べていたエラリーが顔をあげた。「死後どのくらいですか」

プラウティは即答した。「およそ十二時間ってところだろう。解剖をすればもっと正確に特定できる。しかし、死亡時刻は深夜十二時より前でないのはたしかだし、おそらく午前二時より遅くはない」

「それだけか」警視が粘り強く訊いた。

「そうだ。ただ、少々気がかりな点がひとつある……」プラウティは顎《あご》を引きしめた。「妙なことがあるんだよ、警視。わたしの知るかぎり、前胸部の傷で出血がこんなに少ないのは信じがたい。気づいているだろうが、ふたつの射創の上の着衣には凝固した血液が付着しているものの、その量は思ったほどではない。少なくとも医者が思うほどではね」

「なぜだろう」

「前胸部の傷はこれまで数多く見てきたが」プラウティは静かに言った。「それはもう大変なものだよ。出血量が半端じゃない。それどころか、特に今回のように射入角のせいで射創がかなり大きい場合は、あたりは血の海になったはずだ。心膜の傷からもそこそこ出血するが、たいした量じゃない。しかし、前胸部となるとね——だから、妙なことがあるというわけで、念のために知らせておくよ」

警視は口をあけて返事をしかけたが、エラリーが警告の視線を送った。警視は唇を引き結んでうなずき、プラウティを解放した。エラリーが二発の銃弾を返すと、プラウティはそれを注意深く鞄《かばん》にしまった。

そして、ベッドにあったシーツでゆっくりと亡骸《なきがら》を覆い、死体保管所からの迎えの車を急がせると言い残して立ち去った。

「百貨店の専属医師のかたはいますか」警視が尋ねた。

小柄で肌の浅黒い医者が片隅からおずおずと進み出た。歯を光らせて言う。「はい、わたしです」

「いまの分析に何か付け加えることはありますか、先生」警視は相手の警戒心を解くようにやさしく訊いた。

「いえ、ありません、何も」専属医はプラウティの後ろ姿を落ち着かなげに見て言った。「いくらか大ざっぱですが、正確な見立てでした。銃弾が撃ちこまれたのは――」

「ありがとう、先生」警視は小柄な医者に背を向けると、店の専属探偵を横柄に手招きした。

「クラウザー」低い声で言う。「夜間警備の主任はだれだ」

「オフレアティ――ピーター・オフレアティです、警視」

「夜は何人の警備員が仕事に就く？」

「四人です。オフレアティが三十九丁目通り側の夜間出入口の番をして、ラルスカとパワーズが見まわりをし、ブルームが三十九丁目通り側の夜間貨物搬入口の番をしています」

「なるほど」警視はリッター刑事のほうを向いた。「支配人のマッケンジーという男をつかまえて、オフレアティ、ラルスカ、パワーズ、ブルームの住所を聞き出し、タクシーでできるだけ早くここへ連れてこい。急げ！」リッターが飛び出していった。

エラリーが急に姿勢を正し、鼻眼鏡をしっかりと掛けなおして大股《おおまた》で父親に歩み寄った。ふたりはしばし小声で何やら話し合っていたが、それがすむと、エラリーはベッドの近くの見晴らしの利く場所へ静かに退き、警視は指を曲げてウェストリー・ウィーヴァーを差し招いた。

「ウィーヴァーさん」警視は言った。「あなたはフレンチ社長の個人秘書だそうですね」

「ええ、そのとおりです」ウィーヴァーが用心深く答えた。

警視は、椅子でぐったりしているサイラス・フレンチを横目でちらりと見た。その腕をジョン・グレイの小さな白い手が気づかうようにそっと叩《たた》いている。「いまは社長に質問するのは差し控えたいのでね……。あなたはきょうの午前中ずっと、社長といっしょにいましたか」

「はい」

「フレンチ社長は奥さんが店にいるのを知らなかったんでしょうか」

「ご存じありませんでした」答はすぐに返り、きっぱりとしていた。ウィーヴァーはいぶかしげに警視を見つめる。

「あなたはどうでしたか」

「ぼくですか？　いいえ、とんでもない！」

「ふうむ」警視は顎を胸にうずめて少しのあいだ考えこんだ。だしぬけに、ショーウィンドウの反対側にいる取締役の一団のほうへ指を突き出す。「あなたがたはいかがです。フレンチ夫人が——けさ、あるいはゆうべ——この店にいたのを知っていた人は？」

一同が口をそろえて、否定のことばをおそるおそるつぶやいた。コーネリアス・ゾーンが顔を真っ赤にし、腹立たしげに抗議をはじめた。

「静かに！」警視の一喝で、たちまち声がやんだ。「ウィーヴァーさん。こちらの紳士たちがけさ店にいたのはなぜですか。毎日いるわけではないんでしょう？」

ウィーヴァーの実直そうな顔が、安堵《あんど》したかのように明るくなった。「取締役のみなさんは、店の経営に積極的にかかわっていらっしゃいましてね。たとえ一時間かそこらでも、全員が毎日かならず顔をお出しになります。けさは、上階にあるフレンチ社長のアパートメントで取締役会がありまして」

「なに？」警視は驚くと同時に機嫌のよい顔になった。「上階にあるアパートメントと言ったね。それは何階にある？」

「六階――この建物の最上階です」

エラリーが急に活気づいた。またショーウィンドウのなかを横切り、また父親の耳にささやきかけ、また警視がうなずいた。

「ウィーヴァーさん」警視は熱心な口ぶりでつづけた。「けさ、あなたと取締役のかたがたはフレンチ社長のアパートメントにどのくらいいましたか」

ウィーヴァーはその質問に面食らったようだった。「むろん午前中ずっとですよ、警視さん。ぼくがアパートメントへ来たのは八時半ごろで、社長は九時ごろ、取締役のみなさんは十一時少し過ぎに見えました」

「なるほど」警視は考えこんだ。「あなたはそのあいだに一度でもアパートメントを出ましたか」

「出ていません」すぐさま答が返された。

「では、ほかの人たち――フレンチ社長と取締役たちはどうでしたか」警視は粘り強く尋ねた。

「出ていませんよ！　ここで事件が起こったと店の警備員から知らせがあるまで、全員がアパートメントにいらっしゃいました。申しあげておきますが――」

「ウェストリー、ウェストリー……」エラリーが小声でたしなめるように言い、ウィーヴァーは驚いた目をして振り向いた。エラリーの意味ありげなまなざしを見て目を伏せ、とまどい気味に唇を噛《か》む。そして、言いかけたことばを呑《の》みこんだ。

「なるほど」警視はうんざりしつつも楽しんでいる様子だった。一同の目に浮かぶ当惑はまったく眼中にない。「では訊《き》こう！　慎重に答えてもらいたい。知らせがあったのは何時でしたか」

「十二時二十五分です」ウィーヴァーは落ち着きを取りもどして答えた。

「けっこう――そして、全員がアパートメントを出たんですね？」ウィーヴァーがうなずく。「ドアには鍵《かぎ》をかけましたか」

「鍵はそのままかかります」

「では、アパートメントはそのままの状態だと。警備員も置かずに？」

「とんでもない」ウィーヴァーは即答した。「けさ会議がはじまったとき、社長の提案で、店の警備員のひとりをアパートメントのドアの外に立たせました。特別の命令なので、いまもいるはずです。実のところ、ここで何が起こったのかをたしかめようと全員でアパートメントから飛び出したとき、ドアの外にその警備員がいるのを見た覚えがあります」

「大変けっこう！」警視はにっこりした。「警備員と言ったね。信用できる人物ですか」

「まちがいありませんよ、警視」片隅にいたクラウザーが口をはさんだ。「ヴェリー部長刑事もご存じの男です。ジョーンズという名前で——もとは警官でして——昔はよくヴェリーさんといっしょに巡回していました」警視が問いかけるようにヴェリーを見ると、部長刑事は肯定のしるしにうなずいた。

「トマス」警視は脇ポケットに手を入れて、嗅《か》ぎ煙草をつまみながら言った。「たしかめてきてくれるか。そのジョーンズという男がまだそこにいるのか、ずっとそこにいたのか、何か見なかったか、フレンチ社長やウィーヴァーさんやほかの紳士がたが出ていったあとにアパートメントへはいろうとした者がいたかどうかをな。それから、部下をひとり連れていって交替させてやれ——ひと休みさせるんだ、いいな」

ヴェリーは無表情で太い声を出し、重い足音を立ててショーウィンドウから出ていった。入れちがいにひとりの警官がはいってきて警視に敬礼し、報告した。「皮革製品の売り場に電話があり、ウェストリー・ウィーヴァーさんに用があるとのことです、警視」

「なに？　電話だと？」警視は片隅で元気なく立っているウィーヴァーのほうを向いた。

ウィーヴァーが姿勢を正した。「おそらく会計監査室のクラフトからでしょう。けさぼくが報告書を提出することになっていたんですが、会議やその後の騒ぎですっかり忘れていまして……電話に出てもかまいませんか」

警視はためらい、鼻眼鏡を上の空でいじっているエラリーにちらりと目をやった。エラリーはかすかにうなずいた。

「どうぞ」警視はむっつりと言った。「だが、すぐにもどりたまえ」

ウィーヴァーは警官のあとについて、ショーウィンドウのドアの真向かいにある皮革製品の売り場へまっすぐ向かった。店員が待ちかねたように受話器を手渡す。

「もしもし――クラフトかい？　ウィーヴァーだ。報告書の件はすまない――え、どちらさま？　ああ」

受話器からマリオン・フレンチの声が聞こえ、ウィーヴァーの顔に奇妙なまでの変化が生じた。ウィーヴァーはすぐに声を落として電話機に覆いかぶさった。後ろをぶらついていた警官がこっそり近づいて聞き耳を立てる。

「ねえ、いったいどうしたの？」マリオンが心配そうな声で尋ねる。「何かあったの？　あなたと話したくてお父さまのアパートメントへ電話をかけても、だれも出ないものだから。交換手にあなたを探してもらわなくちゃならなかったのよ……。お父さまはけさ取締役会を開いていたはずでしょう」

「マリオン！」ウィーヴァーは有無を言わせぬ調子で言った。「いまは説明している暇がない。困ったことになってね――つまりその、とても……」ウィーヴァーはことばを切り、心のなかで何かと格闘しているようだった。唇を引き結ぶ。「マリオン、きみに頼みがある」

「でも、ウェス」心配そうに女の声が言う。「いったいどうしたの？　お父さまの身に何か？」

「いや――そうじゃない」ウィーヴァーは必死な面持ちで電話機に覆いかぶさった。

「頼むから、もう訊かないでくれ……。いまどこにいる？」

「もちろん家よ。でも、ウェス、ほんとうに……何があったの？」マリオンの声に恐怖がにじむ。「ウィニフレッドかバーニスにかかわりがあるの？　ふたりとも家にいないのよ、ウェス――ゆうべからずっと……」それから、マリオンが小さく笑った。

「ああ、だめ！　あなたを困らせたりしてしまって。ええ、タクシーで十五分もしたらそっちへ行くから」

「そうすると思ったよ」ウィーヴァーは安堵のあまり泣きだしそうだった。「何が起ころうとも、ぼくはきみを愛してる。愛してるよ。わかるね？」

「ウェストリー！　おばかさんね――びっくりさせないでちょうだい。じゃ、あとで――すぐそっちに行くわよ」受話器からやさしい小さな音がして――キスの音だったかもしれない――ウィーヴァーは大きく息をついて受話器を置いた。

ウィーヴァーが振り向くと同時に、警官が後ろへ跳びのいた――顔じゅうににやにやと笑いを浮かべている。ウィーヴァーは怒りで顔を真っ赤にして何か言いかけたあと、かぶりを振った。

「若い女性がまもなくここへ来ます」早口に言う。「十五分くらいで着くでしょう。来たらすぐに知らせてもらいたい。マリオン・フレンチという女性です。ぼくはショーウィンドウのなかにいます」

警官の顔から笑みが消えた。「いやあ――」顎《あご》を掻《か》いてゆっくりと言う。「それについてはなんとも言えません。直接、警視に説明なさるべきでしょうね。自分にはそんな権限がないので」

警官はウィーヴァーの抗議には取り合わず、がっしりした手で相手の腕をとって、ショーウィンドウのなかへ連れもどした。

「警視」ウィーヴァーの腕をしっかりつかんだまま、かしこまった口調で言う。「この人が、マリオン・フレンチという若い女性が店に来たら知らせてくれと言うんですが」

クイーン警視は驚いて顔をあげたが、驚きはたちまちそっけない態度に転じた。

「電話はクラフトさんからでしたか」とウィーヴァーに尋ねる。

ウィーヴァーが答える前に、警官が口をはさんだ。「断じてちがいます。電話の相手は女性で、この男はマリオンと呼んでました」

「ああ、警視さん！」ウィーヴァーは憤然と言い、警官の手を振りほどいた。「ばかばかしい話です。電話はクラフトさんからと思っていたら、マリオンさん――社長のお嬢さん――からでした。用件は――半分仕事がらみのものでした。ですから勝手ながら、すぐこちらへ来るようお願いしました。それだけです。いけませんか？　彼女が来たら知らせてもらいたいと頼んだのは――もちろん、彼女がここへ立ち入らないように、床に倒れている義理の母親の死体を目にして衝撃を受けたりしないようにしたいからですよ」

警視は嗅ぎ煙草をひとつまみ取り出して、穏やかな視線をウィーヴァーからエラリーへ移した。「なるほど、わかった。すまないね、ウィーヴァーさん……。おい、いまの話にまちがいないな」制服警官のほうを向いてきびしく言う。

「はい、警視！　何もかもはっきり聞こえました。この人はありのままをしゃべっています」

「ありのままをしゃべって運がよかったな」警視はつぶやいた。「もういいですよ、ウィーヴァーさん。その若い女性が到着したら、われわれが対処しましょう……。さてと！」両手を揉《も》みながら大声で言う。「フレンチさん！」

老社長は茫然自失《ぼうぜんじしつ》のていで顔をあげ、うつろな目でぼんやりと見つめた。

「フレンチさん、この謎をいくらかでも解きほぐせる手がかりはありませんか」

「な――な――なんと――言いましたか」フレンチは椅子の背のクッションから苦心して頭を起こし、口ごもりながら言った。妻の死に衝撃を受けたあまり、呆《ほう》けてしまったかのようだ。

警視はフレンチに憐《あわ》れみのまなざしを向けてから、威嚇するような顔つきのジョン・グレイの目を見据えて「心配は無用です」とつぶやき、肩をそびやかした。「さあ、エラリー、死体をじっくり調べるとしようか」垂れかかる眉《まゆ》の下からエラリーをじっと見る。

エラリーは身をよじった。「見物人は」はっきりと言う。「役者よりもよく物が見える。この引用句が的はずれだと思うなら、父さんは自分の息子の気に入りの作者を知らないんだな。〝名なし《アノニマス》〟という名前なんだ。お先にどうぞ！」

7　死体

クイーン警視はショーウィンドウの奥へ歩いていった。ベッドとガラスのあいだに死体が横たわっている。寝具を調べていたジョンソン刑事を手ぶりで脇へ移動させ、死んだ女のそばにひざまずいた。死体を覆っている白いシーツをめくる。エラリーは父親の肩越しに身をかがめ、冷ややかだが全景をとらえる持ち前のまなざしで観察した。

死体は妙にねじれた姿勢で倒れていた。左腕は伸び、右腕は少し曲がって背中の下敷きになっている。顔は横向きで、ずれ落ちた茶色のトーク帽が哀れにも片目を覆っている。フレンチ夫人は小柄でほっそりとし、手脚はずいぶん華奢《きゃしゃ》だ。目は当惑したように凝然と見開かれている。口からは唾液《だえき》が垂れ、いまでは黒く乾いた細い血の筋が顎を伝っている。

服装は簡素で地味ではあるものの、夫人の年齢と立場にふさわしく上質のものばかりだった。襟と袖口《そでぐち》を茶色の狐の毛皮でふちどりした薄茶色の布地のコート、胸と腰にオレンジと茶色の模様がはいった鳶色《とびいろ》のジャージー素材のドレス、茶色の絹の靴下、それに合わせた茶色の散歩靴を身につけている。

警視が顔をあげた。

「靴の泥に気がついたか、エル」小声で尋ねる。

エラリーはうなずいた。「たいした洞察力は要らないよ。きのうは一日じゅう雨で、ゆうべは土砂降りだったろう？　この哀れなご婦人が高貴なおみ足を濡《ぬ》らしたって不思議じゃない。それどころか、トーク帽のふちにも湿った跡がある――そうだよ、父さん、フレンチ夫人はきのう雨のなかを出かけたんだ。たいして重要なことじゃないけどね」

「なぜだ」警視は両手で夫人のコートの襟をそっとひろげて尋ねた。

「おそらく、店にはいろうとして歩道を横切ったときに、帽子と靴が濡れたんだろう」エラリーは答えた。「それは？」

警視は返事をしなかった。探っていた手をコートの下へすばやく差し入れ、さまざまな色が入り混じったごく薄いスカーフを取り出した。

「どれどれ」と言って、その薄織物のような布を手の上でひっくり返す。「ベッドから転げ落ちたときにコートのなかへ滑りこんだんだろう」そのとき、警視の口から驚きの声が漏れた。スカーフの一方の隅に、頭文字を組み合わせたモノグラムが絹糸で刺繍《ししゅう》されている。エラリーが父親の肩越しにさらに深く身をかがめた。

「M・F」エラリーは読みあげた。背を伸ばし、無言で眉をひそめる。

警視はショーウィンドウの反対側にいる取締役の一団を見た。一同はひとかたまりになって警視の一挙一動を注視している。警視が振り向くと、みな後ろめたそうにぎくりとして顔をそむけた。

「フレンチ夫人のファーストネームは？」警視が一同に尋ねた。全員が個別に質問されたかのように、いっせいに「ウィニフレッド！」と即答した。

「ウィニフレッドだと？」警視はつぶやき、また死体を一瞥《いちべつ》した。それから、灰色の目をウィーヴァーに据える。

「ウィニフレッドだと？」と繰り返した。ウィーヴァーが機械的に首を上下に振る。

警視の手にある絹の布切れを怯《おび》えた顔で見ている。「ウィニフレッドのあとは？　ミドルネームか頭文字は？」

「ウィニフレッド——ウィニフレッド・マーチバンクス・フレンチです」ウィーヴァーは口ごもりながら言った。

警視はぞんざいにうなずいた。立ちあがり、どんよりとしたうつろな目で見返しているサイラス・フレンチのほうへ歩み寄った。

「フレンチさん」富豪の肩をそっと揺すった。「フレンチさん、これは奥さんのスカーフですか」スカーフを相手の目の前に掲げる。「わたしの言うことがわかりますか？　このスカーフは奥さんのものでしょうか」

「え？　ああ――見せてくれ！」フレンチは日の色を変えて警視の手からスカーフをひったくった。熱心にかがみこんで平らに伸ばし、頭文字を組み合わせたモノグラムを震える指で調べたあと――椅子にぐったりともたれた。

「奥さんのものですか、フレンチさん」警視はスカーフを取りもどして尋ねた。

「ちがう」平板で生気のない、投げやりな返事だった。

警視は黙している一団のほうを向いた。「このスカーフの持ち主がわかるかたは？」スカーフを高く掲げる。返事はない。警視は質問を繰り返し、ひとりひとりをじっと見据えた。そのなかで、ウェストリー・ウィーヴァーだけが目をそらした。

「なるほど。ウィーヴァーさん！　さあ、ごまかしは勘弁してもらうぞ、若いの！」警視はぴしゃりと言って秘書の腕をつかんだ。「M・Fの文字は何を意味している――

――マリオン・フレンチか？」

ウィーヴァーが息を呑《の》み、苦悩に満ちた目をちらりとエラリーへ向けたが、エラリーは憐れみの視線を返してからサイラス・フレンチへ目を移した。老人はひとりごとをつぶやいている……。

「まさか彼女が――この件とかかわりがあると信じていらっしゃるんですか！」ウィ

ーヴァーは腕を振りほどいて叫んだ。「とんでもない話だ――ばかばかしい！……この件と関係しているなんて、ぜったいにありえませんよ、警視さん。彼女は立派で、若くて、とても――」

「マリオン・フレンチというのは」警視はジョン・グレイのほうを向いた。「社長のお嬢さんだと、さっきウィーヴァーさんが言ったようだが」

グレイがむっつりとうなずいた。サイラス・フレンチが突然、椅子から立ちあがろうとした。しゃがれ声で叫ぶ。「冗談じゃない！　マリオンはちがう！　マリオンはちがう！」その目は燃えあがらんばかりで、いちばん近くにいた取締役ふたり――グレイとマーチバンクス――があわてて駆け寄り、震える体を支えた。発作はしばらくつづき、やがてフレンチは椅子に倒れこんだ。

警視はひとことも言わずに死体の検分にもどった。エラリーは鋭い目を顔から顔へと移しながら、このささやかなドラマの一部始終を静かに見守っていた。やがて、テーブルに力なく寄りかかるウィーヴァーに安心しろと言いたげな視線を送ってから、身をかがめ、死者の乱れたスカートに隠れてほとんど見えなかったものを床から拾いあげた。

それは濃い茶色のスエード革の小ぶりなハンドバッグで、〝W・M・F〟という頭文字を組み合わせたモノグラムがあしらわれていた。エラリーはベッドの端に腰をおろし、ハンドバッグを両手のなかでひっくり返した。興味深そうに蓋《ふた》をあけて、中身をマットレスの上に並べはじめる。小さな小銭入れ、金色の化粧ポーチ、レースのハンカチ、金色の名刺入れ――いずれも〝W・M・F〟のモノグラムがついている。そして最後に、キャップに浮き彫りが施された銀色の口紅を取り出した。

警視が顔をあげた。「そこにあるのはなんだ」鋭く訊《き》く。

「故人のハンドバッグさ」エラリーがつぶやいた。「ご覧になりますか」

「ご覧に――」警視は怒ったふうを装って息子をにらみつけた。「エラリー、おまえにはときどき我慢がならんよ！」

エラリーは微笑を浮かべてハンドバッグを手渡した。警視はそれを丹念に調べた。そしてベッドの上の品々を不器用にいじくりまわしたあと、うんざりして手を止めた。

「たいしたものは見あたらないな」警視は不満げに言った。「わたしには――」

「そうかな」エラリーは挑発するように言った。

「というと？」警視は声の調子を一変させて、バッグの中身をもう一度調べた。「財布、化粧ポーチ、ハンカチ、名刺入れ、口紅――何か目を惹《ひ》くものでも？」

エラリーは体の向きを変えて、ベッドの上の品々を自分の背中で隠し、人目にふれないようにした。口紅をそっと取りあげて父親に手渡す。警視は注意深く、いぶかしげにそれを受けとった。突然、驚きの声を漏らす。

「そう――〝C〟だ」エラリーがつぶやいた。「どう思う？」

その口紅は太くて長かった。キャップに〝C〟の頭文字が控えめに彫ってある。警視はしばらく呆気《あっけ》にとられてそれを見つめたあと、部屋にいる人々に問いかけようとした。ところが、エラリーは身ぶりで父親を制し、その手から口紅を取りあげた。頭文字の彫ってあるキャップをまわしてあけてから、本体をひねり、筒の先から棒状の赤い紅を半インチほど出す。エラリーの視線が死んだ女の顔へと移る。目がそこに何かを見てとり、輝きを放った。

エラリーは父親の脇にすばやくひざまずいた。自分たちふたりの体でなおも人目をさえぎりながら手を動かしている。「これを見て、父さん」声をひそめて言い、口紅を差し出した。警視は困惑顔でそれを見た。

「毒入りだというのか」と尋ねる。

「だが、そんなことが――分析もせずにどうしてわかる？」

「いや、そうじゃない！」エラリーは声をひそめたまま強く否定した。「色だよ、父さん――色！」

警視は顔を輝かせた。エラリーの手にある口紅から女の死体の唇へ目を移す。一目《いちもく》瞭然《りょうぜん》だ――唇の色はエラリーが手にしている口紅のものとはちがう。唇がピンクに近い淡い赤に塗られているのに対し、口紅の色は深紅だ。

「おい、エル――ちょっと貸せ！」警視は言った。先の出た口紅を受けとり、死者の顔にすばやく赤いしるしをつけた。

「ちがうな、たしかに」とつぶやいた。シーツの端で口紅を拭《ふ》きとる。「しかし、どうもよく――」

「もう一本、別の口紅があるはずなんだよ」エラリーは何気ない調子で言い、立ちあがった。

警視はハンドバッグをつかみとり、ざっと調べなおした。しかし、別の口紅は見あたらなかった。警視はジョンソン刑事を手で招いた。

「ベッドかクロゼットで何か見つかったか、ジョンソン」

「何もありませんでした、警視」

「たしかか？　口紅はなかったか」

「ありませんでした」

「ピゴット！　ヘス！　フリント！」三人の刑事はすぐに捜索の手を止めて、警視のもとへ歩み寄った。警視は同じ質問を繰り返した……。収穫はない。刑事たちは怪しいものを何も見つけていなかった。

「クラウザーはいるか！　クラウザー！」専属探偵が駆け寄ってきた。

「店の様子をたしかめにいってましてね」クラウザーは訊かれもしないのに告げた。

「万事順調です——部下たちが張りきってやってますよ。何かご用ですか、警視」

「死体を発見したとき、このあたりで口紅を見かけたか」

「口紅？　いえ、見てません！　まあ、見たとしても手をふれなかったでしょうがね。何物にもいっさい手をふれるなと全員に命令したんです。そのくらいは心得てますよ、警視」

「ラヴリーさん！」フランス人がゆっくり歩み寄ってきた。やはり、ラヴリーも口紅など見ていなかった。ひょっとして黒人の女が——

「まさかな！　ピゴット、だれかを医務室へやって、あのジョンソンという女が口紅を見たかどうかを確認しろ！」

警視は眉根《まゆね》を寄せてエラリーを振り返った。「おい、おかしな話だな、エラリー。ここにいるだれかがその忌まわしい口紅をくすねたとでも？」

エラリーは微笑んだ。「かのトム・デッカー（十六、七世紀イギリスの劇作家）は〝まじめに働くとすがすがしい顔になる〟と書いたけど、ぼくはどうかと思うな、父さん……。いや、口紅泥棒を見つけようと努力しても無駄骨に終わるよ。もう少しでぼくにいい考えが浮かびそうだ……」

「いったいどういうことだ、エラリー」警視はうなるように言った。「じゃあ、だれも盗らなかったとしたら、口紅はどこにある？」

「時が容赦なく流れ、やがて明らかになる」エラリーは落ち着き払って答えた。「でも、哀れな死人の顔をもう一度調べたらどうかな、父さん――特に唇の部分を。口紅の色のほかに興味深い点はないだろうか」

「なんだと？」警視は驚きの目を死体へ向けた。落ち着きなく嗅《か》ぎ煙草入れを探り、ひとつまみ深々と吸った。「いや、わたしには何も――いや、なんということだ！」

警視は口のなかで声を漏らした。「口紅が――塗りかけだ……」

「そのとおり」エラリーは鼻眼鏡を指に引っかけて、まわしながら言った。「死体を見た瞬間にそのことが気になってね。いまだ女盛りの美しいご婦人が唇を半ば塗りかけて放置するとは、どんな意外な事情が積み重なったせいなのか」エラリーは口を引き結び、深く考えこんだ。その目は死体の唇から離れなかった。上唇と下唇の両方にピンクがかった色の口紅が認められ、まだ塗り伸ばされていない塊が上唇に二か所、下唇の真ん中に一か所残っている。塗られていない部分の唇は、不気味な紫色――ありのままの死の色だ。

警視が疲れた様子で額をぬぐったとき、ピゴットがもどってきた。

「どうだった」

「あの黒人の女はすぐに気を失ったそうです」刑事が報告した。「格納ベッドから死体が落ちてきたとたんに。だから何も見ていません。もちろん口紅もね」

クイーン警視は困惑して押しだまったまま、死体をシーツで覆った。

8　見張り

ドアが開き、ヴェリー部長刑事が、黒い服を着た目つきの鋭い男を連れてはいってきた。新来の男は警視にうやうやしく敬礼し、じっと待った。

「こちらはロバート・ジョーンズです、警視」ヴェリーは低い声で歯切れよく言った。「店の警備員のひとりで、信頼に足る人物であることはわたしが保証します。ジョーンズは、けさウィーヴァーさんに呼ばれて、取締役会のあいだアパートメントのドアの外で見張りをしていました」

「どんな様子だったんだ、ジョーンズ」クイーン警視が尋ねた。

「けさ十一時に、社長のアパートメントへ出向くよう指示されました」警備員が答えた。「ドアの前で番をして、だれも会議の邪魔をしないよう見張っているようにとのことでした。わたしは指示どおり――」

「その指示はどうやって受けた？」

「ウィーヴァーさんから電話があったんですが」警備員が答えた。警視はウィーヴァーがうなずくのを見て、ジョーンズに手ぶりで先を促す。

「わたしは指示どおり」ジョーンズはつづけた。「会議の妨げにならないように、アパートメントの外を巡回していました。十二時十五分ごろまで、六階のアパートメントの前の廊下にいたんです。すると、ドアが開き、社長と取締役のかたがたとウィーヴァーさんが飛び出してきて、エレベーターで階下へおりていきました。みなさん、興奮した様子で……」

「フレンチ社長とウィーヴァーさんと取締役たちがなぜそんなふうにアパートメントから飛び出してきたのか、きみは知っていたのか」

「知りませんでした。申しあげたとおり、みんな興奮した様子でわたしには注意を払いませんでした。奥さまが亡くなったことは、三十分くらいして同僚が知らせにきてはじめて知りました」

「取締役たちはアパートメントを出るときにドアを閉めたのか」

「ドアはひとりでに閉まりました――自然にです」

「すると、きみはアパートメントには一度もはいらなかったのか」

「はいりません！」

「けさ見張りをしていたあいだに、アパートメントへ近づいた者は？」

「ひとりもいません、警視。取締役のかたがたが出ていかれたあとも、いま言った同僚のほかはだれも来ませんでしたし、その男も話がすむとすぐに階下へもどりました。わたしはそのまま見張りをつづけていましたが、五分前にヴェリー部長刑事が部下をふたり連れて交替させてくださいました」

警視は考えこんだ。「では、あのアパートメントにだれもはいらなかったのはたしかなんだな、ジョーンズ。これはとても重要なことだ」

「まちがいありません、警視」ジョーンズはきっぱりと答えた。「取締役のかたがたが出ていかれたあとも見張りをつづけたのは、あの状況でどうすべきかがはっきりわかりかねたからでして。非常事態になったときはその場にじっとしているのが得策だと、つねづね考えています」

「いいだろう、ジョーンズ！」警視が言った。「質問は以上だ」

ジョーンズは敬礼し、クラウザーに歩み寄って指示を仰いだ。専属探偵は胸を張り、店内でごった返す買い物客の誘導を手伝うよう命じた。ジョーンズは出ていった。

9 見張りたち

クイーン警視はすばやくドアへ歩み寄り、売り場にひしめく人々の頭の向こうをじっと見やった。「マッケンジーさん！　マッケンジーさんはいますか」大声で呼んだ。「ここです！」支配人の声がかすかに聞こえる。「すぐにまいります！」

警視は嗅ぎ煙草入れを手探りしながら足早に引き返した。いたずらっぽい目で取締役たちをながめるさまは、ひとまず機嫌を取りなおしたようだった。いまだ深い悲しみの底に沈んでまわりの状況に無頓着《むとんちゃく》なサイラス・フレンチを除き、ほかの面々は恐怖をいくらか振り払って、苛立《いらだ》ちを募らせていた。ゾーンは重たげな金時計をときおり盗み見している。マーチバンクスはけんか腰の態度で行きつもどりつしている。トラスクは一定の間を置いて顔をそむけては、ポケットに入れた携帯用の酒瓶からウィスキーを飲んでいる。グレイは髪と同じ灰色の顔をして、フレンチの椅子の後ろで静かに立っている。ラヴリーは非常に落ち着いた様子で、警視やその部下の一挙一動を、明るく好奇心に満ちた目で見守っている。ウィーヴァーは少年のような顔に引きつった皺《しわ》を寄せ、苦悩に耐えているふうだ。救いの手が差し伸べられないのを本能的に悟りながらも、哀願のまなざしをしきりにエラリーへ向けている。

「みなさん、もう少しご辛抱願います」警視は小ぶりな手の甲で口ひげをなでながら言った。「ここでしなくてはならないことがもう二、三ありまして――あとのことはそれから考えましょう……。ああ！　あなたがマッケンジーさんですね？　その人たちは警備員ですか。中へはいって！」

スコットランド系の中年の支配人が、怯《おび》えた顔で手をもじもじさせている四人の年配の男たちを追い立てるようにして、ショーウィンドウへはいってきた。リッター刑事が最後尾を固めている。

「さようです、警視さん。ちなみにただいま、ヴェリー部長刑事のご指示どおり、従業員たちを調べているところでございます」マッケンジーは四人の男たちに前へ出るよう手で合図した。男たちはためらいがちに足を引きずって一歩進み出た。

「このなかで夜間警備の責任者はだれかね」警視が尋ねた。

肉づきのいい顔と澄んだ目をした恰幅《かっぷく》のいい老人が、額に手をふれながら前へ出た。

「あたしです、旦那《だんな》――名前はピーター・オフレアティ」

「ゆうべは勤務に就いていたのか、オフレアティ」

「はあ。たしかに」

「何時から？」

「いつもの時間でさ」夜間警備の主任は言った。「五時半からでね。三十九丁目通り側の夜間警備の守衛室でオシェーンと交替したんでさ。この連中も」――胼胝《たこ》のできた太い人差し指で後ろの三人を指して――「あたしといっしょに勤務に就いたんでさ。いつもとおんなじにね」

「なるほど」警視は少し間を置いた。「オフレアティ、何が起こったかは知っているかね」

「はあ。話は聞きました。とんでもないことですな、警視さん」オフレアティは神妙に答えた。サイラス・フレンチの力ない姿をちらりと盗み見て、まるで不謹慎なことでもしたかのようにあわてて警視に向きなおった。仲間たちもオフレアティの視線を追い、まったく同じそぶりでまた前を向いた。

「フレンチ夫人の顔は知っていたのか」警視は小さな鋭い目で夜警主任をまじまじと見て尋ねた。

「存じてましたよ」オフレアティが答えた。「閉店後に社長がまだこちらにおられるときに、おいでになることがあったんで」

「頻繁に？」

「いいや。そうでもありませんでさ。けど、奥さまのことはよく存じてましたよ」

「ふうむ」警視は声を和らげた。「ところで、オフレアティ、よく考えて――正直に答えてもらいたい。証人台に立っているつもりでな。ゆうべフレンチ夫人を見たかね」

その場に静寂がおりた――胸の高鳴りと速まる鼓動をはらんだ沈黙だ。全員の視線が老いた夜警主任のしみの散った広い額に注がれる。オフレアティは唇をなめて思案顔になり、肩をそびやかした。

「はあ、見ましたよ」息の漏れるかすかな音をさせて言った。

「何時に？」

「ちょうど十一時四十五分でさ」オフレアティは答えた。「店じまいしたあと、夜の出入口はひとつしかなくなるんでね。ほかのドアや出入口は全部閉めきっちまいます。そのひとつっきりの出入口ってのが三十九丁目通り側の従業員通用口でさ。この建物に出入りするにはそこを通るしかないってわけです。あたしは――」

エラリーが急に動いたので、全員がそちらを振り向いた。エラリーはオフレアティの機嫌をとるかのように微笑んだ。「悪いけど、父さん、ちょっと思いついたことがある……オフレアティさん、いま、閉店後の出入口は一か所のみ――従業員通用口だけだと言ったね？」

オフレアティは考えこむように、血色の悪い老いた顎《あご》を動かした。「はあ、そうでさ。何か変ですかい？」

「たいした問題じゃない」エラリーは笑みを漂わせた。「ただ、三十九丁目通り側には夜間の貨物搬入口もあるように思うんだが……」

「ああ、そのことかい！」夜警主任は鼻を鳴らした。「あれは出入口とは言えませんでさ。たいがい閉めきってありますから。ですから、さっき言ったように――」

エラリーはすらりとした手をあげてさえぎった。「ちょっと待ってくれ、オフレアティさん。〝たいがい閉めきってある〟とは、どういう意味だろう」

「そりゃあ、その」オフレアティは頭を掻《か》きながら答えた。「夜の十一時から十一時半までのほかは、ひと晩じゅうがっちり閉めきってありますから。だもんで、勘定に入れるまでもないんでさ」

「それはあなただけの考えだよ」エラリーは理屈っぽく言った。「そこに夜通し特別な警備員を置くからには、もっともな理由があるにちがいないと思ってね。そこの担当は？」

「あすこにいるブルームでさ」オフレアティは言った。「おい、ブルーム、前へ出てみなさんにご挨拶《あいさつ》しろ」

赤毛に白いものの交じったたくましい体つきの中年男がおずおずと進み出た。「自分です」ブルームは言った。「ゆうべ、貨物搬入口ではおかしなことは何もありませんでしたよ。それをお尋ねなら……」

「何も？」エラリーはブルームを鋭く見つめた。「貨物搬入口が十一時から十一時半まであいている正確な理由は？」

「食料品や肉なんかを運び入れるためです」ブルームが答えた。「店のレストランは毎日大繁盛だし、従業員食堂もあるんで。新鮮な食材を毎晩仕入れてます」

「運送業者はどこだ」警視が口をはさんだ。

「バックリー&グリーンです。毎晩、同じ運転手と搬入係が来ますよ」

「そうか」警視は言った。「記録しろ、ヘイグストローム、それに運転手たちから事情聴取すること、と書き留めておけ……。ほかに何かあるか、エラリー」

「ああ」エラリーは赤毛の警備員に向きなおった。「バックリー&グリーンのトラックが着くとどんなふうに事が運ぶのか聞かせてもらえますか」

「ええと、自分は十時に勤務に就くんですけど」ブルームが言った。「毎晩十一時にトラックがやってきて、運転手のジョニー・サルヴァトーレが貨物搬入口の外にある夜間用の呼び鈴を鳴らして……」

「貨物搬入口の扉は、五時半以降はずっと閉まっているんですね」

支配人のマッケンジーが口をはさんだ。「さようです。閉店時間になると、自動的に施錠されます。十一時にトラックが来るまでぜったいにあきません」

「つづけて、ブルーム」

「ジョニーが呼び鈴を鳴らすと、自分が錠をあけて、扉を——薄い鉄板ですけど——巻きあげるんです。するとトラックが中へ乗り入れてきて、搬入係のマリーノが積荷を解いて貨物室へ入れる。そのあいだ、ジョニーと自分は扉の近くの守衛室で荷物をしっかり調べます。それだけですよ。作業が終わってトラックが出ていくと、自分が扉をおろして錠をかけ、そのあとは夜通しずっと守衛室にいます」

エラリーは一考した。「トラックから積荷をおろしているあいだ、扉は開いたままなのかな」

「そうですよ」ブルームが答えた。「ほんの三十分ですし、それに、自分たち警備員のだれにも見られずに中へはいるなんて、できやしません」

「言いきれるかい」エラリーは鋭く尋ねた。「まちがいなくそうだと誓えますか」

ブルームはためらった。「だって、どうやったらそんなことができるか見当もつきませんよ」自信なさげに言う。「マリーノがトラックの外で荷をおろしてて、自分とジョニーが搬入口のすぐそばの守衛室にいるんですから……」

「その貨物室には電灯がいくつありますか」エラリーは尋ねた。

ブルームは困惑したふうだった。「ええと、トラックの停まる場所の真上に大きな電灯がひとつと、守衛室に小さいのがひとつあります。あとは、ジョニーもトラックのヘッドライトをつけたままにしてますね」

「貨物室の広さは？」

「ええと、奥行が約七十五フィート、間口が約五十フィートです。夜は店の臨時用トラックも何台か停まってますよ」

「トラックが荷おろしをする場所は、守衛室からどのくらい離れていますか」

「ああ、ずっと奥の、調理場からの落とし樋《どい》がある裏口の近くです」

「それだけの広い暗がりに電灯がひとつか」エラリーはつぶやいた。「守衛室は壁で囲まれてるんでしょうね」

「貨物室に面してガラス窓がひとつありますけど」

エラリーは鼻眼鏡をもてあそんだ。「ブルーム、もしも、あなたに見られずに出入口を抜けて貨物室へはいることはだれにもできなかったと誓えと言われたら、誓えますか」

ブルームは弱々しく微笑んだ。「そう言われると、自信はありませんけどね」

「ゆうべ搬入口の扉があいて、あなたとサルヴァトーレが守衛室で荷物の点検をしているあいだに、だれかがはいってくるのを見ましたか」

「いえ、見てません！」

「でも、はいった可能性はある？」

「まあ――あるかもしれません……」

「もうひとつ訊《き》きたい」エラリーは愛想よく言った。「荷物の配達は、まちがいなく毎晩、まったく同じ時刻におこなわれるんですか」

「ええ。自分の知るかぎりはずっとそうです」

「すまないが、あとひとつだけ。ゆうべは十一時半ちょうどに貨物搬入口の扉の錠をかけたんですか」

「まちがいなく」

「あなたはひと晩じゅう扉のそばにいた？」

「ええ。扉のすぐそばで椅子に腰かけてました」

「変わったことは何もなかったんですね？　何か不審なものを見たり聞いたりもしなかった？」

「してません」

「もし――だれかが――建物から――その貨物搬入口を抜けて――出ていこうとしたら」エラリーは一言一言に力をこめて言った。「あなたはそれを見たり聞いたりしたはずですね？」

「まちがいありません」ブルームは力なく答えて、マッケンジーへ絶望のまなざしをちらりと向けた。

「では、けっこう」エラリーはゆっくりと言い、ブルームへ無造作に手を振った。「つづけて、父さん」そして、本に猛烈な勢いで何かを書き留めながら、後ろへさがった。

やりとりに聞き入るうちに徐々に表情が明るくなってきた警視が、大きく息を吐いてオフレアティに言った。「十一時四十五分にフレンチ夫人が建物へはいったという話だったね、オフレアティ。つづきを聞こう」

夜警主任はかすかに震える手で額をぬぐい、不安げな目でエラリーのほうを見やった。それから先をつづけた。「はあ、ここにいるラルスカとパワーズが一時間おきに見まわりをするあいだ、あたしは夜通し守衛室の机にいて――ずっとへばりついてましたよ。そいつが自分の仕事なんで――ほかにも、重役さんとか、時間外勤務をした人とかを全部控えたりもしてますし、ええ、そうなんでさ。あ、あたしの――」

「落ち着くんだ、オフレアティ」警視は興味深そうに言った。「フレンチ夫人が来たときのことを正確に話してもらいたい。十一時四十五分だったのはたしかかね?」

「はあ、たしかでさ。机のそばのタイムレコーダーを見たもんで。だれであれ、出入りしたときは漏れなく勤務表に書かなきゃいけないことになってて……」

「おお、勤務表か」警視はつぶやいた。「マッケンジーさん、ゆうべの勤務表をいますぐ見せてもらえないでしょうか。従業員の出欠記録はあとでかまいませんから」マッケンジーがうなずいて出ていく。「よろしい、オフレアティ。つづけて」

「はあ、通路をはさんだ夜間出入口の外にタクシーが停まって、社長の奥さんがおりてくるのが見えましてね。奥さんは運転手に料金を払い、従業員の通用口をノックしました。あたしは顔をたしかめて、あわててドアをあけたんでさ。奥さんはこんばんはと元気よく言って、社長はまだ建物のなかにいるかとお尋ねになってね。あたしは、いいや、午後の早い時間にブリーフケースを持って外出なさったと答えたんでさ。奥さんは礼を言ってちょっと考えてから、ともかく社長のアパートメントへ行くとおっしゃって守衛室を出ると、アパートメント専用エレベーターのほうへ歩いていきました。だからあたしは、部下をいっしょにやってアパートメントのドアをあけさせましょうかと訊きましてね。けど奥さんは、ずいぶんていねいに、それには及ばないとおっしゃり、しばらくハンドバッグを掻《か》きまわして鍵《かぎ》を探ってるみたいでした。ええ、鍵はありましたさ――ハンドバッグから出したのをあたしに見せてくれましたから。それから奥さんは――」

「ちょっと待て、オフレアティ」警視は当惑気味に言った。「夫人がアパートメントの鍵を持っていた？　どうしてアパートメントの鍵だとわかるのかね」

「はあ、社長のアパートメントの鍵は決まった数しかありませんですから」オフレアティはいくぶん緊張が解けた様子で答えた。「あたしの知るかぎりじゃ、社長、奥さん、お嬢さんのマリオンさんとバーニスさん――あたしはここに勤めて十七年になるんで、ご家族のことはよく存じてまして――それにウィーヴァーさんが、それぞれ一本ずつ合い鍵を持ってて、守衛室のあたしの机のなかに親鍵がいつもはいってます。鍵は全部で六本。親鍵は万が一の緊急用でさ」

「フレンチ夫人は守衛室を出る前に鍵を見せたという話だが、それが社長のアパートメントの鍵だとどうしてわかるんだ」警視は尋ねた。

「そんなの簡単でさ。どの鍵も――特製のイェール錠で――持ち主の頭文字を入れたちっちゃな金の飾りがついてますんでね。奥さんが見せた鍵にもありました。それに、あの鍵の恰好《かっこう》は覚えてますから、まちがうはずがないんでさ」

「ちょっと待った、オフレアティ」警視はウィーヴァーのほうを向いた。「アパートメントの鍵をいま持っていますか、ウィーヴァーさん。よかったら見せてください」

ウィーヴァーはヴェストのポケットから革のキーケースを取り出して、クイーン警視に手渡した。数あるさまざまな鍵のなかに、端にあいた小さな穴にまるい金の札を溶接して取りつけたものが一本あった。その札には〝W・W〟という頭文字が彫ってある。警視は顔をあげてオフレアティを見た。

「こういう鍵かね」

「そっくり同じでさ」オフレアティが言った。「頭文字がちがうだけで」

「よろしい」警視はキーケースをウィーヴァーに返した。「ところで、オフレアティ、先をつづける前にひとつ訊きたい――アパートメントの親鍵はどこに置いてある？」

「守衛室の机の特別な抽斗《ひきだし》でさ。一日じゅうそこにありますよ」

「ゆうべもそこに？」

「ええ、はあ。それだけはいつもたしかめてますんで。たしかにありましたとも――ありゃ、まちがいなく親鍵だった。それにも札がついていて、〝親鍵〟って書いてありましてね」

「オフレアティ」警視は静かに尋ねた。「ゆうべはひと晩じゅう席についていたのかね。守衛室を一度も離れなかったのか？」

「もちろん！」夜警主任は力をこめて答えた。「五時半に出勤してから、けさ八時半にオシェーンと交替するまで、一歩も出てません。オシェーンよりあたしのほうが勤務時間が長いんでさ。オシェーンは従業員の出勤時刻を記録したり、勤務中の仕事があれこれと多いもんでね。それに、あたしは机から離れんでもいいように、家から食事を持ってくるんでさ。熱いコーヒーを魔法瓶に入れてくるし。だから、夜通し離れやせんでしたよ」

「なるほど」警視は疲労の霧を追い払うかのように頭を振り、話をつづけるよう夜警主任に促した。

「それでですね」オフレアティは言った。「奥さんが守衛室を出ていくと、あたしは椅子から立ちあがり、通路へ出て見送ったんでさ。奥さんはエレベーターまで歩いていって扉をあけ、そのまま乗りこみましたね。奥さんの姿を見たのはそれが最後ってわけでさ。奥さんがおりてこないのに気づいても、なんとも思いませんでしたよ。というのも、社長のアパートメントにお泊まりになるのはたびたびのことでしたから。ゆうべもそうだろうと思ってね。あたしが知ってるのはそれだけです」

エラリーが動いた。死んだ女のハンドバッグをベッドから取りあげて、夜警主任の目の前に掲げる。

「オフレアティさん」もの憂げな口調で尋ねる。「これを見たことは?」

夜警主任が答えた。「ええ、ありますよ。ゆうべ奥さんが持ってたバッグです」

「すると、このバッグから」エラリーが穏やかにつづけた。「フレンチ夫人は金の札のついた鍵を取り出したというわけだ」

夜警主任は当惑したようだった。「はあ、そうでさ」エラリーは満足した様子で後ろへさがり、父親の耳に何やらささやいた。警視は眉根《まゆね》を寄せ、しばらくしてうなずいた。クラウザーのほうを向く。

「クラウザー、三十九丁目通り側の守衛室にある親鍵を取ってきてもらえないか」クラウザーが元気よくうなずいて出ていく。「さてと」警視は、死体が身につけていた〝M・F〟という頭文字入りの薄いスカーフを手に取った。「オフレアティ、ゆうべフレンチ夫人がこれを身につけていたのを覚えているだろうか。よく考えてもらいたい」

オフレアティは硬く太い指でその柔らかな絹の布を受けとり、額に皺《しわ》を寄せて何度もひっくり返した。「いやあ、どうも」ようやくためらいがちに言った。「はっきりは言えませんです。これを身につけてたのを見た気もするし、見なかった気もする。いや、なんとも言えんな。すんません、無理でさ」途方に暮れた様子でスカーフを警視に返した。

「よくわからないのか」警視はスカーフをベッドの上へもどした。「ゆうべはなんの異状もなかったんだね？　警報器も作動せず？」

「はあ。もちろん、ご存じのとおり、店にはそこらじゅうに防犯装置がありますよ。ゆうべは教会みたいに静かでした。何事もなかったはずでさ」

警視はヴェリー部長刑事に言った。「トマス、盗難警報器の会社に電話をして、ゆうべ作動したかどうかをたしかめてくれ。たぶん作動しなかっただろうけどな。していたら、とうに報告があったはずだ」ヴェリーは例によって無言で出ていった。

「オフレアティ、ゆうべはフレンチ夫人のほかにだれかがこの建物へはいるのを見たかね。夜のあいだのいつの時点でも」警視は質問をつづけた。

「いいや、ぜったいに見てません。人っ子ひとり」オフレアティはスカーフの件では役に立てなかったので、これについては断じたいらしい。

「やあ、マッケンジーさん！　その勤務表を見せてもらいましょう」警視はもどったばかりの支配人から細長くまるめた罫線紙《けいせん》を受けとって、急いで目を通した。何かが目に留まったらしい。

「オフレアティ、この勤務表によると」警視は言った。「ゆうべ最後に店を出たのはウィーヴァーとスプリンガー、とある。きみがこれを書いたのか」

「はあ、そうでさ。スプリンガーさんが出られたのがだいたい六時四十五分で、ウィーヴァーさんはその二、三分あとでしたな」

「まちがいありませんか、ウィーヴァーさん」警視は秘書のほうを向いて尋ねた。

「はい」ウィーヴァーが生気のない声で答えた。「ゆうべは少し遅くまで居残り、社長がきょうお使いになる書類の準備をしていました。それからひげを剃《そ》って……七時少し前に帰ったんです」

「このスプリンガーというのは？」

「ああ、ジェイムズ・スプリンガーは書籍売り場の主任です」物腰の穏やかなマッケンジーが答えた。「よく遅くまで居残っていますね。非常に仕事熱心な男です」

「そうか、そうか。ところで――きみたち！」警視は、まだひとことも話していなかったふたりの夜間警備員を指さした。「何か言うことはないか？　オフレアティの話に付け加えることは？　ひとりずつ聞こう……。きみの名前は？」

一方の警備員が不安そうに咳払《せきばら》いをした。「ジョージ・パワーズです。いいえ、何も申しあげることはありません」

「見まわりをしたとき、何も異状はなかったんだな？　ここはきみの受け持ちかね」

「ええ、見まわりをしたときは問題ありませんでした。ただ、一階の売り場はわたしの担当ではありません。ここにいるラルスカの受け持ちです」

「ラルスカ？　ファースト・ネームはなんというんだ、ラルスカ」

三人目の警備員がむやみに大きな音を立てて息をついた。「ハーマンですよ。ハーマン・ラルスカといいます。自分の考えでは――」

「ほう、考えがあると？」警視は振り返った。「ヘイグストローム、むろんこれも書き留めているだろうな」

「ええ、警視」刑事は帳面に忙しく鉛筆を走らせながらにやりとした。

「さあ、ラルスカ、考えがあるそうだが、きわめて重要なことなんだろうな」警視はとがった声で言った。またしても苛立《いらだ》って不機嫌になったらしい。「どんなことだ」

ラルスカは体を硬くした。「ゆうべ一階の売り場で変な物音を聞いた気がしたんです」

「ほう、そうか！　正確にはどこで？」

「ちょうどこのあたり――ショーウィンドウのすぐ外です」

「ふむ」警視の態度がそこですっかり落ち着いた。「ショーウィンドウのすぐ外か。

いいだろう、ラルスカ。どんな物音だったかね」

警視の口調が穏やかになり、警備員は元気づいたようだった。「ちょうど午前一時か、その何分か前だったかもしれません。五番街と三十九丁目通りの角に近いあたりを巡回してたときのことです。このショーウィンドウは五番街に面していて、夜間警備の守衛室からはずいぶん離れてましてね。妙な物音を耳にしました。なんの音かははっきりしませんでしたけど。だれかが動きまわってるような、足音のような、ドアが閉まる音のような――わかりません。とにかく、あまり気にはしませんでした――こんなふうな夜の仕事をしてると、ありもしない音が聞こえるようになるもんでして……。で、物音のしたほうへ行ってみたんですが、特に異状がなかったんで、気のせいだったと思いました。ショーウィンドウのドアもいくつか調べましたけど、残らず施錠されてました。このドアもです。それで、守衛室へ立ち寄って、オフレアティさんにひとこと報告し、見まわりをつづけました。それだけです」

「そうか」警視はがっかりした様子だった。「では、その音がどこから聞こえたのか定かではないんだね――もし音がしたとしても」

「そうですね」ラルスカは注意深く答えた。「もしほんとうに物音がしたなら、ショーウィンドウのあるこのへんから聞こえたのはたしかでした」

「そのほかはひと晩じゅう何事もなかったんだな」

「はい」

「よろしい、きみたち四人への質問は以上だ。家へ帰って睡眠不足を取りもどすとい い。今夜もふだんどおり出勤してもらう」

「はい、わかりました」夜間警備員たちはショーウィンドウから出て姿を消した。

警視は勤務表を振りまわしながら、支配人に言った。「マッケンジーさん、この表を調べてみましたか」

スコットランド系の支配人が答えた。「はい、警視さん——ご興味がおありかと存じまして、途中で目を通してまいりました」

「よろしい！　マッケンジーさん、あなたの意見は？　きのう従業員はひとり残らず定時に退出していますか」警視の表情は平然と落ち着き払っていた。

マッケンジーはためらうことなく答えた。「ご覧のとおり、わたくしどもはわかりやすい退社の記録をつけています——部署ごとに……。きのう出勤した従業員がすべて退社したのはまちがいありません」

「それは幹部や取締役のかたがたも含めてですか」

「さようです——しかるべき場所に全員の名前がございますから」

「なるほど——ありがとう」警視は考えながら言った。「欠勤者の一覧を忘れないように、マッケンジーさん」

このとき、ヴェリー部長刑事とクラウザーがいっしょにもどってきた。クラウザーが警視に一本の鍵《かぎ》を手渡した。ウィーヴァーが持っていたのとまったく同じ合い鍵で、オフレアティが言ったとおり、まるい金の札に〝親鍵〟と記されている。ヴェリーは盗難警報器の会社から得た否定の回答を警視に伝えた。ゆうべはひと晩じゅうなんの異状もなかったという。

警視はマッケンジーに向きなおった。「オフレアティという人物は、どの程度信用できますか」

「忠義の男です。社長のためなら命も惜しみませんよ、警視さん」マッケンジーは熱心に答えた。「最古参の従業員で――社長を昔からよく知っています」

「そのとおり」クラウザーが同意した。自分の意見も考慮してもらいたくて躍起になっているかのようだった。

「ふと思いついたんだが……」警視は物問いたげにマッケンジーのほうを向いた。「フレンチ社長のアパートメントはどの程度立ち入りが制限されているんだろう。社長の家族とウィーヴァーさんのほかに、だれが出入りできますか」

マッケンジーはゆっくりと顎《あご》をこすった。「ほとんどだれも出入りできません、警視さん」と答えた。「もちろん、取締役会は定期的に社長のアパートメントで開かれ、会議や経営上の打ち合わせがおこなわれますが、あそこの鍵を持っているのはオフレアティが名前をあげたかたがただけです。実のところ、われわれ従業員は社長のアパートメントについて奇妙なくらいほとんど何も存じません。わたくしはこの店に勤めて十年ほどになりますが、アパートメントへ立ち入ったのはせいぜい五、六回でしょうか。つい先週、店のことで特別なご指示をなさりたいということで、社長から呼ばれまして、そんなふうに思ったものです。ほかの従業員に対しては——ええ、社長はご自分の私生活を一貫して守っていらっしゃいます。週に三回、オフレアティがドアをあけて清掃係を入れ、自分の勤務が終わる直前に出してやるほかは、店の従業員はだれひとり、あのアパートメントを訪れる手立ても機会もございません」

「そうか、わかった。アパートメントか——やはりあのアパートメントに話が行き着くわけだ」警視はつぶやいた。「さて！　ここで調べ残したことはなさそうだな……。エラリー、おまえはどう思う」

　エラリーは父親を見つめながら、いつになく激しく鼻眼鏡をまわした。目の奥に困惑の光がちらついている。

「思う？　どう思うかって？」エラリーは苛立たしげに笑みを漂わせた。「ここ三十分かそこら、ぼくの推理機械はもっぱらあるちょっとした厄介な問題にかかりきりなんだよ」そう言って唇を噛《か》んだ。

「問題？　なんの問題だ」父親は不服げに言ったが、声には愛情がこもっていた。

「わたしには冷静に考える暇もなかったのに、おまえのほうは問題があるなどと言いだすとはな！」

「問題というのは」エラリーははっきりと、それでいてほかの人々には聞こえない抑えた声で言った。「フレンチ夫人が持っていた、夫のアパートメントの鍵が、なぜ見あたらないかだよ」

10　マリオン

「たいした問題じゃないな」クイーン警視は言った。「鍵が見つかるべき理由は特にあるまい——ここではな。それに、さほど重要なことには思えないが」

「では《アロール》——その話はここまでにしよう」エラリーは微笑んで言った。「見過ごしがないかどうか、つねに気になる性質《たち》でね」後ろへさがり、ヴェストのポケットにある煙草入れを探った。警視が鋭い目で見る。エラリーが煙草を吸うことはめったにないからだ。

そのとき、ひとりの警官がショーウィンドウのドアを押しあけて、警視のもとへ足音高く歩み寄った。「マリオン・フレンチと名乗る若い女性が外に来てます。ウィーヴァーさんに会いたいと言ってますが」しゃがれ声でささやくように言う。「人だかりと警察官の群れに怯《おび》えきってますよ。売り場監督がひとり付き添ってます。どうしますか、警視」

警視の目が険しくなった。ウィーヴァーをちらりと見やる。警官の低い声は聞きとれなくとも、話の内容を察したらしく、ウィーヴァーがすぐさま前へ進み出た。

「すみません、警視さん」ウィーヴァーは熱っぽく言った。「もしマリオンさんが到着したら、すぐに行ってもよろしいでしょ――」

「驚くべき直感だ！」警視はだしぬけに大声で言い、白い顔をほころばせた。「そう――いっしょに行こう、ウィーヴァーさん。フレンチ社長のお嬢さんに紹介してもらおうか」ヴェリー部長刑事をすばやく振り返った。「トマス、しばらくのあいだ頼んだぞ。だれも外へ出すな。すぐにもどる」

生き返った様子のウィーヴァーを先に立てて、警視は足早にショーウィンドウをあとにした。

一階の売り場に足を踏み入れるなり、ウィーヴァーが駆け出した。刑事や警官の小さな一団の真ん中に、若い女が身を硬くして立っていた。顔色を失い、目に名状しがたい恐怖の色が浮かんでいる。ウィーヴァーの姿を見るや、女は震え声で叫び、ふらつきながら進み出た。

「ウェストリー！　どういうことなの？　このおまわりさんや――刑事さんたちは――」マリオンは腕を伸ばした。警官たちや警視がにやついて見守る真ん前で、ふたりは抱き合った。

「ああ、マリオン！　しっかりしなきゃいけないよ……」ウィーヴァーはしがみついてくる女の耳に必死にささやきかけた。「ウェス——教えて。だれなの？　まさか——」マリオンは目に恐怖を宿して身を引いた。「まさか——ウィニフレッド？」

マリオンはウィーヴァーがうなずく前に、相手の目に答を読みとった。

警視が小柄な体をすばやくふたりのあいだへねじこんだ。「ウィーヴァーさん」笑顔で言う。「よかったら——」

「ああ、そう——そうでした！」ウィーヴァーは女の体を放し、あわてて後ろへさがった。警視の割りこみにひどく驚いた様子で、場所も、状況も、時も、その瞬間はすっかり忘れていたかのようだ……。「マリオン、こちらはリチャード・クイーン警視だ。警視さん——こちらがマリオン・フレンチさんです」

警視は差し出された小さな手をとって礼をした。マリオンはおざなりの挨拶《あいさつ》をつぶやきながら、白い口ひげをきれいに刈りこんだ小柄な初老の紳士が自分の手の上にかがみこむのを、大きな灰色の目を見開いて興味深げに見つめた。

「つまり——事件を——捜査していらっしゃるのですか、警視さん」マリオンは口ごもり、身を引いてウィーヴァーの手にすがりついた。

「残念ながらそうです、お嬢さん」警視は言った。「このような不愉快な出迎えを受けられたことを心から悲しく思います——ことばでは言い表せぬほど……」

ウィーヴァーは怒りにわれを忘れて警視をにらみつけた。この古狐め！　いまからどうなるかすっかり承知のくせに！

警視は穏やかな口調でつづけた。「あなたの義理のお母さんが——むごたらしく殺害されました。恐ろしい！　実に恐ろしいことです！」心配性の老夫人のように舌を鳴らす。

「殺害ですって！」マリオンは棒立ちになった。ウィーヴァーに握られた手が一度引きつり、やがてだらりとした。その瞬間、失神するのではないかとウィーヴァーも警視も思い、とっさに身を乗り出して助けようとした。マリオンは後ろへよろめいた。「いえ——だいじょうぶです」とつぶやく。「まあ——ウィニフレッドが！　あの人もバーニスも留守でしたのよ——ひと晩じゅう……」

警視は身をこわばらせた。そして嗅《か》ぎ煙草入れを手探りした。「バーニス、と言いましたね、お嬢さん。店の警備員もその名前を口にしていたが……あなたのお姉さんか妹さんですか？」やさしく尋ねる。

「ああ——わたしったら——ああ、ウェス、ここから連れ出して！　どこかよそへ連れていってちょうだい！」マリオンはウィーヴァーの上着の襟もとに顔をうずめた。

ウィーヴァーがマリオンの頭越しに言った。「いまのはなんの不自然もない発言ですよ、警視さん。家政婦のホーテンス・アンダーヒルが、けさ会議中に電話をかけてきて、フレンチ夫人もバーニスさんもゆうべは外泊したと知らせてきました……。ですから当然、マリオンは──いや、マリオンさんは……」

「ああ、不自然ではないとも」警視は微笑み、マリオンの腕にふれた。マリオンはびくりと身を震わせた。「こちらへ来てもらえますか、マリオンさん。どうか気をしっかり持ってください。あなたに──見てもらいたいものがある」

警視は待った。ウィーヴァーは憤怒の目で警視を一瞥《いちべつ》したが、勇気づけるようにマリオンの腕をとり、ぎこちない足どりでショーウィンドウのほうへ導いた。警視はそのあとを追いながら、近くにいた刑事のひとりに合図をした。三人がショーウィンドウのなかへはいるや、刑事はすかさずドアの前に陣どった。

ウィーヴァーがマリオンを支えるようにして中へはいると、小さな興奮のざわめきが起こった。フレンチ老人までもが悪寒に襲われたかのように身震いしたが、娘の姿を見て目に正気の光をよみがえらせた。

「ああ、マリオン!」フレンチが悲痛な声で叫んだ。

マリオンはウィーヴァーから離れて、父親の椅子の前に膝《ひざ》を突いた。だれも口をきかなかった。男たちが気まずそうに目をそらす。父と娘は抱き合った……。

死の部屋へ足を踏み入れてからはじめて、故人の兄であるマーチバンクスが口を開いた。

「まったく——ひどい話だ！」マーチバンクスは怒気を含んだ声でゆっくりと言い、血走った目で警視の引きしまった体をにらみつけた。片隅にいたエラリーが、背中をまるめてかすかに身を乗り出す。「わたしは——こんなところから——出させてもらおう」

警視がヴェリー部長刑事に合図した。たくましいヴェリーが悠然と部屋を横切り、無言で両腕をだらりと脇へ垂らしたまま、マーチバンクスを見おろすように立ちはだかった。大柄で肥満体のマーチバンクスも、この巨漢刑事の前では尻《しり》ごみした。顔を赤らめて小声で何やらつぶやき、後ろへさがった。

「さて」警視は落ち着いた声で言った。「お嬢さん、二、三の質問に答えてもらいましょうか」

「おことばですが、警視さん」エラリーが指を振って警告したにもかかわらず、ウィーヴァーが抗議した。「それはぜったいに必要なこと——」

「わたしなら平気です」マリオンが静かな声で言い、立ちあがった。目が少し赤いが、取り乱してはいない。父親はふたたび椅子にへたりこんでいて、娘のことはもう忘れてしまったらしい。マリオンは、部屋の向こう側から燃えるような目を向けているウィーヴァーに弱々しく微笑みかけた。けれども、ベッドのそばの一画でシーツに覆われて横たわる死体からは顔をそむけつづけた。

「お嬢さん」警視は死者が身につけていたごく薄手のスカーフをマリオンの目の前で振り、鋭く言った。「これはあなたのスカーフですか」

マリオンの顔が青ざめた。「そうです。どうしてここに？」

「それを」警視は冷静な口調で言った。「わたしこそぜひとも知りたいんですよ。ここにあるわけを説明できますか」

マリオンの目がきらりと光ったが、声はあくまでも落ち着いていた。「いいえ、できません」

「お嬢さん」重苦しい間を置いてから、警視はつづけた。「あなたのスカーフは、フレンチ夫人のコートの襟の下で、首に巻いてあったんです。それで何か思いあたることはありませんか――説明がつくようなことを」

「首に巻いてあった？」マリオンは息を呑《の》んだ。「わたしには――さっぱりわかりません。あの人は――これまで一度もそんなことをしたことがありませんでしたから」

怯《おび》え顔でウィーヴァーを見やったのち、視線を転じたところ、エラリーと目が合った。

ふたりは一瞬はっと見つめ合った。エラリーの目に映ったのは、煙のようにかすんで見える髪と深みのある灰色の目を持つ、すらりとした女の姿だった。その若々しい肢体には控えめな清潔感が漂い、ウィーヴァーを祝福したくなった。率直で意志の強い印象を与える容姿の持ち主だ――真摯《しんし》な目、固く引き結んだ唇、小ぶりで力強い手、愛らしいくぼみのある顎《あご》、形のよいまっすぐな鼻。エラリーは微笑んだ。

マリオンの目に映ったのは、それとなく清新な活力を感じさせる長身の運動選手のような男の姿だった。額と唇には驚くほどの知性がたたえられ、沈着で物静かで泰然としている。三十歳くらいに見えるが、もう少し若いかもしれない。着ている服はボンドストリート仕立てらしい。細長い指で小型本をつかみ、鼻眼鏡の上からこちらを見ている……。やがてマリオンはほのかに顔を赤らめて、ためらいがちに警視へ視線を移した。

「このスカーフを最後に見たのはいつですか、お嬢さん」警視がつづけた。

「ええ、それは――」マリオンの声の調子が変わった。自制を取りもどしている。

「たしか、きのう身につけたと思います」ゆっくりと答えた。

「きのう？　それは大変興味深いですな、お嬢さん。つけた場所は――」

「昼食のあとすぐに外出しました」マリオンは言った。「このコートの下にそのスカーフをつけて。そして、カーネギー・ホールでお友達と会い、午後はいっしょにリサイタルを聞いて過ごしました――パステルナークのピアノです。リサイタルのあと、お友達と別れて、バスでこの店に来ました。スカーフは一日じゅうつけていたように思いますけど……」眉間《みけん》に愛らしい皺《しわ》が寄る。「でも、帰宅したときにスカーフをしていた覚えはありません」

「この店に来たということですが」警視は穏やかに言った。「何か特別な理由があったんですか」

「いえ――特には。もしかしたら父に会えるかもしれないと思ったんです。父がグレイトネックへ出かけることは知っていましたけど、何時に発《た》つかは聞いていなかったので――」

警視が滑稽《こっけい》なほど小ぶりな白い手をあげた。「ちょっと待ってください、お嬢さん。お父さんはきのうグレイトネックへ出かけたと?」

「ええ、はい。商用で出張するとの話でした。別に何も――おかしなことはありませんでしょう?」マリオンは唇を噛《か》んだ。

「ええ、ええ――ありませんとも!」警視は言い、笑みを浮かべた。ウィーヴァーのほうを向く。「フレンチ社長がきのう出張したことをなぜ言わなかったんですか、ウィーヴァーさん」

「お尋ねになりませんでしたから」ウィーヴァーがやり返した。

警視は一瞬ことばに詰まり、それから含み笑いをした。「これはしたり。たしかにそうだ。もどったのはいつで、用件はなんだったんですか」

ウィーヴァーは、茫然自失《ぼうぜんじしつ》のていでぐったりしている雇い主の姿を同情するように見た。「社長はきのうの午後早くに、ファーナム・ホイットニー氏と交渉するため、ホイットニー邸へ向かいました。合併についての話し合いです、警視さん――けさの取締役会の議題もその件でした。社長の話では、けさ早くホイットニー氏の運転手の車でニューヨークへもどり――九時に店に着いたそうです。ほかに何か？」

「ひとまずけっこうだ」警視はマリオンに向きなおった。「失礼、中断しまして……。さて、きのう店へいらっしゃってから、正確にはどの場所へ行きましたか」

「六階にある父のアパートメントです」

「ほう」警視はつぶやいた。「では、なぜお父さんのアパートメントへ行ったのかお尋ねしたい」

「店に来るときは、いつもあそこへ寄ります。たまにしか来ませんけれど」マリオンは説明した。「それに、きのうはウィーヴァーさんがそこで仕事をなさっていると聞いたもので、ちょっと――ご挨拶《あいさつ》するのも悪くないと思って……」父親の目を気にしてそちらを見やったが、フレンチの耳にはことばが届いていなかった。

「店にはいってまっすぐアパートメントへ行ったんですか。そして、どこへも寄らずに出ていった？」

「はい」

「もしかしたら」警視はごく穏やかな口調でほのめかした。「アパートメントでこのスカーフを落としたのかもしれませんね、お嬢さん」

マリオンはすぐには答えなかった。ウィーヴァーが懸命にマリオンと目を合わせようとし、唇の動きで〝ノー！〟と伝えようとする。マリオンは首を振った。

「そうかもしれません」マリオンは静かに答えた。

「なるほど」警視は微笑んだ。「では、フレンチ夫人を最後に見たのはいつですか」

「ゆうべの夕食の席です。わたしは夜に約束があったので、そのあとすぐに外出しました」

「夫人の様子はふだんどおりでしたか。ことばやそぶりにいつもとちがうところでも？」

「そうですね……バーニスのことを心配している様子でした」マリオンはゆっくりと答えた。

「ほう！」警視は両手を揉《も》み合わせた。「すると、あなたのお姉さんは――義理のお姉さんというのか――夕食のときは留守だったわけですか」

「ええ」マリオンはしばしためらうように黙してから答えた。「ウィニフレッド――つまり義母《はは》が、バーニスは出かけていて夕食にはもどらないと話していました。でも、そうは言いながらも、心配そうでした」

「その心配の種をそれとなくにおわせはしなかった？」

「ええ、まったく」

「お義姉《ねえ》さんの姓は？　フレンチですか」

「いいえ、警視さん。父方のカーモディーという姓を名乗っています」マリオンはつぶやくように言った。

「なるほど、そうか」警視はその場で考えこんだ。ジョン・グレイが苛立《いらだ》たしげに体を動かしてコーネリアス・ゾーンの耳に何やらささやくと、ゾーンは悲しげに首を振り、あきらめた様子でフレンチ氏の椅子の背に寄りかかった。警視はふたりに目もくれず、顔をあげてマリオンを見た。マリオンは疲れた様子で力なくうなだれている。「もうひとつ質問させてもらいますよ、お嬢さん」警視は言った。「あとは休んでもらってけっこうですから……。何か心あたりはありませんか。つまり、フレンチ夫人の過去や行動、あるいは近ごろの――おそらく昨夜かきのうの――出来事を振り返って、何か心あたりはありませんか」繰り返し尋ねる。「こんな事件が起こった理由をです。もちろん、これは殺人事件ですから」マリオンに答える暇を与えず、急いでつづける。「答えるにあたって慎重にならざるをえないのはよくわかります。ゆっくりでかまいませんから――最近起こった出来事をよく考えてください……」ことばを切る。「どうですか、お嬢さん。何か役に立ちそうなことをご存じですか」

ショーウィンドウにむき出しの沈黙がおりた――生々しいほどの静けさが脈動し、ひそやかに空気を叩《たた》いている。サイラス・フレンチを除く全員が前へ身を乗り出して

――エラリーには、男たちの速い息づかいが聞こえ、体を硬くし、目を険しくし、手を引きつらせるのが見えた――一同と向かい合って立つマリオンを見つめている。ところが、マリオンはひどくそっけなく「いいえ」と答えただけで、警視は目をしばたたいた。一同の緊張が解ける。だれかがため息を漏らし、それがゾーンだとエラリーは気づいた。トラスクは落ち着かなげに煙草に火をつけたが、そのまま消えるにまかせている。マーチバンクスは凍りついたように椅子に腰かけている。ウィーヴァーはどうにもならないと言いたげにかすかに体を揺すっている……。

「では、質問は以上です、お嬢さん」警視はマリオンに劣らぬ淡々とした調子で答えた。ラヴリーの形式張ったネクタイにさりげなく見入っているふうを装っている。「どうかお願いします」穏やかに付け加える。「この場から外へ出ないでください……ラヴリーさん、ちょっとお耳を拝借できますか」

マリオンが後ろへさがると、ウィーヴァーが椅子を引きずって駆け寄った。マリオンは小さく笑みを浮かべて腰をおろし、片手で力なく目を覆った。もう一方の手は、ウィーヴァーの力強い手のなかへそっとおさまっている……。エラリーはふたりをしばし見守ってから、鋭い目をラヴリーへ向けた。

ラヴリーは一礼し、短い顎ひげをもてあそびながらじっと待っていた。

11　未解決の問題

「ラヴリーさん、あなたはたしか、この現代家具展示会の責任者でしたね」クイーン警視の声つきが改まった。

「そのとおりです」

「この展示会はどのくらいつづいていますか」

「一か月くらいでしょうか」

「おもな展示会場はどこですか」

「五階です」ラヴリーは五本の指をひろげてみせた。「実のところ、これはニューヨークでは画期的な企画なのですよ、警視さん。わたしの活動に大いに賛同してくださったフレンチ社長と取締役のかたがたに招かれて、作品の一部をアメリカ国民に向けて展示しているのです。申し添えますと、この展示会の実に斬新な細部は、ほとんどがフレンチ社長が考案なさったものなのですよ」

「というと？」

ラヴリーは歯をのぞかせて笑った。「たとえば、このようなショーウィンドウでの展示です。これはフレンチ社長おひとりの発案によるもので、店にとってはずいぶん宣伝になったことでしょう。外の歩道から五階の展示会場に至るまでおおぜいが群れをなし、特別の案内係を置いて会場整理をしたほどですから」

「なるほど」警視は礼儀正しくうなずいた。「では、このショーウィンドウの展示はフレンチ社長が考えたんですか？　ああ、そうか――いまそうおっしゃいましたね……。ショーウィンドウにこの飾りつけがされたのはいつですか、ラヴリーさん」

「それは――ええと――この居間兼寝室の展示をはじめて二週目が終わるところですから」しゃれた短い顎《あご》ひげをふたたびなでながら、ラヴリーが答えた。「きょうでちょうど十四日目です。あすには中身を入れ換えて、食堂を模した展示をする予定でした」

「ほう、ショーウィンドウの展示は二週間ごとに変わると？　では、これはふたつ目の展示ですか」

「そのとおりです。最初はまるごと寝室でした」

警視はあからさまに思案にふけった。目は疲労が漂って落ちくぼみ、その下の黒みがかったたるみが際立つ。警視はわずかな距離を行きつもどりつし、またラヴリーの前で足を止めた。

「わたしには」ラヴリーに話しかけるというよりも、ひとりごとのように言う。「この不幸な事件とそれを取り巻く状況が、偶然にしてはうまく嚙《か》み合いすぎているように思える……。ところで、ラヴリーさん、このショーウィンドウの実演は毎日同じ時刻におこなわれますか」

ラヴリーは目を大きく見開いた。「ええ――そうですが」

「毎日正確に同じ時刻ですか、ラヴリーさん」警視はさらに尋ねた。

「ええ、そのとおりです」ラヴリーは答えた。「展示の催しがはじまってからずっと、あの黒人の女性が毎日正午にこのショーウィンドウにはいります」

「よろしい！」警視はまた上機嫌になった。「さて、ラヴリーさん――あなたの知るかぎりで、この展示がはじまってひと月のあいだに、開始予定時刻が守られなかった日は一日でもありましたか」

「いいえ」ラヴリーはきっぱりと答えた。「開始時刻が守られなければ、わたしにはすぐわかるのですよ、警視さん。黒人の女性による実演があるあいだ、ショーウィンドウのすぐ後ろの一階売り場にかならず立つことにしていますから。そのあと、午後三時半からは上の階で講演をしております」

警視は眉《まゆ》を吊《つ》りあげた。「ほう、講演をなさるんですか、ラヴリーさん」

「ええ、もちろんですとも！」ラヴリーは大声で言った。「聞くところによりますと」おごそかに付け加える。「ウィーンのホフマンの作品に関するわたしの解説は、芸術界《モンド・アルティスティーク》にちょっとした旋風を巻き起こしたとか」

「それはそれは！」警視は微笑んだ。「もうひとつお尋ねして、ひとまずあなたへの質問は終わりにしましょう――この展示会は全体として、成り行きまかせの催しではありませんね？　つまり」と付け加える。「ショーウィンドウの実演や上階の講演を世間の人々に知らせるために、なんらかの手が打たれたんでしょう？」

「たしかに。広告や宣伝は念入りに計画いたしました」ラヴリーが答えた。「美術学校や協力団体すべてに案内状を配りました。掛け売りの得意先へも、支配人からじきじきに手紙を送ったと聞いています。しかし、人々の注意を引く決め手となったのは、新聞広告でしょうね。むろん、警視さんもご覧になったでしょう？」

「あいにく百貨店の広告はめったに見ないものでね」警視は早口で答えた。「すると、あらゆる手立てを用いて広く宣伝したわけですね」

「ええ――そうです」ラヴリーはまた白い歯をちらりとのぞかせた。「よろしければ、わたしの切り抜き帳をご覧に――」

「それには及びませんよ、ラヴリーさん。ご協力ありがとう。以上です」

「ちょっと――いいですか」エラリーが微笑を浮かべて進み出た。警視はエラリーに目をやり、まるで「反対尋問をどうぞ」と告げるかのように手を軽く振ると、ベッドのそばへ引きさがって腰をおろし、深く息をついた。

ラヴリーはきびすを返して立ち止まり、ひげをなでながら、愛想よく質問を待ち受けている。

エラリーはしばらく何も言わなかった。鼻眼鏡をまわしていたが、ふと目をあげた。

「あなたのお仕事には大変な関心を寄せているのですよ、ラヴリーさん」打ち解けた調子で言った。「残念ながら、ぼくの美学的考察は現代室内装飾の分野を究めてはいませんけどね。実を言うと、先日のブルーノ・パウルについてのあなたの講演は非常に興味深いものでした……」

「では、上階での講演を聞いてくださったのですね？」ラヴリーは喜びに顔を紅潮させて大声で言った。「パウルに関してはいささか熱がはいりすぎたかもしれません――本人をよく知っているものですから……」

「へえ！」エラリーはそう言ってから、床に視線を落とした。「あなたは以前にもアメリカにいらっしゃったことがあるんですね、ラヴリーさん――英語にフランス語訛《なま》りがまったくありません」

「ええ、いくつかの国を旅してまいりました」ラヴリーが認めた。「今回でアメリカを訪れるのは五度目です。クイーンさん、でしたね？」

「これは失礼！」エラリーは言った。「クイーン警視の不肖の息子です……。ラヴリーさん、このショーウィンドウでの実演は一日に何回おこなわれますか」

「一回のみです」ラヴリーは黒い眉を吊りあげた。

「毎回どのくらいの時間がかかりますか」

「きっかり三十二分です」

「おもしろい」エラリーはつぶやいた。「ところで、このショーウィンドウは、ふだんはあけっぱなしですか？」

「とんでもない。ここには非常に高価な品がいくつかあります。実演に使われるとき以外はずっと施錠してありますよ」

「それはそうだ！　ばかげた質問でした」エラリーは微笑んだ。「あなたは当然、鍵《かぎ》をお持ちですね？」

「鍵は何本かありますよ、クイーンさん」ラヴリーが答えた。「施錠するのは、夜間の盗難対策というよりも、日中にふらりと立ち入られるのを防ぐためです。閉店後は、このように警備が行き届いている店では——最新式の警報装置や、夜間警備員などの備えがありますから——盗難に対してはじゅうぶん安全です」

「ひとことよろしいでしょうか」支配人のマッケンジーの穏やかな声がした。「鍵の問題にお答えするのは、ラヴリーさんよりわたくしが適任かと」

「どうぞ」エラリーはさっそく答えたが、また鼻眼鏡をまわしはじめた。警視はベッドに腰かけて用心深い沈黙を保っている。

「どのショーウィンドウにも複数の合い鍵がございます」マッケンジーが説明した。「こちらの場合は、ラヴリーさんがひとつ、実演係のダイアナ・ジョンソンがひとつ(一日の仕事が終わって帰る際に、従業員事務所の机に置いていきます)、一階のこの区画の売り場監督と警備員たちがそれぞれひとつずつ持っていて、さらに、中二階の事務室にすべての合い鍵がひとそろいあります。ですから、かなり多くの者が鍵を入手できるのではないかと存じます」

エラリーは驚くふうでもなかった。突然、戸口へ歩み寄ってドアをあけ、一階の売り場をしばしながめてから引き返した。

「マッケンジーさん、このショーウィンドウの向かいにある皮革製品売り場の係を呼んでもらえませんか」

マッケンジーは出ていき、背の低いがっちりした中年男を連れてすぐにもどってきた。男は青ざめた顔をしておどおどしている。

「けさはずっと売り場にいましたか」エラリーはやさしく尋ねた。男がうなずいて肯定した。「では、きのうの午後は?」男がまたうなずく。「きょうの午前中でもきのうの午後でも、一度でも持ち場を離れましたか?」

男はようやく声を出せるようになった。「いえ、離れていません!」

「なるほど」エラリーは穏やかな調子で話した。「きのうの午後かきょうの午前中のいつかに、このショーウィンドウを出入りした者に気づきましたか」

「いいえ」男の声には確信がこもっていた。「ずっと持ち場にいましたから、このショーウィンドウを使った者がいたら、まちがいなく気づいたはずです。さほど忙しくはありませんでしたし」男は支配人のマッケンジーを申しわけなさそうに横目で見ながら、付け加えた。

「ありがとう」エラリーが言うと、男は急ぎ足で出ていった。

「やれやれ！」エラリーはため息混じりに言った。「前進はしているようだけど、何もはっきりした形をなしていない……」肩をすくめて、もう一度ラヴリーのほうを向いた。

「ラヴリーさん、このショーウィンドウは暗くなると照明がつきますか」

「いいえ、クイーンさん。毎回実演が終わるとカーテンを引いて、翌日までそのままにしておきます」

「すると」エラリーは力をこめて言った。「これらの照明器具は見せかけなんですね」

待ちくたびれてずっと前からどんよりしていた一同の目が、エラリーの腕が示すほうへ期待をこめて向けられた。エラリーは奇妙な形にカットされた曇りガラスの壁照明を指さしている。一同の目は、ショーウィンドウのあちこちにある風変わりな形のランプへも向けられた。

ラヴリーは答える代わりに奥の壁へ歩み寄り、少しいじったあと、現代風の照明器具のひとつを取りはずした。電球が差しこんであるはずのソケットが空《から》だった。

「ここでは照明の必要がないので、設置してありません」ラヴリーはそう言って、照明器具を手際よく壁にもどした。

エラリーは力強く一歩前へ踏み出した。しかし、かぶりを振って後ろへさがり、警視のほうを向いた。「この先、しばらくのあいだは沈黙していよう」微笑んで言った。「古代ローマの哲学者と言っても通るようにね」

12　ショーウィンドウから退散……

ひとりの警官がショーウィンドウへ飛びこんできた。上役の目を引こうとするかのように室内を見まわしていたが、クイーン警視に呼びつけられると、二、三言つぶやいて何やら伝え、来たときと同じようにすばやく出ていった。

警視はすぐさまジョン・グレイを脇へ連れていき、小柄な取締役の耳に何やらささやいた。グレイはうなずき、ぼんやり空《くう》を見つめてひとりごとをつぶやくサイラス・フレンチのそばへ歩み寄った。ウィーヴァーとゾーンの手を借りて、フレンチが死体に背を向けるよう、どうにか椅子の向きを変えた。フレンチは何も気づかない。店の専属医が手際よく脈を診た。マリオンは喉《のど》に手をあてていたが、すばやく立ちあがって父親の椅子の背に寄りかかった。

やがてドアがあき、庇《ひさし》つきの帽子をかぶった白衣の男ふたりが担架を持ってはいってきた。男たちが敬礼すると、警視はシーツで覆われた死体のほうへ親指を突き出した。

エラリーはベッドの向こう側の片隅へ退いて、鼻眼鏡を手に深く考えこんでいた。眉根《まゆね》を寄せて鼻眼鏡を見つめ、手の甲に軽く叩《たた》きつけてから、薄手のコートをベッドへほうって腰をおろし、両手で頭をかかえた。ついには、袋小路か結論か、どちらに行き着いたのかは定かではないが、コートのポケットから本を取り出して、遊び紙にせわしなく走り書きをはじめた。死体の前でかがみこむ警察医ふたりには目もくれなかった。

担架につづいてはいってきた静かで神経質そうな男にいきなり追い立てられても、エラリーは文句を言わなかった。あとから来たその男は、いまや助手に手伝わせて、死んだ女の顔や、床に横たわる姿や、ベッドや、ハンドバッグなど被害者にゆかりのある品々の写真を撮っている。エラリーは写真係の動きを目で追っていたが、どこか上の空だった。

突然、小型本をポケットへもどし、考えこむようにじっとしていると、やがて父親と目が合った。

「やれやれ、エル」警視が近づいて言った。「疲れたよ。くさくさする。おまけに、不安でたまらない」

「不安？ おやおや――そんなばかばかしい気分になっちゃだめだよ、父さん。なぜ不安になんかなる？ 捜査は順調そのものなのに……」

「ふん、おまえのことだから、殺人犯をとっつかまえてそのヴェストのポケットに隠しているんだろう」警視はうなるように言った。「わたしが悩んでいるのは殺人犯のことじゃない。ウェルズのせいだ」

「それは気の毒に！」エラリーは体を近づけた。「ウェルズなんかほうっておけばいいんだ。父さんが言うほどひどい人間とは思えない。それに、あの男がひたすら父さんの邪魔をしている隙に、ぼくがひと働きするというのは――どうかな？」

「悪くないな」警視は言った。「しまった！　あの御仁がいつここへ踏みこんできてもおかしくないぞ、エル！　まったく考えもしなかったよ！　いまごろ電話で報告を受けて――ああ！　なんだ、それは？」

制服警官が足音高く歩み入り、伝言を手渡して出ていった。

警視はうなり声をあげた。「たったいま、ウェルズがこっちへ向かっているとの知らせが届いた――となると、この先は、逮捕だの、記者会見だの、尋問だの、押し寄せる新聞記者どもだのと、さぞ騒々しい――」

エラリーのからかい交じりの様子が影をひそめた。父親の腕をつかんで、壁際の片隅へ足早に導く。

「そういうことなら、ぼくの考えを話しておこう――手短にね」あたりを見まわしたが、だれもふたりを見ていない。エラリーは声をひそめた。「父さんのほうでは、はっきりした結論が出たのかな。ぼくのを話す前に、そっちの見解を聞いておきたい」

「ああ――」警視は用心深く周囲を見まわし、小ぶりな両手をまるくして口にあてた。「ここだけの話だがな、エル、この事件全体がどこか妙なんだ。細かな点については、どうもつかみきれない――おまえがわたしよりもはっきり見えているとすれば、それは傍観者という有利な立場にあったからだろう。だが、犯罪そのもの――考えられる動機――事件の真相について言えば、絶対の確信がひとつある。それは、フレンチ夫人が殺されたことより、犯人を夫人の殺害に駆り立てた事情こそがずっと重要だというものだ……」エラリーが考えこむようにうなずく。「これが注意深く計画された殺人であることはまちがいないと思う。場所は風変わりで、一見ずさんな犯行だが、驚くほど手がかりがない」

「マリオン・フレンチのスカーフについてはどう思う？」エラリーは尋ねた。

「くだらない！」警視は蔑《さげす》むように言った。「たいした意味があるとは思えないな。おそらく、あの娘がどこかに置いたのをフレンチ夫人が拾ったんだろう……。しかし、クッキーを一枚賭《か》けてもいいが、われらが警察委員長はあの物証に飛びつくさ」

「それはどうかな」エラリーは言った。「委員長はフレンチを敵にまわすのを避けるだろう。悪習撲滅協会会長としてのフレンチの力を忘れちゃだめだ……。そうだよ、父さん。さしあたりウェルズはマリオン・フレンチに手を出さないはずだ」

「なら、エラリー、おまえの結論は？」

エラリーは小型本を取り出して、さっき書きこみをした遊び紙を開いた。そして顔をあげた。「この事件の持つ深い意味合いについては考えていなかったな。でも言われてみると、犯行そのものより動機のほうがはるかに重要だというのは、たぶん正しいように思える……。でも、こっちはたったいままで、もっと直接的な問題で頭がいっぱいだったんだ。解明を要する興味深い謎が四つある。よく聞いてくれ。

第一の謎。おそらくこれが最も重要だけど」エラリーはメモを見ながら言った。「フレンチ夫人の鍵《かぎ》の件だ。だいたいの流れはこうだ。夜間警備員のオフレアティが、ゆうべ十一時五十分ごろ、まるい金の札がついたアパートメントの鍵を持った被害者を目撃している。その後のフレンチ夫人の足どりは不明だが、きょうの十二時十五分に死んでいるのが見つかった——死体は店内にあったのに、鍵は現場になかった。そこで疑問が生じる。なぜ鍵が消えたのか？　表面上は、単に見つかるかどうかの問題に思えるかもしれない。でも——これにはいろんな可能性が考えられるんだ。現時点では、鍵が消えたのは犯行と関係がある、もっとはっきり言えば、殺人犯と関係があると考えるのがいちばん妥当だろう。犯人が消え、鍵も消えている。両者がいっしょに消えたと想像するのはむずかしくない。そこで、もしその仮説が正しいなら——さしあたり正しいことにして——殺人犯はなぜ鍵を持ち去ったのか？　言うまでもなく、その問いには答えられない――いまのところはね。ただ――犯人がアパートメント――六階のフレンチのアパートメントの鍵を持っていることはすでにわかっている」

「そういうことか」警視はつぶやいた。「おまえがさっき、あのアパートメントへ部下をひとり見張りにやるように言ってくれて助かったよ」

「その考えが頭にあったんでね」エラリーは言った。「でも、いまは別のことが気がかりだ。こう自問せずにいられないよ。鍵が消えたということは、死体がどこか別の場所からこのショーウィンドウへ運ばれたことを示しているんじゃないかって」

「わたしにはそんなふうに思えないな」警視は反論した。「そのふたつがなぜつながるんだ」

「それについて言い争うのはよそう」エラリーは小声で言った。「その疑問を論理的なものにしてくれそうな、非常に興味深いひとつの可能性を思いついたんだよ。マリオン・フレンチのスカーフの件が同じ方向を指している気がするんだ。すぐに確認できるだろうし――そうすれば、いまの仮説をもっとはっきり証明できるようになると思う。さて、第二の謎に進もう。

このショーウィンドウで死体が見つかったら、ここが犯行現場だと思うのはきわめて自然だ。あたりまえさ！　ふつうは疑いを持とうともしない」

「わたしはなんとなくおかしいと思ったがな」警視は眉根を寄せて言った。

「へえ！　やっぱりそうか。その疑問はもう少しあとではっきりさせてみせるよ」エラリーは快活に言った。「ぼくたちはここへはいってきて、死体を見て、こう言う。犯行現場はここだと。だけどその後、足を止めて観察する。プラウティの報告では、死後十二時間ほど経過しているという。死体が見つかったのは正午過ぎだ。つまり、フレンチ夫人が死んだのは夜半過ぎだった。言い換えれば、それが犯行時刻だ。とにかく真夜中の犯行だったという点に注目しよう。そんな時間に、このショーウィンドウ――いや、建物のこの一画はまるごとどんな様子か？　真っ暗闇に決まってる！」

「それで？」警視はそっけなく応じた。

「せっかく芝居気たっぷりにやっているのに、しっかり聞く気がないのかい」エラリーは笑った。「繰り返すけど、真っ暗闇だよ。それなのに、ぼくたちはここが犯行現場だと考えてる。ショーウィンドウを歩きまわり、自問する。ここに照明はあるか？　あるなら、話はそれまでだ。ドアが閉ざされ、歩道側にカーテンがおりていたら、外から光は見えなかったろう。ぼくたちは調べを進め、発見する――そう、照明はない。ランプはたくさんあり、ソケットもたくさんあるけれど――肝心の電球はひとつもない。それどころか、ランプに電気の配線がされているかどうかも怪しい。そこで――ぼくたちの頭に浮かぶのは、真っ暗闇での犯行だ。どうかな――そんな考えは気に入らないだろう？　ぼくもさ！」

「懐中電灯というものがあるのを忘れたのか」警視が異を唱えた。

「もちろんあるさ。それはぼくも考えた。そこで自問した。もしここで犯行に及んだなら、当然ながらそれに先立つなんらかの動きがあったはずだ。犯行に至るには、被害者と加害者の出会い、おそらくは口論、殺害という段階が想定されるけど、この事件で死体が捨て置かれたのはきわめて奇妙で不便な場所――壁の格納ベッドのなかだ……。それらをすべて懐中電灯の光でやるなんて！　あの恐るべきシラノ・ド・ベルジュラックでも、そんなのはまっぴらごめんだと言うだろうな！」

「電球を自分で持ちこんだのかもしれないぞ」警視がつぶやいたが、ふたりは目を見合わせて同時に噴き出した。

エラリーは真顔になった。「まあ、照明なんて瑣末《さまつ》な問題はひとまず脇に置こう。ただ、少しばかり疑わしいにおいがしていることは、父さんも認めるだろう？　ではここで、ことのほか興味深いあの小さな一品の話に移ろう」エラリーはつづけた。「〝C〟という頭文字の彫ってある口紅だよ。これが第三の謎だ。いろいろな意味で、きわめて重要になる。〝C〟という頭文字の記されたあの口紅がフレンチ夫人のものじゃないことはすぐにわかるね。夫人の頭文字は、ハンドバッグにあったほかの四つの品に彫られていたとおり、〝W・M・F〟だ。また、〝C〟の頭文字のはいった口紅は、死んだ夫人の唇に塗られていたものよりはるかに色が濃い。それは、〝C〟

の口紅が夫人のものじゃないという説を裏づけるだけでなく、フレンチ夫人のものである別の口紅がどこかに存在する証《あかし》でもある。ここまではいいかな？　……では、その口紅はどこにあるのか。このショーウィンドウのなかにはどこにもない。となると、別のどこかにある。犯人が鍵とともに持ち去ったのか？　そんなのはばかげた話だ。そう――だが、手がかりはないだろうか。むろんある！　それは……」エラリーは間を置いた。「死んだ夫人の唇だよ。口紅を半分しか塗っていない！　しかも色が薄い。これは何を意味するのか。いま見あたらない口紅を夫人が塗っているさなかに、邪魔がはいったにちがいない」

「なぜ邪魔がはいったと？」警視が尋ねた。

「口紅を塗りかけて途中でやめる女に会ったことがあるかい？　そんな女はどこにもいないさ。なんらかの邪魔がはいって、塗り終えるのを妨げたにちがいないんだ。それも、強引な邪魔がね。賭けてもいいけど、女がしかるべき場所に紅を塗り終えずにやめるのは、前代未聞の異常事態が起こった場合にかぎるよ」

「つまり殺しか！」警視は目に異様な光を浮かべて声を張りあげた。

エラリーは微笑んだ。「おそらくね――でも、そこにどんな含みがあるかわかるかい、父さん。殺害またはその直前の出来事によって、夫人が口紅を塗りおおせなかったとして、その口紅がこのショーウィンドウにないのなら――」

「そうか、なるほど！」警視は興奮気味に言った。それから静かにつづける。「だが、犯人がなんらかの目的で口紅を持ち去った可能性もある」

「逆に言えば」エラリーが返した。「犯人が持ち去ったんじゃないとすると、この建物のなかか周囲のどこかにいまもある。雑貨の死体置き場と化したこの建物を六階ぶんの隅々まで捜索させてはどうだろう」

「そんな、無茶な！　だが、あとでやらざるをえないかもな」

「まあ、十五分もしたら、その必要もなくなるかもしれない」エラリーは言った。「ともあれ、ここで真に興味深い疑問が持ちあがる。〝C〟という頭文字のはいった口紅は、フレンチ夫人のものでないなら、いったいだれのものなのか。父さんも調べてよ。ぼくにはその問いの答が厄介の種になる気がする――スコット・ウェルズのように……」

警察委員長の名前を聞いて、警視は浮かない顔になった。「さっさと話をすませろ、エラリー。あの御仁はいまにもやってくるぞ」

「では、そうしよう」エラリーは鼻眼鏡をはずし、危なっかしく振りまわした。「第四の謎に進む前に、父さんが捜索《シェルシエ》しているのは女性用の小物ふたつであることをお忘れなく――それは夫人の口紅《ラ・リプスティク・ド・マダム》と彼女の鍵《サ・クレフ》……。

さて、第四の謎に移ろう」エラリーは遠くを見るようなまなざしでつづけた。「第四の謎については、はなはだ薄給にして敬愛すべき検死医サム・プラウティの、いつもながらの鋭い洞察力を信じたい。プラウティ医師は、フレンチ夫人の傷の性質から、あれほど出血が少ないのは奇妙だと考えた。まあ、体と着衣に若干の血はついていたけれどね……。ところで、夫人の左の手のひらに乾いた血がこびりついていたのは――もちろん、父さんも気づいたね」

「ああ、見た、たしかに」警視は小声で応じた。「おそらく、撃たれた瞬間に手で傷口を押さえたんだろう。そして――」

「そして」エラリーは話を引きとった。「事切れて手はだらりと落ち、われらが友サム医師に言わせれば、物理学のあらゆる法則に従って、かならずやほとばしり出るはずの聖なる霊液が――どうしたか？」エラリーは間を置いてから、おごそかに言った。「精密なる科学の不変の法則に従って、盛大にほとばしり出た……」

「たしかにな……」警視はつぶやいた。

「そう、盛大にほとばしり出た――が、このショーウィンドウのなかでじゃない。言い換えれば、死体発見時にはふたつの銃創にほとんど出血が見られなかったという不思議な現象を説明できるような、興味深い事実の組み合わせを探さなくてはならないということだ……。

　ここで現時点での手がかりをまとめてみよう」エラリーはすばやくつづけた。「フレンチ夫人が持っていたアパートメントの鍵《かぎ》が紛失していること。このショーウィンドウに通常の照明設備がないこと。唇が塗りかけなので死の直前まで持っていたと思われる夫人自身の口紅が見あたらないこと。本来なら血みどろでなくてはならないふたつの傷口にほとんど出血が見られないこと。マリオン・フレンチのスカーフが見つかったこと。さらには、大ざっぱながら説得力のある別の手がかりもあって——ぼくの考えでは、これらすべてがひとつの結論に収束する」

「このショーウィンドウが犯行現場ではないという結論だな」警視は落ち着いた手つきで嗅《か》ぎ煙草をつまみながら言った。

「そのとおり」

「結論を導く別の手がかりというのはなんのことだ、エラリー」

「父さんは思わなかったかな」エラリーはゆっくりと答えた。「殺人現場にしては、このショーウィンドウはあまりに荒唐無稽《こうとうむけい》だと」

「前に言ったとおり、たしかにそう思ったが——」

「父さんは些細《ささい》な点にとらわれすぎて、この事件を心理的な観点から見ていないんだ。綿密に計画された殺人というのは、人目がない場所で、秘密裏に、手際よくおこなうものじゃないか？　ところがここは——殺人犯にとってどんな場所だったか。照明のない、一定の間隔で見まわりがやってくるショーウィンドウなんて。何から何まで危険だらけだよ。夜間警備員の拠点が置かれている一階売り場のど真ん中にあって、夜警主任が常駐する守衛室からたったの五十フィートも離れていない。よりによって、なぜここで？　まったくばかげてるよ、父さん。ここに来たとき、ぼくは真っ先にそう思った」

「もっともだな」警視はつぶやいた。「しかし――ここが現場でないなら、殺したあとで死体をここへ運んだのはいったいなぜなのか。その場合も、ここで殺すより大きいとは言わないまでも、同じくらいの危険がともなうように思えるが……」

エラリーは眉間《みけん》に皺《しわ》を寄せた。「もちろん、ぼくもそう思った。それには何か理由がある、あるにちがいないとね。きわめて巧妙な手口が使われているはずで……」

「ともかく」警視は声にかすかな苛立《いらだ》ちをにじませてさえぎった。「おまえの分析を聞いて、あれこれはっきりしたよ。このショーウィンドウが殺人現場でないことはたしかだ。思うに、現場は――いや、言うまでもなく――きわめて明白なことに――上階のアパートメントだ！」

「ああ、そうだよ」エラリーは上の空で言った。「当然ね。ほかにはありえない。鍵、口紅のあるべき場所、人目のなさ、照明……そう、どう考えても六階のアパートメントだ。つぎに向かうのはそこだよ……」

「しかし、期待はできないぞ、エル！」警視は何か思いついたように声を張りあげた。

「考えてもみろ！　あのアパートメントは、けさ八時半にウィーヴァーが着いたあとで、五人の男がずっと使っていた。それでも、だれひとり何も気づかなかったんだから、八時半より前に証拠は消されたにちがいない。なんということだ――せめて……」

「まあ、ただの空想でその哀れな白髪頭を悩まさないほうがいいね」エラリーは笑い、急に明るさを取りもどした。「もちろん犯罪の証拠は消されているだろう。いわば表層はね。たぶん中間層もだ。でも、奥深い下層まで掘り起こせば、何かが見つかるかもしれない――ひょっとするとね。そう、つぎに向かうべきなのはそこだ」

「このショーウィンドウが使われた理由が気になってしかたがないんだ」警視は不満顔で言った。「あるいは時間という要素でも……」

「これはこれは！　まちがいなく天才になりかけてるね、父さん！」エラリーは愛情たっぷりに笑った。「ぼくはちょうどいま、その問題を自分で解き終えたところだ。死体がなぜショーウィンドウに置かれたか。たしかな理法《ロゴス》をあてはめてみよう……。

　ふたつの可能性があり、いずれかひとつ、あるいはその両方が正しいと考えられる。第一は、真の犯行現場――アパートメントであることに疑いの余地はないけれど――そこから注意をそらすためだ。第二は、もっと論理的な答なんだが、正午より前に死体が発見されるのを防ぐためだ。毎日の実演開始時刻が確実に決まっているという事実が――もちろん、父さんも気づいたとおり、そのことはニューヨークじゅうに知れわたっているんだが――この答にぴったりあてはまる」

「しかし、エラリー」警視は異を唱えた。「なぜ死体の発見を正午まで遅らせる必要があったんだ」

「それさえわかればね！」エラリーは肩をすくめてつぶやいた。「でも、こう考えるのが筋だろう。つまり、もし犯人が――みずから承知のうえで――十二時十五分に死体が発見されるように仕組んだとしたら、そいつには正午より前に何かをすませる必要があった。早く死体が見つかると、それを果たすのに危険がともなうか、実行が不可能になったということだ。わかるかな」

「だが、いったい全体――」

「そう、いったい全体」エラリーは悲しげに答えた。「犯人は犯行の翌朝に何をしなくてはならなかったのか。さっぱりわからないよ」

「いまだ暗中模索だな、エラリー」警視は言い、小さくうなり声を漏らした。「ひと筋の光も見えぬまま、前提から結論へどうにか漕《こ》ぎつけたにすぎない……。たとえば、犯人はなぜ、ゆうべのうちにこの建物のなかで事をすませられなかったのか。だれかと連絡をとる必要があったなら、電話もあるわけだし……」

「あるのかな？　でも――それはあとで調べなくては」

「いますぐ調べ――」

「ちょっと待って、父さん」エラリーはさえぎった。「ヴェリーをアパートメント直通エレベーターへやって、血痕《けっこん》があるかどうかを調べさせたらどうかな」

警視はエラリーを見つめてこぶしを握りしめた。「しまった！　なんというていたらくだ！」と叫ぶ。「もっともだよ。トマス！」

ヴェリーが悠然と歩み寄り、小声の指示を受けるや、足早に立ち去った。

「もっと早く気づくべきだったな」警視は不服そうに言って、エラリーに向きなおった。「あのアパートメントが殺害現場なら、死体は六階からここへ運びおろされたに決まっている」

「たぶん何も見つからないだろうけどね」エラリーは言った。「ぼくは階段を調べてみるよ……。それより、頼みがあるんだ、父さん。ウェルズがいまにもここへやってくる。どう考えても、このショーウィンドウが犯行現場だと思うにちがいない。どのみち、すべての証言をはじめから聞きたがるだろう。だからウェルズをここに足止めして――ウェス・ウィーヴァーとぼくのふたりだけで、六階に一時間ばかりいさせてもらえないかな。あのアパートメントをいますぐ調べたい。取締役会がお開きになってからは、だれも立ち入っていないし――ずっと見張りがいたからね――何か手がかりがあるにちがいない……。頼んでいいだろうか」

警視は両手を強く揉《も》み合わせた。「もちろんだよ――おまえの頼みとあればな。たしかにおまえのほうが曇りのない目で観察できる。ウェルズはここに引き留めておくよ。いずれにせよ、従業員出入口の守衛室も、貨物室も、一階売り場の全体も調べたいからな……。だが、なぜウィーヴァーを連れていくんだ」声をひそめる。「エラリー――危ない芝居を打つつもりじゃあるまいな」

「おやおや、父さん！」エラリーは心底驚いて目を大きく見開いた。「どういう意味だい？　哀れなウェスを少しでも疑ってるなら、そんな考えはいますぐ捨てるんだね。ウェスとぼくは学生時代の仲間だ。ぼくがひと夏、友達といっしょにメイン州で過ごしたのを覚えてるだろう？　あれはウェスのお父さんの家だったんだよ。あいつのことなら、ぼくはクイーン警視のことと同じくらいよく知っている。あいつのお父さんは牧師で、お母さんは敬虔《けいけん》な聖徒だ。素性は清廉潔白で、暮らしぶりも後ろ暗いところは何もない。秘密も、やましい過去もなく……」

「だが、この街で何に出くわしたかは知らんだろう、エラリー」警視は反論した。「何年ぶりかに会ったんだから」

「いいかい、父さん」エラリーは真剣な声で言った。「これまで、ぼくの判断に従ったせいで過ちを犯したことは一度もないだろう？　今回も信用してくれないかな。この事件に関して、ウィーヴァーは子羊並みに潔白なんだよ。あいつが落ち着かないのは明らかにマリオン・フレンチのせいさ……あ、ほら！　警察の写真係が父さんと話をしたがってる」

ふたりは一同のいるあたりへもどった。警視は写真係と話をはじめた。しばらくして解放してやり、スコットランド系の支配人を力強く手招きした。

「マッケンジーさん、ひとつ訊《き》きたいんだが――」いきなり尋ねる。「閉店後の電話回線はどうなっていますか」

マッケンジーが答えた。「主回線を除くすべての線を六時に切ります。主回線は夜間出入口の守衛室にあるオフレアティの机へ通じています。外部からの着信があれば、オフレアティが応答します。夜間はそのほかの電話はまったく使えません」

「オフレアティの勤務表と報告書によると、ゆうべは着信も発信もなかったようですが」警視は書類を見ながら言った。

「オフレアティは信頼に足る男です」

「そうですか」警視はさらに尋ねた。「では、残業する部署があったらどうするんですか。そこの電話回線は？」

「使えるようにします」マッケンジーが答えた。「ただし、その部署の長が書面で申請を出した場合にかぎります――そのようなことはめったにございませんがね。閉店時間を厳守するよう、社長がつねづね念を押されますから。もちろん、ときには例外もございますが――オフレアティの記録にそのような申請が記されていなければ、ゆうべは主回線以外がすべて切られていたと考えてかまいません」

「フレンチ社長のアパートメントもですか？」

「フレンチ社長のアパートメントもです」マッケンジーはそのまま返した。「社長かウィーヴァーさんが電話交換手の主任に指示しないかぎりは」

警視が物問いたげにウィーヴァーを見ると、ウィーヴァーは大きくかぶりを振って否定した。

「もうひとつ質問したい、マッケンジーさん。きのうより前に、フレンチ夫人が店へ来たのはいつが最後だったか覚えていますか」

「一週間前の月曜だったと思います」マッケンジーは少しためらったのちに言った。「ええ、まちがいありません。輸入ものの服地のことをわたくしにお尋ねになりました」

「で、その後は店に現れなかった？」警視はショーウィンドウにいるほかの面々を見まわした。返事はなかった。

このとき、ヴェリーがもどってきた。警視に何やらささやいて、後ろへさがる。警視はエラリーのほうを向いた。「エレベーターでは何も見つからなかった――血痕もない」

警官がひとりショーウィンドウへはいってきて、警視に近づいた。

「委員長が見えました、警視」

「すぐに行く」警視は疲れた声で言った。ショーウィンドウから出ていく父親に、エラリーが意味ありげな視線を送る。警視はかすかにうなずいた。

数分後、尊大そうな太り肉のスコット・ウェルズ警察委員長と取り巻きの刑事や委員の一団を案内しつつ、警視がショーウィンドウへもどったときには、エラリーとウェストリー・ウィーヴァーの姿は消えていた。そこでは、マリオン・フレンチが椅子にすわって父親の手をしっかり握りながら、魂と勇気のかけらがウィーヴァーとともに去ってしまったかのように、ショーウィンドウのドアを一心に見つめていた。

第二話

「手がかり（clue）ということばは、神話に端を発する……。語源的には clew に由来し（trew や blew などのように、語尾を同じくするほかの多くの単語と同じだ）……ギリシャ語の糸ということばを字義どおりに古英語に翻訳したものだが、もとになっているのは、テーセウスとアリアドネと糸玉の伝説（テーセウスはミノタウロスを殺したあと、アリアドネにもらった糸をたどって迷宮を抜け出す）である……。犯罪捜査における手がかりは、有形の場合もあれば、無形の場合もある。事実に関する場合もあれば、心理に関する場合もある。あるべきものの不在に基づく場合もあれば、あるべからざるものの存在に基づく場合もある……。しかし、どのような性質であれ、手がかりとはつねに、不要な事項の迷宮を抜けて完全なる理解の光明へと犯罪捜査官を導く糸である……」

――ジョン・ストラング『犯罪手法《アルス・クリミナリス》』に寄せた
ウィリアム・O・グリーンの序文より

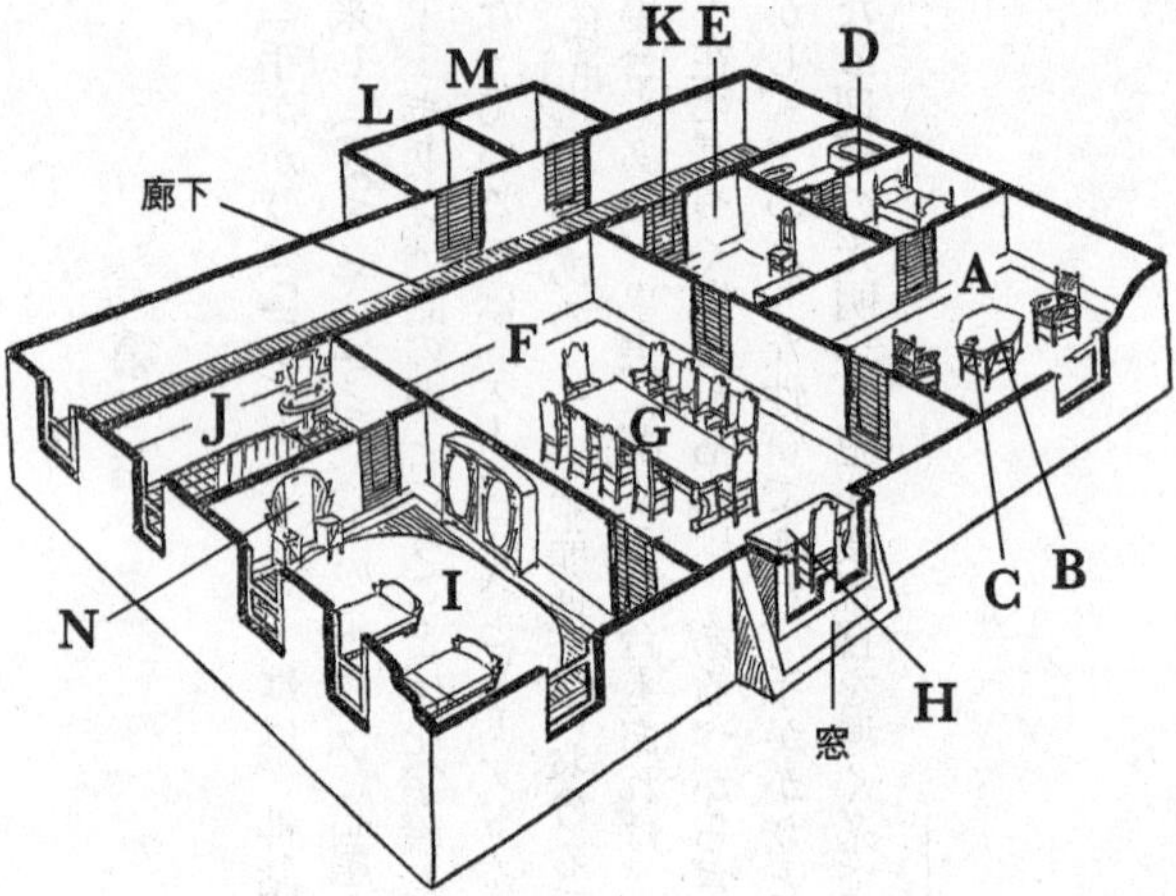

《フレンチのアパートメント見取図》

A　カード部屋
B　カードテーブル
C　吸い殻のはいった灰皿
D　使用人の寝室
E　控え室
F　書斎
G　会議テーブルと椅子
H　書斎机
I　寝室
J　浴室
K　アパートメントへ通じるスプリング錠つきのドア
L　エレベーター
M　階段
N　鏡台

13　アパートメントにて——寝室

エラリー・クイーンとウェストリー・ウィーヴァーは、一階の人ごみのなかをだれにも気づかれずに通り抜けた。店の裏手に出ると、角を曲がったあたりにある小さな鉄格子の扉をウィーヴァーが指さした。警官がひとり、鉄格子を背に見張りをしている。

「あれが専用エレベーターだよ、エラリー」

エラリーは、クイーン警視の几帳面《きちょうめん》な筆跡で署名がされた、警察の特別通行許可証を見せた。警官は帽子に手をやって敬礼し、鉄格子の扉をあけた。

エラリーは格子扉の隣に階段があるのをたしかめてから、エレベーターに乗りこんだ。注意深く扉を閉めて、6と記されたボタンを押すと、エレベーターが上昇をはじめた。ふたりとも無言で、ウィーヴァーは唇をきつく嚙《か》んでいた。

エレベーターは青銅と黒檀《こくたん》で仕上げが施され、床に合成ゴムがはめこんである。全体にしみひとつなく清潔だ。奥の壁際には、黒いベルベットを張った低い長椅子風の腰かけが置いてある。エラリーは鼻眼鏡の位置を直し、興味津々であたりを見まわした。かがみこんでベルベットの腰かけをじっくり観察したあと、首を伸ばして壁の隅の怪しげな暗がりをのぞきこむ。

ヴェリーが何も見逃すはずがないのはわかっているが、とエラリーは心でつぶやいた。

エレベーターが音を立てて止まった。扉が自動で開き、ふたりは幅の広いがらんとした廊下に出た。廊下の一方の端には高い窓がある。エレベーターの出口のほぼ真向かいに、重厚なマホガニー材の一枚板のドアがあった。ドアにつけられた小さな銘板には、つぎのように記されていた。

私室　サイラス・フレンチ

私服刑事がドア枠にだらしなく寄りかかっていたが、すぐにエラリーに気づいたらしく、会釈をして脇へよけた。

「おはいりになりますか、クイーンさん」と尋ねる。

「もちろん！」エラリーは朗らかに言った。「ぼくたちがアパートメントを嗅《か》ぎまわっているあいだ、ここでしっかり見張りを頼むよ。だれかが――そう、お偉方が――

やってきたら、ドアを叩《たた》いてくれ。そのほかはみんな追っ払うんだ。わかったね？」

刑事はうなずいた。

エラリーはウィーヴァーのほうを向いた。「きみの鍵《かぎ》を貸してくれ、ウェス」何気ない調子で言う。ウィーヴァーは、先刻クイーン警視がショーウィンドウで調べたキーケースを無言でエラリーに手渡した。

エラリーはまるい金の札がついた鍵を選び出し、鍵穴に差し入れた。ひねると、錠のタンブラーが音もなくまわった。そこで、重いドアを押しあけた。

そのどっしりとした重みに驚いたように、エラリーはドアから手を放して後ろへさがった。ドアはすぐさま勢いよく閉まる。ドアノブをまわそうとしたが、ふたたび施錠されていた。

「ばかなことをしたな」エラリーはつぶやき、もう一度鍵を使って錠をあけた。ウィーヴァーに先にはいるよう手で合図をしてから、自分も中へはいり、もう一度ドアが閉まるにまかせた。

「特製のスプリング錠だよ」ウィーヴァーが説明した。「どうして驚くんだい、エラリー。完全なプライバシーを保つためさ。その点に関して、社長はかなりうるさくてね」

「じゃあ、このドアは鍵がないと外からはあけられないのか」エラリーは尋ねた。

「一時的に錠がおりなくするような仕掛けはないのかい」

「何があろうと問題ない錠だよ」ウィーヴァーはかすかに笑みを浮かべて言った。「だからって、たいしたちがいがあるとは思えないけどね」

「大きなちがいだと考えるやつも世間にはいるんだろう」エラリーは眉《まゆ》を寄せて言った。それから肩をすくめて、あたりを見まわした。

ふたりがいるのは、巧みに改造した明かりとりが天井に具《そな》わった、ほとんど飾りのない小さな控え室だった……。床にはペルシャ絨毯《じゅうたん》が敷かれ、ドアの向かいの壁際には革張りの長椅子があり、その両側に脚つきの灰皿が配されている……。左の壁際には、椅子が一脚と小ぶりな雑誌立てが置いてある。部屋にあるのはそれだけだった。四番目の壁には別のドアがあった。さっきのドアより小さくて、さほど物々しくない。

「とびきり魅力的というわけじゃないな」エラリーは批評した。「これが、われらが大富豪のふだんの趣味なのかい」

ウィーヴァーはエラリーとふたりきりになったせいで、持ち前の快活さをいくらか取りもどしたようだった。「社長を誤解しないでくれよ」あわてて言う。「あの人はごくまともな老人で、簡素な部屋と華美な部屋との区別くらいはつくさ。でも、この控え室は、悪習撲滅協会の仕事で訪ねてくる連中を集めるためにこうしてあるんだ。待合室みたいなものだよ。とはいえ、実のところはあまり使われていない。社長は悪習撲滅協会用の広い事務所をアップタウンに構えていて、協会の仕事のほとんどはそっちで処理するんだ。でも、このアパートメントを設計したころは、親しい仲間たちをなんとしてもここでもてなしたいと思ったんじゃないかな」

「近ごろそうした来客はあったかい」エラリーは室内のドアノブに手をかけながら訊《き》いた。

「いや、ぜんぜん！　ここ数か月はないと思う。社長は間近に迫ったホイットニーとの合併問題で頭がいっぱいだったんだ。悪習撲滅協会には痛手だったろうな」

「ふむ、なるほど」エラリーは仔細《しさい》らしく言った。「ここに興味深いものがないなら、先へ進もう」

ふたりがつぎの部屋へはいると、背後でドアが閉まった。だが、そのドアには錠がなかった。

「ここが書斎だ」ウィーヴァーが言った。

「そのようだね」エラリーはドアに寄りかかり、熱心に室内を見まわした。

ウィーヴァーは沈黙に耐えきれないらしく、唇をなめて言った。「ここは取締役会の会議室でもあり、社長の隠れ場所でもあり、いろいろだ。なかなかいい部屋だろう？」

エラリーの目測では少なくとも二十フィート四方の広さがあるようで、格式張ってはいないものの、執務室らしい体裁になっていた。部屋の中央にはマホガニー材の長いテーブルがあり、そのまわりを赤い革張りのどっしりとした椅子が囲んでいる。椅子の並びは不ぞろいで、テーブルのまわりにでたらめに置かれていて、けさの会議が中断されたときの一同のあわてぶりがうかがい知れた。テーブルの上には、乱雑に積み重ねられた書類が散らばっている。

「いつもはこんなふうじゃない」エラリーが不愉快そうに顔をしかめたのに気づいて、ウィーヴァーは言った。「でも、大事な会議でだれもが興奮していたところに、階下のあの事件の知らせが届いて……。何もかもがもっとめちゃくちゃになっていないのが不思議だよ」

「無理もないな」

エラリーの向かいの壁には、簡素な額にはいった油彩の肖像画が掛かっていた。一八八〇年代の服装をした、赤ら顔でがっちりした顎《あご》の人物が描かれている。エラリーは物問いたげに眉を吊《つ》りあげた。

「社長のお父さん――店の創立者さ」ウィーヴァーが言った。

肖像画の下には、造りつけの書棚と、大きな安楽椅子と、現代的なデザインの脇テーブルがあった。椅子の真上には銅版画が掛かっている。

廊下側の壁と、ふたりのいる場所に近い壁には、趣味のよい家具が並んでいた。左右の壁の両方に、同じ装飾を施した回転蝶番《ちょうつがい》のスウィングドアがある。いずれも赤みがかったきめの細かい革が張られ、真鍮《しんちゅう》の飾り鋲《びょう》が打ってあった。

五番街に面する側には、壁から五フィートほど離れて、大きな平机が配されている。輝く天板の上には、フランス風の電話機と青いメモ用紙が一枚載っていて、部屋の内側の端には、みごとな縞瑪瑙《しまめのう》のブックエンド一対にはさんだ半ダースほどの本が置いてあった。机の奥の壁には大きな屋根窓があり、重たげな赤のベルベットのカーテンで飾られている。その窓から五番街が見おろせた。

エラリーは眉間《みけん》に皺《しわ》を寄せたまま観察を終えた。なおも手にしているウィーヴァーのキーケースに目をやる。

「ところで、ウェス」唐突に言った。「これはきみの鍵かな。だれかに貸したことは？」

「ぼくの鍵にまちがいないよ、エラリー」ウィーヴァーは無造作に答えた。「なぜだい」

「ふと思っただけさ。この鍵がきみの手から離れたことがあるかどうかがわかればおもしろいかも、とね」

「あいにく、それはない」ウィーヴァーは言った。「ずっと肌身離さずさ。実のところ、ぼくの知るかぎりでは、このアパートメントができてから、五本の鍵はどれも持ち主の手から離れたことなんかないはずだ」

「それはどうかな」エラリーはそっけなく言った。「フレンチ夫人の鍵のことを忘れてるぞ」瞑想《めいそう》するかのように鍵をじっと見つめる。「悪いけど、しばらくこの鍵を預かってもいいかな、ウェス。この形の鍵を集める仕事がはじまりそうなんだ」

「いいとも」ウィーヴァーは小声で答えた。エラリーはキーケースから例の鍵を取りはずし、残りはただちにウィーヴァーに返した。はずした鍵はヴェストのポケットにしまった。

「ところで」エラリーは言った。「ここはきみの仕事部屋でもあるんだろう？」

「いや、ちがう」ウィーヴァーは答えた。「五階に自分の事務室があってね。毎朝ここへ来る前にそっちで仕事をしている」

「いよいよ《アンファン》！」エラリーは急に歩きだした。「戦闘準備《オザルム》だ！　ウェス、ぼくはフレンチ社長の寝室をのぞき見したくてたまらない。案内してもらえるだろうか」

ウィーヴァーは向かいの壁にある真鍮の鋲の打たれたドアを指さした。ふたりは厚い絨毯を敷きつめた部屋を静かに横切り、ウィーヴァーがドアを押しあけた。足を踏み入れたのはほぼ真四角の広い部屋で、五番街と三十九丁目通りの両方を見おろす窓があった。

寝室は、エラリーの慣れない目には、色調も装飾も驚くほど現代的だった。すぐに目を引くのが、床とほぼ同じ高さまで沈んだ対のベッドで、磨き抜かれた楕円《だえん》形の木の台におさまっている。風変わりな形の男性用の衣装戸棚と、大胆なデザインの婦人用の鏡台があることから、この部屋は夫妻の両方が使うためにしつらえられているのがわかる。落ち着いた色調だがキュビズム風のデザインが施された壁には、模様が異なる個所がふたつあり、その内側にクロゼットがあることを示している。奇抜な形の椅子二脚、小さなナイトテーブル、ふたつのベッドのあいだの電話台、鮮やかな色の小さな敷物が何枚か――ヨーロッパの最新流行に疎いエラリーにとっては、この寝室は実に興味深い見ものだった。

廊下側の壁にはドアがひとつあった。半ばあいていたので、その隙間から、寝室と同じくきわめて現代的なカラータイル張りの浴室が見えた。

「何を探してるんだ。何か目当てがあるのか」ウィーヴァーが尋ねた。

「口紅だよ。ここにあるはずなんだ……。それに鍵《かぎ》もね。ここにないことを祈ろう」

エラリーは微笑んで、寝室の真ん中へ進み出た。

ベッドが整えられているのが見えた。何もかも完璧《かんぺき》に片づいている。衣装戸棚に歩み寄り、その上には何もないのをたしかめた。鏡台がエラリーの目を引いた。そこで見つかるかもしれないものを半ば恐れるかのように、近づいていく。ウィーヴァーが興味深そうについてきた。

鏡台にはわずかな品が置いてあった。真珠母貝の小さなトレイ、白粉《おしろい》の瓶、手鏡。トレイには婦人用の小道具がいくつか載っている――小ぶりの鋏《はさみ》、爪やすり、爪磨き。どれも最近使われた形跡はない。

エラリーは眉《まゆ》をひそめた。いったん顔をそむけたが、鏡台に魅せられたかのようにふたたび目をもどした。

「まちがいなく」エラリーはつぶやいた。「ここにあるはずだ。ここしかありえない。論理的にね。そう、もちろん！」

エラリーの指はトレイにふれていた。真珠母貝のふちがわずかに湾曲している。トレイを動かすと、ふちの下におさまっていた何かが鏡台の上を転がり、床に落ちた。

エラリーは勝利の笑みを浮かべてそれを拾いあげた。浮き彫りが施された小さな金色の口紅ケースだ。ウィーヴァーが驚いた様子で歩み寄る。エラリーはキャップに刻まれた三つの頭文字を指さした。〝W・M・F〟だ。

「ああ、フレンチ夫人の頭文字だ！」ウィーヴァーが叫んだ。

「親愛なるフレンチ夫人のね」エラリーは吐息の下でつぶやいた。キャップをはずして本体をひねる。ピンクの口紅が現れた。

「これにちがいない」エラリーは声に出して言った。ふと思いついたように、コートのポケットを探り、ショーウィンドウで死者のハンドバッグから見つかった、やや大ぶりで浮き彫りが施された銀色の口紅ケースを取り出した。

ウィーヴァーは叫び声を押し殺した。エラリーは友を鋭く見た。

「見覚えがあるんだな、ウェス」微笑みながら尋ねる。「さあ、話してくれ——

ふたりきりなんだし、ぼくの前でなら、取り繕わずにその純真《ティタティト》な心の奥をさらけ出してくれていい……。〝C〟の頭文字のはいったこの口紅はだれのものだ？」

ウィーヴァーはたじろいだが、顔をあげてエラリーの冷静な目を見つめた。「バーニスだよ」ゆっくりと言った。

「バーニス？　バーニス・カーモディーかい？　行方知れずの娘だな」エラリーはのんびりした口調で言った。「フレンチ夫人はバーニスの実の母親なんだろう？」

「夫人は後妻なんだ。先妻の娘がマリオンだ。先妻が亡くなって七年くらいになる。社長が再婚したとき、いまの夫人がバーニスを連れてきたんだ」

「で、これはバーニスの口紅なのか」

「そうだ。すぐにわかったよ」

「らしいな」エラリーは含み笑いをして言った。「あんなふうに跳びあがるんだから……。バーニスが姿を消したことについて、きみは何を知っている？　マリオン・フレンチの様子から、彼女は何かを知っていると踏んでいるが……。まあまあ、ウェス――落ち着けよ！　ぼくは彼女の恋人じゃないんだから」

「ああ、でもマリオンが何も隠していないのはたしかだ！」ウィーヴァーは反論した。「さっき警視といっしょに入口の近くまで迎えにいったとき、マリオンは言ったんだ。バーニスと夫人がゆうべ家で寝なかったって……」

「まさか！」エラリーは心から驚いた。「それはいったいどういうことだ、ウェス。事実をくわしく、もっとくわしく！」

「けさ、取締役会の直前のことなんだが」ウィーヴァーが説明した。「社長から指示があったんだ。自宅に電話をして、グレイトネックから無事にもどったことを夫人に伝えてくれとね。で、かけてみたら、家政婦のホーテンス・アンダーヒルが出た――ただの家政婦じゃなくて、十年以上もあの家で働いてる婦人だよ。ホーテンスは、起きているのはマリオンひとりだと言った。それが十一時少し過ぎのことだ。マリオンが出て、社長はごくふつうの話をした。

十一時四十五分に、こんどはホーテンスのほうから、ひどく取り乱した様子で電話をかけてきた。フレンチ夫人とバーニスがいつまでも静かなので心配になり、ふたりの寝室へ行ったら、どちらの部屋も空っぽで、ベッドにも休んだ形跡がないという。つまり、言うまでもなく、ふたりともひと晩じゅう家にいなかったというわけさ……」

「それについてフレンチ社長は何か言ったのか」

「心配するというより腹を立てていたようだよ」ウィーヴァーが答えた。「知り合いの家に泊まったものと思ったらしい。で、そのまま会議をつづけていたら、例の――知らせがはいったんだ」

「いったいなぜ、父さんはその失踪《しっそう》の件を追及していないんだろう……」エラリーは妙に顔をゆがめてつぶやいた。電話機に飛びついて、百貨店の交換手にヴェリー部長刑事を呼び出すよう命じる。受話器からヴェリーの太い声が聞こえると、エラリーは手短に事情を説明し、ただちにバーニスを探し出すべきだという自分の考えを警視に知らせるよう求めた。そして、クイーン警視の力が及ぶかぎり長く、ウェルズ委員長を階下に引き留めておくようにと付け加えた。ヴェリーは万事承諾したと太い声で伝え、電話を切った。

エラリーはすぐさまウィーヴァーからフレンチ家の電話番号を聞き出し、交換手に伝えた。

「もしもし」受話器の奥から聞きとりづらい声が聞こえた。「こんにちは。警察の者です。ホーテンス・アンダーヒルさんですね？　……その件はいまは気にしなくてけっこうですよ、アンダーヒルさん……。バーニス・カーモディーさんはおもどりですか？　……そうですか……ひとつお願いがあります！　いますぐタクシーをつかまえてフレンチ百貨店へ来てください。ええ、ええ、大至急です！　ところで、バーニスさんには担当の女中がいますか？　……なるほど。その人もいっしょに連れてきてください……。そう、六階にあるフレンチ社長のアパートメントへです。一階に着いたら、ヴェリー部長刑事を呼んでください」

エラリーは電話を切った。「バーニスはまだ帰ってない」静かに言った。「理由は運命の女神《フォルトゥナ》のみぞ知る」手のなかの二本の口紅を見ながら考えこむ。「フレンチ夫人は前の夫に先立たれたのか、ウェス」しばらくして尋ねた。

「いや。カーモディーとは離婚したんだ」

「もしかして、古美術商のヴィンセント・カーモディーのことじゃないか」エラリーは表情を変えずに訊《き》いた。

「その男さ。知ってるのか」

「少しだけね。店へ行ったことがある」エラリーは眉根《まゆね》を寄せて二本の口紅を見つめた。その目が急に鋭くなった。

「これは、ひょっとすると……」そう言って、金色の口紅ケースを脇へ置き、銀色のケースをしっかり持った。キャップをはずし、濃い赤の紅が現れるまで本体をひねる。無心にまわしつづけ、やがて中身がすっかり出つくした。さらにまわしつづける。本人も一驚したことに、かちりと音がし、金属の台にはめこまれた棒状の紅が銀色の容器から抜け出て、エラリーの手のなかに落ちた。

「中に何がある？」エラリーは驚きのことばを発し、筒の空洞をのぞきこんだ。もっとよく見ようと、ウィーヴァーも身を乗り出す。エラリーはケースを逆さにして振った。

直径半インチ、長さ一インチくらいの小さなカプセルが、エラリーの手の上に落ちた。中には白い結晶粉末がいっぱいに詰まっている。

「それはなんだ」ウィーヴァーが息を呑《の》んで言った。

エラリーはカプセルを振り、光にかざした。「そうだな」口もとに不気味な笑みを浮かべて、ゆっくりと言った。「ヘロインによく似ている気がするよ！」

「ヘロイン？　麻薬ということか」ウィーヴァーは興奮して訊いた。

「そのとおり」エラリーはカプセルをケースにおさめて、紅の部分をもとどおりにねじこみ、ケースをポケットへしまった。「流通している上物のヘロインだ。まちがいの可能性もあるが、おそらくそうだ。警察本部で分析させよう。ウェストリー」エラリーはウィーヴァーと真正面から向き合った。「正直に言ってくれ。きみの知るかぎりで、現在――もしくは過去に、フレンチ一家に麻薬常用者はいないか」

ウィーヴァーは思いのほか速やかに答えた。「もしこれが本物の麻薬だとすると、いま思えば、バーニスの、特にこのところの様子や行動がどこかおかしかった気がする。それはバーニスの口紅だろう？　――エラリー、ぼくはバーニスが麻薬常用者だったとしてもちっとも驚かない。興奮しやすくて、神経質で、やせこけていて――急にふさぎこんだり、急にはしゃぎだしたり……」

「その説明は麻薬常用者の症状そのものだよ」エラリーは言った。「バーニスか。一刻ごとにどんどん興味ある存在になっていくな。フレンチ夫人や――フレンチ社長や

──マリオンはどうなんだ」

「ちがう──マリオンはちがう！」ウィーヴァーは絶叫に近い声をあげた。それから恥ずかしそうに微笑む。「すまない。いや、エラリー、きみは社長が悪習撲滅協会の会長だってことを忘れてるよ──ああ、なんてことだ！」

「とんでもない事態だな」エラリーは小さく笑った。「で、夫人はその点については潔白なのか」

「ああ、ぜったいにだ」

「きみのほかに、一家のなかでバーニスが麻薬常用者なのに気づいている者は？」

「いないと思う。いや、ぜったいにいないさ。社長が気づいていないのはたしかだ。マリオンはときどきバーニスの様子がおかしいと言ってたが、思いも寄らないはずだよ──まさかそんなこととはね。夫人については──まあ、あの人がどんなふうに考えていたのかよくわからない。愛娘のバーニスのことになると、いつも押しだまったままだったからな。感づいていたとしても、なんの手も打たなかったはずだ。いっさい知らなかったものと信じたいよ」

「それにしても──」エラリーの目がきらめいた。「なんとも妙だな、ウェス。この証拠品がフレンチ夫人の遺体から──正確にはハンドバッグから見つかるとは……なあ、そうじゃないか」

ウィーヴァーは力なく肩をすくめた。「頭がこんがらがっている」

「ウェストリー」エラリーは鼻眼鏡をもてあそびながら尋ねた。「自分の家族に麻薬常用者がいると知ったら、フレンチ社長はどう言うと思う？」

ウィーヴァーは身震いした。「社長が興奮して癇癪《かんしゃく》を起こすとどうなるか、想像もつかないだろうな。そんなことを知ったら、逆上して――」ウィーヴァーは口をつぐみ、いぶかしげにエラリーを見た。エラリーは微笑んでいた。

「時は疾《と》く過ぎゆく」エラリーは快活に言ったが、目には不穏な光が宿っていた。

「つぎは浴室だ！」

14 アパートメントにて――浴室

「ここで何が見つかるのか、自分でもよくわからないんだけどね」きらめく浴室に立って、エラリーは怪訝《けげん》そうに言った。「実のところ、浴室はあまり重視していなくてね……。異状はないかな、ウェス。何かおかしなところでも？」

ウィーヴァーは「いや」と即答したが、声には自信のなさがにじんでいた。エラリーはウィーヴァーを鋭く一瞥《いちべつ》してから、浴室を見まわした。

細長い部屋で、浴槽が床より下に埋めこまれている。洗面台はすらりとして現代風だ。その上には巧妙な隠し戸棚が吊《つ》りさげてあり、エラリーはその扉を引きあけた。中にはガラスの棚が三段あり、常備薬の瓶が数本に、ヘアトニック、化粧クリーム、チューブ入りの歯磨き粉、シェービング・クリーム、風変わりな木箱にはいった安全剃刀《かみそり》がひとつ、二本の櫛《くし》、その他の小物がいくつかあった。

エラリーは忌々しげに扉を閉めた。「行こう、ウェス」不満そうに言う。「時間の無駄だ。ここには何もない」そう言いながらも、足を止めて、少し離れた場所にある扉をあけた。そこは浴室用のリネンを入れておくクロゼットだった。エラリーは大きな籠《かご》に片手を突っこみ、汚れたタオルを何枚か取り出した。それらを無造作に調べて籠へもどし、ウィーヴァーを見た……。

「おい、白状しろよ、ウェス！」明るい声で言った。「何か気がかりなことがあるんだろう。デンマークで何が腐ってるって？（『ハムレット』一幕四場の台詞のもじり）」

「変なんだよ」ウィーヴァーは唇を引っ張り、考えながら言った。「あのときもおかしいなと思ったが、いろんなことが起こったいまになってみると――やはりおかしい気がする……。エラリー、あるものがなくなってる！」

「なくなってる？」エラリーはさっと手を伸ばしてウィーヴァーの腕をきつくつかんだ。「おい、なぜだまっていた！　何がなくなっているんだ」

「くだらないと思うだろうが……」ウィーヴァーはためらった。

「ウェストリー！」

「すまない」ウィーヴァーは咳払《せきばら》いをした。「どうしても知りたいなら言うけど、剃刀の刃が一枚なくなっているんだ」ばかにされないかと、エラリーの表情をうかがう。ところが、エラリーは笑わなかった。「剃刀の刃？　くわしく話してくれ」そう促して、クロゼットの扉に寄りかかった。洗面台の上の戸棚をいわくありげに見やる。

「けさは、いつもより少し早めにここへ来たんだ」ウィーヴァーは不安げに眉根を寄せて話しだした。「社長が来る前に準備をしなきゃいけなかったし、取締役会のために整理する書類がたくさんあったからだ。ふだん、社長は十時に出勤する。早く来るのは、特別なとき——けさみたいに取締役会があるときだけだ。それで、ぼくは大急ぎで家を出た。ここでひげを剃《そ》るつもりでね。そういうことはよくある——このアパートメントに剃刀を置いてあるのは、そのためでもあるんだ……。ここに着いて——八時半ごろだったけど——急いでひげを剃ろうとした。ところが、剃刀の刃が一枚もなかった」

「そうおかしなこととは思えないな」エラリーは微笑んで言った。「きみが剃刀の刃を戸棚に入れておかなかっただけだろう」

「いや、入れておいたんだ！」ウィーヴァーが反論した。「変だと思うのは、ゆうべ帰る前にここでひげを剃ったからなんだよ。そのとき、刃は剃刀の柄につけたままにしておいた」

「替え刃はなかったのか」

「なかった。切らしていたから、補充するつもりだった。でも、けさは持ってくるのを忘れたんだ。だから、剃ろうとしたけど、どうしようもなかったのさ。刃が消えたんだから！　おかしな話だろう？　それに、きのうわざわざ柄に刃を残したのは、前にも買い置くのを忘れたことがあったからだ。古い刃でもあと一度くらいはどうにか剃れるものだからね」

「消えたのはまちがいないんだな？　剃刀につけたままにしておいたのはたしかなのか」

「まちがいない。洗って、もどおりにはめておいた」

「刃を折ったりしたとか？」

「ぜったいそんなことはないよ、エラリー」ウィーヴァーは辛抱強く言った。「刃はたしかにあった」

エラリーの口もとがさも愉快そうにほころんだ。「それは大問題だな。だから不精ひげが生えているのか」

「そのとおり。きょうはひげを剃りに出かける暇もなかったから」

「妙だな」エラリーは考えながら言った。「きみが戸棚のなかに一枚しか刃を置いていなかったというのがだ。フレンチ社長のはどこにある？」

「社長は自分で剃ったりしないさ」ウィーヴァーがややよそよそしい口調で答えた。「自分で剃ったことなんか一度もないよ。毎朝、行きつけの床屋でさせてるんだ」

エラリーはそれ以上何も言わなかった。戸棚をあけて、剃刀のはいった木の箱を取り出した。ごくふつうの銀色の剃刀を調べたが、注意を引くところは何もなかった。

「けさはこの剃刀にさわったのか」

「というと？」

「箱から出したのか」

「いや、何もしてないさ。刃がないことに気づいて、手をふれもしなかった」

「それは実に興味深いな」エラリーは指が銀色の表面にふれないように注意しながら、剃刀の柄の端を持ち、目の高さまで持ちあげた。金属に息を吹きかける。それはたちまち曇った。

「指紋はついていない」エラリーは言った。「拭《ふ》きとられたな、まちがいなく」急に微笑む。「ゆうべここに幽霊だか亡霊だか生き霊だか、何者かのいた形跡が見えてきたぞ。男なのか女なのか、何人いたのかは知らないけど、用心深いやつじゃないか」

ウィーヴァーが声をあげて笑った。「じゃあ、盗まれたぼくの剃刀の刃がこの事件と関係があると考えてるのか」

「考えることは」エラリーはおごそかに言った。「すなわち、知ることなんだよ……。覚えておけよ、ウェストリー。きみはゆうべ七時少し前にここを出たと、さっき階下で言ってたな。だとしたら、剃刀の刃は、ゆうべの七時ごろからけさの八時半までのあいだに、このアパートメントから持ち去られたことになる」

「驚いたな！」ウィーヴァーがからかうように小声で言った。「探偵になるには、そういう手品みたいな技を身につけなくちゃならないのか」

「笑いたければ笑え、下郎よ！」エラリーは鋭く言った……。思いに沈んだ妙な態度でしばしたたずむ。「つぎの部屋へ行くとしよう」がらりと声を変えて言った。「ほのかな光が見えてきたよ。はるかかなただが——かすかなりとも光は光だ。さあ行こう《アロン・ザンファン》！」

15　アパートメントにて――カード部屋

エラリーは力強い足どりで浴室から出ると、寝室を通り抜けて、ふたたび書斎へはいった。ウィーヴァーがあとにつづいたが、その顔は、ここ一時間の不安の面持ちとは打って変わって客観的な好奇心をあらわにしていた。何かを忘れ去ったかのようだった。

「あのドアの向こうはなんだい」エラリーは唐突に尋ねた。反対側の壁にある、赤い革張りで真鍮《しんちゅう》の鋲《びょう》を打ったもう一枚のドアを指さす。

「カード部屋だよ」ウィーヴァーが興味津々に言った。「あんなところに何かあるとでもいうのか、エル。ともあれ、おかげですっかり興奮してきたよ!」それから急に立ち止まって浮かぬ顔になり、友の様子をじっとうかがった。

「カード部屋だって?」エラリーの目がきらめいた。「教えてくれ、ウェス――きみはけさ、だれよりも早くこのアパートメントへ来たし、いちばんよく知る立場にある――きょう書斎にいた連中のなかで、どこか別の部屋へ行った者はいなかったろうか」

ウィーヴァーはしばらく考えた。「けさ社長がここに着いたとき、寝室へコートと帽子を置きにいったのを除けば、だれも書斎から出なかったよ」

「社長は手を洗いに浴室へ行かなかったのか」

「いや。店の仕事の口述と会議の準備をするのにひどく急いでたから」

「社長が寝室へ行ったとき、きみもついていったのか」

「そうだよ」

「で、たしかなんだな。ほかにはだれも——ゾーン、トラスク、グレイ、マーチバンクスのいずれも——ずっとこの部屋を出なかったのは」エラリーは書斎のなかを少し歩きまわった。「それに、きみ自身は一分たりともここを離れなかったのか」

ウィーヴァーがにっこりした。「きょうのぼくは、なんでも肯定する気分らしい——どちらの答もイエスだよ」

エラリーはうれしそうに両手を揉《も》み合わせた。「すると、このアパートメントは、書斎を唯一の例外として、きみがけさ八時半にやってきたときと同じ状態なんだな。すばらしい、実にすばらしい、全知にしてすこぶる有能な、わがウェストリーよ！」

エラリーはカード部屋のドアへ足早に歩み寄り、それを押しあけた。ウィーヴァーがすぐあとにつづいてきた。そして、エラリーの広い肩越しに驚愕《きょうがく》の声をあげた……。

カード部屋は書斎や寝室よりもせまかった。壁はクルミ材の羽目板張りで、五番街を見おろすただひとつの大きな窓には、明るい色のカーテンがかかっている。床には厚い絨毯《じゅうたん》が敷いてある。

だがエラリーはウィーヴァーの視線をたどり、友が驚きの目で見つめているのは、部屋の真ん中にある、天板を緑のラシャで覆った六角形のカードテーブルであるのを見てとった。テーブルの上には、青銅の小さな灰皿と、変わった並べ方をしたカードの山がいくつかある。どっしりとした折りたたみ椅子が二脚、テーブルから離して置かれている。

「どうしたんだ、ウェス」エラリーが鋭く尋ねた。

「いや、あの——あのテーブルは、ゆうべはあそこになかったんだ!」ウィーヴァーが口ごもりながら言った。「帰る間際にパイプを探しにこの部屋へ来たから、まちがいないよ……」

「まさか!」エラリーは小声で言った。「あのテーブルは折りたたんでしまわれ、ここにはなかったと?」

「そのとおりさ。この部屋はきのうの朝、掃除係の女性が清掃した。それにあの灰皿の吸い殻……エラリー、ゆうべぼくが帰ったあとに、だれかがここにいたんだ!」

「そうらしいな。それに、剃刀《かみそり》の刃が消えたという話を信じるなら、浴室にもだ。重要なのは——そのだれかがなぜここにいたかだ。待てよ」エラリーはテーブルへすばやく歩み寄り、カードを興味深そうに見た。

テーブルの両端に、カードの小さな山がひとつずつあり――一方は表を上に、もう一方は表を伏せて置かれている。緑の布で覆った天板の中央には、表向きに積み重ねた山が四つずつ、二列に並んでいて、エラリーが注意深く調べたところ、数の大きいものから順に重ねてあった。その二列のあいだには、小さな山が三つある。

「バンクか」エラリーはつぶやいた。「妙だな！」ウィーヴァーを見る。「もちろん、このゲームはきみも知ってるだろう？」

「いや、知らない」ウィーヴァーが言った。「ただ、バンクの並べ方だってことはわかる。フレンチ家で見たことがあるからね。だけど、ルールはよく知らない。覚えようとすると頭が痛くなる。もっとも、たいていのカードゲームはそうだけどね。からきし弱いんだ」

「そうだ、思い出した」エラリーは笑った。「特にブルームベリーでのあの晩のことをね。スタッドポーカーできみの百ドルの負けを取りもどしてやったんだったな。フレンチ家でバンクをしているのを見たことがあるそうだが――それは興味深いな。訊《き》きたいことがいろいろ出てきたよ。ロシアン・バンクの遊び方を知ってる人間はそう多くない」

ウィーヴァーは怪訝《けげん》そうにエラリーを見た。灰皿のなかにある十本余りの吸い殻へこっそり視線を送り、すぐに顔をもどした。「フレンチ一家のうちふたりだけだよ」声を詰まらせて言う。「バンクで遊んで……いたのは」

「で、それは——きみに合わせて過去形を使うなら——バンクで遊んでいたのはだれだったんだ」エラリーが冷ややかな声で尋ねた。

「夫人と——バーニスさ」

「なんと！」エラリーは小さく口笛を吹いた。「行方知れずのバーニスか……。ほかはだれもやらないのか」

「社長はあらゆる賭《か》け事《ごと》がきらいでね」ウィーヴァーは人差し指で唇をつつきながら言った。「カード遊びなんかけっしてしない。エースと2の区別もつかないよ。マリオンはブリッジをやるけど、社交上やむをえずというだけだ。カード遊びは好きじゃない。ぼく自身は、社長に雇われるまで、バンクなんて聞いたこともなかった……。でも、夫人とバーニスは異様なほど入れこんでいた。暇さえあればやってたよ。ぼくたちにはさっぱり理解できなかった。ああいうのを、どうにもならない賭博《とばく》熱と言うんだろうな」

「では、フレンチ一家の知り合いは？」

「まあ」ウィーヴァーがゆっくりと言った。「社長も自宅でのカード遊びをいっさい禁じるほど度量のせまい人じゃない。ついでに言うと、だからこのアパートメントにもカード部屋が設けてあるんだ。取締役たちのためさ――会議の合間にここでカードをすることがときどきあるからね。自宅のほうでも、ずいぶんとお客や友人知人を見てきたけど、夫人とバーニス以外の人がバンクで遊ぶのを見たことはない」

「おお――みごとだ」エラリーは言った。「実に理路整然としている！　物事はそうでないとね……」そう言いながらも、考え事をするように眉間《みけん》に皺《しわ》が寄っている。「で、煙草のことだが――この五分間、きみが灰皿の吸い殻を見まいとつとめているのはなぜなんだ」

ウィーヴァーは後ろめたさに顔を赤らめた。「ああ！」そう言って、口をつぐんだ。

「それは言いたくないんだ、エラリー――ぼくはこの上なく厄介な立場に……」

「その煙草は、もちろん、バーニスが吸っている銘柄だ……。そう白状すればいいじゃないか」エラリーは焦《じ》れたように言った。

「どうしてわかったんだ」ウィーヴァーは声を張りあげた。「でも――鋭敏な頭脳にはお見通しなんだろう……ああ、バーニスのだ。本人だけのね。特別に注文して作らせている――作らせていたんだ」

エラリーは吸い殻のひとつをつまみあげた。銀の吸い口のすぐ下に、フランス語の筆記体で〈公爵夫人《ラ・デュセス》〉と銘柄が記されている。エラリーは残りの吸い殻を指でつつきまわした。どれもほぼ同じ長さまで――吸い口からおよそ半インチまで――吸われているのに気づき、目を光らせた。

「どれもこれも根もとまで吸いつくしてある」そう言って、指でつまんでにおいを嗅《か》ぎ、物問いたげにウィーヴァーを見た。

「ああ、香りつきだ。スミレだと思う」ウィーヴァーは即答した。「製造元が顧客の注文に応じて香水を入れるんだ。少し前にフレンチ家へ行ったとき、バーニスが注文しているのを聞いた覚えがある――電話で注文していたよ」

「そのうえ、〈公爵夫人〉という銘柄は珍しいから、捜査において有力な手がかりになる……。ずいぶん運がいいじゃないか」エラリーは友に話しかけるというよりひとりごとのように言った。

「どういう意味だ」

「たいした意味はないさ……。それより、当然ながら、フレンチ夫人は煙草を吸わなかったんだな」

「おい――どうしてわかった」ウィーヴァーは驚いて尋ねた。

「何もかもつじつまが合う」エラリーはつぶやいた。「実にぴったりとね。で、マリオンは――吸うのか」

「とんでもない――吸わないさ!」

エラリーはからかうようにウィーヴァーを見た。「さて!」唐突に言う。「あのドアの向こうを見るとしよう」

エラリーは部屋を横切り、窓とは反対側の壁へと歩いていった。なんの変哲もない小さなドアをあけると、そこは質素なしつらえのこぢんまりした寝室だった。その奥にせまい浴室がある。

「使用人の部屋だよ」ウィーヴァーが説明した。「もともとは従僕のために作られたんだが、ぼくの知るかぎりで、使われたことは一度もない。社長は細かいことにうるさいほうじゃなくて、従僕を置くならむしろ悪習撲滅協会のほうがいいらしい」

エラリーはふたつの小部屋をすばやく調べた。ほどなく、肩をすくめて出てきた。

「何もない、あるはずもない……」口をつぐみ、鼻眼鏡をまわした。「かなり注目すべき事態に直面しているよ、ウェス。考えてみてくれ。いまやぼくたちは、バーニス・カーモディーがゆうべこのアパートメントにいたことを示す直接証拠を三つ手に入れた。いや、直接証拠はふたつと言ったほうがいいだろう。ひとつは――第一の証拠は――状況証拠に近いからな。つまり――フレンチ夫人のハンドバッグにはいっていた、〝C〟の頭文字のはいった口紅だ。これはもちろん、三つの証拠のなかで最も弱い。というのは、バーニスがこの場にいたことの証明にはならないし、フレンチ夫人が自分で持ってきたのかもしれないからね。それでも、頭に入れておかなくてはならない点ではある。第二の証拠はロシアン・バンクだ。このゲームに熱中していたのはフレンチ夫人とバーニスだけで、一家のほかの面々や友人たちは除外して差し支えないと、おおぜいの信頼できる証人がきみと同じく強力に証言してくれるだろう。あのゲームは勝負どころで中断されたらしいのに、きみは気づいたかな。カードの並び方から——まさしく山場を迎えたときに中断されたと見てまちがいない……。そして第三の、最も有力な証拠は——〈公爵夫人〉の銘柄入りの煙草だ。これは明らかにバーニスのものであり、ある程度強力な状況証拠をともなえば、法廷が採用を認める証拠物件になると確信する」

「でも、どんな状況証拠が？　ぼくにはまったく——」ウィーヴァーが叫んだ。

「バーニス・カーモディーが姿を消したという怪しげな事実だ」エラリーはおごそかに答えた。「逃亡だろうか」ウィーヴァーに問いを投げかけた。

「まさか——そんなことは信じられない」ウィーヴァーは力なく答えたが、その声には不思議な安堵《あんど》が混じっていた。

「たしかに、母親殺しは人倫にもとる犯罪だ」エラリーは考えこむように言った。「だが、前例がないわけじゃない……。もしかしたら——」エラリーの瞑想《めいそう》は、廊下へ通じる控え室のドアをせわしなく叩《たた》く音にさえぎられた。その音は、カード部屋、書斎、控え室の三枚の壁を通しているのに、驚くほど大きく響いた。

ウィーヴァーが急に怯《おび》え顔になった。エラリーははっと背筋を伸ばし、もう一度すばやくあたりを見まわしてから、ウィーヴァーに先に部屋から出るよう合図した。そして、真鍮《しんちゅう》の鋲《びょう》が打たれたドアを指でそっと閉めた。

「善良なる家政婦のホーテンス・アンダーヒルと女中にちがいない」エラリーは陽気なまでの口調で言った。「このふたりが先ぶれになるかもしれないな――バーニスに不利となる、さらに多くの証拠のね！」

16 アパートメントにて――寝室ふたたび

ウィーヴァーが廊下へ通じる控え室のドアをあけて、ふたりの女を中へ入れた。その後ろから、トマス・ヴェリー部長刑事のがっしりした体軀《たいく》が現れた。

「こちらのご婦人がたを呼びましたか、クイーンさん」ヴェリーが巨体で戸口をふさいで尋ねた。「一階にいた部下のひとりが、エレベーターの見張りの前を通り抜けようとするふたりをつかまえたら――あなたに呼ばれたと言うもので。まちがいありませんね?」

ヴェリーはきびしい視線をアパートメントにさまよわせ、廊下に面した戸口から見えるかぎりのものを見ようとしている。エラリーはにっこりした。

「まちがいないよ、ヴェリー」ゆっくりと答えた。「ふたりはぼくにまかせてくれればいい……。ところで、親愛なる警察委員長殿は警視を相手にどんな様子だい」

「例のスカーフに食いつきましたよ」ヴェリーは太い声で言い、ウィーヴァーがたちまち握りしめたこぶしに鋭い一瞥《いちべつ》をくれた。

「さっき電話で伝えた手がかりは追ってるかな」エラリーは朗らかに訊《き》いた。

「ええ。その娘は依然行方不明です。そっちにふたりまわしました」ヴェリーのいかめしい顔がかすかにほころんだ。「あとどのくらいつづければいいんですか。階下で警視が——お手伝いなさるのは」

「こっちから知らせるよ、ヴェリー。さあさあ、おとなしく退散してくれ」ヴェリーはにやりとしたが、背を向けてエレベーターのほうへ歩きだしたとたん、その顔はいつもの無表情にもどって凍りついた。

エラリーはふたりの女のほうを振り向いた。女たちは寄り添って不安げにエラリーを見つめている。ふたりのうち、長身で年嵩《としかさ》のほう——髪は白髪交じりで、底意地の悪そうな青い目を持つ、板のようにこわばった体つきの五十がらみの女——にエラリーは声をかけた。

「ホーテンス・アンダーヒルさんですね」きびしい口調で訊いた。

「さようです——フレンチさまご一家の家政婦です」その声は外見に似て——細く、鋭く、鋼《はがね》のようだった。

「で、こちらがバーニス・カーモディーさん付きの女中だね」

もうひとりは、つやのない茶色の髪と不器量な顔をした気弱そうな女で、じかに話しかけられて怖《お》じ気づき、ホーテンス・アンダーヒルにいっそう寄って身を縮めた。

「はい」アンダーヒルが答えた。「バーニスさまの女中のドリス・キートンです」

「けっこうです」エラリーは微笑み、慇懃《いんぎん》に会釈をして道をあけた。「では、どうぞこちらへ――」先に立ち、赤い革張りのドアを抜けて広い寝室へふたりを案内した。ウィーヴァーがあとからおとなしくついていった。

エラリーは寝室の二脚の椅子を手で示した。「おかけください」ふたりの女が腰をおろす。ドリス・キートンは生気のない大きな目をエラリーに据えたまま、椅子を家政婦のほうへこっそりとずらした。

「アンダーヒルさん」エラリーは鼻眼鏡を手にして切り出した。「前にもこの部屋に来たことがありますか」

「ございます」家政婦はエラリーをにらみ倒そうと心に決めたらしい。氷のような青い目がいっそう冷ややかな炎を放った。

「おや、ありますか」エラリーは相手から目をそらさずに、礼儀正しく間を置いた。「それはいつ、どんな機会でしたか」

家政婦はエラリーの冷静さにもひるまなかった。「いくたびもですわ。そう言って差し支えないでしょう。ただし、奥さまのお申しつけがなければまいりません。いつもお召し物のご用でした」

「お召し物？」エラリーは怪訝《けげん》そうな顔をした。

家政婦は無表情でうなずいた。「ええ、さようですわ。もうずいぶん昔のことですが、奥さまがこちらにお泊まりになるときは、つぎの日の着替えを持ってくるようにとおっしゃったのです。それで――」

「ちょっと待って、アンダーヒルさん！」エラリーは何かを思いつき、その目を明るくきらめかせた。「それが夫人の習慣だったのかな」

「わたくしの存じあげますかぎりでは」

「いつでしたか」エラリーは身を乗り出した。「夫人から最後にそれを頼まれたのは」

家政婦はすぐには答えなかった。「たしか二か月ほど前でした」ようやく答える。

「そんなに前？」

「二か月前と申しあげました」

エラリーはため息をついて背筋を伸ばした。「では、このクロゼットの片方は夫人のものですね」壁に取りつけられた現代風のふたつの扉を手で示す。

「ええ――あちらがそうです」家政婦はすぐに答え、浴室に近い隠し扉を指さした。「でも、奥さまのお召し物だけではなく――お嬢さまがたもときどき持ち物をしまっていらっしゃいました」

エラリーは眉《まゆ》を吊《つ》りあげた。「ほんとうかい、アンダーヒルさん！」と叫び、顎《あご》をそっとなでる。「すると、マリオンさんもバーニスさんも、フレンチ社長のアパートメントをときどき使っていたと考えていいんだね」

家政婦はエラリーをまっすぐに見据えた。「ときどきですよ。頻繁にではありません。奥さまがお使いにならないときだけ、女性のお友達を呼んでいっしょに夜をお過ごしになりました――気ままなお遊び、とでも申しますか」

「なるほど。お嬢さんがたは最近も友達と――女の友達と言ったね？――ここに泊まったんだろうか」

「わたくしの知るかぎりでは、それはございません。少なくともこの五、六か月は」

「大いにけっこう！」エラリーは鼻眼鏡をさっと宙に振った。「ところで、アンダーヒルさん。バーニス・カーモディーさんを最後に見たのはいつか、どのような状況だったか、正確に話してもらいたい」

ふたりの女は意味ありげな視線を交わした。女中は唇を噛《か》み、ばつが悪そうに目をそらす。しかし、家政婦は平静を失わなかった。「そうお尋ねになると思っておりました」落ち着いた声で言った。「ですけど、あなたがどなたか存じませんが、お嬢さまがたがこの件に関与しているなどと考えるには及びませんよ。聖書に誓って、何もないと申しあげられます。バーニスさまがいまどこにいらっしゃるかはわかりませんが、何かよからぬ企みに巻きこまれたにちがいないのです……」

「アンダーヒルさん」エラリーはやさしく言った。「興味深い話なのはたしかだが、こちらは急いでいる。質問に答えてもらえたら――」

「わかりました、どうしてもとおっしゃるなら」家政婦は唇を引き結んで両手を膝《ひざ》の上で組み、気のないていでウィーヴァーを見てから、話しはじめた。「きのうのことでした――おふたりが朝起きていらっしゃったところからはじめましょうか、そのほうが話しやすいもので。そう、きのうの朝、奥さまとバーニスさまは十時ごろお目覚めになり、それぞれのお部屋で担当の者が髪結いのお手伝いをいたしました。おふたりは着替えをおすませのあと、軽いお食事をなさいました。マリオンさまはすでに昼食を終えていらっしゃいましたわ。おふたりの給仕はわたくしがいたしました……」

「ひとついいかな、アンダーヒルさん」エラリーは口をはさんだ。「食事の席でふたりがどんな話をしていたか、聞こえましたか」

「自分にかかわりのない話に聞き耳など立てません」家政婦は鋭くやり返した。「ですから、お答えできるのは、バーニスさまの新調のドレスについて話していらっしゃったということだけです。それと、奥さまが少しぼんやりなさっているようにも見えましたわ。何しろ、袖口《そでぐち》をコーヒーでお汚ししでしたから――おかわいそうに！　ただ、奥さまはこのところいつもご様子が少し変でした――もしかしたら何か予感なさっていたのでしょうか――神よ、奥さまのさまよえる魂をお救いください！……そして、昼食のあと、おふたりは二時ごろまで音楽室でおしゃべりやら何やらをしてお過ごしになりました。なんの話をなさっていたのかは、やはり存じません！　ただ、ふたりきりになりたいご様子でしたね。ともかく、音楽室から出てこられたとき、奥さまがバーニスさまに、二階で着替えてくるようにとおっしゃるのが聞こえました――セントラル・パークドライブにお出かけになる予定でしたから。バーニスさまは二階へあがり、奥さまはお残りになって、運転手のエドワード・ヤングに車を出すように言ってくれとわたくしにご指示なさいました。それから、ご自身も二階へ着替えに向かわれました。ところが、五分もしないうちに、バーニスさまがすっかり外出の支度をなさって階段をおりてこられ、わたくしを見ると、お母さまにつぎのように伝えてくれと――ささやき声で――おっしゃったんです。気が変わったからドライブに出るのはやめて買い物に出かける、と。そして、そのまま家から飛び出していかれました」

エラリーは深く考えこんでいるふうだった。「いささか冗長だが、よくわかりましたよ、アンダーヒルさん。それで、きのうのバーニスさんの精神状態をどう見ましたか」

「思わしくありませんでしたわ」家政婦が答えた。「でも、ふだんのバーニスさまは活発で感受性の鋭いお嬢さままでです。ただ、いま思えば、きのうはいつもより少し落ち着かないご様子でした。こっそり家を出ていかれたときも、真っ青な顔でそわそわしていらっしゃいましたし……」

ウィーヴァーが鋭く体を動かした。エラリーはウィーヴァーを視線で押しとどめ、家政婦に先をつづけるよう合図した。

「それからまもなく、奥さまがドライブ用の身支度でおりていらっしゃいました。バーニスは、とお訊《き》きになったので、わたくしはバーニスさまが出ていかれたときの様子と、伝言をお聞かせしました。一瞬、奥さまが卒倒なさるのではないかと思いましたわ――おかわいそうに！――顔が青ざめて具合が悪そうで、ふだんとはまるでちがうご様子でしたが、じきに落ち着きを取りもどして、こうおっしゃいました。〝わかったわ、ホーテンス。ヤングに車を車庫へもどすよう言ってちょうだい。わたしも出かけるのはよすわ……〟と。そして、すぐさま二階へもどられました。ああ、そう！　階段をのぼる前に、バーニスさまが帰宅なさったらすぐに知らせるようにとおっしゃいました……。ええ、わたくしがバーニスさまをお見かけしたのはそのときが最後で、奥さまをお見かけしたのもそれがほぼ最後と申しあげていいでしょうね。というのも、お気の毒な奥さまは午後じゅうずっとお部屋にこもりきりで、夕食のときにマリオンさまとおりていらっしゃったあと、すぐにまたお部屋へおもどりになりましたから。バーニスさまのことがすこぶるご心配な様子で、二度電話をかけようとなさいましたが、思いなおされたようでした。ともかく、夜の十一時十五分ごろに帽子とコートをお召しになっておりていらっしゃり――ええ、お尋ねになるのはわかっておりますよ、茶色のトーク帽と、狐の毛皮でふちどりをした布地のコートです――

それから外出するとおっしゃったんです。そして、お出かけになりました。それがお気の毒な奥さまをお見かけしたほんとうの最後です」

「車を出すようには命じなかったんだね」

「はい」

エラリーは部屋のなかを歩きまわった。「では、マリオン・フレンチさんは一日じゅうどこにいたのかな」だしぬけに尋ねた。ウィーヴァーがぎくりとしてエラリーを見た。

「まあ！　マリオンさまは朝早くお目覚めになり――あのお嬢さまはいつも早起きなのですよ――昼食のあとすぐに、お友達と買い物にいく約束があると言ってお出かけになりました。午後はカーネギー・ホールへも行かれたはずです。つい前日に、どなたか外国のピアニストの演奏会があるとかで、切符を見せてくださいましたから。マリオンさまは音楽がたいそうお好きなんですよ！　おもどりになったのは五時半ごろでした。奥さまといっしょに夕食を召しあがりましたが、バーニスさまが留守なのにずいぶん驚いていらっしゃいました。それはともかく、夕食のあと、着替えをしてまた外出なさいました」

「で、帰宅した時間は？」

「それはわかりかねます。わたくしは使用人たちに休むように言ってから、十一時半いと奥さまがおっしゃいましたし」

「あまり規律正しい家庭じゃないな」エラリーはつぶやいた。「アンダーヒルさん、家を出ていったときのバーニス・カーモディーさんの服装はどんなふうでしたか――たしか、二時半ごろでしたね」

　ホーテンス・アンダーヒルは椅子の上で落ち着かなげに体を動かした。女中は相変わらず愚鈍そうな怯《おび》えた目でエラリーを見つめている。

「だいたいそのくらいでした」家政婦は言った。「ええ、バーニスさまが身につけていらっしゃったのは――たしか――きらきらした飾りのついた青いフェルト帽に、灰色のシフォンのドレスに、毛皮でふちどりをした灰色のコートに、ラインストーンのバックルがついた黒いパンプスでした。お知りになりたいのはそういうことでしょうか」

「そのとおりです」エラリーは愛想よく微笑んで言った。ウィーヴァーを脇へ連れていく。「ウェス、ぼくがなぜこの貴重なふたりのご婦人を参考人として呼んだか、わかるかい」小声で尋ねる。

　ウィーヴァーはかぶりを振った。「バーニスについて知りたいというのまでは察しがついたけど……。ああ、そうか、エラリー、きみはバーニスがこの場にいた証拠をもっと探そうとしているのか」あきれたように言う。

エラリーは陰鬱《いんうつ》にうなずいた。「新聞記事風に言うと、われわれはバーニスがこのアパートメントを訪れたと推定するに足る明白な証拠を三つつかんでいる……。だけど、もっとありそうな気がするんだよ。ぼくには気づかない証拠がね。でも、あの家政婦なら――そしてあの、バーニスの女中なら――」エラリーはことばを切り、自分の考えに納得がいかないかのように首を振った。そして、待っている女たちへ向きなおった。「ドリス・キートンさん」女中が目に恐怖を浮かべて跳びあがる。「こわがらなくていいんだよ、キートンさん」エラリーは穏やかに言った。「嚙《か》みつきやしないから……。きのうの午後、昼食のあとで、バーニスさんの着替えを手伝ったかい」

女中は小声で答えた。「はい」

「では、たとえば服だの靴だのを見たら、それがきのうバーニスさんが身につけていたものかどうかわかるだろうか」

「わ――わかると思います」

エラリーは浴室に近いほうのクロゼットに歩み寄ると、扉を大きくあけ放ち――ラックには色とりどりのドレスが吊《つる》してあり、扉の内側には絹の靴袋が取りつけられ、いちばん上の棚には帽子の箱がいくつか載っている――後ろへさがって言った。

「さあ、きみの領分だよ、キートンさん。何が見つかるかな」エラリーは女中のすぐ後ろに立ち、鋭敏な目を輝かせて見守った。女中の動きにすっかり気をとられ、かたわらにいるウィーヴァーの存在にすら気づかないほどだ。家政婦は薄っぺらい石のごとく椅子に腰かけて、成り行きを見守っていた。

女中は震える指で、ラックに吊されたたくさんのドレスを一枚ずつ調べた。すべて見終わると、エラリーをおそるおそる振り返り、かぶりを振った。エラリーはつづけるように合図をした。

女中は爪先立ちになって、上の棚から三つの帽子箱をおろした。ひとつずつ蓋《ふた》をあけて、手早く中身をあらためる。はじめのふたつの箱にはフレンチ夫人の帽子がはいっている、とためらいがちに告げた。ホーテンス・アンダーヒルが冷ややかにうなずいて同意した。

女中は三つ目の箱の蓋をあけた。すると、喉《のど》が詰まったような小さな悲鳴をあげて、後ろへよろめき、エラリーにぶつかった。まるで肌を焼いたかのようにあわてて跳びのき、ハンカチを探す。

「どうしたんだ」エラリーはやさしく尋ねた。

「これは――バーニスさまの帽子です」女中は不安げにハンカチを噛みながら小声で言った。「きのうの午後、お出かけになったときにかぶっていらっしゃったものです！」

エラリーは、鍔《つば》を下にして箱に入れられた帽子をつぶさに観察した。入れ方のせいで、柔らかな青のフェルトの山がつぶれている。折り返しになった鍔の上にきらきら光るピンが留めてあるのが、その場からでも見える……。エラリーがことば少なに要求すると、女中は帽子を箱から取り出して手渡した。エラリーが帽子を指先でひっくり返して調べたのち、だまって返すと、女中も無言で受けとり、山に片手を入れて上下を逆さまにしてから、そのままの向きで手際よく箱にしまった。顔をそむけかけていたエラリーは、はっと動きを止めた。しかし何も言わずに、女中が三つの箱を棚へもどすのを見守っていた。

「つぎは靴を」と促す。

女中は言われるがままに、クロゼットの扉の内側にかけてある絹の靴袋の前にかがみこんだ。婦人物のパンプスを取り出そうとしたとき、エラリーは女中の肩を叩《たた》いてそれを制止し、家政婦のほうを向いた。

「アンダーヒルさん、これがバーニスさんの帽子かどうかをたしかめてもらえますか」

エラリーは長い腕を伸ばして、青い帽子のはいった箱をおろし、中身を取り出してホーテンス・アンダーヒルに手渡した。

家政婦はそれをざっと調べた。どういうわけか、エラリーはクロゼットから退いて、浴室のドアのそばに立っている。

「バーニスさまのものです」家政婦が言い、挑みかかるようにエラリーを見あげた。

「でも、それが何にどうかかわりがあるのか、わたくしには見当もつきません」

「そうでしょうね」エラリーは微笑んだ。「では、それを棚にもどしてもらえますか」そう言って、また前へゆっくりと進み出た。

家政婦は鼻を鳴らし、帽子の内側に手を入れて上下を逆さにすると、そのままの向きで箱におさめた。注意深く棚にもどし、同じくらい注意深く椅子へもどる……。そこでエラリーが急に笑顔になったのを、ウィーヴァーは呆気《あっけ》にとられてながめていた。

つぎに、エラリーは驚くべきことをした――見守っていた三人ともが、あまりの信じがたさに目を疑ったほどだ。エラリーは棚へ手を伸ばし、同じ帽子の箱をおろしたのだ！

そして、調子っぱずれの口笛を吹きながら蓋をあけ、さんざんあらためつくしたはずの青い帽子を取り出すと、ウィーヴァーに手渡して、よく見るように言った。

「おい、ウェス、男としてのきみの意見を聞こう」朗らかに言う。「これはバーニス・カーモディーの帽子かい」

ウィーヴァーは驚きの目でエラリーを見つめつつ、無意識のうちに帽子を受けとった。帽子を見て、肩をすくめる。「見覚えはあるけど、断言はできないよ、エラリー。女性の服装にはめったに注意を払わないから」

「ふむ」エラリーは小さく笑った。「もとにもどしてくれ、ウェス」ウィーヴァーは深く息をつくと、帽子の山をそっとつかみ、鍔を下にして箱へ入れた。不器用な手つきで蓋を閉め、棚の上へ箱を押しこんだ――この五分足らずで、それが三度目だった。

エラリーはすばやく女中のほうを向いた。「キートンさん、バーニスさんは着るものについてどのくらい気むずかしいんだろうか」鼻眼鏡をもてあそびながら尋ねる。

「あ――あの、おっしゃることがよくわかりません」

「ひどく手がかかるのか。身のまわりのものはいつも自分で片づけるのか。きみは正確にはどんな仕事をしているのか」

「ああ!」女中は助言を求めてまた家政婦を見た。そして、絨毯《じゅうたん》へ目を落とした。「ええと、バーニスさまは――お召し物や持ち物にいつも気をつけていらっしゃいました――いらっしゃいます。外出からお帰りになると、たいていはご自分で帽子やコートを片づけられます。わたしの仕事は身のまわりのお世話――髪を整えるとか、お召し物をそろえるとか、そんなことです」

「とても細かくお気づかいをなさるかたです」家政婦が冷たく言った。「めったにないほど並みはずれていると、わたくしはつねづね申しておりますわ。マリオンさまも同様です」

「そう聞いてうれしいですよ」エラリーは大まじめに言った。「うれしいなんてことばじゃ足りないくらいだ……。さあ、キートンさん、シューンだ!」

「はい?」女中が驚いた顔をした。

「靴《シューズ》——と言うべきだったか（〝シューン〟は〝シューズ〟の古語）」

形や色の異なる靴が十足以上はあり、扉の内側に取りつけた個別の袋からはみ出ていた。どの靴も例外なく、袋のなかに先端が入れられ、袋のふちに引っかけた踵《かかと》が見えている。

女中のキートンが仕事に取りかかった。並んだ靴を見まわし、いくつか手にとって注意深く調べていく。やにわに、近くの袋にはいっていた黒革のパンプスをつかんだ。大ぶりで重たげなラインストーンのバックルがついていて、女中がエラリーの前へ差し出すと、日差しを受けてきらめいた。

「これです！　この靴です！」女中が大きな声で言った。「きのうお出かけになったときにバーニスさまが履いていらっしゃったのはこの靴です！」

エラリーは女中の震える手からその靴を受けとった。そして、すぐにウィーヴァーのほうを向いた。

「泥はねがある」簡潔に言う。「濡《ぬ》れたあともだ。まちがいなさそうだ！」エラリーが靴を返すと、女中は震えながら袋のなかへもどした……。そのとたん、エラリーの目が険しくなった。ほかの靴はすべて踵が見えているのに、女中は踵を袋のなかへ入れる恰好《かっこう》で靴をもどしたからだ。

「アンダーヒルさん！」エラリーはその黒いパンプスを袋から引き抜いた。家政婦がむっつりと立ちあがる。

「バーニスさんのものですか」エラリーは靴を手渡して訊《き》いた。

家政婦はちらりと靴を見た。「ええ」

「意見が完全に一致したので」エラリーは微笑んで声の調子を変え、ゆっくりと言った。「お手数ですが、靴をもとの場所へもどしてもらえますか」

家政婦は無言で指示に従った。エラリーはそれを注意深く観察していたが、家政婦が女中と同じく踵を中へ入れ、先端とバックルを袋の口からはみ出させたのを見て、含み笑いをした。

「ウェストリー！」エラリーはすぐに言った。ウィーヴァーがうんざりした様子で近づいてきた。いままで窓のそばに立って、憂鬱《ゆううつ》そうに五番街を見おろしていたのだった……。靴をもどす段になると、ウィーヴァーは踵をつかんで爪先を袋のなかへ突っこんだ。

「なぜそうするんだ」エラリーは尋ねた。ふたりの女はエラリーの正気を疑っているらしく、不安げにクロゼットから離れた。

「何をするって？」ウィーヴァーが詰問した。

エラリーは微笑んだ。「落ち着けよ、ハムレット……。なぜ踵が袋からはみ出るようにして靴をもどしたんだ」

ウィーヴァーはエラリーの顔を見つめた。「だって、ほかはみんなそうなってるじゃないか」当惑した口調で言う。「わざわざ逆に入れるほうが変だよ」

「なるほど《アロール》」エラリーは言った。「一理ある《オン・ナ・レーソン》……。アンダーヒルさん、ほかの靴はすべて踵が見えているのに、あなたはなぜ先端を見せる恰好でもどしたんですか」

「そんなことはだれでもわかりますわ」家政婦がぴしゃりと言った。「その黒いパンプスには大きなバックルがついています。ウィーヴァーさんが先端から入れたときにどうなったか、ご覧になりませんでしたか。バックルが袋の布地に引っかかったでしょう！」

「驚くべきご婦人だ！」エラリーは小声で言った。「では、当然ながら、ほかの靴にはバックルがついていないんですね……」家政婦の目に肯定の色を読みとった。

エラリーは三人をクロゼットの近くに立たせたまま、寝室を端から端まで静かに行ったり来たりした。唇をきつく引き結んで考えこんでいる。突然、家政婦のほうを向いた。

「アンダーヒルさん、このクロゼットをていねいに調べてもらいたい。そして、もしできれば、当然ここにあるはずなのに見あたらないものがあるようなら、教えてもらいたい……」エラリーは退いて手で合図した。

家政婦はただちに仕事に取りかかり、ドレス、帽子の箱、靴を、もう一度手際よく調べた。ウィーヴァーと女中とエラリーは無言でそれを見守った。

家政婦がふと手を止め、靴袋をためらいがちに見て、棚に目をやったのち、おずおずとエラリーのほうを向いた。

「はっきりとは申しあげられませんが」冷ややかなまなざしでエラリーの目を探りつつ、考えながら言った。「どうやら、奥さまの持ち物でここにあるはずのものはすべてありますが、バーニスさまの持ち物でここにあるはずのものがふたつ、見あたらないようです」

「そうですか!」エラリーは大きく息を吐いた。特に驚いた様子はない。「もちろん、帽子がひとつと、靴が一足ですね?」

家政婦はエラリーの顔をすばやく見あげた。「どうしておわかりになりましたの? ……ええ、そう思いました。何か月か前に奥さまの持ち物をこちらへ運んだ折に、バーニスさまからご自分の灰色のトーク帽もいっしょにと言われました。それで、そのとおりにしたのですわ。そのとき、踵の低い灰色の子山羊革の靴もあって――灰色のツートンカラーの靴です――以前そのふたつをたしかにこちらへ運んだはずです……」家政婦はドリス・キートンへ鋭い視線を向けた。「あの帽子と靴はバーニスさまの衣装戸棚にあるのかい、ドリス」

女中は勢いよくかぶりを振った。「いいえ、アンダーヒルさん。あれは長いあいだ見ていません」

「そう、やっぱり。ぴったりして鍔《つば》のない灰色のトーク帽と、灰色の子山羊革の散歩靴。そのふたつがありません」

「なるほど」エラリーがそう言って軽く頭をさげたので、家政婦は驚いて目を瞠《みは》った。

「まさしくそれです。どうもありがとうございます……。ウェストリー、アンダーヒルさんと内気なキートンさんをドアまでお送りしてくれるかい？　外の見張りに、ふたりをヴェリー部長刑事のところへご案内し、せめて全員がここへ乗りこんでくるまではウェルズ委員長に見つからないようにしてもらいたいと伝えてくれ……。アンダーヒルさん、マリオン・フレンチさんもまちがいなく感謝なさいますよ」エラリーはまた家政婦に軽く頭をさげた。「あなたの母性あふれるあたたかさにね。ごきげんよう！」

ウィーヴァーとふたりの女が出ていき、控え室へ通じるドアが閉まるや、エラリーは書斎を横切ってカード部屋へ駆け寄った。足早に中へはいって、カードテーブルを見やり、そこに載った吸い殻入りの灰皿と、整然と積まれたカードの山へ目を向ける。椅子に注意深く腰をおろし、カードをあらためはじめた。目の前の伏せてある大きな山を手にとり、順序を変えないように並べていく。しばらくして顔をしかめ、テーブルの真ん中に十一個積まれたカードの山を調べた……。ついには、困惑してどうにもならないと言いたげに立ちあがった。そして、すべての山を正確にもとどおりに直した。

もの憂げに吸い殻を見つめていると、廊下へ通じるドアがかちりと閉まり、ウィーヴァーが書斎へもどる音がした。エラリーはすぐに振り向いて、カード部屋から出た。赤い革張りのドアが背後で柔らかな音を立てて閉まった。

「ご婦人たちの始末はついたかい」エラリーはさりげなく訊いた。ウィーヴァーが不機嫌とも言える態度でうなずく。エラリーは肩をそびやかし、目をきらめかせた。

「マリオンが気がかりなんだろう。心配するなよ、ウェス。まるでお節介焼きの乳母みたいだぞ」ゆっくりと書斎を見まわす。やがて、屋根窓の前の机に目が釘《くぎ》づけになった。「どうだろう」もったいぶった口調で言いながら、机へ歩み寄った。「ちょっと休んで話でもしながら、様子を見ようじゃないか。プルタルコスがいみじくも言っている。休息は労働を引き立てる甘美なソースだとね――すわれよ、ウェス！」

17 アパートメントにて――書斎

ふたりは腰をおろした。エラリーは机の奥の快適な回転椅子に、ウィーヴァーは会議テーブルを囲む革張りの椅子のひとつにすわった。

エラリーはくつろいで、書斎の壁から壁へ目をやったり、テーブルの上に散らかった書類や、壁に掛かった絵や、すぐ前にある机のガラスの天板を見たりしていた……。電話機のそばにある青いメモ用紙にふと目が留まる。何気なく取りあげて目を通した。それは業務連絡票だった。用件が几帳面《きちょうめん》にタイプ打ちされている。

社内連絡票

宛先　✓フレンチ殿
　　　グレイ殿
　　　マーチバンクス殿

写し

トラスク殿
ゾーン殿
ウィーヴァー殿

一九——年五月二十三日　月曜日

五月二十四日火曜日の午前十一時より、会議室において臨時取締役会を開催します。**かならずご出席ください。**ホイットニー・フレンチの合併交渉の詳細について討議いたします。本会議において正式な最終決定に至る所存ですので、各位のご出席が不可欠です。

ウィーヴァー氏はフレンチ氏と当日午前九時に会議室で落ち合い、取締役による最終討議の資料を速やかに用意すること。

サイラス・フレンチ（署名）
秘書　ウェストリー・ウィーヴァー（代筆）

エラリーは連絡票を熱心に読み返した。顔をあげて、ウィーヴァーの浮かない顔を見る。

「ひょっとしてこれは……」と言いかけて、急に口をつぐんだ。「おい、ウェス——この連絡票をタイプしたのはいつだ」

「え？」ウィーヴァーはエラリーの声にぎくりとした。「ああ、それか！　それは取締役の面々に配付したメモだ。きのうの午後、社長がグレイトネックへ発《た》ったあとにタイプした」

「何通作成したんだ」

「全部で七通だよ——取締役に一通ずつと、自分用に一通と、保管用に一通。それは社長のぶんさ」

エラリーはすかさず言った。「それがどうしてこの机の上にある」

ウィーヴァーはエラリーの質問が瑣末《さまつ》に思えて意外に感じているふうだった。「ああ、そのことか！　単なる形としてだよ。そこに置いておけば、朝になって社長が来たとき、その件が手配ずみだとわかるからね」

「じゃあ、ゆうべきみがこのアパートメントから出たときには、このメモはここに——この机の上に——あったんだな？」エラリーは問いただした。

「そりゃそうさ！」ウィーヴァーは言った。「当然だろう？　ゆうべだけじゃなくて、けさここに来たときもまだあったよ」かすかに笑ってみせる。

しかし、エラリーは真剣だった。目がきらめいている。「まちがいないな?」異様に興奮して回転椅子から腰を浮かした。また腰をおろす。「パズルのほかの部分とぴったり合う」とつぶやいた。「説明のつかなかった一点をなんとみごとに説明していることか!」

エラリーは考えこみながら、胸ポケットから取り出した大ぶりの書類入れに、その青い紙を折りたたまずにしまった。

「むろん、このことは他言無用だよ」エラリーはゆっくりと言った……。ウィーヴァーはうなずいて、ふたたび物思いに沈んでいく。エラリーは前かがみになり、ガラスの天板に肘《ひじ》を突いて両手に顔を載せた。前をじっと見つめる……。何かが思索を掻《か》き乱しているらしい。うつろな目の焦点が、視線のまっすぐ先にある、縞瑪瑙《しまめのう》のブックエンドにはさまれて机の上に並ぶ書物にしだいに合っていった。

しばらくして、ふくらむ好奇心を満足させるかのように、エラリーは背筋を伸ばして書物の題名を夢中で読んでいった。そのうちの一冊へ長い腕を伸ばし、手もとへ引き寄せてくわしく調べはじめる。

「愛書家の英知に懸けて言うが」やがてエラリーは小声で言い、顔をあげてウィーヴァーを見た。「なんとも奇妙な蔵書だね! きみの雇い主は『古生物学概論』なんて堅苦しい本を読む習慣があるのか、ウェス。それとも、これはきみの学生時代の教科書の残骸《ざんがい》かい？　きみが科学に特別な興味を持っていた覚えはないけどね。しかも著者はジョン・モリソン翁だ」

「ああ、それか」ウィーヴァーは一瞬とまどった。「いや、それは——社長の本だと思うよ、エラリー。全部そうさ。実のところ、ぼくは書名をよく見たことさえない。なんと言ったっけ——古生物学？　社長がそんなものに興味があるとは知らなかったよ」

エラリーはウィーヴァーに鋭い一瞥《いちべつ》をくれてから、本をもとにもどした。「それだけじゃないよ——きみ」穏やかに言う。「これは注目に値する！」

「なんだって？」ウィーヴァーが不安そうに訊《き》いた。

「いいか、いまから言う書名をよく聞いてくれ。スタニ・ウェジョフスキーの『十四世紀の貿易と商業』。きみには縁遠そうだが、百貨店業界の重鎮が商業史に関心を持つのはよくわかる……。つぎは——レイモン・フレイバーグの『子供のための音楽史』だ。言っておくが、子供向けの歴史だよ。それから、ヒューゴー・ソールズベリーの『切手収集の新たな展開』。切手集めに夢中とはね！　妙だ、実に妙じゃないか……。そして——なんとまあ！　——あのきわめつきの大ばか者、A・I・スロックモートンの『ナンセンス傑作選』だよ！」エラリーは顔をあげ、とまどいの浮かぶウィーヴァーの目を見た。「若きデンマーク人よ（ハムレットのこと）」ゆっくりと言う。「筋金入りの愛書家が、何か秘密の目的があってこうした風変わりな書物を机の上に並べているなら話はわかる。だが、悪習撲滅協会の会長で豪商のサイラス・フレンチという人物像とは、断じて相容《あいい》れない……。きみの雇い主が古生物学の研究家としての知的素養を具《そな》えていて、切手収集の愛好家で、中世の商業に情熱を傾け、子供向けの音楽史を読まねばならないほど音楽の知識に乏しくて、そのうえ、年間最高の――いや、最低かもしれないが――大衆演芸の胸くそ悪いジョークやばか騒ぎに夢中だなんて、どうにも信じられない！　……おい、ウェス、これには何かとてつもない裏があるぞ」

「ぼくにはさっぱり理解できない」ウィーヴァーは椅子の上で体を揺すった。

「もちろん、そうだろうとも」エラリーはそう言って立ちあがり、左手の壁の書棚へ向かって歩いていった。そして〈スラヴ行進曲〉の主旋律を鼻歌で低く口ずさみながら、ガラスの仕切り戸の奥に並ぶ本の題名をながめた。しばらく見てから机へ引き返し、また腰をおろして、ブックエンドにはさまれた書物を上の空でもてあそぶ。その動きを、ウィーヴァーが不安げに目で追った。

「書棚の本のおかげで」エラリーはふたたび話しだした。「ぼくの疑念がしっかり裏づけられたようだな。あそこに並んでいるのは、社会福祉に関する本と、ブレット・ハート、O・ヘンリー、リチャード・ハーディング・デイヴィスなどの作家の全集だけだ。どの本も、きみの社長が属するにちがいない知的階層にぴたりとあてはまる。ところが、机の上にある本ときたら……」考えこむ。「しかも、これらは読んだ形跡がまったくない」文学に対するその忌まわしい罪によってさらに気分を害したかのように、不平がましく言った。「このうちの二冊は袋綴《ふくろと》じの製本だが、小口がまだ切られていない……。ウェストリー、ほんとうのところを教えてくれ。フレンチ社長はこうしたテーマに興味があるのか」目の前に並んだ本に向けて指を振った。

ウィーヴァーはすぐさま答えた。「ないと思う」

「マリオンは？　バーニスは？　フレンチ夫人は？　取締役の面々は？」

「フレンチ一家についてははっきり言えるけど」ウィーヴァーは椅子から勢いよく立ちあがり、机の前を行きつもどりつしながら答えた。「そんな本を読む人間はひとりもいない。取締役のほうは――まあ、きみも見ただろう」

「グレイはこうしたごた混ぜ《メランジュ》に興味を持つかもしれない」エラリーは考えながら言った。「あの男はそんなタイプだ。でも、子供向けの音楽史となると……さてさて！」

エラリーは活気づいた。コートのポケットから取り出した小型本の遊び紙に、机の上に並んだ本の題名と著者名をていねいに書き留めていく。ため息をついてヴェストのポケットに鉛筆をもどし、また上の空で本をながめた。片手はブックエンドのひとつをあてもなくもてあそんでいる。

「フレンチ社長にこれらの本について尋ねるのを忘れないようにしないとな」エラリーはウィーヴァーに話しかけるというよりも、ひとりごとのようにつぶやいた。ウィーヴァーはなおも室内をせわしなく行ったり来たりしている。「──すわれよ、ウェス！ 考え事の邪魔だ……」ウィーヴァーは肩をすくめ、静かに腰をおろした。「こいつはみごとだな」エラリーはブックエンドを指さして、何気ない口ぶりで言った。「縞瑪瑙に施された彫刻が実にみごとだ」

「グレイはかなり奮発したにちがいないよ」ウィーヴァーがぼそりと言った。

「へえ、フレンチ社長への贈り物か」

「この前の誕生日にグレイが社長に贈ったんだ──三月にね。輸入品さ──二、三週前に、ラヴリーがきれいで珍しいと褒めてたのを覚えてるよ」

「いま──三月と言ったな？」エラリーはだしぬけに尋ね、黒く光るブックエンドを目の前に近づけた。「一か月しか経っていないのに、これは……」対になったもうひとつのブックエンドをすばやく取りあげる。急に慎重な手つきになり、ガラスの天板の上にふたつ並べて置いた。ウィーヴァーを手招きする。

「このふたつのちがいに気づくかい」興奮気味に尋ねた。

ウィーヴァーは身をかがめて手を伸ばし、ブックエンドの片方を持ちあげようとした。

「さわるな！」エラリーは鋭く言った。「さあ、どうだ」

ウィーヴァーは背筋を伸ばした。「大声を出さなくてもいいだろう、エラリー」むっとして言う。「見たところ、こっちの下に貼ってあるフェルトが少し色褪《いろあ》せているようだ」

「ぼくの無作法なふるまいは気にしないでくれ」エラリーは言った。「この色合いのちがいは、ぼくの気のせいばかりじゃないと思ったんだ」

「どうして緑のフェルトの色がちがうのかわからないな」ウィーヴァーは不思議そうに言って、椅子にもどった。「そのブックエンドは新品同様なんだ。社長がもらったときは、おかしいところは何もなかった――まちがいないよ。片方が色褪せていたら気づいたはずだ」

エラリーはすぐには答えなかった。彫刻の施された縞瑪瑙のブックエンド一対をじっと見つめている。どちらも円筒形で、外側に彫刻がある。机にふれる底の部分には、上等な緑のフェルトが貼られている。大きな窓から差しこむ強く明るい午後の日差しのなかで、緑の色合いが明らかに異なっていた。

「こいつは手ごわい謎だ」エラリーはつぶやいた。「もしも意味があるとして、いったいどんな意味なのか、いまはわからないな……」目をきらめかせてウィーヴァーを見る。「このブックエンドは、グレイがフレンチに贈ったあと、一度でもこの部屋から持ち出されたことがあるのか」

「いや」ウィーヴァーは答えた。「一度もない。ぼくは毎日ここに来るから、場所が変わっていたら気づいたはずだ」

「この場所にあったままでもいいが、壊れたり修理されたりということは？」

「ないさ、もちろん」ウィーヴァーはいぶかしげに言った。「そんなのはばかげてるよ、エル」

「でも、重要なことなんだ」エラリーは腰をおろし、鼻眼鏡をまわしながらも、ブックエンドを食い入るように見つめた。「グレイはフレンチの親友なんだろう？」だしぬけに尋ねる。

「親友さ。三十年以上の付き合いだ。社長が白人奴隷とか売春とかその手の問題で頭がいっぱいなせいで、ときには罪のない口論もするけど、ふだんは異様なほど仲がいい」

「それはなかなかだな」エラリーは深々と思索にふけった。その目はブックエンドから離れない。「もしかすると……」コートのポケットに手を入れて、小さな拡大鏡を取り出す。ウィーヴァーは驚きの目で友を見て、それから思わず噴き出した。

「エラリー！　これはびっくりだな！　シャーロック・ホームズみたいだよ！」その笑いは、ウィーヴァーの人柄と同様に、罪がなく無邪気だった。

エラリーは恥ずかしそうに微笑んだ。「たしかに芝居がかって見えるだろうね」素直に認める。「でも、このささやかな道具がときには便利なんだよ」前かがみになり、フェルトの緑色が濃いほうのブックエンドに拡大鏡をあてた。

「まさか指紋を探してるのかい」ウィーヴァーは含み笑いをして尋ねた。

「きみにはわかるまい」エラリーはもったいぶって言った。「まあ、拡大鏡がぜったいに信頼できるわけじゃないけどね。確実を期すには指紋検出用の粉が要るが……」片方を調べ終えると、対になっているもう一方へ拡大鏡を近づけた。緑色が薄いほうのフェルトに目を凝らしているうちに、手が急に震えはじめた。ウィーヴァーが「どうした?」と叫ぶのにもかまわず、エラリーはフェルトと縞瑪瑙《しまめのう》が接する隙間の部分を注視していた。肉眼では髪の毛ほどにしか見えないごく細い線が、レンズを通して拡大され、ほんの少し太く見える。線はブックエンドの底のまわりを一周していて、その正体は接着剤――フェルトを縞瑪瑙に貼りつけた接着剤にちがいない。もうひとつのブックエンドにも接着剤の線が見える。

「ほら、ウェス、拡大鏡でフェルトと縞瑪瑙の境目を見るんだ」エラリーはブックエンドの下端を指さして命じた。「何が見えるか言ってくれ――縞瑪瑙の表面にはまちがっても手をふれるなよ!」

ウィーヴァーはかがみこみ、拡大鏡を熱心にのぞいた。「おや、接着剤にごみみたいなものがついている——ほこりだな？」

「ふつうのほこりには見えないが」エラリーは冷ややかに言って拡大鏡をつかみ、接着剤の線の部分をもう一度丹念に調べた。つぎに、拡大鏡を動かしてブックエンドの残りの表面をざっと見た。もうひとつのブックエンドにも同じことをした。

ウィーヴァーが短い叫びを漏らした。「おい、エル、それはきみがバーニスの口紅ケースのなかで見つけたのと同じものじゃないか？ たしか、ヘロインと言っていたな」

「なかなか鋭い読みだ、ウェストリー」エラリーは目にレンズを近づけたまま微笑んだ。「だが正直なところ、それはないように思う……。分析が必要だよ、それもただちにね。なんとなく胸騒ぎがする」

エラリーは拡大鏡を机に置いて、もう一度ふたつのブックエンドを思案げに見つめてから、電話機へ手を伸ばした。

「ヴェリー部長を頼む——そう、部長刑事だ——すぐに電話口へ来てもらってくれ」受話器を耳にあてて待つあいだに、エラリーはウィーヴァーに早口で言った。「もしそれがぼくの想像どおりのものだったら、企みはピューレのごとく濃密になる。ともあれ、じきにわかるよ。ウェス、浴室のクロゼットから脱脂綿をたっぷり持ってきてくれないか。もしもし——ヴェリーかい？」ウィーヴァーが真鍮《しんちゅう》の鋲《びょう》を打ったドアの向こうへ姿を消すと、エラリーは受話器に向かって言った。「エラリー・クイーンだ。

そう、階上のアパートメントからだよ……。ヴェリー、腕利きの部下をすぐによこしてくれ……。だれだって？……ああ、ピゴットかヘスでいい。いますぐにね！　それから、このことはウェルズには内緒だよ……。いや、きみの助けは要らない——いまはまだね。辛抱してくれ、猟犬刑事！」受話器を置いて小さく笑った。

ウィーヴァーが脱脂綿を詰めた大きな箱を持ってもどってきた。エラリーはそれを受けとった。

「見てろよ、ウェス」笑いながら言う。「よく見るんだ。近い将来、証人席で、ぼくがきょうここでしたことを残らず証言することになるかもしれないからな……。用意はいいかい」

「目を皿にして見てるよ」ウィーヴァーがにやりとした。

「そら行け《アレ・ウープ》！」エラリーは手品師よろしく仰々しい手つきで、上着の大きなポケットから珍妙な金属の箱を取り出した。小さなボタンを押すと、蓋《ふた》がさっと開いた。薄くて丈夫そうな黒革の中敷きに短い蠟引《ろうび》き糸が通してあり、糸の一本一本にきらめく小さな器具がついている。

「これはね」エラリーは完璧《かんぺき》な白い歯並びをのぞかせて言った。「ぼくのとっておきの持ち物のひとつなんだ。去年、アメリカ人の宝石泥棒ドン・ディッキーの逮捕に少々手を貸した謝礼に、ベルリンの市長《ヘル・ブルゴマイスター》殿が贈ってくれたものだ……。気が利いてるだろう？」

ウィーヴァーはいささか面食らった。「いったいなんだい、それは」

「人智が生み出した、犯罪捜査者向けの最も便利な発明品のひとつさ」エラリーは薄い黒革の中敷きをせわしなくなでながら答えた。「これは、ドイツ中央捜査局の協力者に対して、ベルリン市長が感謝のしるしとして特別にあつらえてくれたものだ。ついでに言うと、ぼくの注文に従ってだ——何がほしいかはわかってたからね……。この驚くほど小さなアルミの箱に、信じがたいほど多くの道具が詰まってる——ちなみに、アルミを使ったのは軽いからだ。一流の探偵が科学的な捜査で必要とするほとんどすべてのものがはいってる——小ぶりではあるけれど、頑丈で、かさばらず、きわめて実用的なんだ」

「へえ、驚いたな！」ウィーヴァーが叫んだ。「きみがその手のものにそこまで凝っているとは知らなかったよ、エラリー」

「中身を見れば納得してもらえるだろう」エラリーはにっこりした。「この二枚の補助レンズは——言っておくが、ツァイス製だ——携帯用の拡大鏡に使うもので、ふつうのレンズより強力だ。この小さな鋼鉄の巻尺は自動で巻きもどるようになっていて、長さは九十六インチあり、裏はセンチメートルで表示されてる。赤、青、黒のクレヨン。小型の製図用コンパスと特製の鉛筆。指紋検出用の黒と白の粉がひと瓶ずつに、ラクダの毛のブラシとスタンプ台。グラシン紙の封筒一式。小ぶりの測径両脚器《キャリパス》と、もっと小ぶりのピンセット。長さを調節できる折りたたみ式の探り針。鋼鉄のピンと針。リトマス試験紙と小型試験管二本。この多機能ナイフには、二枚の刃と、栓抜き、ねじまわし、錐《きり》、やすり、へらがついている。特別設計の方位磁石――笑わないでくれよ。犯罪捜査のすべてがニューヨークのど真ん中でおこなわれるとはかぎらないんだ……。まだまだあるぞ。糸のように細いけれど強靭《きょうじん》きわまりない赤、白、緑の撚《よ》り紐《ひも》。封蠟《ふうろう》。小ぶりのライター――これも特注品だ。鋏《はさみ》。それと、もちろん、ストップ・ウォッチもある。作ったのは世界有数の時計職人――ドイツ政府に雇われたスイス人だ……。どうだい、ウェス、ぼくの携帯道具箱は」

ウィーヴァーは信じられないといった顔をした。「それが全部、そのばかばかしいくらいちっぽけなアルミの箱にはいってるのか？」

「そうさ。このすぐれものは、幅が四インチで長さが六インチ、重さは二ポンド足らず。厚さは大きめの本くらいだ。ああ、そうそう！　アルミの箱の側面のひとつに水晶鏡がはめこまれてるのを言い忘れたよ……。ところで、そろそろ仕事にかかろう。しっかり見ていてくれよ！」

エラリーは革の中敷きからピンセットを引き抜いた。拡大鏡に度の強いレンズを取りつけて、ブックエンドの一方を机の上にそっと置く。左手で拡大鏡を目にあてがい、右手に持ったピンセットで、怪しげな粉をつけて固まっている接着剤をていねいにつついた。ウィーヴァーにグラシン紙の封筒を用意するよう命じたあと、目に見えぬほど細かい粒をつまみとって、注意深く封筒のなかへ入れていく。

エラリーは拡大鏡とピンセットを置き、すぐに封筒の口を閉じた。

「すべて採取できたと思う」満足そうに言う。「取り残したやつはジミーが見つけてくれるだろう……。どうぞ！」

ピゴット刑事だった。ピゴットは控え室へ通じるドアをそっと閉めて、好奇心を隠しきれない顔つきで書斎へはいってきた。

「部長刑事の話では、何かご用だそうで、クイーンさん」そう言いながらも、ウィーヴァーをまじまじと見ている。

「そのとおり。ちょっと待ってくれ、ピゴット、すぐに説明するから」エラリーは封筒の裏にインクで走り書きをした。内容はつぎのとおりだった。

ジミーへ。封筒のなかの粉末を分析してもらいたい。Aのしるしをつけたブックエンドの接着剤の部分にまだ粉が付着していたら、それも採取して分析を頼む。Bのしるしをつけたブックエンドにも同じ粉が付着しているか調べてもらいたい。粉の分析が終わったあとで(前ではだめだ)、ふたつのブックエンドにぼく以外の指紋があるかどうかを確認してくれ。指紋の検出はぼくにもできるが、そちらで見つかれば、撮影してすぐに写真に焼くことができるからね。作業がすみしだい、すべての結果をぼくだけに電話で知らせてもらいたい。こちらはフレンチ百貨店の社長のアパートメントにいる。詳細はピゴットに訊《き》いてくれ。

E・Q

それからエラリーは、ブックエンドに赤いクレヨンでAとBのしるしをつけて脱脂綿でくるみ、ウィーヴァーが机の抽斗《ひきだし》から探してきた紙でさらに包むと、包みと封筒をピゴットに手渡した。

「これを本部の鑑識のジミーにできるだけ早く届けてくれ、ピゴット」エラリーは念を押すように言った。「何があろうと寄り道するな。ヴェリーか警視につかまったら、ぼくに頼まれた用事だと言うんだ。この建物から何を運び出そうとしているのかをヴェルズにはぜったいに感づかれないように。さあ、急げ！」

ピゴットは何も言わずに立ち去った。クイーン父子の流儀をよく仕込まれているので、質問はしなかった。

アパートメントの外へ出ると、曇りガラス越しに、のぼってくるエレベーターの影が見えた。ピゴットが身をひるがえして非常階段を駆けおりはじめたちょうどそのとき、エレベーターのドアが滑るように開き、ウェルズ警察委員長、クイーン警視、そして刑事と警官の一団が現れた。

18　錯綜《さくそう》する手がかり

五分も経たないうちに、六階のアパートメント前の廊下は二十人ほどでごった返した。ふたりの警官がドアを固め、もうひとりがエレベーターの前に立って近くの非常階段のドアを監視していた。アパートメントの控え室では五、六人の刑事が煙草を吸っている。

エラリーは笑顔で書斎のフレンチの机の奥にすわっていた。ウェルズ警察委員長は、息を切らして部屋じゅうを歩きまわりながら、刑事たちを怒鳴ったり、ほかの部屋へつづくドアをあけたり、見慣れぬあれこれに近眼のフクロウさながらに目を凝らしたりしている。クィーン警視は屋根窓のそばでヴェリー部長刑事や専属探偵のクラウザーと話している。ウィーヴァーはだれにも気づかれずに、書斎の片隅に惨めな様子で立っていた。廊下へ通じる控え室のドアをしきりに見やる。ドアの外にマリオン・フレンチがいるのを知っているからだ……。

「なあ、クイーンくん」ウェルズが相変わらず息を切らして、うなるように言った。

「バーニスという娘がここにいた証拠は、煙草の吸い殻とカードゲームの——くそっ、なんと言ったか——そう、ロシアン・バンクとやらのふたつだけだというのか」

「いいえ、委員長」エラリーはおごそかに言った。「クロゼットの靴と帽子をお忘れです。家政婦の証言をお伝えしたはずですが——」

「ああ、そう、むろんだ！」ウェルズは不機嫌そうに言った。顔をしかめる。「おい、指紋係！」大声で言う。「カード部屋の先にある小部屋も調べたのか」その返事も待たず、こんどはカードと吸い殻の載ったテーブルのまわりで忙しく立ち働く数人の写真係に向かって、怒鳴り声で意味不明の指示をした。ついには、額をぬぐいながら、警視を横柄に手招きした。

「きみはどう思う、クイーン」ウェルズは言った。「実に単純明快な事件のように見えるが」

警視は息子を横目で見て、あいまいな笑みを浮かべた。「そんなことはありませんよ、委員長。まずは行方不明の娘を見つけ出す必要がありますし……。捜査はまだ取っかかりの段階にすぎません。アリバイひとつ調べる暇もありませんでしたから。これまでに得たいくつかの証拠はバーニス・カーモディーを指してはいますが、もっと深い意味があるのではないかと思えてなりません……」首を左右に振る。「ともあれ、仕事が山ほど待っています。尋問なさりたい者はいませんか？　関係者全員を外の廊下に待機させてありますが」

委員長は険しい顔つきになった。「いや！　まだその段階ではなかろう……」咳払《せきばら》いをする。「きみはいまからどうする？　わたしは市長との会談があって市庁舎へ行かねばならんので、本来なら陣頭指揮にあたるべきところ、それがかなわんのだよ。で、きみは？」

「二、三の問題点をはっきりさせたいと思います」警視はそっけなく答えた。「外に待たせてある連中を尋問するつもりです。フレンチ本人にも――」

「フレンチか。そうだな。気の毒に。同情するよ。ずいぶん打撃を受けただろう」ウェルズは落ち着かない様子であたりを見まわし、声をひそめた。「それはそうと、クイーン、職務上の優先課題を無視すべきでないのはわかるのだが、どうだろう――その――フレンチは自宅へ帰して医者に診させたほうがいいのではないかな……。義理の娘については――」気まずそうに言いよどむ。「高飛びしておおせた気がしないでもない。もちろん、念入りに追跡すべきだがね……。ひどい話だ。わたしは――さて！　もう行かなくては」

ウェルズはいきなり背を向け、安堵《あんど》のため息のようなものをつきながら、護衛の刑事たちを従えて、ドアへ向かった。ドアの手前で振り返り、大声で言う。「速やかな解決を頼むよ、クイーン――ここひと月ほど、未解決の殺人事件が多すぎる」そして、脇腹の贅肉《ぜいにく》を最後にひと揺れさせて姿を消した。

ドアが閉まったあと、数秒の沈黙があった。やがて警視が軽く肩をすくめて書斎を横切り、エラリーのそばへ歩み寄った。エラリーが父親のために椅子を引き寄せ、ふたりは何分ものあいだささやき声で話し合った。「剃刀《かみそり》の刃……」「ブックエンド……」「本……」「バーニス……」などのことばがときどき繰り返される。エラリーの話を聞くうちに、警視はどんどん浮かない顔になっていった。ついには、絶望したように首を振り、立ちあがった。

控え室のドア越しに言い争う声が聞こえ、書斎にいたすべての人間がいっせいに顔をあげた。いきり立った女の声と無愛想な男の声が入り混じっている。ウィーヴァーが小鼻を震わせながら部屋をすばやく突っ切り、勢いよくドアをあけた。

控え室では、マリオン・フレンチが刑事のたくましい体を押しのけて中へはいろうと必死にもがいている。

「でも、クイーン警視に会わなくちゃいけないの！」マリオンが叫んだ。「父のことなんです——やめて、さわらないで！」

ウィーヴァーが刑事の腕をつかみ、荒々しく脇へ押しやった。

「この人から手を放せ！」とすごむ。「レディの扱い方を教えてやろうか……」

そのときマリオンが抱きついてこなかったら、ウィーヴァーは楽しげな顔の刑事に殴りかかっていたにちがいない。そこへ警視とエラリーが駆けつけた。

「おい！　リッター、手を引け！」警視が言った。「どうしましたか、お嬢さん」やさしく尋ねる。

「父の――わたしの父のことです」マリオンは息を切らして言った。「ああ、なんて残酷で非情な仕打ちでしょう……。父は具合が悪くて正気を失っているのがおわかりになりませんの？　お願いですから、家へ連れ帰らせてください！　たったいま気を失ったんです！」

一同は押し合って廊下へ出た。大理石の床に倒れこんだまま、蒼白《そうはく》な顔でじっと横たわっているサイラス・フレンチを、おおぜいの人々がのぞきこむ。小柄で肌の浅黒い百貨店の専属医師が、弱り果てた顔でフレンチの上にかがみこんでいる。

「意識がないのか」警視が心配そうに尋ねた。「すぐにベッドに寝かせなくてはなりません。衰弱して危険な状態です」

医師はうなずいた。

エラリーが警視に何やらささやいた。警視は苦々しげに舌打ちをして、首を左右に振った。「無理だよ、エラリー。この男は病気なんだ」警視の合図を受けたふたりの刑事が、両腕を力なく垂らしたサイラス・フレンチをアパートメントへ運び入れて、片方のベッドに寝かせた。しばらくしてフレンチは意識を取りもどし、うめき声をあげた。

ジョン・グレイが警官の脇をすり抜けて寝室へ飛びこんできた。

「警視だかなんだか知らないが、このような仕打ちは断じて許せん！」甲高い声で叫んだ。「フレンチ氏をただちに自宅へ帰すよう要求する！」

「落ち着いて、グレイさん」警視が穏やかになだめた。「すぐに手配しますから」

「わたしも同行する」グレイが金切り声で言う。「フレンチ氏にはわたしが必要だ、きっとな。この件は市長に報告させてもらいますよ。わたしは――」

「だまりなさい！」警視は真っ赤な顔で一喝した。リッター刑事に向かって言う。

「タクシーを呼べ」

「お嬢さん」警視の呼びかけに、マリオンがはっとして目をあげた。警視は苛立《いらだ》たしげに嗅《か》ぎ煙草をひとつまみとって吸った。「お父さんやグレイさんといっしょにお帰りになってけっこうです。ただし、あとでわれわれがうかがうまで外出はなさらないように。お宅を調べたり、体調しだいではお父さんに質問したりするかもしれません。それから――今回のことは大変お気の毒でした」

マリオンが濡《ぬ》れた睫毛《まつげ》の奥で微笑んだ。ウィーヴァーがそのそばへこっそりと近づいて、少し離れた場所へいざなった。

「マリオン――さっきの獣《けだもの》をぶん殴ってやれなくてほんとうにすまない」口ごもりな

がら言う。「怪我《けが》はなかったかい」

マリオンは目を見開いて表情を和らげた。「ばかな真似はしないでね、ウェス」小声で言う。「警察といざこざを起こしちゃだめよ。わたしはグレイさんのお手伝いをしてお父さまを連れて帰るから。そして、クイーン警視の言いつけどおり家にいます……。あなたのほうは――だいじょうぶね」

「だれが？　ぼくがかい？」ウィーヴァーは笑った。「ぼくのことなら心配要らないよ。それに、店のことは万事ぼくが目を光らせておく。話ができるようになったら、お父さんにそう伝えてくれ……。ぼくを愛してるかい？」

見ている者はだれもいなかった。ウィーヴァーはすばやく身をかがめてキスをした。それに応《こた》えて、マリオンの目が輝いた。

五分後、サイラス・フレンチとマリオン・フレンチとジョン・グレイの三人が警官に護衛されて建物から出ていった。

ヴェリーが警視のそばへのっそりと近づいた。「部下ふたりにバーニス・カーモディーという娘の足どりを追わせています」と報告する。「委員長が――仕事をしてるんだかなんだか――うろうろしてるところでは言いたくなかったもので」

警視は顔をしかめたのち、小さく笑った。「わたしの部下たちはみな、市当局の裏切り者になりつつあるな。トマス、フレンチ夫人がゆうべ自宅を出たあとの足どりをだれかに洗わせろ。十一時十五分ごろに家を出たそうだ。十一時四十五分にここへ着いたということは、おそらくタクシーを拾ったんだろう。芝居がはねたあとの車の混雑を考えると、ちょうどそのくらいかかったはずだ。わかったな」

ヴェリーはうなずいて姿を消した。

エラリーはふたたび机の向こうに腰をおろし、小さく口笛を吹きながら、遠くを見るような目をしていた。

警視は支配人のマッケンジーを書斎へ呼び寄せた。

「従業員の調べはすみましたか、マッケンジーさん」

「先ほど助手から報告がありました」エラリーが聞き耳を立てる。「調べのついたかぎりでは」スコットランド系の支配人は、手にした一覧を見ながらつづけた。「きのうもきょうも、出勤した従業員は全員が持ち場を離れなかったことがわかりました。きょうは何もかもがまったく平常どおりのようです。もちろん、欠勤者の一覧もこちらにございます。お調べになるのでしたら、どうぞ」

「見せてもらおう」警視は言って、マッケンジーからリストを受けとった。それを刑事のひとりに渡して何やら指示をした。「では、マッケンジーさん、仕事にもどってください。店の業務は平常どおり進めてもらっていいが、この事件については広報でもいっさい他言無用に願います。五番街に面したショーウィンドウは閉めたままにして、あらためて指示があるまで見張りを置くように。いずれにせよ、しばらくは封鎖せざるをえないでしょう。以上です。さがってよろしい」

「父さんのほうで質問がなければ、残っている取締役の面々に訊《き》きたいことがあるんだけど」マッケンジーが出ていくと、エラリーは言った。

「あの連中については何も思い浮かばなかったな――捜査の役に立ちそうなことは」警視は言った。「ヘス！　ゾーンとマーチバンクスとトラスクを連れてこい。もう一度話を聞いてみよう」

ほどなくヘス刑事が三人の取締役を連れてもどってきた。三人とも頰がこけて疲れきった様子だ。マーチバンクスはほぐれた葉巻を荒々しく嚙《か》んでいる。警視はエラリーに手を振って合図し、一歩後ろへさがった。

エラリーは立ちあがった。「みなさん、ひとつだけお尋ねします。そのあと、クイーン警視から仕事へもどる許可が出るでしょう」

「やっとか」トラスクがつぶやいて唇を嚙んだ。

「ゾーンさん」めかし屋だが影の薄いトラスクにはかまわず、エラリーは言った。

「取締役会が開かれる日時は決まっていますか」

ゾーンは懐中時計の重たげな金の鎖を神経質そうにいじっている。「ええ――そうですよ、もちろん」

「差し支えがなければ、その日時を教えてください」

「隔週金曜日の午後です」

「その決まりは厳重に守られているんでしょうか」

「ええ――はい」

「けさ会議が開かれたのはどういうわけですか――火曜日なのに」

「特別会議だったんです。必要に応じてフレンチ氏が招集します」

「しかし、特別会議の有無にかかわらず、半月ごとの会議は開かれるんですね？」

「そうです」

「なるほど。では、先週の金曜にも会議があったわけですか」

「ええ」

エラリーはマーチバンクスとトラスクのほうを向いた。「おふたかた、ゾーンさんの証言は正確と言えるでしょうか」

ふたりは無愛想にうなずいた。エラリーはにっこりして三人に礼を言い、腰をおろした。警視も笑みを浮かべて感謝のことばを述べ、引きとってもらってかまわないと丁重に告げた。そしてドアまで三人を案内し、見張りの警官に声をひそめて何かを指示した。ゾーン、マーチバンクス、トラスクの三人はすぐさま廊下をあとにした。

「外になかなか興味を引く男が来ているぞ、エル」警視が言った。「フレンチ夫人の前の夫、ヴィンセント・カーモディーだ。つぎはあの男と対決しよう。ヘス、あと二分くらいしたら、カーモディーをここへ連れてこい」

「一階にいるあいだに、三十九丁目通り側にある夜間の貨物搬入口は調べたのかい」エラリーは尋ねた。

「調べたとも」警視は考えこみながら嗅ぎ煙草をひとつまみ吸った。「あそこはどうも怪しいぞ、エル。トラックの運転手と警備員があの小さな守衛室に詰めていたら、搬入口から建物に忍びこむのは造作もない。夜ならなおさらだ。ことさら念入りに調べたがね。ゆうべ犯人がどうやって侵入したかの答のように思えてならない」

「どうやって侵入したかの答になるかもしれない」エラリーはもの憂げに言った。「でも、どうやって脱出したかの答にはならないな。あの搬入口は十一時半に閉まったんだ。もしあそこから出ていったなら、十一時半より前だということになるだろう？」

「だが、フレンチ夫人がここへ着いたのは十一時四十五分だぞ、エル」警視は反論した。「それに、プラウティによると、夫人の死亡推定時刻は零時ごろだ。となると、犯人がどうして十一時半より前にあの搬入口から出られたというんだ」

「その答は」エラリーは言った。「出られなかった、ゆえに出ていかなかった、だよ。貨物室から本館の建物へ忍びこめそうなドアはあるのかな」

「あるどころじゃない」警視は苦々しげに言った。「貨物室のずっと奥の陰になったところにドアがある。施錠はされていなかった――いつもしていない――というのも、あの愚か者どもは、外のドアに鍵《かぎ》がかけてあれば、中のドアには錠をかける必要がないと思いこんでいる。ともかく、そのドアは守衛室の前を走る通路と平行な通路にまっすぐ通じていて、しかもその先にある売り場へつながっている。*暗闇のなかであれば、ドアを抜けて、通路をこっそり進んで角を曲がり、三十フィートかそこらを歩いてエレベーターか階段にたどり着くのは、ばかばかしいほど簡単にちがいない。おそらくそれが答だろうな」

「一階の守衛室にある親鍵はどうだった？」エラリーは訊いた。「それについて、日勤の警備員は何か言ってたかな」

「収穫なしだ」警視は浮かない顔で言った。「オシェーンという男なんだが、勤務時間中は施錠された抽斗《ひきだし》から親鍵を出したことは一度もないと断言したよ」

ドアが開き、ヘス刑事が、目つきが鋭くまばらな半白の顎《あご》ひげを生やした、並みはずれて背の高い男を案内してきた。洗練された、人目を引く男ぶりだ。エラリーはその男の三角にとがった細い顎を興味深そうに見つめた。服装はさりげないが、高級な衣類を身につけている。男は警視に堅苦しく一礼し、立ったまま待っている。目を光らせて、部屋にいる人間の顔をつぎつぎに見まわした。

「一階ではお話しする暇がありませんでしたね、カーモディーさん」警視が愛想よく言った。「二、三、お尋ねしたいことがあります。おかけになりませんか」

カーモディーは椅子にさっと腰をおろした。ウィーヴァーと目が合い、そっけなくうなずいたが、何も言わなかった。

「さて、カーモディーさん」警視は、エラリーが静かにすわっている机の前をゆっくりと行きつもどりつして言った。「些細《さ　さい》なことですが、お尋ねしなくてはならない質問がいくつかありましてね。ヘイグストローム、用意はいいか」そう言って目配せすると、刑事がうなずいて手帳を構えた。警視はまた絨毯《じゅうたん》の上を歩きはじめ、急に顔をあげた。カーモディーの目は燃えあがらんばかりだった。

「カーモディーさん」警視はだしぬけに言った。「あなたはたしか、骨董《こっとう》品を扱う〈ホルバイン工房〉の単独経営者ですね」

「まさしくおっしゃるとおりです」カーモディーが言った。その声は聞く者をはっとさせた――低音でよく響き、思慮深さを感じさせる。

「かつてフレンチ夫人と婚姻関係にあり、七年ほど前に離婚しましたね？」

「それもおっしゃるとおりです」声ににじむ断固たる調子が耳につく。完璧《かんぺき》な自制のオーラを放っている。

「離婚なさってからフレンチ夫人に会ったことはありますか」

「あります。何度も」

「お付き合い程度でしょうか。あなたがたのあいだには、特に不愉快なことはなかったんですか」

「まったくありません。ええ、付き合い程度に会っていました」

警視はかすかに苛立《いらだ》った。この証人は訊かれたことには正確に答えるが、それ以上は何も言わない。

「どのくらいの頻度でですか、カーモディーさん」

「社交シーズンには、週に二回は顔を合わせました」

「で、最後に会ったのは——」

「先週の月曜の夜に、スタンディッシュ・プリンス夫人がご自宅で主催なさった晩餐《ばんさん》会で会いました」

「フレンチ夫人と話しましたか」

「はい」カーモディーがわずかに体を動かした。「あの人は骨董品に大変な興味がありました。おそらく、わたしとの結婚生活で培われたものでしょう」この男は鋼鉄でできているかのようだった。感情の動きをちらとも見せない。「チッペンデール様式の椅子についてしばらく話しました。夫人がどうしても手に入れたいというので」

「ほかの話もしましたか」

「ええ。わたしたちの娘のことを」

「ほう！」警視は口をすぼめ、ひげを引っ張った。「離婚後は、別れた奥さんがバーニス・カーモディーさんを引きとったんですね」

「そうです」

「娘さんにもときおりお会いになっていたんでしょうか」

「はい。娘の親権は向こうが持ちましたが、離婚の際の非公式な取り決めで、わたしはいつでも子供に会えることになっています」声にあたたかみがこもった。警視はカーモディーの顔をちらりと見て、すぐに目をそらした。新たな質問に移る。

「カーモディーさん、今回の事件を説明できそうな心あたりはありませんか」

「いえ、ありません」カーモディーは急に冷ややかになった。わけもなくエラリーへ視線を移し、少しのあいだじっと見つめた。

「あなたの知るかぎりで、フレンチ夫人に敵はいましたか」

「いいえ。あの人には、他者に恨みをいだかせかねないような、性格の深みがまったくありませんでしたから」カーモディーは赤の他人について話しているかのようだった。声にも態度にもまったく情味がない。

「あなたも敵ではないんですね、カーモディーさん」警視は穏やかに訊《き》いた。

「わたしも敵ではありませんよ、警視さん」カーモディーはそれまでと同じ冷淡な口調で答えた。「その点に関心がおありなら申しあげますが、妻への愛情は結婚生活のあいだに薄らぎ、完全に消えてしまったので、離婚しました。当時もいまも、妻に対する憎しみはありません。その点については、もちろん」声の調子も変えずに付け加える。「わたしのことばを信じていただくしかありませんが」

「最近お会いになったとき、フレンチ夫人は不安げに見えましたか。何か心配事がありそうな様子は？　ひそかな悩みがありそうなそぶりを見せたりは？」

「わたしたちの会話はさほど立ち入った性質のものではなかったんですよ、警視さん。いつもとちがう点など少しも気づきませんでした。あの人はきわめて底が浅い人間です。思い悩むような性分ではありませんよ」

警視は口をつぐみ、カーモディーは静かにすわっていた。やがて、なんの前置きもなく、感情のない声でカーモディーが話しだした。口を開いてしゃべりはじめただけだったが、あまりに思いがけぬことだったので、警視は動揺を隠すためにあわてて嗅《か》ぎ煙草をひとつまみとった。

「警視さん、あなたは、わたしがこの事件になんらかのかかわりを持っている、あるいは重要な情報を握っているかもしれないとひそかに期待して尋問していらっしゃる。それは時間の無駄ですよ」カーモディーは目を異様に輝かせて身を乗り出した。「どうか信じてください。わたしはあの人になんの興味もないんです。生前であれ――死後であれ。あのフレンチ一族についてもどうだっていい。気がかりなのは娘のことだけです。行方不明だそうですね。もしそうなら、何かよからぬ企みがあったはずだ。娘が母親殺しの犯人だという考えを少しでもお持ちなら、あなたは大ばかだ……。ただちにバーニスの居場所と失踪《しっそう》した理由を突き止めなければ、無実の娘に対して罪を犯すことになりますよ。手を尽くしてくださるなら、わたしはどんな協力も惜しみません。あなたが即刻娘を探さないなら、私立探偵に行方を追わせます。話は以上です」

カーモディーは立ちあがって、驚くほどの長身を伸ばし、そのままじっと待った。

警視はかすかに体を動かした。「今後はもう少し口の利き方に気をつけたほうがよろしいでしょうな、カーモディーさん」そっけなく言う。「お引きとりください」

古美術商はひとことも言わずに背を向けて、アパートメントを出ていった。

「おい、カーモディーをどう思う」警視は当惑顔で言った。

「骨董屋《こっとうや》というのはどこかしら変わってるものさ」エラリーは笑った。「それにしても、冷静な御仁だったな……。父さん、ぜひもう一度ムシュー・ラヴリーに会わせてもらいたいんだ」

書斎へ案内されてきたフランス人は、顔が青ざめて引きつっていた。ひどく疲れているようで、すぐさま椅子に沈みこみ、長い両脚を伸ばしてため息をついた。

「外の廊下に椅子ぐらい置いてくださってもいいでしょう」警視に向かって非難がま

しく言う。「最後に呼ばれるとは幸運もいいところだ！　人生なんてそんなものですか《セ・ラ・ヴィ・ェ》ね？」おどけて肩をすくめる。「吸ってもいいですか、警視さん」

ラヴリーは返事も待たずに煙草に火をつけた。

エラリーは立ちあがり、大きく体を揺すった。ラヴリーを見ると、相手も見返し、ふたりはわけもなく笑みを浮かべた。

「ぶしつけですが、ラヴリーさん」エラリーはゆっくりと切り出した。「あなたは世故に長《た》けていらっしゃる。見当ちがいの分別にとらわれることもないでしょう……。ラヴリーさん、フレンチ一家とのお付き合いのなかで、バーニス・カーモディーが麻薬常用者ではないかと疑ったことはありませんか」

ラヴリーがはっとし、用心深い目でエラリーを見た。「もう気づかれたのですか？　本人に会いもせずに？　おみごとです、クイーンさん……。いまの質問に躊躇《ちゅうちょ》なくお答えしましょう——ありますとも」

「ちょっと待て！」片隅にいたウィーヴァーが突然抗議の声をあげた。「どうしてそんなことがわかるんですか、ラヴリーさん。知り合って間もないのに」

「わたしは麻薬依存症の症状を知っているんですよ、ウィーヴァーさん」ラヴリーは静かに言った。「サフラン色に近い黄ばんだ顔、やや飛び出た眼球、ぼろぼろの歯。不自然なほど神経質で興奮しやすく、いつもなんとなくこそこそしている。急にヒステリーを起こすかと思うと、たちまちおさまる。極端にやせ細り、それが日に日に顕著になる――そう、あの娘さんの病を見抜くのは造作もないことだ」ラヴリーはエラリーのほうを向いて、細い指をすばやく振った。「はっきりおことわりしておきますが、いまわたしが申したことは単なる一意見にすぎず、それ以上のものではありませんよ。確たる証拠は何も握っていません。しかし、医者から反対の見解が示されないかぎり、わたしはあくまで素人として、あの娘がかなり進んだ段階の麻薬常用者だと宣誓する用意があります！」

ウィーヴァーがうなるように言った。「社長が――」

「むろん、われわれとしても大変気の毒に思う」警視がすかさず口をはさんだ。「バーニスという娘が麻薬常用者ではないかと、すぐに気づいたんですか、ラヴリーさん」

「ひと目見た瞬間にですよ」ラヴリーは強い調子で言った。「わたしには歴然としていることに、なぜもっと多くの人たちが気づかないのか、つねづね不思議でなりませんでした」

「気づいていたんでしょうね――おそらく」エラリーはつぶやいて眉《まゆ》をきつく寄せた。とりとめのない考えを振り払い、ふたたびラヴリーに注意を向ける。

「この部屋に来たことはありますか、ラヴリーさん」だしぬけに尋ねた。

「フレンチ社長のアパートメントにですか？」ラヴリーは大声で言った。「ええ、毎日来ていますよ。社長は実に親切なかたで、ニューヨークに着いてからずっと使わせてもらっています」

「では、お尋ねすることはもうありません」エラリーはにっこりした。「まだ間に合うのでしたら、講演会場へおもどりになり、アメリカをヨーロッパ化する大事業をおつづけください。ごきげんよう！」

ラヴリーは一礼し、白い歯を見せて笑みを振りまくと、大股《おおまた》でアパートメントから出ていった。

エラリーは机に向かって腰をおろし、哀れなほど酷使された小型本の遊び紙に、熱心に書きこみをはじめた。

（原注）

＊　巻頭の見取図を参照。

19　意見と報告

クイーン警視は書斎の真ん中でナポレオンさながらにそびえ立ち、控え室へ通じるドアを恨みがましくにらんだ。テリア犬のように頭をゆっくりと左右に振りながら、ひとりごとをつぶやいている。

警視は百貨店専属探偵のクラウザーを手招きした。クラウザーはカード部屋の入口で警察の写真係を手伝っている。

「おい、クラウザー。きみの立場ならよく知っているだろう」警視は嗅ぎ煙草をふたつの鼻孔で吸って言った。大柄な専属探偵が顎《あご》を掻《か》いて待ちかまえる。「あのドアを見てふと思ったんだ。フレンチが廊下に面したドアに特製のスプリング錠をつけさせたのは、いったいどういうわけかな。常時使っているわけではないアパートメントにしては、たいそう厳重に思えるが」

クラウザーはたしなめるように微笑んだ。「そんなことで頭を悩まさなくてもいいですよ、警視。社長がプライバシーにうるさいだけです。邪魔されるのがいやなんですよ――それだけです」

「だが、盗難よけの設備が整った建物のなかで、盗難よけの錠前とはな！」

「まあ」クラウザーは言った。「用心深いか、いかれてるかのどっちかでしょう。実はですね、警視」声をひそめる。「ある種の問題に関しては、社長には少しばかり妙なところがあるんですよ。書面で指示が届いた朝のことを、ついけさのことのようにはっきり覚えてます。その書類ってのは、特製の錠前を作れという命令書で、あれやこれやのたわごとが署名つきで延々と書き連ねてありました。二年くらい前、アパートメントの改装をしたときのことですよ。で、自分はその命令に従って、腕利きの錠前屋に、あのドアについてるからくりを作らせました。社長はたいそう気に入って――わが物顔のアイルランド人のおまわりに劣らずご満悦でした」

「ドアの外に見張りを置いたのはどういうわけだ」警視は訊《き》いた。「あの錠があれば、招かれざる客はだれも中へはいれないだろう」

「それは――その」クラウザーはためらいがちに言った。「社長はプライバシーの問題についてはかなりうるさくて、ドアをノックされるのもいやがるんです。だから、見張りを置けとしじゅう指示してくるんでしょう。この仕事のときは、自分らはいつだって廊下に立ちっぱなしなんで――みんないやがるんですよ、全員がね。控え室へはいって腰をおろすこともできないんで」

警視は履いていた警察制式の靴をしばしにらんでから、指を曲げてウィーヴァーを招いた。

「おい、きみ、こっちへ」ウィーヴァーが億劫《おっくう》そうに絨毯《じゅうたん》の上を横切って近づいてくる。「フレンチがプライバシーに異様にこだわるのには、どんなわけがあるんだ。クラウザーの話だと、ここはいつも要塞《ようさい》並みだそうだな。家族のほかで立ち入りが許されているのはいったいだれだ」

「それは社長の性癖にすぎませんよ、警視さん」ウィーヴァーは言った。「あまり深刻に考えないでください。社長は癖の多い人ですから。このアパートメントにはいれる人はごく少数です。ぼくのほかは、身近な家族と、取締役の人たちと、先月からよく出入りなさってるラヴリーさんだけで、店の従業員はだれも立ち入りを許されていません。いや、ちがいました。支配人のマッケンジーさんがときどき呼ばれて、社長からじきじきに指示を受けています――実のところ、先週もそうでした。でも、マッケンジーさん以外の従業員にとっては、ここは完全に謎に包まれた場所です」

「そう、いかにも、ウィーヴァーさん」クラウザーがおどけた口調で言った。

「というわけです、警視さん」ウィーヴァーがつづけた。「クラウザーさんでさえ、この何年かは立ち入っていません」

「きょうより前にこの部屋のなかを見たのは」クラウザーがウィーヴァーの発言に補

足した。「二年前、ここを改装して家具の入れ換えをみんなでやったときが最後だ」ひそかな屈辱感に顔を赤くした。「店の専属探偵をそんなふうに扱うとはね、まったく」

「なら、市警に勤めればいいだろう、クラウザー」警視がきびしく言った。「つべこべ言わず、楽な仕事に満足しろ!」

「まだ申しあげていないようなら、説明しなくてはなりませんが」ウィーヴァーが付け加えた。「立ち入り禁止の慣習は、事実上、従業員にかぎられています。ここへはおおぜいの人がいらっしゃいますが、その場合はたいがい社長との面会の約束が必要で、用件は悪習撲滅協会がらみです。そのほとんどが牧師でしてね。政治家も何人かいますけれど、多くはありません」

「そのとおり」クラウザーが口をはさんだ。

「そうか」警視は前のふたりに鋭い視線を向けた。「バーニス・カーモディーという娘の旗色が悪いようだな。きみたちはどう思う?」

ウィーヴァーはつらそうな表情を浮かべ、半ば顔をそむけた。

「まあ、その件についてはよく知りませんが、警視」クラウザーがもったいぶった重々しい口ぶりで言った。「この事件についての自分の見解は――」

「ほう、きみの見解だと?」警視は驚いた顔をしてから、苦笑をこらえた。「きみの見解とはいったいどういうものかな、クラウザー。聞く価値があるかもしれない――なんとも言えないが」

　机に向かってぼんやりとすわり、やりとりに半ば聞き耳を立てていたエラリーは、小型本をポケットにねじこんで立ちあがり、三人のほうへゆっくりと近づいた。

「何事だい？　検死解剖でもはじめるのか」エラリーは微笑んで言った。「この事件についての見解とやらを聞かせてもらおう、クラウザー」

　クラウザーが一瞬、居心地悪そうに左右の足を踏み替えた。しかし、やがて分厚い肩をそびやかすと、語り手の役まわりにあからさまに気をよくして、勢いよく話しはじめた。

「自分の考えでは――」と切り出す。

「ほう！」警視が合いの手を入れる。

「自分の考えでは」クラウザーは臆面《おくめん》もなく繰り返した。「バーニス・カーモディーさんは被害者ですよ。ええ、よからぬ企みの被害者です！」

「まさか！」エラリーがつぶやいた。

「つづけて」警視が興味を引かれたように言った。

「それはあなたの顔に鼻がついてるのと同じくらい――失礼、警視――明らかですよ。自分の母親をばらす娘などいるでしょうか？　ありえませんって」

「だが、カードがあるぞ、クラウザー——靴も、帽子も」警視は穏やかに言った。

「なんの意味もないですよ、警視」クラウザーは自信たっぷりに言った。「くだらない！　靴や帽子を仕込むなんて、小細工のうちにもはいりません。まさか、バーニスさんがやったなんて言わないでくださいよ。そんな話は信じないし、信じるつもりもない。自分は常識に従いますし、それが事実どおりです。娘が自分の母親を撃つなんて！　ありっこない！」

「まあ、それも一理あるが」警視はもったいぶって言った。「この事件を分析するなかで、マリオン・フレンチのスカーフについてはどう考えるね、クラウザー。あの娘もなんらかのかかわりがあると思うのか」

「だれです？　あっちの娘ですか」クラウザーはそう言って鼻を鳴らした。「ああ、あれも小細工でしょうね。あるいは、うっかりスカーフをここに忘れたのか。自分には小細工のような気がしますけどね、どう見ても」

「では」エラリーが口をはさんだ。「きみのシャーロック・ホームズ流の推理では、この事件はつまり——どういうことになるのかな」

「おっしゃることがよくわかりませんが」クラウザーが断固たる口調で言った。「これはどうやら殺人と誘拐のようですね。ほかに説明のしようがない」

「殺人と誘拐？」エラリーは小さく笑った。「その考えは悪くない。みごとだよ、クラウザー」

専属探偵は顔を輝かせた。アパートメントのドアをノックする音で会話が途切れ、それまで頑《かたく》なに口出しを控えていたウィーヴァーが安堵《あんど》のため息を漏らした。

外で見張りをしていた警官がドアをあけ、ふくらんだブリーフケースを携えた、禿《は》げ頭《あたま》でしなびた小男を中へ入れた。

「やあ、ジミー！」警視が陽気に言った。「その鞄《かばん》の中身はお土産か？」

「そうですよ、警視」小柄な初老の男が甲高い声で言った。「なるべく急いで来ましたよ――こんにちは、クイーンさん」

「会えてうれしいよ、ジミー」エラリーは大いなる期待の表情を浮かべて言った。このとき、道具を片づけて帽子とコートを身につけた写真係と指紋係の一団が、書斎へはいってきた。〝ジミー〟と呼ばれた男が一同と名前を呼び合って挨拶《あいさつ》した。

「こっちは終わりましたよ、警視」写真係のひとりが言った。「ほかにご用は？」

「いまのところないな」クイーン警視は指紋係のほうを向いた。「何か見つかったのか」

「指紋はたくさん出ました」ひとりが報告した。「ですが、そのほとんどがこの部屋から見つかったものです。カード部屋と寝室には、そこにいるクイーンさんの指紋がいくつか残っていただけでした」

「この部屋の指紋から何かわかりそうか」

「なんとも言えません。午前中にここで取締役会があったとすると、すべて正当なものである可能性が高いですね。取締役連中をつかまえて指紋を調べなくてはいけません。かまいませんか、警視」

「頼む。だが、行儀よくやってくれよ、いいな」警視は手を振り、一同をドアへ向かわせた。「ご苦労、クラウザー、またあとで」

「承知しました」クラウザーは上機嫌に言い、警察職員たちのあとについて出ていった。

クイーン警視、ウィーヴァー、〝ジミー〟と呼ばれた男、そしてエラリーの四人が居残り、書斎の真ん中に立っていた。クイーン警視付きの刑事たちが控え室にたむろして、小声で話している。警視が控え室へ通じるドアを注意深く閉め、両手をせわしなくこすり合わせながら、急いで引き返してきた。

「悪いが、ウィーヴァーさん――」警視が言った。

「かまわないよ、父さん」エラリーは穏やかに言った。「ウェスには何も隠す必要はない。ジミー、話すことがあれば、手短に要領よく話してくれ。何より手短にね。さあ、ジェイムズ！」

「わかりましたよ」〝ジミー〟が答え、怪訝《けげん》そうに禿げ頭を掻《か》いた。「何が知りたいんです」ジミーは携えてきた鞄に手を入れ、柔らかな薄紙で念入りに包まれた物体をそっと取り出した。慎重に包みを解くと、中から縞瑪瑙《しまめのう》のブックエンドのひとつが現れた。ジミーは同じように薄紙にくるまれたもうひとつのブックエンドを抜き出し、フレンチの机のガラスの天板に最初のと並べて置いた。

「例のブックエンドだな」警視はつぶやいて、興味津々の様子で身をかがめ、縞瑪瑙とフェルトの境目にうっすらと見える接着剤の筋に見入った。

「まぎれもない縞瑪瑙だ」エラリーが言った。「ジミー、グラシン紙の封筒に入れて届けた白っぽい粒はなんだった」

「よくある指紋検出用の粉ですよ」ジミーが即答した。「白い種類のね。それがなぜこんなものについたのか、あんたならわかるかもしれませんが――わたしにはさっぱりです」

「ぼくにもまだわからないよ」エラリーは笑みを漂わせた。「指紋検出用の粉か。まだほかに見つかったかい」

「あんたがほぼ全部採取してましたよ」禿げ頭の小男は言った。「そりゃあ、ちょっとは残ってましたよ。もちろん、ほかのものも少し見つかりましたけど――たいがいはほこりでした。でも、粉のほうはいま言ったものです。指紋はどちらのブックエンドにもありませんでした。あんたのを除いてね、クイーンさん」

警視が顔を奇妙に輝かせて、〝ジミー〟からウィーヴァーへ、そしてエラリーへと視線を移した。手は落ち着きなく嗅《か》ぎ煙草入れを探っている。

「指紋検出用の粉とはね！」警視が呆気《あっけ》にとられた声で言った。「もしかしたらそれは――」

「いや、父さんの考えていることはもう調べたよ」エラリーは落ち着き払って言った。「接着剤についていたその粉をぼくが見つけるまで、警察の人間はこの部屋にはいっていない。実を言うと、正体にはすぐに気づいたんだが、やはりたしかなところが知りたくてね……。だから、もし部下のだれかがこのブックエンドに指紋検出用の粉を撒《ま》き散《ち》らしたと考えてるなら、それはちがう。そんなことはできたはずがない」

「これが何を意味するのか、おまえにはわかるんだな、むろん」警視が興奮して甲高い声で言った。絨毯の上をせわしなく行きつもどりつする。「わたしはあらゆる種類の経験を積んできた。手袋を使う犯罪者どもを相手にな。手袋の着用は、法律破りを生業《なりわい》とする者たちのお決まりの手口のひとつだ。思うに――新聞の暴露記事や小説の影響だろう。手袋、帆布、チーズクロス、フェルト――それらもすべて、指紋が残らないようにするためや、残っているかもしれない指紋を拭《ふ》きとるために使われる。だがこいつは――これをやった人間は――」

「超犯罪者ですか？」ウィーヴァーがおずおずと口を出した。

「そのとおり。超犯罪者だ」警視が答えた。「三文小説のようだな、エル。思い出すよ——墓場《ザ・トゥームズ》（ニューヨーク市刑務所の俗称）でわたしを待っている、イタリア野郎のトニーや赤毛のマクロスキーのような名うての殺戮《さつりく》者たちをね。たいがいの警官は超犯罪者と聞くと鼻で笑う。だが、わたしはやつらを知っている——ああいう連中はたぐいまれなる曲者だ……」挑むように息子を見る。「エラリー、この事件を起こした男は——女かもしれないが——並みの犯罪者じゃないぞ。その男は——あるいは女は——実に用心深い。ひと仕事終えたあと、おそらく手袋をはめていたはずだが、それでよしとはせず、警察が犯罪捜査に用いる指紋検出用の粉を部屋に撒いて、自分の指紋を浮かびあがらせてぬぐい去るとはな！……こうなると一点の疑いもない——われわれが相手にしているのは並みはずれた人物であり、たいがいの頭の鈍い小悪党どもとは段ちがいの常習犯だ」

「超犯罪者か……」エラリーはしばらく考えたのち、小さく肩をすくめた。「たしかにそのようだね……。この部屋で人殺しをしたあと、異様なほど手間をかけてあと始末をする。犯人は指紋を残したのか？　そうかもしれない。きっと、手袋をしたままではできないほど細かい作業をせざるをえなかったんだろう——なかなかの考えだね、父さん」そう言って微笑んだ。

「ただし、腑《ふ》に落ちない点がある。最後の——」警視がつぶやいた。「手袋をしたままではできないような作業とは何か、それがわからない」

「それについては、ぼくにちょっとした考えがある」エラリーは言った。「ひとまず先をつづけよう。犯人は、少なくともその細かいが重要な作業のときだけは手袋をはめなかったので、ブックエンドに指紋がついているとわかっている——ということは、犯人がせざるをえなかった作業はブックエンドと関係があることになる。よし！　犯人は証拠となる痕跡《こんせき》をすべて消し去ったと信じ、縞瑪瑙の表面を念入りにぬぐっておしまいにするか？　いや、しない！　犯人は指紋検出用の粉を取り出して、この縞瑪瑙のブックエンドひとつひとつの表面にそっと振りかけ、渦巻きがぼんやり浮かんだら、ただちにそれを拭きとる。そうやって、指紋が残っていないのを確認した。賢いな！　もちろん、多少は骨が折れる——でも、重要なのは犯人も命がけだったということだ。だから、万全を尽くした。そう」ゆっくりと言う。「犯人は——万全を尽くした」

短い沈黙がおり、それを破るのは〝ジミー〟がそっと禿げ頭をなでまわす音だけだった。

「少なくとも」ついに警視が苛立《いらだ》たしげに言った。「ここで指紋を探しまわっても無駄だな。これほど手のこんだことをやってのける抜け目のない犯人なら、ひとつも残さなかったにちがいない。それなら——指紋の件はいったん忘れて、もう一度関係者をあたってみよう。ジミー、そのブックエンドを包みなおして本部へ持ち帰ってくれ。

刑事をひとり連れていくといい――こちらも万全を尽くそうじゃないか。そう、そいつを失くしたりしないように」

「わかりました、警視」〝ジミー〟はブックエンドを薄紙で手際よく包んで鞄《かばん》にしまい、「では、失礼！」と明るく言って、部屋から姿を消した。

「さて、ウィーヴァーさん」警視は椅子にゆったりとくつろいで言った。「椅子に腰かけて、この捜査の過程で出会ったさまざまな人々について話を聞かせてもらいたい。エラリー、おまえもすわりなさい。落ち着かないから！」

エラリーはにっこりして、机の後ろに腰をおろした。その机が妙に気に入ったらしい。ウィーヴァーはあきらめた様子で革張りの椅子に腰かけた。

「なんなりとお尋ねください、警視さん」ウィーヴァーはそう言って、友を見た。エラリーは机に並んだ本にじっと目を注いでいる。

「まず、手はじめに」警視がてきぱきと切り出した。「きみの雇い主について聞かせてもらおう。そうとうな変わり者だね？　悪習撲滅協会の仕事で頭がおかしくなったんだろうか」

「そう決めつけるのはいささか見当ちがいだと思います」ウィーヴァーはうんざりしたように言った。「社長は世界一と言ってよいほどの高潔な人格者です。アーサー王伝説の円卓の騎士のような純真さと、頑《かたく》ななまでの偏屈さとを奇妙に併せ持つ人物を思い浮かべていただけば、多少とも理解していただけるでしょう。世間一般に認められた意味では、心の広い人とは言えません。硬骨の士でもあり、そうでなければ悪習撲滅に力を入れたりなさらないでしょう。本能的に悪徳を忌み嫌っていらっしゃるようですが、それは一族にこれまで醜聞や犯罪行為の要素が微塵《みじん》もなかったからです。ですから、こんどの事件は社長にとって大打撃です。おそらく社長には、新聞各紙がこのごちそうに飛びつくさまがお見えなんでしょう――悪習撲滅協会会長の妻が謎の他殺死、とかなんとか。それにまた、社長は夫人をとても愛していらっしゃったと思います。夫人のほうはそうでもなかったようですが――」ためらったが、忠実につづけた。「でも、夫人のほうはそうでもなかったようです。言うまでもなく、夫人のほうがずっと若かったんです」

警視は軽く咳《せき》をした。エラリーは陰鬱《いんうつ》な目でウィーヴァーを見たが、その心ははるかかなたにあるようだ。どうやら机の上の本について考えているらしく、表紙を上の空でなでている。

「教えてくれ、ウィーヴァーさん」警視は言った。「このところの社長の言動に、何か――異常な点はなかっただろうか。さらに言うなら、この数か月、社長がひそかに悩んでいたかもしれない問題を個人的に知らないだろうか」

ウィーヴァーは長いあいだ黙しつづけた。「警視さん」ようやくそう言って、警視の目をまっすぐに見た。「実を言うと、ぼくはフレンチ社長やご家族、ご友人について、ずいぶん多くを知っています。ぼくは醜聞屋じゃありません。非常にむずかしい立場にあることをどうかご理解いただきたい。信頼を裏切るのがつらくて……」

警視は満足げだった。「男らしく話すんだな、ウィーヴァーさん。エラリー、友達になんとか言ってやれ」

エラリーはウィーヴァーに同情の目を向けた。「いいかい、ウェス。ひとりの人間が冷酷にも殺害された。命を奪った殺人犯を罰するのがぼくらのつとめだ。きみの考えももっともだ――まともな人間にとって、他人の家庭の秘密をあれこれしゃべるのは耐えがたいことさ――でも、ぼくがきみの立場だったら、話すな。というのは、ウェス」――間を置いて――「きみが相手にしているのは警官じゃない。友なんだよ」

「じゃあ、話すよ」ウィーヴァーはあきらめたように言った。「そして最善の結果を祈ろう。このところの社長の言動に異常な点がなかったかとお尋ねでしたね、警視さん。まさに大あたりです。フレンチ社長はひそかに悩み、動揺なさっていました。そのわけは――」

「そのわけは？」

「そのわけは」ウィーヴァーは力のない声で言った。「数か月前に不適切な友情が生まれたからです。夫人と――コーネリアス・ゾーンのあいだに」

「ゾーンと？　色恋沙汰《ざた》か」警視は興奮を抑えて言った。

「残念ながらそうです」ウィーヴァーはきまり悪そうに答えた。「ただ、夫人があの男に求めたのは――ああ、これではただの醜聞屋になってしまう！　とにかく、ふたりが頻繁に会いすぎるので、めったに人を疑ったりなさらない社長でさえ、何かがおかしいと気づきはじめたんです」

「たしかな証拠はないのか」

「決定的な過ちはなかったと思います。それに、もちろん社長はその件について夫人にはひとこともおっしゃいませんでした。夫人の気持ちを損ねようとは思いも寄らなかったんです。でも、そのことが社長を深く傷つけたのはまちがいありません。一度、ぼくのいる前でうっかり口を滑らせて、苦しい胸のうちをさらけ出したことがありましてね。万事まるくおさまるようにと必死で願っていらっしゃったのはたしかです」

「ショーウィンドウで、ゾーンはフレンチに対してよそよそしかったな」警視が考えながら言った。

「それはそうでしょう。ゾーンは夫人への思いを隠そうともしませんでした。夫人はなかなか魅力のある女性だったんですよ、警視さん。ゾーンのほうはとるに足りないちんけな男ですがね。社長夫人に横恋慕して、長年にわたる友情を裏切りました。そのことが何よりも社長のお気持ちを深く傷つけたんだと思います」

「ゾーンは既婚者だろう？」エラリーが急に口をはさんだ。

「ああ、そうだよ、エル」ウィーヴァーはエラリーのほうを向いて答えた。「ソフィア・ゾーンも風変わりな女でね。きっとフレンチ夫人をきらってただろうな——女性らしい思いやりなど少しも感じさせない、ほんとうに不愉快な人間だよ、あの女は」

「ゾーンを愛してるのか」

「どうだろう。独占欲が異様に強くて、だからあんなに嫉妬深《しっとぶか》いんだろう。事あるごとにそれをさらけ出すんで、ときどきみんなが気まずい思いをさせられる」

「たぶん」警視が冷笑を浮かべて口をはさんだ。「そういうのは珍しくもない。よくあることだよ」

「それにしても、目に余るんですよ」ウィーヴァーが苦々しげに言った。「何もかも、忌まわしい茶番だったんです。ああ、社長をひどい目に遭わせる夫人を、この手で絞め殺してやりたいと何度思ったことか！」

「おい、警察委員長の前ではそんな発言をしないでくれよ、ウィーヴァーさん」警視はにやりとした。「フレンチ社長は身近な家族をどう思っているんだろうか」

「もちろん、夫人を愛していらっしゃいましたよ——あの歳の男性にしては珍しいほど細やかに気を配って」ウィーヴァーは言った。「マリオンのことは」——目を輝かせて——「目に入れても痛くないくらいのかわいがりようです。父と娘は完璧《かんぺき》な愛情で結ばれています……。少々おもしろくありませんけどね――ぼくにとっては」小声で付け加えた。

「きみとマリオンさんの挨拶《あいさつ》のしかたが不自然なほどよそよそしいんで、そうじゃないかと思っていたよ」警視はそっけなく言った。ウィーヴァーが少年のように頬を赤らめる。「で、バーニスについては？」

「バーニスとフレンチ社長ですか」ウィーヴァーはため息をついた。「事情を考えれば察しがつくとおりです。社長について言うなら、公平な人です。その点にはできるかぎりの努力をなさっていると言っていいでしょう。もちろん、バーニスは実の娘ではありません――ですから、マリオンを愛するようにはいきませんよ。それでも、ふたりをまったく同じように扱っていらっしゃいます。等しく気を配り、小遣いも服も同じように与えて――ご本人にしてみれば、ふたりを少しも分け隔てしているつもりはないはずです。それでも――やはり、ひとりは実の娘で、もうひとりは義理の娘です」

「そして、それこそが」エラリーは忍び笑いをして言った。「核心を突く警句じゃないか。ところで、ウェス――フレンチ夫人とカーモディーの間柄はどうなんだ。あの男の話を聞いたろう――すべてあのとおりかい」

「正確な事実だ」ウィーヴァーは即答した。「カーモディーは得体の知れない男だよ――バーニスに関することを除けば、魚のように冷血だ。バーニスのためなら裸にもなるだろうがね。でも、フレンチ夫人に対しては、離婚後は社交上やむをえず付き合うという態度だった」

「ところで、離婚の原因は？」警視が尋ねた。

「カーモディーの不貞行為です」ウィーヴァーは言った。「――ああ、また！　口の軽い洗濯女になった気がするな――そう、カーモディーは軽率にもホテルの部屋でコーラスガールといっしょのところを見つかったんです。結局立ち消えになったんですが、その事実が漏れるのを食い止めることはできなかった。道徳の権化となったフレンチ夫人は、ただちに離婚訴訟を起こして勝訴し――同時に、バーニスの親権も勝ちとったんです」

「道徳の権化とは言えないな、ウェス」エラリーが言った。「ゾーンとの一件からするとね。むしろ――自分のパンのどちらの面にバターが塗ってあるかを心得ていて、浮気な亭主にくっついているよりも、海には魚がいくらでもいると見切りをつけたんだろう……」

「小むずかしい言いまわしだな」ウィーヴァーは笑いながら言った。「でも、言いたいことはわかる」

「フレンチ夫人の性格の一端がわかりかけてきた」エラリーはつぶやいた。「あのマーチバンクスという男は――たしか夫人の兄だね」

「ああ、それだけのことさ」ウィーヴァーは吐き捨てるように言った。「互いに激しく憎み合ってる。マーチバンクスは妹の正体を知りつくしてるようだね。当人だって純白の百合《ゆり》の花じゃない。とにかく、ふたりは互いをきらってたよ。それが社長にはちょっとした悩みの種だった。マーチバンクスは古顔の取締役だからね」

「大酒飲みだな、ひと目でわかる」警視が言った。「マーチバンクスとフレンチの仲は問題ないのか」

「個人的な付き合いはほとんどありません」ウィーヴァーは言った。「仕事のうえでは、うまくやっているようです。ただし、それは社長が実に細かく気をつかっていらっしゃるからですが」

「さしあたり、関係者のなかで興味を引かれる人間がもうひとりだけいる」警視が言った。「道楽者とおぼしい着飾った紳士で、トラスクという取締役だ。あの男は、仕事のほかでフレンチ一家と何かのつながりがあるのか」

「〝仕事〟より〝ほか〟のほうが大きいですね」ウィーヴァーが答えた。「ああ、また何もかもぶちまけてしまいそうだ。しゃべり終えたら、洗濯用のブラシがほしくなるだろうよ！　――A・メルヴィル・トラスク氏が取締役なのは、単にその地位を受け継いだからです。もともとは父親が取締役だったんですが、その遺言に基づいて、息子があとを継ぎました。そのために面倒な手続きが山ほど必要でしたが、ついにはあの人を取締役の座に引きずりこむのに成功して、それ以来お飾りでいます。頭のなかは空っぽですよ。でも抜け目のなさは――人一倍です！　トラスク氏はもう一年以上にわたって、バーニスを狙っています――はっきり言って、取締役になってからずっとです」

「おもしろい」エラリーはつぶやいた。「その意図はなんだ、ウェス――財産か？」

「ずばり、そのとおりさ。先代が株式市場で大損したうえに、息子がさらに泥沼にはまりこんだんで、噂によると、金銭面で進退きわまっているらしい。そこで、最善の手は資産家の娘との結婚だと考えたんだろう。そこへバーニスが現れた。あの男はもう何か月も、バーニスを追いまわしたり、機嫌をとったり、外へ連れ出したり、母親に取り入ったりの繰り返しだ。それでバーニスの心をとらえた――あの娘を賛美する男はほとんどいないからね、かわいそうに！　――そんなわけで、事実上、ふたりは婚約しているんだ。正式にではないが、そういう了解ができてる」

「反対はないのか」警視が訊《き》いた。

「大ありですよ」ウィーヴァーはむっつりと答えた。「おもに社長が反対していらっしゃいます。トラスクみたいな男から義理の娘を守るのが自分の責務だとお考えでしてね。トラスクは下劣な男で、最低最悪の道楽者です。あの男といっしょになったら、哀れなバーニスは犬並みの暮らしを強いられるでしょう」

「ウェス、トラスクはなぜバーニスの手に金がはいると確信してるんだ」エラリーが唐突に尋ねた。

「それは」ウィーヴァーはためらった。「つまりだ、エル。夫人はかなりの額の個人財産を持っていた。だから、もちろん、公然の秘密だったんだが、夫人が亡くなったらそれは――」

「バーニスのものになるわけだ」警視が言った。

「おもしろい」エラリーは言って立ちあがり、疲れたように伸びをした。「これといった理由はないけど、けさから何も食べていないのを思い出したよ。外でサンドイッチとコーヒーでもどうかな。まだ何かあるかい、父さん」

「何も思いつかないよ」警視はいつもの気むずかしさを取りもどして言った。「施錠して出かけるとしよう。ヘイグストローム！　ヘス！　この煙草の吸い殻とカードをわたしの鞄《かばん》に入れておけ――それから、靴と帽子もだ……」

エラリーは机から五冊の本を取りあげて、ヘイグストロームに手渡した。

「これも頼むよ、ヘイグストローム」エラリーは言った。「これはみな本部へ持っていくのかい、父さん」

「ああ、もちろんだ！」

「なら、やっぱり、本は自分で持っていくよ、ヘイグストローム」

刑事は捜査用具のひとつである茶色の紙でていねいに本を包み、エラリーに返した。ウィーヴァーが寝室のクロゼットから自分の帽子とコートを取り出すと、警視とエラリーとウィーヴァーの三人は、刑事たちのあとについてアパートメントをあとにした。

エラリーが最後に控え室を出た。廊下に立ってドアノブを握ったまま、視線をアパートメントのなかから、手に持った茶色の包みへとゆっくりと移した。「かくして」静かにつぶやく。「第一課が終わりぬ」手を放すと、ドアが音を立てて閉まった。

二分後、廊下には制服警官がただひとり残っていた。どこからか調達した得体の知れない椅子にすわってドアに寄りかかり、タブロイド新聞を読んでいた。

第三話

「人間狩りはまちがいなくこの世で最もスリルに富んだ職業だ。そのスリルは……狩りをする者の気質に正確に比例する。最も大きな成果が得られるのは、犯罪捜査官が……事件の現象を精細に観察して正しく突き合わせ、天賦の想像力を働かせて、いかに些細《ささい》な事実の断片をも余すことなく、すべての現象を包括する理論を組み立てるときだ……。この世ならぬ能力を除外するなら話は別だが、洞察力と忍耐力と情熱——これらの資質をまれに併せ持つ者が、あらゆる職業の天才と同様、犯罪捜査の天才にもなるのである……」

——大ジェイムズ・レディックス『暗黒街』より

20　煙草

サイラス・フレンチの自宅は、リヴァーサイド・ドライブのダウンタウン寄りにあり、ハドソン川に面していた。古い陰気な建物で、道路からかなり奥まった場所で、手入れの行き届いた灌木《かんぼく》に囲まれている。敷地のまわりには低い鉄柵《てっさく》がめぐらしてあった。

クイーン警視、エラリー・クイーン、ウェストリー・ウィーヴァーの三人が応接室に足を踏み入れると、ヴェリー部長刑事が先に来ていて、別の刑事と熱心に話しこんでいた。警視たちがはいっていくと、その刑事はすぐに出ていき、ヴェリーは不安げな顔で警視を見た。

「鉱脈を掘りあてましたよ、警視」ヴェリーは落ち着いた低い声で言った。「ゆうべフレンチ夫人を拾ったタクシーがすぐに見つかりました。ふだんこの界隈《かいわい》を流しているイエロー・タクシーです。運転手をつかまえたところ、難なく客のことを思い出しました」

「ということは――」警視がむっつりと言いかけた。

ヴェリーは肩をすくめた。「手柄にはなりません。運転手は昨夜の十一時二十分ごろ、この家の真ん前で夫人を乗せたそうです。五番街へ行けと言われて、そのとおりにし、三十九丁目通りで停まるように言われて、おろしたそうです。料金を受けとって、車を出した。夫人が通りを渡って百貨店へ向かうのをたしかに見た。それだけです」

「たいした話じゃないな」エラリーはつぶやいた。「ダウンタウンへ向かう途中で、一度も車を停めなかったのかね――夫人がだれかと連絡をとるとか」

「それも訊きました。収穫なしですよ、エラリーさん。夫人からは三十九丁目通りに着くまで、ほかの指示はまったくなかったそうです。もちろん、道が混んでいたんで、何度も停まったとは言ってました。停車中にだれかが跳び乗って、またおりたということも考えられますがね。でも、運転手はおかしなものは見なかったと言ってます」

「まともな神経の持ち主なら、気づかないはずがないからな」警視が言い、ため息を漏らした。

女中が三人の帽子やコートを預かるとすぐ、マリオン・フレンチが姿を現した。ウィーヴァーの手を握ってから、クイーン父子に弱々しく微笑みかけ、なんなりとご質問にお答えしますと言った。

「いや、お嬢さん。さしあたって、あなたにお尋ねすることはありません」警視が言った。「お父さんの具合はいかがですか」

「ずいぶんよくなっています」マリオンは詫《わ》びるように少し表情をゆがめた。「アパートメントでは、はしたないふるまいをしました、警視さん。どうぞお許しくださいーー父が気絶するのを見て取り乱してしまって」

「許すも何もないよ、マリオン」ウィーヴァーがうなり声で言った。「クイーン警視が言おうとしていることを先に言うとね。お父さんの具合がどれほど悪いか、警視は気づいていなかったんだと思うよ」

「まあまあ、ウィーヴァーさん」警視が穏やかにたしなめた。「お嬢さん、お父さんは三十分ほどわれわれと話ができそうですか」

「ええ……お医者さまがいいとおっしゃるなら。まあ、失礼しました！　みなさん、どうぞおかけください。この騒ぎでーーすっかり動揺してしまって……」マリオンは顔を曇らせた。一同が椅子に腰をおろす。「あの、警視さん」マリオンがつづける。「父には看護師がついていて、お医者さまもまだいらっしゃいます。それに、お友達のグレイさんも。様子を見てきましょうか」

「お願いします、お嬢さん。それと、家政婦のホーテンス・アンダーヒルさんを、ちょっとここへ呼んでもらえませんか」

マリオンが部屋を出ていくと、ウィーヴァーは一同にことわりを言い、急いであとを追った。まもなく玄関広間から、「まあ、ウェストリー！」というマリオンの驚いた声が響いた。急に静かになったあと、怪しいほどひそやかな物音がし、やがて足音が遠ざかっていった。

「思うに」エラリーはまじめくさって言った。「いまのは美の女神への甘美な挨拶《あいさつ》だな……。サイラス・フレンチはなぜ、ウェストリーが未来の義理の息子になることにいい顔をしないんだろう。娘の夫には富と地位を望むのかな」

「ほんとうにそうなのか？」警視が訊《き》いた。

「ぼくはそう思うね」

「まあ、そんなことはどうでもいい」警視は嗅《か》ぎ煙草をそっと吸って言った。「トマス、バーニス・カーモディーの件はどうした。手がかりはつかめたか」

ヴェリーの仏頂面がさらに不機嫌そうになった。「ひとつだけつかみましたが、あまり役には立ちません。きのうの午後、そのバーニスという娘が自宅を出るところを、臨時警官が見ていました。この界隈を巡視するために私的に雇われた日勤の警備員です。娘の顔を見知っていましてね。バーニス・カーモディーはリヴァーサイド・ドライブをまっすぐ――七十二丁目通りのほうへ早足で歩いていったそうです。だれとも会った様子はなく、ひどく急いでいるように見えたそうですから、行き先が決まってたんでしょう。特に注意を向ける理由もなく、一、二度ちらりと目をやっただけなんで、娘がリヴァーサイド・ドライブをどこまで歩いていったかも、横道へ曲がったかどうかもわからないとのことでした」

「ますますまずいな」警視は考えこんだ。「だれよりも重要な人物なんだよ、トマス」深く息をつく。「必要と思うなら、増員してでも行方を突き止めろ。なんとしても見つけ出さなくては。特徴はよくわかってるだろうな？　服装やら何やら」

ヴェリーはうなずいた。「はい。四人に行方を追わせています。何かあったら、かならず見つけてみせますよ、警視」

ホーテンス・アンダーヒルが応接室へはいってきた。

エラリーはさっと立ちあがった。「父さん、こちらが家政婦のアンダーヒルさんだ。こちらがクイーン警視です、アンダーヒルさん。二、三、お尋ねしたいことがあるそうです」

「そのためにまいりました」家政婦が言った。

「ふむ」警視が鋭い目で家政婦を見た。「アンダーヒルさん、息子の話では、バーニス・カーモディーさんはきのうの午後、母親の意に反して家を出ていった――はっきり言うと、母親の目を盗んでこっそり出ていったそうですね。まちがいないですか」

「まちがいありません」家政婦はぴしゃりと言い、微笑んでいるエラリーへ敵意に満ちた一瞥《いちべつ》を投げた。「そのことが事件とどう関係するのか、わたくしにはわかりかねますが」

「たしかに」警視が言った。「バーニスさんがそんなことをするのはいつものことでしたか――つまり、母親から逃げ出すのは」

「何をおっしゃりたいのか、見当もつきませんわ、警視さん」家政婦は冷ややかに言った。「でも、あのお嬢さまを巻きこもうというおつもりなら……いいでしょう！　ええ、月に二、三回はそういうことがありました。何も言わずにお屋敷を抜け出して、たいてい三時間ぐらいは留守になさいました。帰ると、決まって奥さまと諍《いさか》いになりました」

「ご存じないとは思いますが」エラリーはゆっくりと尋ねた。「そういうとき、お嬢さんはどこへ行ってたんでしょう。帰ると、夫人はバーニスさんになんと言っていましたか」

ホーテンス・アンダーヒルは不愉快そうに歯を嚙《か》み鳴らした。「行き先は存じませんわ。それは奥さまも同じです。だから諍いになったのです。それでもお嬢さまはけっして明かそうとなさいませんでした。ただおとなしくすわって、お母さまが叫ぶにまかせていらっしゃって……。ただ、そう、先週だけはちがいました。あのときはほんとうに大げんかになりましたから」

「へえ、一週間前に何か特別なことがあったんですね」エラリーは言った。「思うに、そのときフレンチ夫人は何かを知ったんじゃないでしょうか」

家政婦の無表情な顔に驚きの色がよぎった。「ええ、そうだと思います」家政婦はそれまでより静かな声で言った。にわかに興味を引かれたような目でエラリーを見る。「でも、どんなことかはわかりません。おそらく、バーニスさまの外出先を突き止めて、そのことで言い争っていたのだと思います」

「それはいつのことですか、アンダーヒルさん」警視が訊いた。

「先週の月曜日です」

エラリーが小さく口笛を吹いた。警視と視線を交わす。

警視は身を乗り出した。「教えてもらいたい、アンダーヒルさん――バーニスさんがたびたびいなくなった日についてだが――すべて同じ曜日でしたか、それともちがいましたか」

ホーテンス・アンダーヒルは警視からエラリーへ視線を移し、口を開きかけて少し考えてから、目をあげた。「いまになって思いますと」ゆっくりと言う。「月曜とはかぎりませんでしたわ。火曜のことも、水曜のことも、木曜のこともありました……。毎週、順繰りに曜日をずらしてお出かけになっていました！　いったいどういうことだったのでしょうか」

「アンダーヒルさん」エラリーは眉《まゆ》をひそめて言った。「あなたにはわかりますまい

――それを言うなら、ぼくも同じですが……。フレンチ夫人とバーニスさんの寝室には、けさから手をつけましたか」

「いいえ。お店で人殺しがあったと聞いたときに、両方とも鍵《かぎ》をかけました。なぜかはよくわかりませんが――」

「そうすることが重要かもしれないと思ったんですね」エラリーは言った。「賢明な判断でした……。二階へ案内してもらえますか」

家政婦はひとことも言わずに立ちあがり、玄関広間へ出て、中央にある幅の広い階段をのぼった。三人の男がそのあとをついていく。家政婦は二階で立ち止まり、黒い絹のエプロンのポケットから鍵束を取り出して、一本の鍵でドアをあけた。

「こちらがバーニスさまのお部屋です」そう言って、脇へ寄った。

年代物の家具で飾り立てられ、緑と象牙色《ぞうげ》に統一された広い寝室へ、一同は足を踏み入れた。天蓋《てんがい》つきの巨大なベッドが部屋を支配している。鏡や絵画や異国風の調度品がいくつもあるにもかかわらず、部屋はなぜか陰気で寒々しく見える。三つの大きな窓から差しこむ陽光が、部屋全体の雰囲気にあたたかみを添えるどころか、ひたすらわびしい印象を高めるばかりだ。

部屋へ踏みこんだエラリーの目がとらえたのは、その薄気味悪さではなかった。すぐさま、ベッドのそばにある派手な彫刻の施されたテーブルに視線が釘《くぎ》づけとなった。

その上には、吸い殻があふれんばかりの灰皿が載っている。エラリーは足早に部屋を横切って、灰皿を手にとった。そして、目に異様な光をたたえてテーブルにもどした。

「けさ部屋に鍵をかけたとき、この灰皿には吸い殻があったんですか、アンダーヒルさん」エラリーは鋭く尋ねた。

「はい。わたくしは何ひとつ手をふれておりません」

「すると、この部屋は日曜からずっと片づけられていないと？」

家政婦は顔を赤らめた。「月曜の午前中は、バーニスさまがお目覚めになるまで掃除ができませんでした」つっけんどんに言う。「家政に対する難癖は聞きたくありませんわ。クイーンさん！　わたくしは――」

「でも、なぜ月曜の午後にしなかったんですか」エラリーは笑顔でさえぎった。

「それは、ベッドが整ったあとにバーニスさまが女中を追い出したからです！」家政婦はぴしゃりと言った。「女中は灰皿の中身を捨てる暇もなかったんです。これでご満足でしょう！」

「なるほどね」エラリーはつぶやいた。「父さん――ヴェリー――ちょっとこっちへ来て」

エラリーは無言で吸い殻を指さした。灰皿のなかに三十本ははいっている。どれも平たいトルコ煙草で、四分の一の長さだけ吸われて灰皿に押しつぶしてある。警視は一本つまみあげ、吸い口のそばの金文字をのぞきこんだ。

「で、何か驚くことがあるとでも？」警視は訊《き》いた。「アパートメントのカードテーブルにあったものと同じ銘柄だよ。ただ、この娘は恐ろしく神経質にちがいないな」

「いや、その長さだよ、父さん。長さだ」エラリーが小声で言った。「銘柄は同じでも……。アンダーヒルさん、バーニスさんはいつもこの〈公爵夫人〉を吸っていましたか」

「ええ、ええ、さようでございますよ」家政婦はいやみがましく言った。「それも、健康によくないほどたくさん。変わった名前の――ザントスとかいう――ギリシャ人から買っていました。上流階級の若いお嬢さんたちからの特別注文でそういうものをあつらえるそうです。香りづけをして！」

「定期的に注文していたんでしょうね」

「おっしゃるとおりです。手持ちがなくなったら、また注文するという繰り返しでした。いつも五百本入りの箱ひとつでした……。バーニスさまの困った点のひとつでしたけれど、そのことでお嬢さまを責めるのは筋ちがいですわ。同じ悪習をお持ちの若い娘さんはとてもたくさんいますから――でも、たしなみや健康を考えると、吸いすぎなのはたしかです。奥さまはお吸いになりませんし、マリオンさまも旦那《だんな》さまもたしなまれません」

「ええ、ええ、そうしたことはすべて知っていますよ、アンダーヒルさん。ご協力ありがとう」エラリーは言い、例の携帯道具箱からグラシン紙の封筒を取り出すと、そのなかへ灰皿の汚い中身をゆっくりとあけた。その封筒をヴェリーに手渡す。

「これも、事件に関するもろもろの記念品といっしょに本部に保存してくれないか」朗らかに言った。「きっと大詰めの総括で大きな役割を果たすことになるさ……。さて、アンダーヒルさん、貴重なお時間をもう少しだけ割いてもらえますか……」

21　鍵ふたたび

エラリーはごてごてと飾り立てた室内をすばやくながめまわし、横手の壁にある大きなドアへ歩み寄った。それをあけて、満足そうな低い感嘆の声を漏らした。それはクロゼットで、婦人物の衣類――ドレス、コート、靴、帽子――がたっぷり詰まっていた。

エラリーはまたホーテンス・アンダーヒルのほうを向いた。家政婦は奇妙なほど苛《いら》立《だ》たしげにエラリーを見守っている。ラックに吊《つる》されたドレスをエラリーの手が無造作に掻《か》き分《わ》けるのを見て、唇をきつく嚙《か》みしめていた。

「アンダーヒルさん、あなたはたしか、バーニスさんが社長のアパートメントへ行ったのは何か月も前で、それからは出向いていないと言いましたね」

家政婦はぎこちなくうなずいた。

「最後にあそこへ行ったとき、どんな服装をしていたか覚えていますか」

「困りますわ、クイーンさん」家政婦は冷淡な口調で言った。「お考えくださるほど、わたくしは記憶力がよくありません。とても覚えていませんわ」

エラリーは笑顔になった。「けっこうですよ。バーニスさんが持っていた例のアパートメントの鍵はどこですか」

「まあ！」家政婦は心底驚いた様子で言った。「不思議ですわね、クイーンさん——そんなことをお尋ねになるなんて。ついきのうの朝、バーニスさまがわたくしに、アパートメントの鍵をなくしたようだから、ほかのかたの鍵を借りて合い鍵を作ってくれとおっしゃったんですよ」

「なくした？」エラリーはがっかりしたふうだった。「たしかですか、アンダーヒルさん」

「いま申しあげたとおりです」

「まあ、探してみても悪くはあるまい」エラリーは陽気に言った。「ヴェリー、この服を調べるから手を貸してくれ。かまわないだろう、父さん」つぎの瞬間、エラリーとヴェリーはがむしゃらにクロゼットに襲いかかり、警視の小さな笑い声と家政婦が憤慨して息を呑《の》む音が伴奏音となった。

「なんと言っても……」エラリーはコートやドレスを手早くあらためながら、食いしばった歯の隙間から言った。「人は簡単に物をなくしたりしないものだ。なくしたと思うだけでね……。今回もバーニスはきっと、心あたりの場所をいくつか探しただけで望みなしとあきらめたんだろう……。おそらく正しい服を調べなかったんだろうね……。ああ、あったか、ヴェリー！　おみごと！」

長身のヴェリーが重たげな毛皮のコートを掲げた。左手には、まるい金の札のついた鍵《かぎ》が光っている。

「内ポケットにありましたよ、エラリーさん。毛皮のコートなんで、最後に鍵を使った日は荒れ模様の天気だったと見えますね」

「なかなか鋭いな」エラリーは言い、鍵を受けとった。ポケットから取り出したウィーヴァーの鍵と比べると、まさしくそっくりで――まるい金の札に彫られた〝B・C〟という頭文字のほかは、寸分たがわず同じだった。

「どうして全部の鍵をほしがるんだ、エル」警視が訊いた。「わたしにはまったくわけがわからない」

「父さんは途方もない洞察力の持ち主だね」エラリーは重々しく言った。「ぼくが全部の鍵をほしがっていると、なぜわかったんだろうな。でも、まさにそのとおりさ――ほしいと思ってるし、もうじきすべてを集めてみせる。そのわけは、クラウザーのことばを借りれば、父さんの顔についてる鼻みたいにわかりやすい……。当分のあいだ、あのアパートメントにはだれも立ち入らせたくないという、単純な理由さ」

エラリーは鍵をふたつともポケットにおさめて、不愉快な顔の家政婦に向きなおった。

「この〝なくした〟鍵の合い鍵を作るようにというバーニスさんの言いつけを、あなたは実行に移しましたか」そっけなく尋ねた。

家政婦は鼻を鳴らした。「いいえ。というのも、いま思うと、鍵をなくしたとおっしゃったとき、バーニスさまがわたくしをからかっていらっしゃる気がしたからです。それに、きのうの午後、ちょっとした出来事があったせいで合い鍵を作らせるのをためらいまして、もう一度バーニスさまに直接たしかめてからにしようと思いました」

「それはどんな出来事でしたか、アンダーヒルさん」警視がゆっくりと穏やかに尋ねた。

「実を申しますと、妙なことでした」家政婦が思案げに言った。目が急に輝きを放ち、表情が驚くほど人間味を増す。「ぜひお役に立ちたいのですよ」静かに言う。「考えれば考えるほど、あの出来事はきっとお役に立つ気がします……」

「ああ、興奮して全身がこわばってきましたよ、アンダーヒルさん」エラリーは顔色も変えずに言った。「つづきをどうぞ」

「きのうの午後四時ごろ――いいえ、三時半に近かったはずです――バーニスさまから電話がありました。謎めいたふうにお出かけになったあとのことです――ご存じのとおり」

三人の男は体を硬くして全神経を集中した。ヴェリーが小声で何やら毒づいたが、警視のひとにらみで静かになった。エラリーは身を乗り出した。

「それで、アンダーヒルさん」先を促す。

「さっぱりわけがわからなくて」家政婦がつづけた。「バーニスさまが鍵をなくしたと何気なく話されたのは、昼食の直前でした。それなのに、午後に電話をかけていらっしゃったときには、開口一番、アパートメントの鍵が要るからすぐ使いの者を取りにやるとおっしゃったんです！」

「もしかしたら」警視が小声で言った。「あなたがすでに合い鍵を作ってくれたと思ったんでは？」

「いいえ、警視さん」家政婦がきっぱりと答えた。「そんなことはまったくお考えでない口ぶりでした。それどころか、鍵をなくしたことなどすっかり忘れていらっしゃったようで。ですから、わたくしはすぐ、鍵をなくしたから合い鍵を作るようにとけさおっしゃったはずでしょうと申しました。バーニスさまはとてもがっかりなさった様子で、〝ああ、そうね、ホーテンス！　すっかり忘れてしまうなんてどうかしてた〟とおっしゃって、何かほかのことを言いかけましたが、急にことばを切って、〝気にしないで、ホーテンス、別にたいしたことじゃないから。今晩、アパートメントにちょっと寄ってみようかと思っただけなの〟とおっしゃいました。わたくしは、そんなにアパートメントへおいでになりたいなら、夜間警備員の机にある親鍵を使えばいいと申しました。でも、興味を引かれた様子もなく、すぐに電話を切ってしまわれました」

短い沈黙がおりた。やがて、エラリーは興味の光をたたえて目をあげた。

「思い出せますか、アンダーヒルさん」と尋ねる。「その電話の途中でバーニスさんが言いかけてやめたこととは、いったいなんだったか」

「正確なことは申しあげられません、クイーンさん」家政婦が答えた。「ただ、なんとなくわたくしが受けた印象では、ほかのかたの鍵を手に入れてもらいたいとおっしゃりかけた気がします。こちらの勘ちがいかもしれませんが」

「そうかもしれない」エラリーはくだけた口調で言った。「でも、勘ちがいじゃない可能性も大いにある……」

「それに」家政婦は言い足した。「バーニスさまがそのことを言いかけておやめになったとき、わたくしの受けた印象では――」

「だれかがバーニスさんに話しかけていた気がした。そうじゃありませんか、アンダーヒルさん」エラリーは尋ねた。

「そのとおりです、クイーンさん」

警視が驚いた顔を息子へ向けた。ヴェリーが巨体を少しかがめて、警視の耳に何やらささやいた。警視がにやりとする。

「鋭いな、トマス」警視は含み笑いをして言った。「わたしもそう考えていたところだ……」

エラリーは警告するように指を振った。

「アンダーヒルさん、あなたに奇跡のごとき正確さを求めるのは酷な話ですが」真顔で、敬うような口調で言う。「それでもあえてお尋ねしたい――電話の相手がまちがいなくバーニスさんだったという確信はありますか？」

「そうだ！」警視が叫んだ。ヴェリーが薄笑いを浮かべる。

家政婦は奇妙なほど澄んだ目で三人の男を見つめた。電流のようなものが四人全員の体を貫いた。

「わたくしには――バーニスさまだったとは――思え――ません」家政婦はつぶやいた……。

しばらくして一同は、行方不明の娘の寝室を出て、隣の部屋へはいった。いくぶん地味な色調の部屋で、塵《ちり》ひとつなかった。

「奥さまのお部屋です」家政婦が小声で言った。悲劇が複雑さを増したことをにわかに悟り、とげとげしい態度もいくぶん和らいだようだ。深い畏敬《いけい》をたたえた目でエラリーの動きを追っている。

「何も異状はありませんか、アンダーヒルさん」警視が訊《き》いた。

「はい、ありません」

エラリーは衣装戸棚へ歩み寄り、服が整然とかかったラックを思案顔でじっと見た。

「アンダーヒルさん、このラックを調べてみて、マリオン・フレンチさんの衣類があったら教えてもらえますか」

三人の男が見守るなか、家政婦が衣装戸棚をあらためた。念入りに調べたのち、断固たる否定のしるしにかぶりを振った。

「では、フレンチ夫人には、マリオンさんの衣類を身につける習慣はなかったのですね」

「ええ、もちろんありません！」

エラリーは満足そうに微笑むと、すかさず例の間に合わせの手帳に判読しづらい一行を書き入れた。

22　本ふたたび

　三人の男は落ち着かない様子でサイラス・フレンチの寝室に立っていた。看護師が廊下を歩きまわっているが、頑丈なドアが患者とのあいだを隔てている。マリオンとウィーヴァーは階下の応接室で待つよう命じられていた。フレンチの主治医で、大柄な堂々たる体軀《たいく》のスチュアート医師が、ベッドのそばの定位置から、目に職業的な怒りをにじませてクイーン父子をにらみつけた。

「五分間――それだけですよ」ぴしゃりと言う。「フレンチ氏はとても話のできるような容体ではありませんから！」

　警視がなだめるように舌を鳴らし、それから病人に目を向けた。フレンチは大きなベッドにまるくなって横たわり、尋問者のひとりひとりへ不安げな視線を走らせた。力のない白い手で絹の上掛けをつかんでいる。顔に血の気がなく青ざめていて、痛々しいほど病的に見えた。半白の髪が皺《しわ》の深い額に乱れかかっている。

　警視はベッドへ近づいた。身をかがめて低い声で言う。「フレンチさん、警察本部のクイーン警視です。聞こえますか？　奥さんの——事故について、いくつか形ばかりの質問に答えてくださる元気はおありでしょうか」

水銀のように揺らめいていた目が動きを止め、警視の穏やかな顔に視線が注がれた。突然、その目に知性の光がまたたいた。

「ああ……はい……」フレンチはかすれた小声で言い、青ざめた薄い唇を鮮やかな色の舌で湿した。「なんでも答えるよ……この恐ろしい事件を……解決するためなら……」

「ありがとう、フレンチさん」警視はさらにかがみこんだ。「奥さんの死を説明できるような心あたりはありませんか」

潤んだ目がしばたたかれ、閉じられた。ふたたび見開かれたとき、赤くなった目の奥に深い狼狽《ろうばい》の色が見えた。

「いや……ない」フレンチが苦しそうな息をついた。「ないよ……何ひとつ……。家内は——家内には……友人はおおぜいいたが……敵はいなかった……。わたしには……とても信じられない……家内を殺すようなひどい人間が……いるとは」

「そうですか」警視は器用な指先でひげを引っ張った。「では、奥さんを殺す動機のある人物には心あたりがないと？」

「ああ、ない……」しゃがれた弱々しい声に、急に力がこもった。「この恥——この悪評……。身の破滅だ……。悪習を滅ぼすために……惜しみなく力を注いできたこのわたしが……こんな目に遭うとは！……忌まわしい、実に忌まわしい！」

声が激しさを増した。警視が危険を察して合図をすると、スチュアート医師が患者の上にすばやく身をかがめて脈を診た。そして、異様なまでにやさしい声で患者をなだめているうちに、喘鳴《ぜんめい》音がおさまり、上掛けをつかんでいた手の力が抜けて動かなくなった。

「質問はまだたくさんありますか」医師がぶっきらぼうな低い声で訊いた。「手短にお願いしますよ！」

「フレンチさん」警視が静かに尋ねた。「店のアパートメントのご自分の鍵《かぎ》はいつも手もとにお持ちですか」

フレンチの目が眠たげにくるりとまわった。「え？　鍵？　ああ……いつも持っているが」

「この二週間ほどのあいだに、だれかに貸したりはなさっていませんね」

「ああ……そんなことはしていない」

「鍵はどこにありますか、フレンチさん」警視は早口でささやいた。「二、三日お預かりしてもかまいませんね。もちろん、正義のためです……。どこですって？　ああ、そうですか！　スチュアート先生、フレンチさんがあなたに、ズボンの尻《しり》ポケットから鍵束を取り出してもらいたいそうです。衣装戸棚のなかです、先生。衣装戸棚!」

大柄な医師は無言で衣装戸棚へ歩み寄り、最初に目についたズボンを手探りしていたが、すぐに革のキーケースを持ってもどってきた。警視が〝C・F〟という頭文字入りのまるい金の札がついた鍵を調べてそれをはずし、キーケースを返すと、医師はすぐさまズボンのポケットにもどした。フレンチは腫《は》れぼったいまぶたを閉じて静かに横たわっている。

警視がサイラス・フレンチの鍵をエラリーに手渡すと、エラリーはそれをほかの鍵といっしょにポケットにおさめた。そして、前へ進み出て病人の上にかがみこんだ。

「ご安心ください、フレンチさん」なだめるような声で言う。「あと二、三お尋ねしたら、ゆっくりご静養いただけます……。フレンチさん、アパートメントの書斎にある机にどんな本が置いてあるか、覚えていらっしゃいますか」

フレンチの目が急に開いた。スチュアート医師が腹立たしげに〝無意味なたわごとを……ばかばかしい探偵ごっこめ〟などと小声で悪態をついた。エラリーはうやうやしい物腰のまま、フレンチのゆるんだ口もとに顔を近づけている。

「本?」

「そうです、フレンチさん。アパートメントの机にある本です。題名を覚えていますか」穏やかに促す。

「本か」フレンチは口もとを引きしめて、意識を集中しようとつとめた。「ああ、そう……。もちろんだよ。愛読書ばかりだ……ジャック・ロンドンの『冒険』……コナン・ドイルの『シャーロック・ホームズの帰還』……マカッチョンの『グラウスターク』……ロバート・W・チェンバースの『カーディガン』、それから……なんだったか……もう一冊あるはずだが……そう！　リチャード・ハーディング・デイヴィスの『運命の兵士たち』だ……。そうとも――デイヴィスだ……。デイヴィスは知り合いだった……。荒くれ者だが……たいした男だったよ……」

エラリーと警視が目を見交わした。警視は興奮を隠しきれずに顔を真っ赤にした。

「なんということだ！」とつぶやく。

「たしかですね、フレンチさん」エラリーはふたたびベッドの上に身をかがめて念を押した。

「ああ……たしかだ。わたしの本だ……まちがえるはずがない……」フレンチはかすかに苛立《いらだ》ちのにじむ声でささやいた。

「もちろんですとも！　念のためにお尋ねしただけです……。ところで、つぎのような分野に興味をお持ちになったことはありますか。たとえば、古生物学や――切手の収集や――中世の商業や――民間伝承や――初歩の音楽に」

フレンチの疲れた目が怪訝《けげん》そうに見開かれた。首が二度、横へ振られる。

「いや……そんなものには興味がない……。わたしが勉強のために読むのは社会学の本にかぎられる……悪習撲滅協会の仕事のためだが……わたしの立場はご存じだろう……」

「アパートメントの机には、いまもデイヴィスやチェンバースやドイルなど、五冊の本が置いてあるというのはたしかですね？」

「ああ――そう思う」フレンチはつぶやいた。「長いあいだ……あそこにあった……。いまもあるはずだ……。特に何も気づかなかったが……」

「けっこうです。まったく申し分ありません。ありがとうございました」エラリーは明らかに焦《じ》れているスチュアート医師をすばやく一瞥《いちべつ》した。「もうひとつだけお尋ねします、フレンチさん、それでおいとまします。ラヴリーさんは近ごろ、アパートメントに出入りされましたか」

「ラヴリー？　ああ、もちろん。毎日だ。わたしの客人だから」

「では、これでおしまいです」エラリーは後ろへさがり、一面に書きこみのある小型本の遊び紙に走り書きをした。フレンチは目を閉じてかすかに体を動かした。その様子からはまぎれもない安堵《あんど》が見てとれ、すっかり疲れきったことを示していた。

「どうか静かにお引きとりください」スチュアート医師が憤然と言った。「あなたがたのせいで、快復がゆうに一日は遅れました」

医師はあてつけがましく背を向けた。

三人の男は足音を忍ばせて部屋を出た。

しかし、階下の玄関広間へつづく階段で警視がつぶやいた。「あの本はいったいどうからんでくるんだ」

「そんな哀れっぽい声で訊《き》かないでくれよ」エラリーは沈んだ声で言った。「それさえわかればね」

それから、三人とも無言で階段をおりた。

23 確認

応接室では、マリオンとウィーヴァーが浮かない顔で腰かけていた。手を握り合い、怪しげな沈黙に陥っている。警視は咳払《せきばら》いをし、エラリーは思案げに鼻眼鏡を磨き、ヴェリーは目をしばたたいて壁のルノアールの絵を見やっていた。

青年と娘は勢いよく立ちあがった。

「どうですか――父の具合は？」マリオンがまだらに紅潮した頬にほっそりした片手をあてて、早口で尋ねた。

「いまは静かに休んでいらっしゃいますよ、お嬢さん」警視がいささかきまり悪そうに答えた。「そう――お嬢さん、あとひとつかふたつ質問したら、おいとましますよ……。エラリー！」

エラリーは単刀直入に尋ねた。

「お父さんのアパートメントの鍵ですが、あなたのものはいつも手もとにありますか」

「ええ、もちろんです、クイーンさん。まさかわたしが――」

「イエスかノーで答えてください」エラリーは淡々と言った。「あなたの鍵は、そう、この四週間ほどは手もとを離れたことはないんですね？」

「ぜったいにありません、クイーンさん。わたし専用の鍵ですし、アパートメントへ行く機会のある者はみなそれぞれに専用の鍵を持っていますから」

「実に明快な答だ。あなたの鍵をいっとき預かってもいいでしょうか」

マリオンは目にためらいの色を浮かべて、ウィーヴァーのほうを半ば振り向いた。ウィーヴァーは安心させるようにマリオンの腕をさすった。

「なんでもエラリーの言うとおりにするんだ、マリオン」

マリオンは何も言わずに呼び鈴を鳴らして女中を呼び、数分後には、もうひとつの鍵《かぎ》がエラリーに手渡された。すでに手に入れたほかの鍵と異なる特徴は、きらめくまるい札に〝M・F〟という頭文字が鮮明に刻まれている点だけだ。エラリーはそれをほかの鍵とともにしまいこみ、礼のことばをつぶやいて一歩退いた。

警視がすかさず進み出た。

「少々立ち入ったことをお尋ねしなくてはなりません、お嬢さん」

「わたしは――わたしたちはすっかり警視さんたちの手中にあるようね」マリオンは力なく微笑んで言った。

警視は口ひげをなでた。「あなたがた――つまり、あなたと義理のお母さんやお姉さんとの関係はどうだったんでしょう。和気藹々《わきあいあい》としていたのか、緊張気味だったのか。あるいは、おおっぴらに敵対していたとか？」

マリオンはすぐには答えなかった。ウィーヴァーが左右の足を踏み替えて顔をそむけた。やがて、マリオンの美しい目が警視の目をまっすぐにとらえた。

「〝緊張気味〟と言うのがぴったりだと思います」マリオンが愛らしく澄んだ声で言った。「三人のあいだには、失うほどの豊かな愛情はそもそもありませんでした。ウィニフレッドはいつもわたしよりバーニスのことを先に考えていましたし――それはもちろん自然なことですけど――わたしとバーニスははじめからそりが合いませんでした。そして、時が経つにつれ――いろいろなことが起こりはじめて、溝は大きくなるばかりで……」

「いろいろなこととは？」警視は促した。

マリオンは唇を嚙《か》み、顔を赤らめた。「それは――ほんの些細《ささい》なことです」はぐらかすように言い、話の先を急いだ。「わたしたちはみな、お互いに気が合わないのを必死に隠そうとつとめていました――父のためです。残念ながら、いつもうまくいったとはかぎりませんけれど。父は人が思うよりも感覚が鋭いですから」

「なるほど」警視は気づかわしげに舌打ちした。驚くほどすばやい身のこなしで姿勢を正す。「お義母《かあ》さんを殺した犯人について、何か心あたりはありませんか」

　ウィーヴァーが息を呑み、顔色を失った。激しい抗議の声をあげかけたように見えた。が、エラリーがそれを押しとどめるように腕に手を置いた。マリオンは体を硬くしたが、ひるみはしなかった。額を指で力なくなでた。

「わたしは——何も」かろうじて聞きとれる声で言った。

　警視がとがめるようなかすかな身ぶりをした。

「ああ、どうかもう何も訊かないでください——あの人のことは」マリオンは急に苦しげな声で叫んだ。「こんなことはもう耐えられません。あの人について話すなんて、真実を語ろうとするなんて。だって……」少し落ち着いた口調でつづける。「……だって、とても悪趣味ですもの。あのかわいそうな——死んでしまった人を中傷するなんて」マリオンは身震いした。ウィーヴァーが人目もはばからず、彼女の肩に腕をまわす。マリオンは安堵の吐息を小さくついて、ウィーヴァーの胸に顔をうずめた。

「フレンチさん」エラリーはごく穏やかな声で言った。「ひとつだけ答えてもらえると助かります……。義理のお姉さんは——どんな銘柄の煙草を吸っていますか」

　一見無関係な質問に驚いて、マリオンはさっと顔をあげた。

「まあ——〈公爵夫人〉ですけど」

「そうでしたね。で、お姉さんはそればかり吸っていますか」

「ええ。少なくともわたしの知るかぎりでは」

「お姉さんには」エラリーはさりげない調子でつづけた。「煙草の吸い方に癖がありませんか。何か少し変わった癖が」

美しい眉《まゆ》が寄り、かすかにひそめられた。「癖とおっしゃるのが」とまどいがちに言う。「かなり神経質ということなら――あります」

「その神経質というのは、はっきりと目立ちますか」

「立てつづけに吸うんですのよ、クイーンさん。それに、一本につき五、六口しか吸いません。落ち着いて吸えない性質《たち》のようです。何口か吸うと、まだ残っている長い吸いさしを押しつぶしてしまうんです――まるで目の敵のように。あの人の残す吸い殻はどれも曲がって形が崩れています」

「どうもありがとう」エラリーの引き結ばれた口もとに満足げな笑みが浮かんだ。

「お嬢さん――」警視が攻撃を引き継いだ。「あなたはゆうべ夕食のあと外出しましたね。夜半までもどらなかった。その四時間はどこにいましたか」

静寂が落ちた。秘められた複雑な感情がたちまち充満し、手でふれられる実体を具《そな》えたかのような恐ろしい静寂だ。その場は一瞬のうちに活人画と化した。油断なく自制しつつ身を乗り出した細身の警視、筋肉ひとつ動かさず直立したエラリー。ヴェリーの張りつめた力強い巨体、ウィーヴァーの表情豊かな顔に張りついた苦悶《くもん》――そして、すらりとしたマリオン・フレンチの打ちしおれた惨めな姿。

それはひと呼吸のうちに過ぎ去った。マリオンがため息をつき、四人の男はひそかに緊張を解いた。

「わたしは――散歩をしていました――セントラル・パークで」マリオンは言った。

「ほう！」警視が微笑み、会釈をして口ひげをなでた。「では、もうお尋ねすることはありませんよ、お嬢さん。失礼します」

簡単にそう言うと、警視はエラリーとヴェリーとともに応接室を出て玄関広間を通り、ひとことも発さずに屋敷をあとにした。

けれども、残されたマリオンとウィーヴァーは、深い気落ちと不安にとらわれてその場に立ちつくしたまま、玄関のドアが澄んだ硬質の音を立てて閉まったあとも、長いあいだ互いに目をそむけていた。

24　クイーン父子の検証

失踪《しっそう》したバーニス・カーモディーの謎めいた足どりを追う捜査陣の指揮をとるため、ヴェリー部長刑事がフレンチ邸の前でクイーン父子と別れたときには、すでに街に夕闇がおりかけていた。

ヴェリーの姿が消えると、クイーン警視は静かな川をながめ、暮れゆく空を見あげ、そして息子に目を向けたが、エラリーのほうはせっせと鼻眼鏡を磨きながら歩道を見おろしていた。

警視は深く息をついた。「外の空気を吸えば、ふたりとも気晴らしになるだろう」疲れた声で言う。「とにかく、混乱した頭をどうにかすっきりさせたいよ……。エラリー、歩いて帰ろう」

エラリーがうなずき、ふたりは肩を並べてリヴァーサイド・ドライブの曲がり角のほうへぶらぶらと歩いていった。角で東へ折れると、思案にふけりながらのゆっくりとした足どりになった。さらに一ブロック進んだところで、ついに沈黙が破られた。

「これでようやく」エラリーは父親の肘《ひじ》を力づけるようにつかんで言った。「いままでに起こった数多くの事実を振り返ることができたよ。意義深い事実をね。多くを物語る事実をだよ、父さん！　たくさんありすぎて頭痛《マル・ア・ラ・テート》がしてきたけど」

「そうかな」警視は暗い顔でむっつりと答えた。弱々しく肩を落としている。

エラリーは父親をじっと見つめた。腕をつかむ手に力をこめる。「頼むよ、父さん！　元気を出して。途方に暮れてるのは知ってるけど、それはこのところの気苦労や心配事のせいにすぎないよ。ぼくのほうは、近ごろいつになく雑念がないんだ。すっきり冴《さ》えわたっていて、だからきょう、この事件が吐き出した驚くべき基本事実に気づくことができた。思いつくままに考えを述べよう」

「聞かせてくれ、エラリー」

「この事件の最も有力な手がかりはふたつ。そのひとつは、五番街のショーウィンドウで死体が見つかったことだ」

警視が鼻を鳴らした。「どうせ、だれの仕業かはもうわかっていると言うんだろう」

「そうだよ」

警視は度肝を抜かれて立ち止まり、信じられないという顔でうろたえたように息子を見つめた。

「エラリー！　冗談だろう。いったいどうしてそんなことが？」やっとのことでしどろもどろに言った。

エラリーは真顔でかすかな笑みを浮かべた。「誤解しないで。たしかに、フレンチ夫人を殺したのがだれかはわかってる。むしろ、いくつかの証拠が信じがたいほど一貫して、ある人物を指し示していると言うべきだろう。確証と言えるものはない。事件の意味するところは十分の一もつかめていない。ただし、動機も、背後にひそむまちがいなく浅ましい事情も、皆目見当がつかない……。だから、だれを心に描いてるのかはまだ明かさないつもりだ」

「そんなことだろうよ」警視がうなるように言い、ふたりは歩きだした。

「おいおい、父さん！」エラリーは小さく笑った。そして、百貨店を出てからずっと持ち歩いている、フレンチの書斎の机にあった本の小包をしっかりと抱いた。「それにはもっともな理由があるんだ。何よりまず、偶然の連続によって思いちがいをしてる可能性も大いにある。その場合、だれかを名指しして、あとで非を認めることになったら、いい笑い物になるだけだ……。決定的な証拠をつかんだら――真っ先に父さんに話すよ……。いまはまだ説明のつかない、説明不能とも思える事柄が山ほどある。たとえばこの本だ……。ああ、まったく！」

エラリーはしばし口をつぐみ、ふたりは通りを歩きつづけた。

「ぼくはまず」ようやくエラリーは言った。「フレンチ夫人の遺体がショーウィンドウで見つかったという怪しげな事実について考えてみた。控えめに言っても、まちがいなく怪しげだ。これまでに検討したあらゆる理由からそう言える——出血の少なさ、鍵《かぎ》の紛失、口紅と塗りかけの唇、照明がないこと、そして、犯行現場としてショーウィンドウはあまりに荒唐無《こうとうむ》稽《けい》であることだ。

フレンチ夫人があのショーウィンドウで殺されたんじゃないことは明々白々だ。じゃあ、どこで殺されたのか。夜間警備員の証言によると、夫人はアパートメントへ行くと言ったという。オフレアティはエレベーターへ向かう夫人がアパートメントの鍵を持ってるのを見たが、その鍵は紛失してる——こうしたことから、すぐにアパートメントをあらためるべきだと思えたんだ。だから、ぼくはただちに調べにかかった」

「そんなことはわかってる——先をつづけろ」警視が不機嫌そうに言った。

「まあ、あわてないで、哲学者ディオゲネス！」エラリーは小さく笑った。「アパートメントは実に生き生きと事のしだいを物語ってたよ。フレンチ夫人があそこにいたことは疑う余地がなかった。カード、ブックエンド、そしてそれらが物語るもの……」

「何を物語るのかがわからないんだよ」警視は不満げに言った。「あの粉のことなのか」

「いまはその話じゃない。よし、とりあえずブックエンドは脇に置いて先へ進もう——寝室の鏡台で見つけた口紅だ。あれはフレンチ夫人のものだった。色が塗りかけの唇と同じだったからね。女が口紅を塗るのを途中でやめるなんてことはありえない。きわめて重大な何かに邪魔されないかぎりはね。殺人？　そうかもしれない。なんらかの形で殺人につながる出来事だったのはたしかだ……。で、あすになれば父さんにももっとくわしくわかると思うけど、それやこれやの理由で、ぼくはフレンチ夫人があのアパートメントで殺されたという結論に達した」

「その点で議論をするつもりはない。たぶんそのとおりなんだろう。おまえが並べた理屈はまだ珍妙に聞こえるがね。ともあれ、先をつづけてくれ——もっと具体的なことを話してみろ」

「それにはいくつかの前提を認めてもらわないとな」エラリーは笑った。「アパートメントの件はかならず証明してみせるからだいじょうぶ。さしあたり、アパートメントが犯行現場だと認めてくれ」

「認めよう——ひとまずな」

「よし。犯行現場はアパートメントであって、ショーウィンドウではないとすると、死体がアパートメントからショーウィンドウへ運ばれて、格納ベッドに押しこまれたのはまちがいない」

「その場合はそうだな」

「でも、理由は？　ぼくは自問した。なぜ、死体をショーウィンドウへ運んだのか。なぜアパートメントに残しておかなかったのか」

「アパートメントが殺害現場ではないように見せかけるためか。だが、それでは筋が通らない。というのも——」

「そう。というのも、バンクのカードだの口紅だの、フレンチ夫人がいた痕跡《こんせき》を消そうとしていないからだ——ただし、口紅を残したのはただの手抜かりだった気もするけどね。となると、死体を運んだのは、アパートメントが殺害現場ではないように見せかけるためではなく、死体の発見を遅らせるためだったことになる」

「なるほど、それはそのとおりだろう」警視はつぶやいた。

「もちろん、時間の問題もある」エラリーは言った。「犯人は、あのショーウィンドウでは毎日正午きっかりに実演がおこなわれること、そして、十二時までは施錠されていてだれも使わないことを知っていたにちがいない。ぼくは死体を運んだ理由を探していた。そして、正午を過ぎるまでは死体がけっして発見されないという事実こそが、瞬時にして答を与えてくれたんだ。なんらかの理由で、犯人は事件の発覚を遅らせようとしたんだよ」

「なぜだろうな……」

「もちろん、はっきりとはわからないが、当座の目的に役立つ程度の大筋は見えてるさ。正午まで死体が見つからないように犯人が仕組んだのだとしたら、犯人には午前中にしなくてはならないことがあって、仮に死体が発見されるとそれを実行できなかったと推論できる。わかるかい？」

「当然そうなるな」警視は認めた。

「では《アロン》——つづけよう《コンティニュエ》！」エラリーは言った。「事件の発覚によって、必要な何かの実行が妨げられたというこの謎を解き明かすのは、一見難題に思えるかもしれない。でも、ぼくたちはたしかな事実をつかんでるんだ。たとえば、どうやって店へはいったにしろ、犯人はひと晩じゅう店内にいたにちがいないということだ。人目につかずに店へはいる方法はふたつあるけれど、殺しのあとでだれにも見つからずに出ていく方法はひとつもない。閉店後も店内のどこかに身を隠していて、それからアパートメントへ忍び寄る手もあったろうし、三十九丁目通り側の貨物搬入口から忍びこむ手もあったろう。でも、従業員通用口から出ていくことはぜったいにできなかった。なぜなら、オフレアティが夜通しそこにいたからだ。出ていく者が目に留まるうってつけの場所にね。そのオフレアティはだれも見かけなかったと言っている。犯人は貨物搬入口から出ていくこともできなかった。というのは、搬入口の扉は午後十一時半に施錠されるのに、フレンチ夫人が到着したのは十一時四十五分だったからだ。もしも犯人が搬入口から抜け出したのなら、人殺しなんかできない。当然だ！　搬入口の扉は夫人が殺される三十分前には閉まっていたんだから。よって——犯人はひと晩じゅう店にとどまっていたはずだ。

さて、そうなると、犯人はどうあろうと翌朝九時までは逃げ出せなかったわけだ。九時には開店でドアがあくから、だれでも早朝の客のふりをして出ていける」

「それにしても、正午まで発見されないように死体をショーウィンドウへしまいこむなんて、そんな手のこんだ真似をしたのはどうしてなんだ。いったいどんな目的が？」警視が言った。「何かすべきことがあったとしても、九時に店を出ることができたなら、なぜそのときにしなかったんだ。その場合はいつ死体が見つかろうとかまわないはずだ。九時を過ぎればすぐに実行できたんだから」

「そのとおり」エラリーの声がいくらか熱を帯びて鋭くなった。「犯人が九時に出ていけて、そのままずっと外にいられたのなら、わざわざ死体の発見を遅らせる必要はなかったことになる」

「だが、エラリー」警視は反論した。「犯人は現に死体の発見を遅らせた！　そうか、もし――」警視の顔に光が差した。

「そのとおり」エラリーは冷静に言った。「もし犯人が百貨店となんらかの関係がある人物なら、殺人事件が明るみに出たあとでは、姿が見えなければ注意を引くか、少なくともその恐れがある。正午まで見つからないとわかっている場所に死体を隠しておけば、犯人は午前中のいつでも機会を見つけて店を抜け出し、用をすませることができた……。

もちろん、ほかにも問題はある。犯人がアパートメントでフレンチ夫人を殺害したあと、死体をショーウィンドウに隠すことをあらかじめ計画していたかどうかは、まだなんとも言えない。ぼくはどちらかと言うと、犯行の前は死体を移すつもりなどなかった気がする。理由はつぎのとおりだ。ふだん、あのアパートメントには午前十時までだれもはいらない。ウィーヴァーには自分の事務室があるし、フレンチはその時間まで出勤しない。だから犯人は、当初の計画では、アパートメントで殺害したあと、死体はそのまま置いておくつもりでいたにちがいない。たとえば、九時以降に店を抜け出して十時前にもどるとしても、時間の余裕はたっぷりあったからだ。何やらよからぬ朝の用事をすませたあとに死体が見つかりさえすれば、犯人の身は安全だった。

ところが、あのアパートメントにはいったとき、あるいは犯行後かもしれないが、犯人は死体をショーウィンドウへ移すことがなんとしても必要となるような何かに出くわしたんだ」エラリーは間を置いた。「アパートメントの机には青い業務連絡票が置いてあった。月曜の午後はずっとそこにあり、ウィーヴァーが月曜の夜の帰り際にそれを机に置いたと断言してる。そしてそれは、火曜の朝も同じ場所にあった。だから、犯人はそこにあるのを見たはずだ。その連絡票には、ウィーヴァーが朝九時にアパートメントに来ると書いてあった！　なんの変哲もない取締役会の招集状だが、犯人はそれを見てあわてふためいたにちがいない。だれかが九時にアパートメントに来たら、犯人がどうしても果たすべき用事をすます機会が失われる。どんな用かは、まだわからないけどね。とにかく、そんなわけで死体をショーウィンドウへ移したり、あれこれせざるをえなくなった。ここまではいいかな」

「穴はなさそうだ」警視はうなるように言ったが、目には興味津々の光が宿っていた。

「大急ぎでしなきゃいけないことがひとつあるんだ」エラリーは思案げに言った。「犯人が何者であれ、きのうの午後からずっと店内に隠れていて閉店時間を待ったということはぜったいにありえない。理由はこうだ。今回の捜査の対象となる者全員の勤務表は、漏れなく確認されている。勤務表には全員の退出時刻が書いてある。ぼくたちが関心を寄せている者は、みな五時半かその前に店を出たとされている。例外は、ウィーヴァーと、書籍売り場の主任のスプリンガーという男だけだが、このふたりは出ていくところをたしかに目撃されているから、犯行に及ぶために居残れたはずがない。関係者の名前を覚えてるかい？ゾーン、マーチバンクス、ラヴリーのような連中は、退出を自分から届けたりはしないが、きのうもそうだったように、店を出たときには名前と時刻が控えられてる。ひとり残らず退出したとなると、犯人はただひとつ残された出入口――三十九丁目通り側の貨物搬入口から店へはいったにちがいない。もっとも、犯人にとってはそうするほうが理にかなっていたろうね。夜のアリバイを作っておいて、十一時から十一時半のあいだにあの貨物搬入口から店に忍びこめばいいわけだから」

「もう一度、全員のゆうべの動きを確認するしかないな」警視が暗い顔で言った。

「また仕事が増えたよ」

「たぶん無駄骨だろう。でも、その必要があるという考えには賛成だ。なるべく急いでやったほうがいい。

それにしても」エラリーの唇がゆがみ、悲しげな笑みを形作った。「この事件には派生した問題が実に多いよ」思考の流れをいったん断ち切って、弁解するように言う。

「たとえば――フレンチ夫人はいったいなぜ店に来たのか。いっしょに考えてもらいたい！ それに、上階のアパートメントへ行くとオフレアティに言ったとき、夫人は嘘をついていたのか。もちろん、エレベーターに乗るところをオフレアティが見ているし、六階の部屋へ行ったと考えてまずまちがいないだろう。夫人があそこにいたたしかな証拠があるのだからなおさらだ。だいいち、ほかにどこへ行ったというんだ。ショーウィンドウ？ ばかばかしい！ やはり、夫人はまっすぐアパートメントへ向かったと考えて差し支えないと思う」

「もしかしたら、マリオン・フレンチのスカーフがショーウィンドウにあって、夫人はなんらかの理由でそれを取りにいったのかもしれないぞ」警視が苦々しく笑って言った。

「じゃあ、父さんは」エラリーはやり返した。「マリオンのスカーフの件にいともたやすく説明がつくとは考えていないわけだ。たとえあの娘にはほかに不可解な点があるにしろ、ぼくは……。ともかく、問題はこういうことだ。ウィニフレッド・フレンチは、店にあるあのアパートメントでだれかと会う約束をしていたのか。事件全体がまだ謎に包まれているのは認めよう——人気《ひとけ》のない百貨店でひそかに面会したり、そんなようなことがね。それでも、殺された夫人がある目的である人物と会うために店に来たという仮説は捨てるに忍びないよ。その場合、フレンチ夫人は、密会の相手、すなわちあとで自分を殺すことになった人物が尋常ではない方法で店に侵入したことを知っていたのか。それとも、自分と同じく通常の夜間通用口から歩いてはいってくるものと思っていたのか。あとのほうが明らかにまちがいだ。というのも、夫人はその相手のことをオフレアティに知らせなかったからね。隠すことが何もなければ知らせたはずなのに、むしろ何かの用があってふらりと立ち寄っただけという印象を与えてる。つまり、夫人自身も何か後ろ暗いことにかかわっていて、密会の相手が人目を避けようと秘密の手立てを講じたことを知っていた——そして、みずからそれに従ったというわけだ。

相手はバーニスなのか、それともマリオンなのか。現場を見ただけで、それがバーニスだったと信じるに足る理由があった。バンクのカードゲーム、バーニスの煙草、バーニスの帽子と靴——特に最後のふたつは、きわめて重要で、恐ろしい意味合いがある。ここで見方を変えて、バーニスの問題についていくつかの側面を検討してみよう。

フレンチ夫人を殺した犯人がアパートメントの夫人専用の鍵《かぎ》を持ち去ったというのは、異論のないところだ。このことは真っ先にバーニスを指し示していると思える。きのうの午後、バーニスが自分用の鍵を持っていなかったのがわかってるからね。実のところ、きょう自宅のクロゼットでぼくたちが見つけたんだから、持っていたはずがないんだ。そう、もしゆうべバーニスが店に来ていたのなら、母親の鍵を持ち去ったように見えるのはたしかだ。でも、ほんとうに来ていたんだろうか。

もうそろそろ」エラリーはからかうように言った。「あの幽霊を退散させてやらなくてはね。ゆうべ、バーニスはフレンチ百貨店にいなかったんだよ。いまの時点では、バーニスは母親殺しの犯人じゃないと言うべきだろう。第一に、母と娘が熱中していたことが広く知られているバンクのゲームがおこなわれた形跡があったけれど、それがでっちあげであることを煙草の吸い殻が雄弁に物語ってる。麻薬常用者のバーニスは、愛用の〈公爵夫人〉をつねに四分の一ほどだけ吸って、長いまま押しつぶす癖の持ち主で、そのことには疑問の余地がない。ところが、アパートメントで見つけた吸い殻は一本残らず根もと近くまでしっかり吸ってあった。これはあまりにも不自然で、でっちあげとしか言いようがない。一、二本吸いきるならありえなくもないが、十本以上見つかるとなるとね！　無茶な話だよ。カードテーブルで見つかった煙草を吸ったのは、バーニスじゃない。そして、バーニスが吸ったんじゃないとなると、言うまでもなく、ほかの何者かが、行方不明の娘に嫌疑をかけるという明確な意図を持って用意したにちがいない。それに、バーニスからホーテンス・アンダーヒルにかかってきたとされる電話の件もある。怪しいよ、父さん――なんともうさんくさい！　そう、バーニスがそんなばかげた鍵の忘れ方をするはずはない。何者かが、電話をかけたり使いの者と接したりの危険を冒してでも、どうにかバーニスの鍵を手に入れたがっていたんだよ」

「あの靴や――帽子は」警視が急につぶやき、はっとしてエラリーを見あげた。

「そのとおり」エラリーは暗澹《あんたん》たる口調で言った。「さっきも言ったとおり、きわめて重要で、恐ろしい意味合いがある。もしバーニスが濡《ぬ》れ衣《ぎぬ》を着せられたのだとして、殺人の起こった日に犯行現場からバーニスが身につけていた靴と帽子が見つかったということは――それはすなわち、バーニス自身が災難に遭ったことを意味する！　被害者なんだよ、父さん。もう死んでるのかどうかはわからない。その点は、この事件の背後に隠された物語しだいだ。でも、この推理が、バーニスの失踪《しっそう》と母親の殺害とを密接に結びつけるのはまちがいない。じゃあ、なぜ娘までいっしょに襲われたのか。おそらくは、自由の身にしておくと、危険な――犯人にしてみれば危険な――情報源になるかもしれないからだよ」

「エラリー！」警視が大声で言った。興奮で身を震わせている。「フレンチ夫人が殺害され――バーニスが誘拐され――しかも娘は麻薬常用者となると……」

「案の定」エラリーはあたたかい声で言った。「父さんの鼻はいつも嗅《か》ぎつけるのが速いね……。そう、ぼくにもそう思える。バーニスは義父の家から、みずから進んでどころか、矢も楯《たて》もたまらず出ていった。その目的は――なくなった麻薬を補充するためだったと考えるのはさほど突飛じゃないだろう？

もしそのとおりだったとすると――可能性は大いにあると思うけど――この事件全体を覆い隠し、複雑にしているのは、麻薬密売者の企みだ。どうも、ぼくたちはその手のつまらない事件に巻きこまれただけじゃないかという気がしてならない」

「つまらないなんてとんでもない！」警視は声を張りあげた。「エラリー、この事件がだんだんよく見えてきたよ。そう、麻薬流通の増加が物議を醸していることのご時世だ。手広く商売をしている一味の実態を暴いて――その親玉の首根っこをつかまえたら――すばらしい手柄になるぞ、エラリー！　事件の真相を話してやるときのフィオレッリの顔が見ものだ！」

「まあ、そう楽観しないで」エラリーは慎重に言った。「離《トゥール・ド・フォルス》れ業が必要になるかもしれない。とにかくいまの段階では推測にすぎないんだし、期待して浮かれすぎるのは禁物だ。

事件の輪郭をより正確に描き出すのに役立つ、別の観点があるよ」

「ブックエンドか？」警視の声には迷いがあった。

「もちろん。これもまた純然たる推理だけに基づいたものだけど、いずれはそれが真相と判明することに、だれといくら賭《か》けたっていいさ。一連の状況証拠とこれほどぴったり符合する推論は、圧倒的に高い確率で正しいはずだからね……。

ウェストリー・ウィーヴァーによると、あの縞瑪瑙《しまめのう》のブックエンドは、ジョン・グレイからフレンチに贈られたあと、修理されたことも部屋から持ち出されたこともないそうだ。調べたところ、一対のブックエンドの底に貼ってある緑のフェルトかラシャか何かの色合いが、両者で明らかにちがった。ウィーヴァーも何か変だと言っている。なぜか？　緑の色合いのちがいにそのときはじめて気づいたからだ。ウィーヴァーはあのブックエンドを何か月も見てきたという。贈られたばかりのときはフェルトの色が同じだったし、その後もずっと同じだったと断言している。

実のところ、色の薄いフェルトがいつ現れたのかを正確に立証する方法はないけれど、確実に言えることがひとつある」エラリーは考えをめぐらせつつ歩道を見つめた。

「色の薄いほうは接着剤で貼られたばかりだった。その点については誓ってもいい。接着剤は効き目が強力で、すでにかなり硬くなっていたけれど、まだ粘り気があって妙にべとついたから、すぐにわかったんだ。さらに、接着剤の筋に粉が付着していた――そう、それこそたしかな証拠だよ。あのブックエンドはゆうべ犯人によって細工された。指紋検出用の粉が使われたという事実がなければ、フレンチ夫人を疑ったかもしれないけどね。これは年配の社交婦人じゃなくて、父さんの言う〝超犯罪者〟の仕業だよ」エラリーは微笑んだ。

「ブックエンドと犯行をもっと密接に結びつけてみよう」エラリーはしばし黙し、目を細めて前方を見つめた。警視は息子のかたわらを重い足どりで歩きながら、移り変わる街並みをながめている。「犯行現場に足を踏み入れたぼくたちは、風変わりなものをたくさん見つけた。カード、口紅、煙草、靴、帽子、ブックエンド――正常とは言いがたいものばかりだ。そして、ブックエンドを除くすべての証拠物件を犯行と直接結びつけることができた。でも、可能性を考えたら――ブックエンドも結びついたとしてもおかしくあるまい？ ぼくはこれまでに知りえた事実と矛盾しない有力な仮説を組み立てることができる。ひとつには、指紋検出用の粉がある。犯罪には付き物の小道具だね。そして現に犯罪がおこなわれた。その粉が新たに貼りつけられたフェルトに付着していて、妙なことにそのフェルトは対の片割れと色合いが異なっている。

ふたつの色合いが最初からちがっていたと考えるのはばかげた話だ。ああいった高価で珍しいブックエンドでは、そんなことはありえない。それに、色のちがいにはこれまでだれも気づかなかった……。そう、あらゆる可能性がひとつの答を指し示している。つまり、ゆうべ何者かが一方のブックエンドからもとのフェルトを剝《は》がして、新しいフェルトを貼りなおしたあと、ブックエンドに残ったかもしれない指紋を浮かびあがらせるために粉を撒《ま》き、指紋をぬぐいとったが、塗ったばかりの接着剤の筋にわずかな粉をうっかり残していったという答だ」

「その推論は納得がいく」警視が言った。「つづけろ」

「そこでだ《アロール》！　ぼくは対になったブックエンドを調べた。どちらも中身の詰まった縞瑪瑙でできている。ふたつのちがいは、一方からもとのフェルトが剝がされている点だけだ。となると、これに手を加えたのは中に何かを隠すためではないし、中から何かを取り出すためでもないと考えていい。中には何もないんだ。すべては表面にある。

このことを念頭に置いて、ぼくは自分に問いかけた。何かを隠したり取り出したりした形跡を消すためでないとすると、ほかにどんな理由があって、あの縞瑪瑙の塊に手を加えなくてはならなかったのか。ここで、犯行そのものがからんでくる。ブックエンドに手が加えられたこととこの犯行とをひとつに結びつけることはできるだろうか？

そう、できるとも！　なぜフェルトを剝がして別のと取り替えなくてはならなかったのか？　そのままにしておくと犯行の痕跡があらわになってしまうような出来事がフェルトに起こったからだ。思い出してもらいたいんだが、犯人にとって何より切実なのは、朝のうちに重要な用件をすませるまで殺しを発覚させないことだった。そして犯人は、朝の九時に書斎に人が来ることも、ブックエンドに異変があれば感づかれるにちがいないことも知っていた」

「血だ！」警視は叫んだ。

「そう、そのとおり」エラリーは答えた。「血痕《けっこん》だったとしか思えないね。ひと目見て怪しまれる性質のものだったはずだ。そうじゃなきゃ、犯人があれほど手間をかけるはずがない。カードやその他の証拠物件は——死体が見つかるか、よからぬ企みが疑われでもしないかぎり、それ自体が殺人をほのめかすものじゃない。しかし、血となるとね！　血は暴力の識別記号だよ。

そういうわけで、たぶん何かのはずみでフェルトに血が染みたので、犯人はやむをえずフェルトを新しいのに貼り替えて、証拠となる血まみれのほうを始末したという結論にぼくは達したんだ」

ふたりはしばらくのあいだ無言で歩きつづけた。警視は思案に暮れている。やがてエラリーはふたたび口を開いた。

「父さん、ぼくは称賛さるべき速さで、この事件の物的要素を組み立てなおしたつもりだ。そして、血の染みたフェルトという結論に達したとたん、これまで置き去りにしてきた別の事実が頭によみがえったんだ……。死体の出血が少ないのをプラウティが怪しんでいたのを覚えてるだろう？　あのとき、ぼくたちはすぐさま、犯行はどこか別の場所でおこなわれたものと推理したはずだ。そう、失われた環《ミッシング・リンク》がここで見つかったわけだよ」

「なるほど、いいぞ」警視がつぶやいて、興奮気味に嗅《か》ぎ煙草入れへ手を伸ばした。

「あのブックエンドは」エラリーはすばやくつづけた。「今回の事件においてなんの意味もなかったが、血がついてからは事態が一変した。もちろん、その後の一連の出来事は当然の成り行きだった――フェルトを取り替え、そのせいでブックエンドに手をふれ、残ったであろう指紋をぬぐい去るために粉を振りかけたというのは……。

そこで、ぼくはブックエンドに血がついたのは偶然だったという結論に達した。ブックエンドはガラス天板の机に何気なく置かれていた。それにどうして血がついたのか。可能性はふたつある。第一は、ブックエンドが凶器として使われたというものだ。しかし、これには説得力がない。というのも、被害者の負った傷はひとつもないからだ。すると、銃創であり、ブックエンドのような鈍器による打撲傷はひとつもないからだ。すると、残された唯一の可能性は、うっかり血がついたということになる。なぜそんなことになったのか。

簡単だ。ブックエンドはガラス天板の机に置かれていた。ブックエンドの底に血がたどり着いて、ぬぐい去れない痕跡を残すのは、ガラスの天板の上を血が流れていき、フェルトに染みた場合にかぎられる。これがどういう意味かはわかるね」

「銃で撃たれたとき、夫人は机の前ですわっていた」警視はむっつりと言った。「最初に心臓の下を撃たれた。椅子のなかでくずおれ、さらに一発、心臓そのものに撃ちこまれた。一発目の銃創からは、夫人が倒れる前に血が流れ出た。二発目の銃創からは、夫人が机に突っ伏したときに流れ出て――フェルトに染みこんだ」

「申し分のない答だ」エラリーは微笑んで言った。「プラウティが前胸部の傷は出血が半端じゃないと言ったのを覚えてるだろう。きっとそのとおりだったんだろうね……。さて、これで犯行の様子をさらにくわしく再現できる。机に向かってすわっていたときに心臓を撃たれたとすると、犯人は夫人の前にいて机越しに撃ったことになる。着衣に火薬の痕跡がないから、何フィートかの距離があったはずだ。銃弾の入射角を調べれば、犯人のおよその身長を割り出せるけれど、ぼくはそれをあまり信用していない。銃弾がどのくらいの距離を飛んだか、つまり、発砲したときに犯人がどのくらい離れていたかを突き止めるたしかな手立てがないからだ。それに、ほんの一インチの誤差が犯人の身長の計算を大きくくずれさせてしまう。銃器専門のケネス・ノールズに調べさせるといいが、たいした成果が出るとは思えないな」

「同感だ」警視はため息を漏らした。「それにしても、犯行をこれほどはっきり解明できたのは励みになる。すべてつじつまが合うぞ、エラリー――みごとな推理だ。ノールズにはすぐに仕事にかからせる。ほかに何かないか、エル」

エラリーはずいぶん長いあいだ、何も言わなかった。ふたりは西八十七丁目通りへと曲がった。半ブロック先にふたりの住む褐色砂岩造りの古い家がある。ふたりは歩を速めた。

「いろいろあって、まだ考えがまとまらない問題が山のようにあるんだよ、父さん」エラリーは上の空で言った。「手がかりはどれも、だれの目にも見えている。でも、それらを組み立てるには知性の働きが必要だ。たぶん、現場の人間ですべてをまとめあげる知的能力があるのは、父さんひとりだろうね。ほかの面々は、まあ……それに、父さんは気苦労でいつになく頭が鈍ってるし」わが家へつづく褐色砂岩のステップにさしかかると、エラリーはにっこり笑った。

「父さん」いちばん下の段に片足をかけて言った。「この事件のある局面では、ぼくは完全にお手あげなんだよ。それは――」小脇にかかえた包みを軽く叩《たた》く。「フレンチ社長の机から持ってきたこの五冊の本だ。殺人事件とかかわりがあるという考えはばかげて聞こえるだろうが、それでも――この書物の秘密を解き明かせば、多くのことの説明がつくんじゃないかという不思議な予感がするんだ」

「集中しすぎて頭が少し変になったんだろう」警視はうなるように言い、難儀そうに階段をのぼった。

「ともかく」エラリーは言い、彫刻の施された大きくて古めかしいドアの錠に鍵《かぎ》を差し入れた。「今夜はこの本をとくと分析してみるよ」

第四話

「東洋の警察は、西洋の警察と比べて、犯人のアリバイを重視することがはるかに少ない……。われわれは常軌を逸した奸智《かんち》が何をなしうるかを百も承知しており……上塗りを重ねた作り話を追及するよりも、感情や衝動を探る手法を採る。これはまちがいなく、両人種の特徴に基づく心理のちがいによって説明がつく……。東洋人が西洋人よりも猜疑心《さいぎしん》が強いのは周知の事実で、表層よりも本質を重んじる……。西洋世界では、首尾よく犯罪を成功させた悪党を称えて〝バンザイ！〟と叫ぶ傾向があるのに対し、東洋では、悪人の耳を切り落としたり、軽犯罪ならさらし者にしたり、重犯罪者なら首を刎《は》ねたりする——が、そういった見せしめによって（いかにも日本人らしい巧妙さゆえにだろうか？）刑罰を受けるのはこの上ない不名誉であることを世に示している……」

——タマカ・ヒエロ『千の葉』英訳版序文より

25 愛書家《エラリウス・ビブリオフィルス》エラリー

クイーン家団欒《だんらん》の住まいは、西八十七丁目通り沿いの古めかしい褐色砂岩の建物にある。一世代にわたって塗料が施されなかったほどの木材に囲まれた暮らしを父子が選んだことは、父親に対する息子の影響力の強さを物語っている。というのも、エラリーの古書収集癖と、骨董品《こっとう》についての道楽めいた知識と、古きよき時代への愛着とが、現代的生活がもたらす快適さへの自然な欲求を大きくしのぎ、警視の〝ほこりっぽくて黴《かび》くさい〟という非難のうなり声を頑としてはねつけてきたからだ。

ゆえに、読者諸氏の期待どおり、クイーン父子の住居はだだっぴろく古びた建物の最上階にあり、古色蒼然《こしょくそうぜん》としたナラ材の扉（便宜主義への唯一の譲歩として〝クイーン家〟と記された標札が掲げられている）を抜けて、ロマ族の血を引くジューナに中へ通されると、古い革と男世帯のにおいが鼻を突く。

控えの間には大きなタペストリーが掛かっている（とある事件を内密に処理した返礼として、某公爵から警視へ贈られたものだ）。その部屋はゴシック調で統一され、警視が時代物の家具やら何やらを競売場へ引き渡そうとするのを阻んでいるのも、エラリーの意向である。

つぎに居間兼書斎がある。そこは本が点々とし、本で埋めつくされている。ナラ材の梁《はり》を渡した天井。幅広のナラの炉棚と古くて珍しい鉄細工の具《そな》わった、大きくて素朴な暖炉。その上で勇ましく十字に交差するニュルンベルクのサーベル。古いランプ、真鍮細工《しんちゅうざいく》、どっしりとした家具。椅子、長椅子、足載せ台、革張りのクッション、脚つきの灰皿――気楽な独身貴族のまぎれもないお伽《とぎ》の国といった風情だ。

居間の先には寝室があり、簡素で心地よい休息の場となっている。

家政を取り仕切っているのは小柄で快活なジューナで、エラリーが大学で寮生活をしていたころ、さびしい日々を過ごしていた警視が住まわせた孤児である。ジューナの世界は愛する庇護者とともに過ごす住居がすべてだった。従者であり、料理人であり、家政婦役であり、ときに心腹の友ともなる……。

五月二十五日水曜の午前九時――百貨店でウィニフレッド・フレンチ夫人の死体が発見された日の翌日――ジューナは居間のテーブルで遅い朝食の用意を整えていた。エラリーの姿はない。警視は気に入りの肘掛《ひじか》け椅子にむっつりした顔で腰かけ、ジューナの褐色の手が軽快に動くのを見守っていた。

電話が鳴った。ジューナが受話器をつかんだ。

「クィーン父さんにお電話です」ジューナが気どって告げた。「地方検事さんからですよ」

警視は重い足どりで電話へ歩み寄った。

「もしもし！　やあ、ヘンリー……。まあな、少しは進んでいる。どうやらエラリーが何かを嗅《か》ぎつけたようだ。本人がそう言ったんだ……。なんだって？　……ああ、わたし自身はまったく見当がつかない。何がなんだかさっぱりだよ……。おい、心にもないお世辞はよしてくれ、ヘンリー！　正直に話しているとも……。いまの状況はざっとこうだ」

警視は声に興奮と失望を交互ににじませて長々と話した。ヘンリー・サンプソン地方検事は注意深く耳を傾けている。

「というわけで」警視は締めくくりに言った。「目下の状況はそんなところだ。どうやらエラリーがお得意の手品に取りかかっているらしい。ゆうべも夜中まで起きていて、あのつまらない本を調べていたよ……。ああ、もちろん、こまめに連絡する。まもなくあんたの出番になるかもしれないぞ、ヘンリー。エラリーはときどき奇跡を起こすからな。ただし、来年の給料を賭《か》けてもいいが――ああ、もう自分の仕事にもどったらどうだ、この詮索《せんさく》好きめ！」

警視が受話器を置いたところへ、エラリーが盛大にあくびをしつつ姿を現した。ネクタイを締めるのと部屋着の前を合わせるのを同時にしようと奮闘している。

「おい！」警視はうなるように言い、肘掛け椅子にどっかと腰をおろした。「ゆうべは何時に寝たんだ、エル」

エラリーは器用にもふたつの作業を終えて椅子の背に手を伸ばし、ジューナの脇腹をこっそりつついた。

「説教はあとにしてくれよ」トーストに手を出して言う。「食事はすんだ？　まだかい？　無精者を待ってたのか？　父さんもこの神聖なるコーヒーを味わうといい――食べながらでも話はできる」

「何時なんだ」警視がテーブルについてすわり、きびしい声で繰り返した。

「時刻をお尋ねなら」エラリーはコーヒーを口いっぱいに含んでから言った。「朝の三時二十分だよ」

警視のまなざしが和らいだ。「夜更かしはまずいぞ」パーコレーターに手を伸ばしてつぶやく。「体に毒だ」

「ごもっとも」エラリーはカップを干した。「しなきゃいけないことがあってね……。けさは何か耳寄りな知らせは？」

「とるに足りないことばかりだ」警視は言った。「七時から電話に出つづけだったよ……。サム・プラウティから検死解剖の仮報告を聞いた。麻薬依存の形跡がまったくない点のほかは、きのうの話に付け加えることは何もないそうだ。夫人が〝ヤク漬け〟じゃなかったのはたしかだ」

「それは興味深いし、とるに足りない情報というわけじゃないよ」エラリーは微笑んだ。「ほかには？」

「銃器専門のノールズからの報告も漠然としていて役立たずだ。銃弾が体に撃ちこまれるまでの距離は、正確に何フィートとまでは突き止められなかったそうだ。射角を割り出すのは容易だが、ノールズの計算によると、犯人の身長は五フィートから六フィートまでのあいだとしか言えないんだと。冴《さ》えない話だろう？」

「たしかにね。その程度の証拠じゃ、犯人がだれとも特定できやしない。でも、ノールズを責める気にはなれないな。そういうことはめったに断定できないものさ。きのうの欠勤者については？」

警視は顔をしかめた。「ゆうべひと晩かけて、部下がマッケンジーといっしょに調べあげた。さっきマッケンジーと電話で話したばかりだ。全員不審な点はないそうで、怪しい点があったり説明がつかなかったりという者はひとりもいない。それから、バーニスという娘に関しては、哀れなトマスが夜通し手がかりを追った。隣近所をしらみつぶしに調べて、失踪《しっそう》人捜索課にも連絡をとった。わたしからトマスを通して麻薬の件を内々に伝えてやったもので、麻薬捜査課が心あたりのある溜《た》まり場《ば》を片っ端から調べた。成果はない。影も形もないんだ」

「忽然《こつぜん》と姿を消したわけか……」エラリーは眉根《まゆね》を寄せて、コーヒーのおかわりをついだ。「正直に言うと、その娘のことがずっと気がかりでね。きのうも話したとおり、あらゆる痕跡《こんせき》が、すでにその娘が始末されたことを示してる。始末されてないとしたら、遠くの隠れ家に厳重に監禁されてるにちがいない。ぼくが犯人なら、バーニス・カーモディーも標的リストに付け加えるだろう……。生きている見こみはわずかだよ、父さん。ヴェリーにはいっそう奮闘してもらわないとな」

「トマスのことは心配するな」警視はむっつりと言った。「娘が生きていれば、無事に助け出すさ。死んでいたら――まあ、よそう！　あいつは全力を尽くしている」

電話がまた鳴った。警視が応答した。

「ああ、クイーン警視だが……」魔法のように口調が変わり、格式張る。「おはようございます、警察委員長。ご用件はなんでしょう？……はい、捜査はきわめて順調であります。手がかりをずいぶん集めました。死体が発見されてから二十四時間も経っていませんが……。いえ、そんな！　フレンチ氏は今回の事件で少々動揺なさっています。われわれはごく丁重に接しておりますので――その点については心配ご無用です、委員長……。ええ、心得ております。事情の許すかぎり、あの人を煩わさないよう配慮しておりまして……。いえ、委員長。ラヴリーの評判は申し分ありません。

むろん、外国人ですが……。なんですって？　そんなことはありません！……マリオン・フレンチ嬢のスカーフについては完全に理にかなった説明がつきます。ええ、実のところ、わたしも安堵《あんど》しておりまして……。早急な解決？　そんなにはかかりません！……ええ、存じております……。ありがとうございます、委員長。随時ご報告いたします。

「まったく」警視は受話器を注意深く置き、青ざめた顔をエラリーへ向けて憤然と言った。「ニューヨークであれどこであれ、あんなくそいまいましい、とてつもなく腑抜《ふぬ》けで、口から生まれてきたにちがいない阿呆鳥《あほうどり》が警察委員長とは、前代未聞だな！」

エラリーは声をあげて笑った。「頭を冷やさないと、そのうち口から泡を吹くよ。父さんがウェルズを大絶賛するのを聞くたびに、示唆に富んだドイツの格言を思い出すよ。〝長たる者は非難誹謗《ひぼう》に耐えることを学ぶべし〟」

「いや、ウェルズは猫なで声ですり寄ってくるんだ」警視はそれまでより穏やかな口調で言った。「今回のフレンチ事件にすっかり肝をつぶしているよ。フレンチは害のない社会改革家だが、そのわりに大きな権力を持っているから、ウェルズは念には念を入れたいわけだ。さっきの電話で、わたしが愚にもつかない出まかせであの男をなだめたのを聞いたろう？　ときに自尊心を失ってしまうらしい」

しかし、エラリーはにわかに物思いに沈んだ。その目は、近くの脇テーブルに載っている、フレンチの机にあった五冊の本に向けられていた。よく聞きとれない声で慰めのことばをつぶやきながら、立ちあがってテーブルへ歩み寄り、本をいとおしげになでた。警視の目が険しくなる。

「話してみろ！」警視は言った。「さては、その本から何かを見つけたな！」疑わしそうに椅子から勢いよく立ちあがる。

「ああ、そのようだね」エラリーはゆっくりと答えた。五冊の本を持ってテーブルへ運ぶ。「すわってくれ、父さん。ゆうべの夜更かしもまるっきり無駄じゃなかったよ」

ふたりは腰をおろした。警視は好奇心で目を輝かせつつ、適当に一冊を選んであてもなくページをめくっていく。エラリーはそれを見守っていた。

「たとえば、父さんがこの五冊の本を手にとって調べるとする。条件はこうだ。本は五冊あって、それを手にしている根拠となる唯一の事実は、あるひとりの人物が所有するにしては妙な取り合わせであること。その五冊がなぜあの場所にあったかの説明がつく理由を探ってくれ。さあ、どうぞ」

エラリーは思案げに煙草に火をつけて椅子の背にもたれ、羽目板張りの天井へ向けて煙を吐いた。警視は本の束をつかみ、それぞれに分けて攻撃を開始した。一冊すむとつぎに取りかかるというふうにして、五冊すべてを調べ終えた。額に刻まれた皺《しわ》が深くなっている。やがて、困惑に満ちた目をエラリーへ向けた。

「注目すべき特徴などあるものか、エラリー。共通点はひとつも見あたらない」

エラリーは微笑んで、やにわに身を乗り出した。強調するために、長い人差し指で本を軽く叩《たた》いた。「そこがまさしく注目すべき特徴なんだよ。共通点なんかひとつもなさそうだ。それどころか、ある小さなつながりを除けば、共通点はまったくない」

「ちんぷんかんぷんだ」警視は言った。「はっきり言え」

答える代わりに、エラリーは立ちあがって寝室へ消えた。すぐに姿を現したときには、細長い紙を手にしていた。紙には奇妙なメモが記されていて、殴り書きの文字がおびただしく連なっている。

「これは」エラリーはふたたびテーブルの前に腰をおろして言った。「ゆうべ五人の著者の作品の幽霊と交信した結果だ……。お耳を拝借、父上……。

本の著者と題名はつぎのとおり――分析をすっかり明確にするために言っておくよ。ヒューゴー・ソールズベリーの『切手収集の新たな展開』。スタニ・ウェジョフスキーの『十四世紀の貿易と商業』。レイモン・フレイバーグの『子供のための音楽史』。ジョン・モリソンの『古生物学概論』。最後が、A・I・スロックモートンの『ナンセンス傑作選』だ。

この五冊を分析してみよう。

第一に、題名には互いになんの関連もない。この事実から、本の主題が捜査とかかわりがあるという考えは除外できる。

第二に、互いに関連がないことはいくつもの小さな点によってさらに裏づけられる。たとえば、表紙の色はすべて異なる。たしかに青は二冊あるけれど、色合いがまったくちがう。つぎに、大きさも異なる。三冊は大判だが寸法はまちまちで、一冊はポケット判、もう一冊は並判だ。装丁もばらばらで、三冊は布装だが、繊維が異なる。残りの一方は革装の豪華版で、もう一冊はリネンの装丁だ。中の紙質もちがう。二冊は色のついた薄手のインディア紙、三冊は白い紙が使われてる。白い紙と言っても、厚さがばらばらなのは明らかだ。活字の書体も、そうした技術面の知識が乏しいながらも調べてみたところ、それぞれに異なってる。ページ数もいろいろで——数えたけれどなんのメッセージも見いだせない。まったくの無意味だよ……。値段でさえばらばらだ。革装のは十ドル、ほかの二冊は五ドル、四冊目は三ドル五十セント、ポケット判は一ドル半。出版社もちがう。刊行日も何版目かもちがう……」

「しかし、エラリー——言うまでもないが——そんなことはわかりきっていたも同然だぞ……」警視は抗議した。「その先はどうなんだ」

「物事の分析においては」エラリーは返した。「どんなに些細《ささい》な点も見逃すべきじゃない。無意味かもしれないし、大きな意味を持つかもしれない。いずれにせよ、以上がこの五冊の本に関する明確な事実だ。ひとつ確実に言えるのは、物質としての五冊がほぼあらゆる点で異なっているということだ。

第三に——これがはじめての興味深い進展だが——裏の見返しの右上の隅に——繰り返すよ、裏の見返しの右上の隅に——鉛筆で日付がしっかり書きこまれている！」

「日付だと？」警視はテーブルから一冊をすばやくつかみとり、裏の見返しを開いた。右上の隅に、日付が小さく鉛筆で書いてある。ほかの四冊も調べたところ、まったく同じ場所に、よく似た鉛筆書きの日付があった。

「それらの書きこみを」エラリーは落ち着いた声でつづけた。「日付順に並べるとつぎのようになる。

一九——年四月十三日
一九——年四月二十一日
一九——年四月二十九日
一九——年五月七日
一九——年五月十六日

カレンダーを調べたところ、これらは順に、水曜、木曜、金曜、土曜、月曜となることがわかった」

「それはおもしろい」警視がつぶやいた。「日曜が抜けているのはなぜだろうな」

「些細だが重要な点だ」エラリーは言った。「四つの日付は、つぎの週のつぎの曜日へ順番に移ってる。最後のひとつは一日だけ——つまり日曜日を——飛ばしてるわけだ。日付を書いた人間のまちがいとは考えにくいし、本が一冊欠けたとも思えない。はじめの四つの日付の間隔は八日で、五つ目はそれが九日に増えてるだけだからね。となると、日曜が省かれたのは、日曜は一般に省かれるものだからにちがいない——つまり休業日だよ。なんの仕事の休業日かは、まだ答が出ていない。だけど、日曜を省くという変則は、どんな仕事の世界でも見られるものだ」

「わかるぞ」警視がうなずいた。

「よし。いよいよ第四の点に移ろう。これはかなり興味深い。父さん、五冊の本を手にとって、日付順に題名を読んでくれないか」

警視は言われたとおりにした。「スタニ・ウェジョフスキー（Stani Wedjowski）の『十四世紀の貿易と商業』。つぎは——」

「ちょっと待って」エラリーがさえぎる。「裏の見返しの日付は？」

「四月十三日だ」

「四月十三日は何曜日？」

「水曜日だ」

エラリーは勝ち誇ったように顔を輝かせた。「ほら」声を張りあげる。「関連に気づかないかな」

警視はかすかに苛立《いらだ》った様子だ。「そんなのわかるものか……。二冊目はA・I・スロックモートン（A. I. Throckmorton）の『ナンセンス傑作選』」

「日付と曜日は？」

「四月二十一日木曜日だ……。つぎはレイモン・フレイバーグ（Ramon Freyberg）の『子供のための音楽史』――四月二十九日、金曜日――そうか、エラリー！　金曜日（Friday）か！」

「そうだよ、つづけて」エラリーは満足そうに言った。

警視は急いで残りを読みあげた。「ヒューゴー・ソールズベリー（Hugo Salisbury）の『切手収集の新たな展開』――これは五月七日、土曜日（Saturday）だ……。最後は、ジョン・モリソン（John Morrison）の『古生物学概論』――もちろん月曜日（Monday）だ……。エラリー、これは実に驚いたな！　どの本も、著者の姓の最初の二文字と曜日が一致している！」

「それこそが夜通しの仕事の主たる成果だよ」エラリーは微笑んだ。「なかなかだろう？　ウェジョフスキー（Wedjowski）――水曜日（Wednesday）。フレイバーグ（Freyberg）――金曜日（Friday）。スロックモートン（Throckmorton）――木曜日（Thursday）。

日（Friday）。ソールズベリー（Salisbury）――土曜日（Saturday）。そしてモリソン（Morrison）――月曜日（Monday）で、日曜日はご親切にも省かれてる。偶然の一致？ そんなことはありえないよ、父さん！」

「何かの陰謀があるというわけだな、エル」警視は突然にやりとして言った。「殺しに関しては、いまの話から特に感銘を受ける点はないが、それにしても実に興味深い。暗号だな、まさしく！」

「殺人が気がかりなら」エラリーは言い返した。「第五の点によく耳を傾けてくれないか……。ひとまず五つの日付がわかってる。四月十三日、四月二十一日、四月二十九日、五月七日、五月十六日だ。ここで聖なる議論を進めるため、仮に六冊目の本が地獄の辺土《リンボ》のどこかに隠されてるとしよう。すると、確率の法則から考えて、もし六冊目があるとしたら、五月十六日の月曜日から数えて八日後の日付が記されているはずだ。つまり――」

警視は勢いよく立ちあがった。「おい、とんでもないぞ、エル」大声で言う。「五月二十四日、火曜日――その日は……」大いに落胆して、急に声から力が抜けた。「いや、殺しの当日とは言いかねる。どちらかと言うと、殺しの翌日だ」

「おいおい、父さん」エラリーは笑った。「そんな些細なことであっさり気を落とさないでくれ。父さんの言うとおり、とんでもないことさ。もし六冊目の本が存在するなら、五月二十四日の日付が記されてるはずだ。いまはほかに何もできなくても、六冊目の本が存在することは確実に推測できる。その連続性には強烈な説得力があるよ。ただの偶然で物事がそうなることはまずないからね……。問題の六冊目こそが、本と殺人を結びつけるはじめての確固たる手がかりを与えてくれる……。思い出したかな、父さん。五月二十四日の火曜の朝、犯人にはすべき仕事があったのを」

警視はエラリーを見つめた。「おまえの考えでは、本が――」

「ああ、あらゆる可能性を考えてるさ」エラリーは浮かない顔で言い、立ちあがって細身の体を伸ばした。「とにかく、どう考えても六冊目の本があるとしか思えない。そして、六冊目の手がかりがひとつだけあって……」

「著者の姓が〝Tu〟ではじまる本だな」警視はすぐに言った。

「そのとおり」エラリーは強力な証拠である本を集めて、大きな机の抽斗《ひきだし》に注意深くしまった。テーブルへもどり、ところどころ地肌が透けた父親の白髪頭を思案げに見おろした。

「夜のあいだずっと考えてたんだが」エラリーは言った。「欠けている情報をみずから進んで提供してくれそうな人物はひとりだけだ……。父さん、暗号の隠されたこれらの本の背後にはいわくがあって、それはまちがいなく今回の事件と結びついてるよ。それについては、ピエトロでの夕食を賭《か》けてもいいくらい自信がある」

「賭けなどするものか」警視はまばたきしながらうなるように言った。「少なくともおまえとはな、まぬけ息子め。で、その事情通とはだれだ」

「ウェストリー・ウィーヴァーさ」エラリーは答えた。「あいつだって何もかも知ってるわけじゃない。たぶん、あいつにとっては意味がないけど、ぼくたちにとっては謎を解く鍵《かぎ》になるかもしれないことを言わずにいるんだと思う。何かの理由で故意に隠してるとしたら、その理由はマリオン・フレンチに関するものだろう。哀れなウェスは、マリオンがこんどの事件で泥沼にはまりこんだと思ってる。そのとおりかもしれない――だって、だれにもわかるまい？　とにかく、今回の捜査でぼくが無条件で信頼する人間がいるとしたら、それはウェストリーだけだ。いくぶん頭の働きが鈍いときもあるけど、まっとうな男だよ……。ウェストリーとぜひ話をしようと思う。ここへ呼んで円卓会議を開いたら、全員にとってうまくいく気がする」

エラリーは受話器を手にとり、フレンチ百貨店の番号を告げた。警視は気づかわしげにそれを見守った。

「ウェスかい？　エラリー・クイーンだ……。いますぐタクシーに飛び乗って、三十分かそこら、うちへ来られるかい？　重要な用件でね……。そう、何もかもほうり出して来てくれ」

26　バーニスの足どり

クイーン警視はせかせかと部屋じゅうをうろついていた。エラリーは寝室で身支度をすませ、父親がときおり運命や事件や警察委員長に対して悪態をつくのを静かに聞いていた。ジューナはいつものように黙々と居間のテーブルから朝食の食器類を片づけ、台所へ引きあげた。

「もちろん」警視はやや平静を取りもどして言った。「プラウティの話では、二発目の銃弾が発射されたとき、夫人は腰かけていたにちがいないということで、ノールズと意見が一致したそうだ。ともあれ、おまえの分析の一部を裏づけている」

「それは助かるな」エラリーは靴を履きながら言った。「専門家の証言はどんな裁判でも邪魔にはならない。特にプラウティやノールズのような面々ならね」

警視は鼻を鳴らした。「おまえはわたしほど多くの裁判を見ていないさ……。それはそうと、気がかりなのはリボルバーだ。ノールズの話では、銃弾が発射されたのは三八口径のコルトからだそうだ。どこの故買屋からでもただ同然で買える黒い代物だ。

むろん、犯行に用いられた銃が手にはいれば、そいつから発射されたものだとノールズはまちがいなく証明できる。銃弾には独自の条痕《じょうこん》が残っているから、正確に特定できるんだ。ついでに言うと、二発とも同じ銃から発射されている。しかし、いったいどうやってその銃を手に入れたらいいのか」

「謎かけでもしてるのかい」エラリーは言った。「ぼくにわかるもんか」

「しかし、銃がないと決定的な証拠に欠けるんだ。フレンチ百貨店にはなかった――部下たちが地下から屋根まで探したからな。となると、犯人が持ち去ったんだろう。見つかると期待するのは無理がある」

「どうかな」エラリーはスモーキング・ジャケットを着ながら言った。「そう決めつける気はないな。犯罪者は愚かな真似をするものだ。ぼくより父さんのほうがよく知ってるじゃないか。ただし、認めてもいいのは――」

ドアの呼び鈴がけたたましく鳴り、エラリーはほっとした。「まさか、ウェストリーがこんなに早く来るわけがないぞ！」

警視とエラリーが書斎にはいると、ジューナがしかつめらしい顔をして、百貨店の専属探偵ウィリアム・クラウザーを部屋へ通しているところだった。クラウザーは興奮で顔を紅潮させて、すぐにしゃべりだした。

「どうも、おふたかた、おはようございます！」クラウザーは快活に言った。「大変な一日のあとの休養ですか、警視。実は、きっとご興味を持たれるであろう情報を仕入れましてね――ええ、ほんとです」

「よく来てくれたな、クラウザー」警視は心にもないことを言い、エラリーはクラウザーのもたらす知らせを見越すかのように目を険しくしている。「まあ、腰かけて、すっかり聞かせてくれ」

「それはどうも、感謝します、警視」クラウザーは警視が愛用する肘掛《ひじか》け椅子に腰を沈め、大きく息を吐いた。「ろくに寝てないんですよ」含み笑いをしながら前口上を述べた。「ゆうべは下っ端のおまわりみたいに歩きまわって、けさは六時から仕事にかかってます」

「誠実なる労苦は天に報いを求めず」エラリーがつぶやいた。

「はあ?」クラウザーはとまどったふうに見えたが、血色のよい顔ににやにや笑いを浮かべ、胸ポケットを探って高級そうな葉巻を二本取り出した。「冗談ですか、エラリーさん。一本いかがです、警視。エラリーさん、あなたは? ……ここで吸ってもかまいませんね」葉巻に火をつけ、マッチの燃えさしを無造作に暖炉へ投げこんだ。テーブルから朝食の最後の名残りを片づけていたジューナの顔に、不快げな痙攣《けいれん》が走った。家事を乱されると暴君と化すジューナは、クラウザーの広い背中に憎々しげな一瞥《いちべつ》をくれて、足音荒く台所へさがった。

「で、クラウザー、知らせというのはなんだ」警視が苛立《いらだ》ちを声ににじませて促した。
「さあ、聞かせてくれ！」
「いま話しますよ、警視」クラウザーは謎めかして声をひそめたあと、ふたりのほう
へ身を乗り出し、いまから話す内容を強調するように、煙の出ている葉巻の先を突き
出した。「自分が何をしてたと思いますか」
「見当もつかないな」エラリーが興味深そうに言った。
「足どりを――追ってたんですよ――バーニス・カーモディーの！」クラウザーはよ
く響く低い声でささやいた。
「まったく！」警視は失望をあらわにした。不機嫌そうにクラウザーを見つめる。
「それだけか？　わたしのほうで優秀な連中を何人も同じ仕事にあたらせたんだぞ、
クラウザー」
「なるほど」クラウザーは椅子の背にもたれて、葉巻の灰を絨毯《じゅうたん》に落として言った。
「こっちもいま言ったことでキスしてもらおうなんて思っちゃいませんよ、警視――
ほんとです……でも」またも狡猾《こうかつ》そうに声を落とす。「賭けてもいいですが、自分が
つかんだ情報をあなたの部下は突き止めてませんよ！」
「おお、何かつかんだのか」警視はすぐさま尋ねた。「それは傾聴に値するな、クラ
ウザー。早まってすまない……。いったい何を探りあてたんだ」

クラウザーは勝ち誇ったように横目で見た。「娘がこの街を出ていった足どりですよ！」

エラリーは心からの驚きに目をしばたたかせた。「そこまで突き止めたのか」父親へ笑顔を向ける。「ヴェリーの負けのようだね、父さん」

警視はむっとしたのと同時に、好奇心に駆られたようだった。「あいつのせいでこっちは形なしだ！」小声で言う。「突き止めた方法は？　どういうからくりなんだ、クラウザー」

「こういうわけです」クラウザーは脚を組んで煙を吐き出しながら、てきぱきと言った。大いに楽しんでいるふうだ。「自分は――警視や刑事さんたちには失礼ですが――バーニス・カーモディーは始末されたという考えに基づいて動きました。誘拐されたか、殺されたか――そこまではわかりませんが――だいたいそんなところでしょう。手がかりはすべてバーニスを指し示してるが、あの娘が殺したんじゃない、それはまちがいない、とね……。そこで勝手ながら、ゆうべフレンチ邸のあたりを歩きまわって、娘がどうやってあそこを出ていったかを調べました。あの家の家政婦に会ったところ、警視に話したことを自分にも話してくれました。問題ありませんね？　……ともあれ、娘がリヴァーサイド・ドライブを七十二丁目通りのほうへ歩いていくのを見たという臨時警官についても知りました。それで調べてみたわけですが、手がかりを得るまでにずいぶんと歩かされましたよ。でもついに、人相の似た女をウェストエンド・アベニューと七十二丁目通りの角で拾ったという、流しのタクシー運転手を見つけました。個人タクシーです。まあ、自分は運がよかっただけでしょうがね。追跡ってやつは、運が半分に汗が半分——そうでしょう、警視」

「うむ」警視は苦々しげに言った。「たしかにトム・ヴェリーを出し抜いたな。それから？　ほかにも何かつかんだのか」

「つかみましたとも！」クラウザーは葉巻にまた火をつけた。「運転手は娘を〈ホテル・アスター〉まで乗せていきました。娘は待つようにと言ったそうです。ロビーへはいって二分くらいで、立派な身なりでスーツケースを持った、背の高い金髪の男といっしょに出てきた。ふたりは急いでタクシーへ乗りこんだ。運転手いわく、娘は怯《おび》えた様子だったけれど何も言わず、男のほうがセントラル・パークを突っ切ってくれと言ったそうです。公園にはいると、中ほどで男が窓を叩《たた》き、車を停めるようにと言った——ふたりともおりるから、とね。それを聞いて運転手はなんとなく変だと思ったそうです——公園のど真ん中でタクシーをおりる客なんてはじめてだったんでね。でも何も言わずにいると、金髪の男が料金を払い、行っていいと言ったそうです。運転手は車を出しましたが、そのときはじめて娘の顔が見えたんですって。顔が真っ青で、ふらついていて——酒に酔っているように見えたと。そこで運転手は、さりげなくゆっくり車を走らせながら、ふたりから目を離さずにいた。すると案の定、ふたりは五十フィートも離れていない場所に停まっていた車まで歩いていき、乗りこんだ。車はすぐさま公園を全速力で走り抜け、アップタウンへ向かったそうです！」

「そうか」警視は抑えた声で言った。「なかなか耳寄りな話だ。そのタクシー運転手を調べないとな……。運転手はその車のナンバーを見たのか」

「遠すぎたそうで」クラウザーは一瞬顔をしかめた。すぐに晴れやかな表情になる。「そうは言っても、マサチューセッツのナンバーがついてたのは見たそうです」

「すばらしいぞ、クラウザー、すばらしい！」エラリーがだしぬけに叫び、勢いよく立ちあがった。「冷静な頭の持ち主がいて実にありがたいな。その車の種類はなんだった――運転手は見たのか」

「もちろん」クラウザーは称賛に気をよくしてにやりとした。「箱型の――セダンで――濃い青の――ビュイックでした。どんなもんです？」

「上出来だ」警視がしぶしぶ言った。「その車のほうへ歩いていくときの娘の様子は？」

「それは運転手にはよく見えなかったそうです」クラウザーは言った。「でも、娘はよろめいていて、背の高い男が腕をつかんで無理やり引っ張っていったと言ってました」

「そうか、そうか」警視はつぶやいた。「箱型の車の運転手の顔は見たのか」

「いいえ。でも、ビュイックに前もってだれかが乗ってたのはたしかです。ふたりが後部座席に乗りこむなり、車は公園を出ていったそうなんで」

「その背の高い金髪の男についてはどうだい、クラウザー」エラリーが盛大に煙草をふかしながら訊《き》いた。「タクシーの運転手に聞けば、かなり正確な人相がわかるはずだね」

クラウザーは頭を掻《か》いた。「そいつを訊くのをうっかり思いつかなくて」と白状する。「ねえ、警視――刑事さんたちにあとを引き継いでもらうというのはどうでしょう。こっちは店の仕事が山ほどあるんです。店がめちゃくちゃなんでね……。運転手の名前と住所は要りますか」

「もちろんだ」クラウザーが名前と住所を書き出しているあいだ、警視はひそかに心の問題と格闘していた。店の専属探偵がメモを手渡したときには、善が勝利をおさめたのは明らかだった。警視は力なく微笑んで手を差し出した。「みごとだよ、クラウザー。ひと晩の仕事にしてはたいしたものだ」

クラウザーはにやにやしながら、警視の手を握って大きく上下に振った。「お役に立ててうれしいですよ、警視――ほんとです。自分のような部外者でも少しは仕事を心得てることを証明できたわけでしょう？　いつも言ってるんですが――」

呼び鈴が鳴り、手を握られて困惑している警視を救った。エラリーと警視がちらりと目を見交わす。それからエラリーがドアへ駆け寄った。

「お客を待ってたんですか、警視」クラウザーが無遠慮に訊いた。「邪魔しちゃいけない。自分はこれで——」

「いやいや、クラウザー、そのままで！　思いがけず役に立ってくれそうな気がするよ」エラリーは控えの間のドアへ向かいながら、急いで言った。

クラウザーは顔を輝かせてふたたび腰をおろした。

エラリーはドアを勢いよくあけた。髪を振り乱して不安げな面持ちのウェストリー・ウィーヴァーが、急ぎ足でアパートメントへはいってきた。

27　六冊目の本

ウィーヴァーはみなと握手をし、クラウザーがいるのを見て意外そうな表情を浮かべながら——クラウザーのほうは足をもじもじさせてにやついている——神経質そうに手で顔をなで、それから腰をおろして待った。警視を不安げに見やる。

エラリーはそれに気づいて微笑んだ。「心配することはないよ、ウェス」やさしく言う。「これは尋問じゃない。煙草を吸ってくつろいで、ちょっとだけ話を聞いてくれ」

一同はテーブルのまわりで椅子を引いた。エラリーは何やら考えながら指の爪を見ている。

「ぼくたちはフレンチ社長のアパートメントの机にあった本についてあれこれ考えていたんだ」エラリーは話を切り出した。「で、興味深いことを見つけた」

「本だって？」クラウザーが当惑したように叫んだ。

「本？」ウィーヴァーも訊き返したが、口調は平板で弱々しかった。

「そう」エラリーは繰り返した。「本だ。ぼくが頭を悩ませていたのをきみも見た、あの五冊の本だよ。なあ、ウェストリー」友の目をじっとのぞきこむ。「きみの心の奥のどこかに、ぼくたちの役に立つ情報があるんじゃないかと思ってね。その本にまつわる情報だ。率直に言うと、ぼくがはじめてあの本に注目したとき、きみが妙にためらった気がしてね。いったい何を隠してるんだ——いや、そういうことがあればだがね。いま話した件に関して——何か事情があるのか」

ウィーヴァーは顔を真っ赤にして口ごもりながら言った。「そんな、エラリー、ぼくは何も——」

「おいおい、ウェス」エラリーは身を乗り出した。「気になることがあるはずだ。マリオンにかかわることなら、いまここではっきり言っておくけれど、こちらはあの娘に少しも疑いをいだいていない。落ち着かない態度の裏に何かがあるかもしれないが、それがなんであれ、犯罪にかかわりはないし、夫人の殺害に直接結びつくものじゃない……。これで気がかりの種を少しは払いのけられたかい」

ウィーヴァーは長いあいだ友の顔を見つめていた。警視とクラウザーは無言ですわっている。やがて青年は語りだした——それまでとはちがう、新たな自信に満ちた声で。「ああ、きみの言うとおりだ」ゆっくりと言う。「マリオンのことがずっと心配で、彼女がこんどの事件にかかわりがあるかもしれないと思うと、なかなか率直になれなかった。そう、本については心あたりがあるよ」

エラリーは満足げに微笑んだ。一同はウィーヴァーが考えをまとめるのを静かに待った。

「この前」ウィーヴァーがようやくはっきりとした声で話をはじめた。「スプリンガーという男の話が出ましたね。たしか、夜間警備員の勤務表を調べていたときじゃありませんでしたか、警視さん。月曜の晩、スプリンガーが七時前に店を出て、その直後にぼくが帰ったということを覚えていらっしゃるでしょう。そのことはオフレアティの手もとにある勤務表に記されています」

「スプリンガー？」エラリーは眉《まゆ》をひそめた。警視がうなずいた。

ウィーヴァーはためらうようにクラウザーを見てから、警視のほうを向いた。「いいんですか、つまり――」困惑気味に言う。

エラリーは父親の代わりに即答した。「かまわないよ、ウェス。クラウザーは最初から事件の捜査にかかわってるし、今後も力になってくれると思う。つづけてくれ」

「ならいい」ウィーヴァーは言った。クラウザーが満足そうに椅子に深く身を沈める。

「ふた月ほど前――正確な日付は忘れたけど――経理部が社長に対して、書籍売り場で不正行為がおこなわれている疑いがあると注意を促してきた。知ってのとおり、スプリンガーは書籍売り場の主任だ。不正行為というのは会計にまつわることで、収益が取引高と釣り合わないらしかった。それは極秘事項で、社長はかなり心を痛めていたんだ。経理部がいだいた疑問には決定的な証拠がなく、何もかもがあいまいだったから、社長は経理部にはひとまずその件は放念するようにと命じ、ぼくに単独で内々に調べるよう指示した」

「へえ、スプリンガーがね」クラウザーが眉をひそめた。「変だな。そんな話はぜんぜん聞いてませんよ、ウィーヴァーさん」

ウィーヴァーは説明した。「社長はあまりおおぜいに知らせるべきじゃないと考えたんだ。嫌疑といっても漠然としていたから、内密にする必要があってね。社長に関する問題のほとんどはぼくが個人的に処理しているもので、ほかのだれでもなく、ぼくに相談が持ちかけられたわけさ……。もちろん、ぼくには」もの憂げにつづける。「勤務時間中に探りまわることはできなかった。スプリンガーがいつも持ち場にいたからね。だからやむなく、閉店後に調べることにした。従業員が全員帰ったあとで、三、四日、書籍売り場の伝票と帳簿を調べたところ、ある晩、妙なことを嗅《か》ぎつけた。それまでの数日間の調査では何も見つからなかったと言っていい――怪しい点は何も見あたらなかったんだ」

クイーン父子とクラウザーはいまや注意深く耳を傾けている。

「いま言ったその晩」ウィーヴァーはつづけた。「書籍売り場にはいろうとしたところ、いつになく明るくて――たくさんの電灯がついてることに気づいた。最初はだれかが残業しているんだろうと思って、こっそりのぞいたら、案の定だった。スプリンガーがひとりで売り場の通路を歩きまわっていた。ぼくはそこで身をひそめたんだが、なぜそうしたかは自分でもよくわからない――おそらく、すでにスプリンガーを疑っていたからだろう――ともあれ、ぼくは身を隠し、何をしているのかを注意をこめて見守った。

すると、スプリンガーは壁の書棚のひとつへ歩み寄り、人目をはばかるようにあたりを見まわして、一冊の本をすばやく抜きとった。ポケットから長い鉛筆を取り出して本の後ろのほうのページを開き、手早く何かを書きつけた。本を閉じてその背に何かのしるしをつけ、すぐに別の棚にしまった。その置き方をやけに気にしている様子で、長いことあれこれいじってから、やっと満足したようだった。それだけだよ。スプリンガーは奥にある自分の事務室へはいり、まもなく帽子とコートを身につけて出てきた。そして、薄暗い壁のくぼみで身を縮めていたぼくをかすめるようにして、書籍売り場から歩み去った。しばらくすると、夜通し点灯しているひとつかふたつを残して、明かりはすべて消えた。あとから調べたところ、スプリンガーは夜間警備員に仕事がすんだと告げて、書籍売り場の電灯のスイッチを切るようオフレアティに指示したあと、ふだんどおりに退出したことがわかった」

「たいしたこととは思えないな」クラウザーが言った。「それも仕事の一部だったんだろう」

「怪しい行動を探っていると」警視がぼんやりと言った。「そう見えてしまうものだ」

「ぼくもそう考えました」ウィーヴァーは答えた。「ただ、そもそもスプリンガーが残業をしてるのがどうも妙なんです――社長は従業員の居残りを歓迎しませんからね。でも、なんの罪もない出来事かもしれない。だからスプリンガーがいなくなったあと、ぼくは例の書棚に近づいて、しまわれたばかりの本を抜きとって調べました。裏返すと、後ろの見返しに日付と所番地が鉛筆で書きこんであったんです」

「所番地だって？」エラリーと警視は同時に叫んだ。「どこの所番地だ」警視が尋ねる。

「いまは思い出せません」ウィーヴァーは言った。「でも、控えておいたメモがポケットにあります。ご覧に――」

「ひとまず所番地はいい」エラリーは妙に落ち着き払って言った。「フレンチ社長の机にあった五冊の本について、どうも腑《ふ》に落ちない点があってね。スプリンガーが書きこみをした原物ということなのかな」

「いや、ちがう」ウィーヴァーは答えた。「その後のいきさつを話しておいたほうがいいだろう。かなりこみ入った話だ……。日付と所番地に気づいたけど、それがどういう意味なのかさっぱりわからなくて、スプリンガーが何かを書きこんでいた本の背を調べたんだ。著者の名前の下に鉛筆で薄く線が引いてあるだけだった」

「聞いた瞬間から、本の背が気になってしかたがなかったよ」エラリーは考えながら言った。「ウェストリー、その下線は名前全体に引いてあったのか。最初の二文字だけじゃなかったか」

ウィーヴァーは目を瞠《みは》った。「おい、そのとおりだよ」大声で言う。「でも、いったいどうしてわかったんだ、エラリー」

「あてずっぽうさ」エラリーはあっさり言った。「でもつじつまは合う」父親のほうを向く。「五冊の本からあれ以上のことがつかめなかったのも無理はないよ、父さん。原物じゃないんだから……。つづけてくれ、ウェス」

「そのときは」ウィーヴァーはつづけた。「まだ思いきった行動に出る気になれなくてね。日付と所番地を書き留めただけで、本をスプリンガーが置いた場所へもどしてから、帳簿を調べにかかった。実を言うと、そのあとはすっかり忘れていてね。つぎの週に――正確には九日後に――思い出したんだ」

「スプリンガーが同じことをやったんだな、きっと！」クラウザーが叫んだ。

「おみごと、クラウザー」エラリーはつぶやいた。

ウィーヴァーはちらりと微笑んでつづけた。「そう、スプリンガーが同じ状況で同じことをしたんだ。いつものように夜になってから書籍売り場へ行ったところ、またしてもそれが目に留まった。そのときは、前の週とそっくり同じ行動を繰り返してるのに気づいて不審に思ったよ。だけど、何をしてるのかがさっぱりわからない。もう一度、日付と所番地を書き留めただけで——念のため言うと、前の週のものとはちがったんだが——自分の仕事に取りかかった。三週目に——さらに八日が経ったとき——あまりにも怪しいから、ぼくも少しばかり動いてみることにした」

「それで」エラリーは言った。「その本と同じものを持ち出したんだな。スタニ・ウェジョフスキーという著者の『十四世紀の貿易と商業』を」

「そのとおり」ウィーヴァーは言った。「三度目になって、所番地が重要なんだなと気づいたよ。なぜ重要なのかは見当がつかなかったけどね。でも、何かの目的で本がそこにあることはわかったから、ちょっとした実験を試みることにした。ウェジョフスキーの本のとき、ぼくはスプリンガーが帰ったあとに原物と同じ本を見つけてきて、見返しの日付を同じところに書き写し、所番地を別に控えてから、同じ本を階上へ持ち帰って調べることにした。本そのもののどこかに何か手がかりがあるかもしれないと思ったんだ。もちろん、原物はスプリンガーが置いた場所にそのまま残しておいた。へとへとになるまでその本を調べたけど、何もつかめなかった。それから四週間、同じことをつづけた結果——スプリンガーが八日ごとにその謎めいた仕事をしているのがわかったからね——ぼくも根気よく同じ本を手に入れて研究しつづけた。どれを見てもまったくわけがわからず、だんだんやけになってきた。一方、そのあいだもスプリンガーの帳簿の調査はつづけていて、やっと糸口をつかみつつあった。スプリンガーは店の会計が部門ごとに分かれている仕組みの穴をうまく利用して、なんとも悪《あく》辣《らつ》な手口で収支をごまかしていた。だからこそ、本がなんらかの重要な意味を持つにちがいないと思ったんだ――ぼくが調べてることと直接の関係があるかどうかはわからなかったけどね。でも、何かの不正につながることは疑いの余地がなかった。

ともあれ、六週目にもなると、ぼくはすっかり絶望していた。月曜の晩のことだ――同じ夜に殺人事件があったんだが、数時間のうちに何が起こるかなんて想像もつかなかったさ。例によってスプリンガーを見張っていると、やつはいつもの儀式をすませて帰っていった。でも今回、ぼくは思いきった行動に出た。原物を持ち出したんだ」

「よくやった！」エラリーは叫んだ。落ち着かない手つきで煙草に火をつける。「いや、すばらしいよ。つづけてくれ、ウェス。ものすごくわくわくしてきた」警視は何も言わず、クラウザーはあらためて一目置くようにウィーヴァーを見つめている。

「ぼくは別の本に印や日付や所番地を正確に書き写し、それをスプリンガーが原物を置いた場所におさめて、原物のほうを持ち去った。その仕事は大急ぎでやらなくてはならなかった。というのも、その晩はスプリンガーを尾行して、やつの動きから何か手がかりをつかみたかったからだ。運よく、スプリンガーはオフレアティの守衛室で雑談をしていた。ぼくが最新の本を小脇にかかえて店から飛び出したとき、ちょうどやつが五番街の角を曲がるのが見えた」

「探偵顔負けだな」クラウザーが感心したように言った。

「いや、とんでもない」ウィーヴァーは笑った。「それはともかく、夜通しスプリンガーのあとを尾《つ》けてまわったんだ。やつはブロードウェイのレストランでひとりで夕食をとってから、映画館へ行った。いま思うと、追いまわす自分はばかみたいだったよ。だって、あの男はひと晩じゅう、怪しげな行動はいっさいとらず、どこへも電話せず、だれとも話さなかったんだから。そして夜半ごろ、ついに自宅へ帰った――住まいはブロンクスのアパートメントだった。ぼくは一時間その家を見張り――忍び足でやつの部屋がある階まであがりさえした。でも、あの男は部屋から出なかった。結局、ぼくは例の本を持ったまま帰宅したけれど、尾行を終えても相変わらず何もわからずじまいだった」

「それでも」警視が言った。「ずっと張りついたのはすぐれた判断だ」

「六冊目の本の題名は何で、いまどこにある？　フレンチのアパートメントにあった五冊といっしょに置かれていなかったのはなぜだ？　もちろん、あの五冊の本を置いたのはきみだろう？」エラリーは矢継ぎ早に尋ねた。

「質問はひとつずつ頼むよ」ウィーヴァーは微笑んで言った。「本は、ルシアン・タッカー（Tucker）の『室内装飾の最新流行』だ……」ウィーヴァーが著者の名を口にしたとき、警視とエラリーは目を見交わした。「ほかの五冊といっしょになかったのは、ぼくがそこに置かなかったからだ。自宅へ持ち帰ったんだよ。原物じゃないほうはどうでもいいとずっと思っていた。原物のほうに意味があることは明らかだからね。ぼくの考えちがいかもしれないが、六冊目は原物だから、ほかの五冊よりも貴重なはずだと思ったんだ。そこで、月曜の夜に帰ってから、安全な場所に隠した――自分の寝室にね。ほかの五冊を店に置いたのは、暇を見て調べていたもので、手近な場所に置きたかったからだ。本のことやなんかで社長を煩わしたくなくてね。社長はホイットニーとの合併交渉で手いっぱいだったし、どのみち細かい問題はいつもぼくまかせだった。それで、ぼくは本を手に入れるたびに、社長の机のブックエンドのあいだへ滑りこませた。冊数を変えないために、社長の本を一冊ずつ抜きとって、書棚の本の後ろへ隠しておいた。こうして五週目の終わりには、社長の五冊の本はすべて書棚へ姿を消し、ブックエンドのあいだに並ぶのはスプリンガーが書きこみをしたのと同じ本ばかりになった。社長が机の上の目新しい本に気づいたら説明するつもりでいたけれど、気づかないのでほうっておいた。どうせ社長の愛読書は雰囲気だけのもので、机にあるのを見慣れてるから、当然そこにあるものと思いこんでる。もう何週間も、毎日のようにあの机のまわりを歩きまわってるのにね。まあ、よくあることだよ……。スプリンガーが机の上に妙な本があるのに気づくことはありえない。社長のアパートメントにはいる機会がないからな」

「ということは」エラリーは両の目にしだいに生き生きする光を宿して言った。「きみはあの五冊の本を、毎週毎週、ブックエンドのあいだにはさんでいったわけだな。つまり、最初のウェジョフスキーの本は六週前からあそこにあったわけか」

「そのとおりだ」

「それは何よりも興味深い」エラリーは言い、椅子に深々と体を沈めた。

警視がだしぬけに尋ねた。「ではウィーヴァーさん、その所番地を見せてもらおう。いまも控えを持っていると言ったな」

返事の代わりに、ウィーヴァーは胸ポケットから小ぶりの手帳を取り出して一枚の紙を抜きとった。警視とエラリーとクラウザーは興味津々のていで身を乗り出し、七つの所番地に目を通した。

「おい、これは――」警視の声が静かに震え、しばし途切れた。「エラリー、これが何かわかるか？　このなかのふたつは、フィオレッリの部下たちが何週間も探りを入れてきた麻薬取引の拠点だ！」

エラリーは思案顔で体を後ろへ引き、クラウザーとウィーヴァーは顔を見合わせた。

「特に驚くことじゃないね」エラリーは言った。「ふたつだって？　だとしたら、たぶん七つすべてが麻薬取引の拠点で……週ごとに場所を変えるんだろう……抜け目なくね。そうにちがいない！」だしぬけに身を乗り出す。「ウェス！」叫ばんばかりに言う。「六冊目の本に書いてあった所番地は？　どこだ？　早く！」

ウィーヴァーがあわててもう一枚の紙切れを取り出した。東九十八丁目の番地が記されている。

「父さん」すぐさまエラリーは言った。「これはすばらしい幸運だよ。ぼくたちが何を手に入れたかわかるかい？　きのうの麻薬取引拠点の場所だ！　日付は――五月二十四日――火曜――手がかりはほやほやで湯気を立ててるぞ！」

「なんとまあ」警視が小声で言った。「たしかにおまえの言うとおりだ。もし九十八丁目のその番地にまだ人が残っていたら――まあ、残っていてもおかしくないが――」勢いよく立ちあがり、受話器へ手を伸ばす。警察本部の番号を交換手に告げ、しばらくしてヴェリー部長刑事と話しだした。早口で指示を与えたあと、こんどは電話を麻薬捜査課へつながせた。課長のフィオレッリと手短に話し、受話器を置いた。

「フィオレッリに話してやったら、ただちにその東九十八丁目にある拠点の手入れに向かうそうだ」すばやく言い、慣れた手つきで嗅《か》ぎ煙草をひとつまみした。「トマスも同行する。現場へ向かう途中でわれわれを拾ってくれる。こいつはなんとしても見逃せまい！」警視の顎《あご》がいかめしく引きしまった。

「手入れ？」クラウザーが立ちあがり、全身の筋肉をこわばらせた。「いっしょに行ってかまいませんか、警視。自分にとってはピクニックみたいなもんで——ほんとです！」

「まったく異議なしだよ、クラウザー」警視は気のないていで言った。「なんであれ、立ち会うだけの手柄はある……。フィオレッリはわたしの覚えていたふたつの拠点をもう手入れしたんだが、どちらもすでにもぬけの殻だったそうだ。こんどこそ間に合うといいが！」

エラリーは何か言いかけたが、すぐに唇をきつく引き結んだ。そして、すぐに思索をはじめた。

ウィーヴァーは自分が炸裂《さくれつ》させた爆弾にとまどっている様子で、椅子にぐったりと身を沈めた。

28　糸をほぐす

一同は急な不安に駆られてエラリーを見た。クラウザーは半ばあけていた口を閉じ、頭を掻《か》きはじめた。ウィーヴァーとクイーン警視は、椅子の上で同時にゆっくりと体を動かした。

エラリーは無言で台所へはいっていった。ジューナに何か言う低い声が響く。ふたたび姿を見せると、鼻眼鏡をはずして無造作にまわしはじめた。「気がかりなことがあったものでね――でも」顔を輝かせる。「そう悪くないさ！」

エラリーは細い鼻梁《びりょう》に眼鏡を載せ、テーブルの前をのんびりと行きつもどりつした。

ジューナが台所からそっと現れ、アパートメントから出ていく。

「麻薬捜査課の車を待つあいだに」エラリーは言った。「ウェストリーがもたらした最新情報に照らして、事態を少し整理してみよう。

フレンチ百貨店が麻薬取引の重要な中継所として利用されていることに、もはや異議を唱える人はいないね？」

エラリーはかすかに挑むような目で一同を見た。クラウザーのいかつい顔に怒りがひろがる。

「おことばですがね、クイーンさん、そいつはあんまりですよ」クラウザーは吠《ほ》えるように言った。「そのスプリンガーって野郎が悪党なのは否定しません——ほかに言い表しようがないですしね——でも、うちの店のわれらが鼻先で麻薬密売団が商売をしてるなんて、なぜ決めつけるんです?」

「落ち着いてくれ、クラウザー」エラリーは穏やかに言った。「連中は手先をひとりフレンチの店に置いただけだ。なんとも好都合だよ」感心しきりといった口ぶりでつづける。「麻薬密売団にとってはね! すでにぼくが解読したけれど、ごく簡単な暗号を使い、なんの変哲もない本を介してそれを伝達する。そのすべてを悪習撲滅協会会長本人の立派な聖域でおこなうとは! 天才的なひらめきだよ……。いいかい。ほかにはありえないんだ。ぼくたちにわかってるのは、八日の間隔をおいて——一度だけ九日という例外はあるが、この点は日曜をはさんでいたというもっともな理由がある——書籍売り場の主任が——ここがこの企みの最もすばらしい要素のひとつだが——あまり売れそうにない退屈な本に——所番地を書きこむ……。どの本の日付も、スプリンガーがそれを用意した当日のものじゃないことに気づいたかい? そう、どの場合も翌日の日付が書いてある。水曜(Wednesday)の日付が書きこまれた本は、著者の名前が〝We〟ではじまっていて、いつも同じ棚に置かれた……毎週、同じ棚だったんだろう、ウェス」

「そうだ」

「つまり、水曜の日付が書きこまれた本は火曜の晩に、ほかの本にまぎれて同じ棚に置かれた。木曜の日付が書きこまれた本はつぎの週の水曜の晩に、というわけさ。これは何を意味するのか？　どう考えても、スプリンガーはあまり時間をあけたくなかったんだ。本を用意した晩から、それが受けとられるまでに！」

「受けとられる？」警視が尋ねた。

「そのとおりだよ。あらゆる点から考えて、これはよく練られた作戦計画で、本という伝達手段を介して何者かに所番地を知らせるのがスプリンガーのおもな任務だったにちがいない。相手は何人かわからないが、その謎の人物に口頭で伝えることができるなら、本を用いた暗号などという複雑な手段をとる必要がどこにある？　ないさ。たぶん、スプリンガーは自分が細工をした本をとりにくる相手を知っていたが、向こうはただの手先で、スプリンガーを知らなかったと思う。でも、そんなことはまったく問題じゃない。大事なのは、スプリンガーが自分の用意した本をあまり長く書棚に置けなかったことだ。買われてしまうかもしれないし、書きこまれた所番地が部外者の注意を引くかもしれない。父さんがスプリンガーの立場だったら、本を受けとらせる時間をどう決める?」

「言うまでもない。スプリンガーが夜のうちに用意したなら、翌朝受けとらせるさ」

エラリーはにっこりした。「ご名答。では、その場合にはどんな危険がありうるのか。閉店後に所番地を本に書きこめば、夜間に第三者が合法的な手段で本を動かすことはない。そして翌朝、決められた使いの者が来て、棚の所定の場所から本を抜きとる——もちろんその場所は計画が立てられた当初にちゃんと決められていたはずだ。おそらく、使いの者は翌朝なるべく早く——たぶん九時の開店直後にやってくるんだろう。あたりを見てまわり、やがて例の本棚へ近づき、あらかじめ教わったしるしのついた本を手にとり——しるしについてはすぐに説明するけど——ふつうに代金を支払って、情報を小脇にかかえて店を出る——安全で、そつがなく、ばからしいほどたやすい手口だ。

さて! ここで二、三の推論が成り立つ。翌朝やってくる使いの者はスプリンガーとはなんの接触も持たないと考えるのが妥当だ——実のところ、あらゆる点から見て、スプリンガーと使いの者はまったく無関係であり、一方だけか両方ともかはわからないが、相手の素性を知らないのは確実だ。となると、前夜に用意された本を使いの者が手に入れる唯一の手がかりは、前もって決められた暗号か何かの決まり事ということになる。そこまではふつうに考えればわかる。しかし、それはどんな暗号なのか。

そして、そこがこの計画の巧妙な点だ。

ぼくは自問した。なぜ著者の名前を——少なくとも最初の二字を——使いの者が本を手にとる曜日の最初の二字と同じにする必要があるのか、と。その疑問は、使いの者が詳細をいっさい知らされていないと考えれば解決できる。その使いの者が雇われて最初の指示を受けたとき、たとえば、つぎのように命じられたとしたら、何もかも筋が通るんだ。〝本は、書籍売り場のどこそこにある四列目の本棚の最上段にある。場所はいつも変わらない……。そこでだ。毎週、ちがう曜日に行け。厳密には八日後だ。ただし、八日後が日曜にあたる場合は例外で、九日後になる——前回が土曜だったら、つぎは月曜だ。仮に本をとりにいくのが水曜の朝だとしよう。その場合、手に入れるべき本は、水曜日（Wednesday）に対応して、著者の姓が〝We〟ではじまるものだ。ぜったいにまちがわず、そのうえ、なるべく早く書籍売り場を出るために、棚にあるすべての本から探さずにすむよう、著者の姓の最初の二文字に鉛筆で薄いしるしをつけて、それが目当ての本だと示してある。その本を手にとって、後ろの見返しに所番地が記してあるのをたしかめたら、本を買って店から出ろ〟……。こんな感じじゃないか？」

三人の男たちから、熱のこもった同意の声がいっせいにあがった。

「まさに悪魔のごとき奸計《かんけい》だよ」エラリーは考えながら言った。「ちょっと複雑ではあるけどね。だけど、こういうのは時が経つにつれて複雑じゃなくなるものだ。この仕組みの長所は、使いの者は最初に一度だけ指示を受ければ事足りるので、その後はいつまでも、何か月でも、しくじることなくつづけられることだ……。つぎの木曜（Thursday）には著者の姓が〝Th〟ではじまる本にある鉛筆のしるしを探し、つぎの金曜（Friday）には〝Fr〟、という具合にね。使いの者が手に入れた本をどうするかは、まだなんとも言えない。さまざまなことから判断すると、これは高度に中央集権化された麻薬密売組織で、ゲームで使う手先どもには仕事の内容を極力知らせず、おそらく首謀者や幹部たちがだれであるかも伏せたままだろう。そこでおのずと生じる問題は——」

「でも」ウィーヴァーが尋ねた。「どうして八日ごとなんだろう。単に、毎週同じ曜日にすればいいのでは？」

「いい質問だが、たぶん答は簡単だ」エラリーは言った。「その連中はほんの些細《ささい》な失敗すら犯さないようにしてるんだ。もし決まった人物が毎週月曜の朝九時に書籍売り場へやってきたら、そのうち注意を引いて目をつけられかねない。しかし、月曜のつぎは火曜、そのつぎは水曜というふうに、一週間と一日おいて来るぶんには、覚えられる恐れはまずない」

「くそ、なんてずる賢いやつらだ！」クラウザーがつぶやいた。「自分たちが気づかなかったのも無理はない！」

「ずる賢いどころじゃないな」警視が深く息をついた。「ということは、エラリー、おまえはその所番地はすべて麻薬密売の〝拠点〟だと考えているのか」

「まちがいないよ」エラリーは煙草に火をつけて言った。「ぼくたちは敵の利口さに感心しているが、この点をどう考える？　連中は同じ場所を二度と使わない！　それは毎週所番地がちがうことから明らかだ。それにまた、取引が週単位できっちりおこなわれる仕組みになってるのもまちがいない。毎週同じ場所でおこなわれていたら、麻薬捜査課が拠点を嗅《か》ぎつけるかもしれないし、人々が怪しげな動きに気づくかもしれないし、場所や噂が暗黒街の口づてでひろがるかもしれない。でも、一味が毎週ちがう拠点を使っていたら、麻薬捜査課はどうやってその手がかりを得るというのか。いや、驚くべき計略だよ。フィオレッリが情報屋や密告者を使って嗅ぎつけたのはたった二か所だ。それ以上つかめなかったことから、計略がいかに完璧《かんぺき》かがわかる。だからもちろん、警察がその拠点の手入れをしたときには、一味は姿をくらましで――もぬけの殻になっていた。おそらく、毎週、夜会《ソワレ》か何かを開いて、最後の客が帰るとすぐに店じまいをするんだろう。

ここで、その組織がいかに安泰であるかを考えてみよう。一味には客との一定の連絡経路があるにちがいない――そして、客はごくかぎられた人数だと思う。あまり多いと、そのせいで危険になるからだ。だから、客は裕福な、おそらくは上流階級の人々で、毎週電話でこっそり知らせを受けていたんだろう——所番地だけをね。ほかのことはすでに心得てるからだ。そして、客にできることは何か？ 客は何を求めるか？ 麻薬に依存した者のやむにやまれぬ強烈な欲求は、だれもが知っている。ここに安全な供給源、さらに大事なことに、安定した供給源がある。そう——客はけっして秘密を漏らさない。こんなうまい話があるだろうか」

「想像を絶するな」警視がつぶやいた。「なんという策略だ！ しかし、こんどこそ連中を根絶やしにしてやれば——」

「何事も成就するまで油断は禁物、とだけ言っておこう」エラリーは笑った。「ともあれ、いまにわかるよ。

さっき言いかけたように、殺人事件に直接結びつく二、三の問題が生じてくるんだ。バーニスはこの組織の客のひとりである——あるいは、あった——と見て、まずまちがいないだろう。そして、これまで影さえもつかめなかった、あいまいで謎に包まれた動機がようやく見えてきた気がするんだ。ウィニフレッド・フレンチ夫人は麻薬常用者ではなかった。それなのに、ハンドバッグにヘロインの詰まったバーニスの口紅を入れていた……。そして、そのまま死んだ。これは強力なつながりだよ、父さん！ まちがいなく強力だ……。

興味深いだろう？ 何しろ、殺人の動機がほかに何も見つからなからないんだから。でも、今回の事件を解明するにあたって、動機はたいして重要じゃない気がする。肝心なのは、殺人犯をつかまえて、麻薬密売組織を一網打尽にすることだ。ふたつ同時にというのは、推理で疲れたぼくの頭には手ごわそうだ……。

それから、つぎの問題だ。スプリンガーはこの麻薬ゲームでは歩《ポーン》なのか王なのか？ ぼくの推測では――スプリンガーは密売組織の一員で、あらゆる事情に通じてはいるが、親玉じゃない。ここでまた、おのずとつぎの質問が生じる――フレンチ夫人の心臓めがけて銃を撃ったのはスプリンガーなのか？ さしあたり、そこまで立ち入らないほうがいいだろう。

そして最後に、麻薬密売組織の一件は、ウィニフレッドの殺害――そしてバーニスの失踪《しっそう》――が、ふたつの無関係な事件ではなく、同一の犯罪における切っても切れない二要素であることを示しているのではないか、という問題だ。ぼくはそうだと考えてるが、どうしたら事の真相にたどり着けるかわからない――何かの偶発事件でも起こらないかぎりはね。では、証人は息切れしているため、とりあえず着席して、事件を全体《イン・トト》として考えなおすことにする」

そして、エラリーはそれ以上何も言わずに腰をおろし、すっかり放心したていで鼻眼鏡をもてあそびはじめた。

警視とウィーヴァーとクラウザーが、いっせいにため息をついた。

一同がそんなふうに無言で顔を見合わせていると、下の通りから短いサイレンの音が響き、フィオレッリとヴェリーと急襲部隊の到着を告げた。

29　急襲！

刑事や警官をぎっしり詰めこんだ警察のバンがウェストサイドを突っ切り、アップタウンめがけて疾走していた。けたたましいサイレンの音が、魔法のごとく道を切り開いていく。無謀な走行を何百もの目がいぶかしげに追った。

クイーン警視は排気音の咆哮《ほうこう》に負けじと声を張りあげ、クラウザーから聞いた個人タクシーの運転手の件や、マサチューセッツのナンバーをつけた謎の車の件を、険しく悔しげな顔のヴェリー部長刑事に告げた。ヴェリーは陰気な声で、運転手の話の裏をただちにとることと、行方不明の娘の捜索にあたっている部下全員に新情報を伝えることを約束した。運転手の名前と住所を記した紙を警視から受けとるヴェリーの隣で、クラウザーが小さく笑っていた。

ウィーヴァーは放免され、バンの到着と同時に、フレンチ百貨店へ帰っていった。麻薬捜査課の課長フィオレッリは静かにすわって指の爪を嚙《か》んでいた。憔悴《しょうすい》しきった熱っぽい顔で、警視を隅へ引き寄せた。

「九十八丁目の番地へは部下たちを先に行かせて家を包囲してある」しゃがれた太い声で言う。「逃げられないよう万全の措置をとってる。こっそり網を張ってるから、ネズミ一匹取り逃がすまい！」

エラリーはバンに静かに座したまま、群衆が視界に飛びこんでは消えてゆくのをながめていた。視界をさえぎる金網を指先で調子よく叩《たた》いていた。

馬力のあるバンは九十八丁目通りへと曲がり、東をめざして驀進《ばくしん》した。建物の数がしだいに増え、街並みが薄汚くなっていく。バンがイーストリヴァーへ向かってさらに突き進むと、車窓を流れていく景色は、崩れかかった建物やみすぼらしい人々で満たされていった……。

ついにバンは速度を落とした。私服刑事がある戸口から通りの真ん中へ突然現れ、二階建ての低い建物を意味ありげに指さした。それはペンキの剝《は》げかかった木造のあばら家で、ほんのわずかな震動が起こっても溝のなかへ粉々に崩れ落ちそうなほど、歩道へぶざまに傾いている。玄関のドアは閉ざされ、窓はすべて厳重に覆いがおろされている。人の住む気配はなく、空き家に見えた。

バンのブレーキが最初のきしりをあげるや、あちこちの角や戸口から、十人ほどの私服の男たちが駆け出してきた。問題の家の荒れ果てた裏庭にいた数名が拳銃《けんじゅう》を抜いて、建物の裏手へ近づいていく。フィオレッリを先頭として、刑事や警官の一団がバンから飛び出し、ヴェリーと警視とクラウザーもつづいて、玄関へ向かう崩れかかった木のステップを駆けあがった。

フィオレッッリがひび割れたドアの羽目板を激しく叩いた。ささやきほどの応答すら聞こえない。クイーン警視の合図で、ヴェリーとフィオレッッリがたくましい肩をぶつけてドアを押し破った。木屑《きくず》が飛び散ってドアが砕け、薄暗く黴《かび》くさい室内が現れる。壊れた古いシャンデリアと、二階へ通じる絨毯《じゅうたん》なしの階段が見えた。

警官たちが建物のなかへなだれこみ、ふたつの階に分かれたあと、拳銃を構えつつドアをあけて隅々まで分け入った。

エラリーは後ろからぶらぶらと歩きながら、奇跡のように家の外に集まった人々が、何人かの制服警官の警棒にさえぎられて呆気《あっけ》にとられるさまをあからさまに愉快がっていたが、手入れが失敗に終わったのをたちまち見てとった。

家はもぬけの殻で、人がいた形跡は微塵《みじん》もなかった。

30　鎮魂歌

一同はほこりっぽく人気《ひとけ》のない一室――没落を無言のうちに物語るヴィクトリア朝様式の暖炉がある、古風な応接室――に突っ立って、静かに話していた。やり場のない怒りでいっぱいのフィオレッリは、浅黒く肉づきのいい顔を暗灰色に染めて、黒焦げの薪を部屋の向こうへ蹴飛《けと》ばした。ヴェリー部長刑事はいつにもましてむっつりとしている。クイーン警視は手入れが失敗に終わったことを悟りきったように受け入れており、嗅《か》ぎ煙草を吸ったあと、刑事のひとりに命じて、大家か管理人が近所にいないかを調べにいかせた。

エラリーは無言だった。

刑事はまもなく、大柄で顔色の悪い黒人の男を連れてもどってきた。

「この家の管理をしているのか」警視がぶっきらぼうに訊《き》いた。

男は使い古しの山高帽を脱いで、足を踏み替えた。「そんなところです、ええ！」

「正確には――世話人、それとも管理人？」

「はあ、まあ、そんなもんです。このへんの家をまとめて世話してまして。借り手が来ると、家主の代わりに貸す面倒を見てやるんで」

「そうか。この家はきのうは人がいたのか」

男は大きくうなずいた。「いましたさ！　四、五日前に何人かで来て、この家をまるごと借りたいって話で。連れてきた仲介人がそう言ってました。仲介人にひと月ぶんの家賃を現金で払ってましたよ。この目で見ましたから」

「借り手はどんな男だった？」

「わりと背が低くて、長くて黒い口ひげを生やしてましたな」

「越してきたのはいつだ」

「そのあくる日の——日曜です、まちがいないです。トラックで家具を運び入れてました」

「その車に運送会社の名前は？」

「いや。名前は書いてなかったな。両側を黒い幌《ほろ》で覆った、よくある屋根なしトラックでね。名前はぜんぜんありませんでしたよ」

「その黒い口ひげの男を、たびたび見かけたかい」

男は短い縮れ毛に覆われた頭を掻《か》いた。「いや、そんなことはないな。きのうの朝まで一度も見かけませんで」

「そのときの様子は？」

「また引っ越してったんですよ、旦那《だんな》。こっちにはなんのことわりもなかったんですけど、朝の十一時ごろにおんなじ車が玄関に横づけになって、運転手ふたりが家へはいってって、家具を運び出して車に積みこんだんです。時間はあんまりかからなかったな――家具はたいしてなかったんで。そのとき、例の口ひげの男が家から出てきて、運転手に何か言い、どっかへ歩いてきました。トラックも行っちまいましたよ。そんで、口ひげの男はいなくなる前に、仲介人が渡した鍵《かぎ》を、家の前のあそこのステップにほうってきました、ええ」

警視はしばらく低い声でヴェリーと話してから、黒人の男に向きなおった。

「この四日のあいだに、この家にはいる者を見かけたか」警視は尋ねた。「特に火曜の午後――きのうのことだが」

「ああ――きのうは見かけましたよ、その前は見てません。うちのおっかあってのは一日じゅうこのへんで油を売ってるんですけど、きのうの午後は白人がわんさかこの空き家にやってきたって、ゆうべ言ってましたさ。家が閉まってるのを見て、みんながっかりしてたみたいで。ええと、十人くらいかな。すぐに帰ってったそうですけど」

「ご苦労だった」警視がゆっくり言った。「名前と住所、それに勤め先の不動産屋の名前をあそこにいる男に言うんだ。そして、この件に関してはだれにも漏らすんじゃないぞ。いいな！」

男は身をこわばらせて、言われたとおりのことを麻薬捜査課の刑事に口ごもりながら伝えると、一目散に部屋を出ていった。

「さて、いまので話は決まりだ」クイーン警視は、ひとかたまりになっているヴェリー、エラリー、クラウザー、フィオレッリに言った。「連中は噂を嗅ぎつけて逃げた。何か怪しいと感づいて、ここを引き払わざるをえなかったわけだ——麻薬を客たちに売る暇もなく。きょうのニューヨークには、禁断症状に苦しむ常用者が一ダースはいるにちがいない」

フィオレッリがうんざりした身ぶりをした。「しかたない、引きあげるか」不満そうに言う。「ろくな目に遭わんな」

「運が悪かったんですよ」クラウザーが言った。「逃げ足の速いやつらにちがいない」

「できるものなら、そのトラックの行方を突き止めようと思います」ヴェリーが言った。「手伝いたいか、クラウザー」皮肉っぽく微笑む。

「そんな、勘弁してくださいよ」クラウザーはしおらしく言った。

「おい、揉《も》め事《ごと》はよせ」警視はため息をついた。「調べてみろ、トマス。ただし、そのトラックは組織の仕事だけに使われる自家用車だという気がするがね。それに、連中はもう警戒しているだろうから、すぐには足どりをつかめまい。なんだ、エラリー」

「思うに」エラリーは手入れがはじまってからはじめて口を開いた。

「もう帰るべきだよ。大敗を喫したわけだから」──悲しげに微笑む──「控えめに言っても、いまのところはね」

フィオレッリとヴェリーは、九十八丁目のあばら家の前に制服警官をひとり残し、警官隊を引き連れて警察のバンで本部へもどった。クラウザーはバンに乗りこむヴェリーのがっちりした横腹をいたずらっぽくつつき、早々にフレンチ百貨店へと引きあげていった。

「店の連中が大騒ぎで探しまわってくれてるでしょうから」クラウザーはにやにやして言った。「なんと言っても、仕事が待ってるんで」

そして流しのタクシーを呼び止め、西から南へと向かった。クイーン父子は別のタクシーでそのあとにつづいた。

車中でエラリーは薄い銀時計を取り出し、愉快そうに文字盤を見つめた。警視は困惑気味に息子を見た。

「なぜおまえが家に帰りたがるのか理解できない」不服そうに言う。「もう出勤時刻をとっくに過ぎている。机の上に仕事が山積みのはずだ。きょうは何か月かぶりに朝の点呼に間に合わなかったし、たぶんウェルズがまた電話をかけてきただろう。それに──」

エラリーは時計に目を凝らしながら、唇にかすかな笑みを漂わせている。警視は小声で何やら言いつづけた。

タクシーが八十七丁目の褐色砂岩の建物の前で停まると、エラリーは運転手に料金を払い、父親を先導して階上へあがったあと、ジューナがドアを閉めてようやく口を開いた。

「十分間だ」満足げに言って、時計の蓋《ふた》を音を立てて閉じ、ヴェストのポケットにもどした。「まあ、平均ぐらいだろうね。東の川岸に近い九十八丁目から、反対側の八十七丁目通りまでの所要時間としては」笑顔になって薄手のコートを脱ぎ捨てた。

「何をやっている」警視が息をついて言った。

「まあ、いいじゃないか。ちょっとした策略だよ」エラリーは受話器をとり、電話番号を告げた。「フレンチ百貨店ですか？　書籍売り場のスプリンガーさんにつないでください……。もしもし、書籍売り場ですか？　スプリンガーさんをお願いします……。何？　そちらはどなたですか？　……ああ、そうですか……。いえ、けっこうです。ありがとう！」

電話を切った。

警視は心配でしかたがない様子で口ひげをひねっていた。エラリーをにらむ。「まさかスプリンガーが――」雷鳴のような声で言いかけた。

エラリーは動じるふうもなかった。「おもしろいことになったよ」おどけて無邪気に言う。「若い女の従業員の話によると、スプリンガー氏はつい五分前に急に気分が悪くなり、きょうはもうもどらないと言って、あわてた様子で出ていったそうだ」

警視は不安げに椅子に身を沈めた。「いったいなぜこの事態を予測できなかったのか。きょうは最後まで店にいるものと思っていたのに。もどらないと言ったんだな？もう二度とお目にかかれないぞ！」

「いや、だいじょうぶさ」エラリーは穏やかに言った。

そして引用した。「〝戦いに備える者はその半ばを戦いたり。備えて失うものは何もなし〟。かのよきスペイン紳士ドン・キホーテが当然の真理を口にしているよ、父《パ》さ《ード》ん！」

31　アリバイ——マリオンとゾーン

姿をくらましたジェイムズ・スプリンガーに呪詛《じゅそ》のことばをつぶやきながら、クイーン警視は警察本部へ顔を出しに出かけた。残されたエラリーは、開いた屋根窓の前で背中をまるめてくつろぎ、煙草を吸いながら考えこんだ。ジューナはふだんどおり猿のような不思議な恰好《かっこう》でエラリーの足もとの床にじっとすわりこみ、部屋に差しこむ柔らかな日差しをまばたきもせずに浴びている……。二時間後に警視が帰宅すると、エラリーは相変わらず煙草を吸いながら、机の前でメモの束に目を通していた。

「まだそれを?」警視はたちまち興味を引かれて尋ね、帽子とコートを椅子へほうった。ジューナがそれらを音もなく拾いあげてクロゼットにしまった。

「まだこれをね」エラリーは応じた。しかし、眉間《みけん》には皺《しわ》が深々と刻まれている。立ちあがり、思案顔でメモへ目をやってから、ため息をついてそれを机のなかにしまい、肩をすくめた。父親の乱れた口ひげと赤らんだ顔が目にはいると、眉間の皺はすっと消えて、かすかな笑い皺に変わった。

「本部で何か進展でも？」いたわるように尋ねて、ふたたび窓辺に腰かけた。

警視は落ち着きなく絨毯《じゅうたん》の上を行きつもどりつした。「さっぱりだ。トマスがクラウザーの言っていたタクシー運転手を訪ねたが——どうやらまた袋小路にはいりこんだらしい。運転手から、例の長身で金髪の誘拐犯の人相をずいぶんくわしく聞き出せたので、むろん東部全域に即刻周知した。特にマサチューセッツ州にな。車とバーニス・カーモディーの人相書きも合わせてだ。あとは待つよりほかにあるまい……」

「ふむ」エラリーは煙草の灰を落とした。「待ったところで、バーニス・カーモディーを墓場から連れもどすことはできないさ」急に熱を帯びた口調で言った。「いや、もしかしたらまだ生きているかもしれない……。捜索を北東方面に絞るべきじゃないよ、父さん。抜け目がない相手だからね。ナンバーの付け替えという古い手を使ったのかもしれないし、実は車を乗り換えて南へ向かったのかもしれない——あらゆる手口が考えられる。それどころか、生死にかかわらず、バーニス・カーモディーがこのニューヨークで見つかったとしても少しも驚くにはあたらない。なんと言っても、足どりはセントラル・パークで途絶えたんだから……」

「トマスが目を光らせて部下たちをあちこちへ放っている」警視は力なく言った。

「それに、トマスはやつらの手口をおまえに負けないくらい心得ているよ、エル。手がかりがほんのわずかでもあれば、どこまでも追いかけて——娘ばかりか一味もつかまえるだろう」

「女を探せ《シェルシェ・ラ・ファム》」エラリーはさらりと言った……。すわったまま考えにふける。警視は腰の後ろで両手を組んで行きつもどりつしながら、エラリーを怪訝《けげん》そうに見つめていた。

「マリオン・フレンチが本部に電話をかけてきた」唐突に言う。

エラリーはゆっくりと顔をあげた。「それで?」

警視は小さく笑った。「おまえの気を引くと思ったよ！　……そう、けさわたしがまだここにいるあいだも何度か電話をしたそうだ。ようやくわたしが着くと、ずいぶん神経が昂《たか》ぶった様子で——まあ、興奮とまではいかないが、気がかりなことがあるらしかった。そこで、エル、おまえのことを思って——言っておくが、わたしにはおまえの自己愛以上の愛情があるつもりだぞ——ここで会おうと頼んだ」

エラリーは微笑んだだけだった。

「たぶんあの娘はウィーヴァーから何か吹きこまれたんだろう」警視は不機嫌そうに言った。

「おやおや！」エラリーはおおっぴらに笑った。「父さんの慧眼《けいがん》にはときどき度肝を抜かれるよ」

呼び鈴が鳴り、ジューナが駆けていって応対した。飾り気のない黒のスーツと小ぶりで粋《いき》な帽子を身につけたマリオン・フレンチが、凛然《りんぜん》と顎《あご》をあげて扉の向こうに立っていた。

エラリーはあわてて立ちあがり、指をネクタイへさまよわせた。警視は足早に進み出て控えの間のドアを大きくあけた。

「さあ、どうぞ、お嬢さん！」警視は満面に笑みをたたえて愛想よく言った。マリオンはジューナへとまどい気味な微笑を向け、警視に向かって落ち着いた低い声で挨拶《あいさつ》し、居間へ進んだ。エラリーのあたたかな歓迎のことばに頬を赤らめる。警視から鷹揚《おうよう》にも愛用の肘《ひじ》掛《か》け椅子を勧められると、革の座面の端に軽くすわり、両手を握りしめて唇をきつく引き結んだ。

エラリーは窓辺に立った。警視は椅子を引き寄せ、マリオンのそばに向かい合ってすわった。

「さて、話したいこととはなんでしょうか、お嬢さん」警視が打ち解けた口調で尋ねた。

マリオンはおずおずとエラリーを一瞥《いちべつ》し、視線をもどした。「わたし――あの――」

「月曜の晩にゾーンさんの家を訪ねた件についてでしょう？」エラリーは笑顔で言った。

マリオンは息を呑《の》んだ。「なぜ――なぜご存じですの！」

エラリーは手ぶりで謝罪した。「知っていたわけじゃない。あてずっぽうみたいなものですよ」

警視の視線がマリオンの目を鋭く射た。けれども、声はやさしかった。「ゾーンさんに弱みを握られているんですか――それとも、お父さんに直接かかわりのあることか」

マリオンは耳を疑うかのように警視とエラリーを交互に見つめた。「そんな――」いくぶん気に障ったような笑い声をあげた。「てっきり、だれも知らない秘密だと思っておりましたのに……」その顔から急に影が消えたように見えた。「筋道立てておけ話しすべきですね。もうご存じだとウェストリーが言っていましたし――」唇を嚙《か》んで顔を赤らめる。「いまのは申しあげるべきではありませんでした――その件について話し合ったことは、特に内緒にしておくようにと本人から念を押されたのに……」

警視もエラリーも、マリオンの無邪気さに笑い声をあげる。「とにかく」マリオンはかすかに笑みを浮かべてつづけた。「ご存じでしょう――義母《はは》とゾーンさんのことを……。実のところ、あれはただの噂にすぎなかったんです！」声を張りあげたが、すぐに落ち着きを取りもどした。「でも、わたしは確信が持てませんでした。それに、わたしたちみんな――ほんとうにがんばって――そのひどい噂を父の耳に入れまいとつとめたのです。すっかり成功したとは言えませんけれど」マリオンの目に急に怯《おび》えの色がみなぎった。唐突にことばを切り、床に目を落とす。

エラリーと警視は目を見交わした。「つづけて、お嬢さん」警視がなだめるような声で促した。

「そのうち」マリオンは少し早口になった。「ほんの偶然から、噂の一部を裏づけるような話を耳にしました。けっして――ふたりの仲が深みにはまったわけではありませんけど、危険が増してきたのです。わたしにさえわかりましたもの……。月曜日はそのような状態でした」

「お父さんに話しましたか」警視が訊《き》いた。

マリオンは身をすくめた。「いいえ、まさか！　父の健康と名声、それに――心の平穏も保たなくてはいけませんでしたから。ウェストリーにも相談しませんでした。相談していたら、あの人はきっと止めたにちがいありません――わたしのしたことを。わたしはゾーンさんを――そして奥さまを訪ねたんです」

「つづけて」

「ご夫妻のアパートメントへ出向きました。どうしようもなく思い詰めていたもので。夕食が終わったばかりで、おふたりとも家にいるのを知っていました。奥さまにも同席してもらいたかったのです。なぜって、あのかたは何もかもご存じで――魔女のように嫉妬《しっと》なさっていましたから。脅迫までなさって――」

「脅迫ですって、お嬢さん」警視が質《ただ》した。

「いえ、たいしたことではありませんのよ、警視さん」マリオンはあわてて言った。「ただ、あのかたが何もかもご存じなのはわかりました。それに、ゾーンさんが――ウィニフレッドと――色恋沙汰《ざた》に陥ったのには、奥さまにも責任があります。奥さまは――ああ、それは恐ろしい人で……」力なく微笑む。「わたしのこと、はしたないおしゃべり女だとお思いでしょうね……。とにかく、わたしはふたりの前でまずゾーンさんを問いつめて――即刻やめるべきだと申しあげたのです。すると、奥さまはかんかんになって、口汚く罵《ののし》りはじめました。何もかもウィニフレッドのせいにして、脅迫まがいのひどいことばをつぎつぎと。ゾーンさんはわたしと話し合おうとなさいましたけれど――ふたりの女に責め立てられ、その気力もなくされたのでしょう。怒った顔でアパートメントから出ていってしまいました――わたしとあの恐ろしい奥さまを残して。奥さまはもう、正気を失ったようで……」身震いをする。「わたしは少しこわくなって――そう、あまりにも恐ろしくて逃げ出しました。廊下へ出てからも、叫び声が聞こえていて……。そして――ええ、それだけです、警視さん。何もかもお話ししました」口ごもって言う。「ゾーンさんのお宅を出たのが十時ちょっと過ぎでした。ぐったりして気分が悪かったもので、きのう申しあげたとおり、ほんとうにセントラル・パークを歩きました。くたくたで倒れそうになるまで、歩きに歩いてから、家に帰りました。ちょうど夜半ごろでした」

しばし沈黙がおりた。無表情でマリオンを見守っていたエラリーが視線をそらした。警視は咳払《せきばら》いをした。

「で、すぐにお休みになったんですか、お嬢さん」と尋ねる。

マリオンは警視を見つめた。「まあ、どういう意味ですの？……わたしは――」恐怖がふたたび目に浮かぶ。しかし、思いきって答えた。「ええ、警視さん、すぐに休みました」

「あなたが家へはいるのを見た者はいますか」

「いえ――いません」

「だれにも会わず、だれとも話さなかった？」

「はい」

警視は眉《まゆ》をひそめた。「そうか！　ともあれ、お嬢さん、あなたは正しいことをした――ただひとつの正しいことをね――つまり、わたしたちに話してくれた」

「話したくありませんでした」マリオンは小声で言った。「でも、きょうウェストリーに打ち明けたら、話さなくてはいけないって言われて。それで――」

「なぜ話したくなかったんですか」エラリーが尋ねた。マリオンが語りはじめてから、エラリーがことばを発したのははじめてだった。

マリオンは長いあいだ黙していた。やがて、意を決したように「お答えするのは控えさせていただきます、クイーンさん」と言い、腰をあげた。

警視はすぐに立ちあがった。生々しい静寂のなか、マリオンをドアまで見送った。

もどると、エラリーがくすくす笑っていた。「天使のごとく純朴な人だね。そんな渋い顔をするなよ、父さん。われらがよき友、サイラス・フレンチのアリバイは確認したのかい」

「おお、その件か」警視は浮かない顔をした。「ああ、ゆうベジョンソンに調べさせた。けさ報告があったよ。フレンチがグレイトネックのホイットニー邸にひと晩じゅういたことはまちがいない。月曜の夜九時ごろに軽い消化不良を起こしたそうだ。すぐ床に就いたらしい」

「偶然かな」エラリーはにやりとした。

「なんだと?」警視は顔をしかめた。「とにかく、あの男のアリバイはたしかだ」

「へえ、そうかな」エラリーは腰をおろし、長い脚を組んだ。「ただの頭の体操として考えると」いたずらっぽく言う。「たしかとは言えないよ。老サイラスは九時にベッドにはいる。仮に、宿泊先の主《あるじ》には知られずにニューヨークへ帰りたくなったとする。その夜のうちに、突然にね。そこで、家を抜け出してとぼとぼと道を歩く……。いや、待て! そんなに朝早くにホイットニーの車で出発したところを見た者はいたんだろうか」

警視は目を瞠《みは》った。「もちろん、運転手が見ている――フレンチをニューヨーク市内へ運んだ人物だ。ジョンソンの話では、フレンチが出発したのは、ほかの者が起き出すずっと前だったそうだ。しかし、運転手というものは……」

エラリーは含み笑いをした。「ますますいい。運転手は口止めができる。で。そうしたとする……。そして、われらがご立派な悪習撲滅協会の大立者は屋敷をこっそり抜け出し、おそらくは共犯者であろう運転手がひそかに駅まで送り届ける。ちょうどその時刻に列車があってね。ぼくは三週間前の月曜の夜、ブーマーの家からもどるときにその列車に乗ったから、よく知ってるんだ。ほんの三十分かそこらでペンシルヴェニア駅に着く。それなら百貨店の貨物搬入口から忍びこむのに間に合う……」

「だが、そのまま夜通し店にいるしかなかったんだぞ！」警視はうなるように言った。「それはそうだ。でも、気の利いた運転手がアリバイを立証してくれる……。簡単だろう？」

「ばかばかしい！」警視は声を荒らげた。

「そうじゃないとは言ってないさ」エラリーは目を輝かせて言った。「でも、心に留めておくべきだ」

「たわごとだ！」警視は低くうなるように言い、ふたりは声をそろえて笑った。「それはそうと、関係者からアリバイの聴取をする手配をしておいた。ゾーンには本部から電話をかけて、ここへ来るよう言ってある。向こうの言い分がマリオン・フレンチの供述と合うかどうかを知りたい。ゆうべ十時以降に何をしていたかも」

エラリーの冗談めいた態度が影をひそめた。不満そうな顔で、うんざりしたように額をなでる。「それを言うなら、いっそ関係者全員のアリバイをはっきりさせてもいいさ。ゾーン夫人をここへ呼ぶのも悪くないだろう。ぼくはそのあいだストア派の禁欲主義に徹することにする」

警視が何本かの電話をかけ、ジューナが大急ぎで電話帳をめくるかたわらで、エラリーは安楽椅子に身を沈めて目を閉じていた……。

三十分後、クイーン家の居間ではゾーン夫妻が並んですわり、警視と向かい合っていた。エラリーは片隅に引っこみ、突き出た書棚の陰で身を隠したような恰好《かっこう》だった。

ゾーン夫人は骨格のがっしりした女性で、太り肉で血色がよく、異様に鮮やかな金髪を驚くほど短いボブにしている。冷ややかな緑の目と、大きな口。一見すると三十歳手前のようだが、よく観察すると顎《あご》と目のまわりの小皺《こじわ》のせいでそれより十歳は老けて見える。流行の先端をゆく服装に身を包み、尊大にふるまっている。

マリオンの話とは裏腹に、ゾーン夫妻はこの上なく仲むつまじそうに見えた。ゾーン夫人は夫から警視を紹介されると愛想よく堂々とうなずき、夫へ話しかけるときは甘い声で「ねえ、あなた……」といちいち付け加えた。

警視は夫人を鋭く観察し、歯に衣《きぬ》着せまいと心を決めた。

まずはゾーンのほうを向いた。「お呼びしたのは、捜査における必然的な手続きとして、去る月曜の夜のあなたの行動を説明していただくためです、ゾーンさん」

取締役の手は禿《は》げ頭《あたま》へとさまよっていった。「月曜の夜？ つまり――事件のあった夜ですね、警視さん」

「そのとおりです」

「あなたはこのわたしを――」重たげな金ぶち眼鏡の奥の目に怒りが宿った。夫人が指一本でかすかに合図をする。ゾーンは魔法をかけられたように平静を取りもどした。「夕食をとりました」何事もなかったように言う。「わが家で家内といっしょにです。早い時間はふたりともずっと家にいました。十時ごろ家を出て、五番街と三十二丁目通りの角にあるペニー・クラブへまっすぐ向かいました。そこでグレイに会い、ホイットニーとの合併問題について三十分かそこら話したんです。だんだん頭痛がしてきたので、散歩でもして気分を変えたいとグレイに言いました。それで別れを告げて、わたしはクラブを出ました。五番街をずっと進み、さらに歩きつづけて七十四丁目の自宅まで帰ったんです」

「着いたのは何時ごろでしたか、ゾーンさん」警視は尋ねた。

「たしか十一時四十五分ごろでした」

「奥さんは起きていらっしゃいましたか――顔を合わせたんですか」

大柄で血色のよい夫人が夫の代わりに答えた。「いいえ、警視さん、合わせておりません！　主人が出かけてから少しして使用人たちをさがらせ、わたしも休みました。ほとんどすぐに寝入ったものですから、主人が帰ったのには気づきませんでしたわ」大きな白い歯を見せてにっこりした。

「どうも納得しかねますが――」警視は丁重に言いかけた。

「主人とわたしは別々の部屋で休みますのよ、警視さん」夫人はえくぼを浮かべて言った。

「ふうむ」警視は、このやりとりのあいだ身じろぎもしなかったゾーンのほうへ向きなおった。「歩いて帰るあいだに、だれか知り合いにお会いになりませんでしたか、ゾーンさん」

「いいえ――だれにも」

「帰宅なさったとき、管理人かだれかに会いませんでしたか」

ゾーンは豊かな赤毛のひげをいじっている。「残念ながら会っていません。十一時以降は電話の交換台に夜勤の担当者がひとりいるだけで、わたしが帰ったときは席をはずしていました」

「すると、エレベーターは自分で動かすたぐいですか」警視は淡々と尋ねた。

「はい――そのとおりです」

警視は夫人のほうを向いた。「朝は――火曜の朝ですが――何時にご主人と顔を合わせましたか」

夫人は金色の眉を弓なりに吊《つ》りあげた。「火曜の朝――ええと……。ああ、そう！十時だったわ」

「ご主人の身支度はすんでいましたか」

「ええ。居間へまいりますと、主人は新聞を読んでいました」

警視は力なく微笑んで立ちあがり、部屋のなかを少し歩きまわった。やがてゾーンの前で立ち止まり、鋭い目でにらみつけた。「月曜の夜にフレンチのお嬢さんがお宅を訪ねたことを、なぜ話さないんですか」

ゾーンが身を硬くこわばらせた。マリオンの名前がゾーン夫人に及ぼした効果は驚くべきものだった。顔から血の気が引き、虎のごとく瞳孔《どうこう》がひろがる。口をきいたのは夫人だった。

「ああ、それは――」夫人は低く激しい声で言った。体は怒りで引きつっている。顔から慇懃《いんぎん》な仮面が剝《は》がれ落ち、狡猾《こうかつ》で残忍な素顔があらわになった。

警視は夫人の声が聞こえないようだった。「ゾーンさん？」

ゾーンはぎこちなく舌で唇を湿らせた。「そう――そのとおりです。なんの関係もないと思ったもので……。ええ、お嬢さんが見えました。十時ごろに帰られましたが」

警視は焦《じ》れたそぶりをした。「あなたとフレンチ夫人の関係について話したんですね」

「ええ、はい。そうです」ほっとしたように、ことばがほとばしり出た。

「奥さんは激しく興奮なさった？」

夫人の目が冷たい緑の炎を放っていた。ゾーンは口ごもって言った。「ええ」

「奥さん」夫人の目が曇った。「あなたは月曜の夜、十時少し過ぎに休んで、翌朝の十時まで寝室から出なかったんですね？」

「そのとおりです」

「でしたら」警視は話を結んだ。「質問は以上です——いまのところ」

ゾーン夫妻が出ていったあと、警視はエラリーが忘れられた片隅でひとり静かに笑っているのに気づいた。

「何がおかしいんだ」悲しげに言った。

「ああ、父さん——泥沼もいいところだな！」エラリーが叫んだ。「人生は複雑なり《ラ・ヴィ・セ・コンフュゼ》！　みごとなくらい、あれこれが嚙《か》み合わない……。いまの会見をどう思う、父さん」

「何を言いたいのかわからないが」警視はうなるように言った。「だが、わかったことがひとつある。月曜の夜十一時半から火曜の朝九時少し過ぎまでのあいだに、ほかの人物によって目撃されたと立証できない者は、だれであれ犯行が可能だったということだ。仮説を立ててみよう。仮にXを容疑者とする。Xは月曜の夜十一時半以降、だれにも姿を見られていない。家に帰って寝たと主張している。だが目撃者はいない。Xは帰らなかったのかもしれない。貨物搬入口からフレンチ百貨店へ忍びこんだのかもしれない。そして、翌朝の九時に店を出たのかもしれない。家に帰り、だれにも見られることなく自分の部屋へはいり、十時半かそこらにふたたび現れて、おおぜいの前に姿をさらしたのかもしれない。その場合、Xはひと晩じゅう自宅で寝ていて、犯行に及ぶのは不可能だったと思わせることができる。しかし、物理的には可能だったわけだ……」

「そう、そのとおりだ」エラリーはつぶやいた。「さて、つぎの標的を呼ぼうか」

「もう来るはずだ」警視は言い、浴室へ行って汗ばんだ顔を洗った。

32　アリバイ——マーチバンクス

マーチバンクスは苦りきった顔をしていた。恨みをいだいているかのようにむっつりと押しだまっている。クイーン警視を鋭く一瞥《いちべつ》し、エラリーには目もくれなかった。ジューナがステッキと帽子を預かろうとするのを荒っぽく拒否して、音を立ててテーブルに置いた。勧められもしないのに腰をおろし、椅子の肘《ひじ》掛《か》けを不愉快そうに叩《たた》いた。

「さてと」警視は心のなかで言った。「こんどはおまえだ」嗅《か》ぎ煙草をゆっくりと一服して、興味深そうにマーチバンクスをながめた。「マーチバンクスさん」そっけなく言う。「月曜の夕方から夜にかけて、どこにいましたか」

殺された女の兄は顔をしかめた。「なんだね、これは——拷問か？」

「そちらがそう望むなら」警視は不機嫌きわまりない声でやり返した。「繰り返します——月曜の夜はどこにいましたか」

「どうしても知りたいなら言うが」マーチバンクスは嚙みつくように言った。「ロングアイランドへ出かけていた」

「ほう、ロングアイランド！」警視は感心した顔をしてみせた。「いつ出発して、ロングアイランドのどこへ行き、どのくらいいたんですか」

「警察ってのはかならず〝物語〟を聞きたがるな」マーチバンクスは絨毯《じゅうたん》をしかと踏みしめて、ぜいぜいと喉《のど》を鳴らして言った。「いいだろう。月曜の午後七時ごろにニューヨークを出発した。自分の車で……」

「運転はご自分で？」

「そうだ。わたしは——」

「連れはいましたか」

「いない！」マーチバンクスは叫んだ。「話が聞きたいのか、聞きたくないのか。わたしは——」

「つづけて」警視は裁決をくだすように言った。

マーチバンクスは目をむいた。「さっき言いかけたとおり——月曜の午後七時ごろに自分の車で出発した。向かった先はリトルネックで——」

「リトルネックだと？」警視は相手を苛立《いらだ》たせるように口をはさんだ。

「そうだ、リトルネックだ」マーチバンクスはかっとなって言った。「何が悪い？リトルネックに住む友達の家で、ちょっとしたパーティーに招かれ——」

「友達の名前は？」

「パトリック・マローン」マーチバンクスはあきらめたように答えた。「向こうに着いてみると、家には使用人しかいなかった。使用人が言うには、マローンは間際になって仕事でやむなく出かけることになり、パーティーは中止せざるをえなくなったと……」

「そんな事態になるかもしれないという心づもりは？」

「マローンが出かけることを知っていたかという意味なら――知っていたと言える。その日の朝早く、流れる可能性もあると電話で聞いていたからな。ともあれ、そこにいてもしかたがないんで、すぐに発《た》って幹線道路を走り、何マイルか離れた自分の別荘へ向かった。ときどき息抜きのために使っている。わたしは――」

「そちらに使用人は？」

「いや。手狭だし、あっちではひとりでいたいからな。そんなわけで、そこで一泊して、翌朝、車でニューヨークにもどってきた」

警視は皮肉っぽく微笑んだ。「その夜も翌朝も、供述を裏づけてくれる証人にはひとりも会わなかったようだな」

「どういう意味かさっぱりだな。何が言い――」

「証人はいるんですか、いないんですか」

「……いない」

「ニューヨークに着いた時刻は？」

「十時半ごろだ。遅く起きたもので」

「それから、マローンとやらの家に着いて使用人と話したのは、月曜の晩の何時でしたか」

「ああ、たしか八時か八時半ごろだ。はっきりとは覚えていない」

警視は何も言わず、部屋の隅にいるエラリーへ向けておどけたような目配せをした。そして肩をすくめた。マーチバンクスは血色のよい顔をどす黒く染め、突然立ちあがった。

「質問がなければ帰らせてもらおう」帽子とステッキを手にとった。

「待って！　あとひとつだけ。すわってください」マーチバンクスはしぶしぶ腰をおろした。「妹さんはなぜ殺されたんでしょうか」

マーチバンクスはあざけるように笑った。「そんなふうに訊《き》かれると思ったよ。進退きわまったのか。もっとも、驚くにはあたらないがね。この街の警察ときたら――」

「質問に答えてください」

「理由など知らないし、わかるはずもない！」マーチバンクスはだしぬけに怒鳴った。「それはあんたらの仕事だ！　わたしが知っているのは妹が撃ち殺されたことだけだ。

殺したやつを電気椅子でまる焦げにしてやってくれ」そこまで言い、息を切らした。

「なるほど。あなたが復讐《ふくしゅう》を望むのも当然だ」警視は疲れたように言った。「お引きとりくださってけっこうですよ、マーチバンクスさん。ただし街を離れないように」

33　アリバイ――カーモディー

つぎに呼ばれたのは、ヴィンセント・カーモディーだった。相変わらず寡黙な男だ。驚くべき長身を折りたたんで、尋問の席に音もなく腰をおろす。そしてじっと待った。

「あの――カーモディーさん」警視がぎこちなく切り出した。古美術商はわかりきった質問には答えまいとしているらしい。「あの――カーモディーさん、お呼び立てしたのは、少しお尋ねしたいことがあるからです。直接間接を問わず、フレンチ夫人とかかわりのあった人たち全員の行動を調べていましてね。もちろん、ほんの形だけのことですが……」

「ふむ、なるほど」カーモディーはまばらな顎《あご》ひげをいじりながら言った。

警視は古びた茶色の嗅ぎ煙草入れから急いでひとつまみ吸った。「そこで、月曜の夜に――殺人があった日の夜ですが――あなたが何をしていたかをお聞かせ願えるとありがたい」

「殺人ですか」カーモディーは投げやりに言った。「そんなものに興味はありませんよ、警視。娘の件はどうなっていますか」

警視は苛立ちを募らせながら、カーモディーの無表情な細面の顔を見つめた。「お嬢さんの捜索はしかるべき担当者が進めています。まだ見つかっていないが、新たな情報を入手したんで、きっと結果が出るはずです。こちらの質問に答えてください」

「結果だと！」カーモディーは意外なほど苦々しい口調で言った。「そのことばが警察用語で何を意味するかはわかる。あなたは捜査に行きづまり、自分でもそれを知っているわけだ。もういい、私立探偵を雇って調査をさせます」

「どうかこちらの質問に答えてください」警視は荒々しい声で繰り返した。

「落ち着いてください」カーモディーは言った。「月曜の夜のわたしの行動が事件とどんな関係があるというのか。自分の娘を誘拐するはずなどありませんよ。しかし、どうしてもとおっしゃるなら、話しましょう。

月曜の夕方、目利きのひとりから電報が届きました。コネチカットの田舎で、アーリーアメリカン様式の家具で埋めつくされた家を見つけたというんです。わたしはその手の掘り出し物はかならず自分の目でたしかめることにしていましてね。そこでグランド・セントラル駅から列車に乗りました——午後九時十四分発の列車です。スタンフォードで乗り換えて、目的地に着いたのは十二時近くでした。町からずいぶん離れていましたからね。住所はわかっていたんで、すぐに家具の所有者を訪ねました。

ところが先方は留守で、どんな手ちがいがあったのかはいまだにわかりません。泊まる場所もなく――近くには宿がまったくないんで――ニューヨークへ引き返すしかありませんでした。乗り継ぎがうまくいかず、自宅のアパートメントに帰り着いたのは朝の四時でした。それだけです」

「まだですよ、カーモディーさん」警視は一考した。「ニューヨークに着いてから、だれかに会いましたか――あるいは、アパートメントでもいいですが」

「いいえ。ひどく遅い時間でしたから。だれも起きていませんよ。それに、わたしはひとり住まいです。朝食は建物のなかの食堂で十時にとりました。給仕長が証明してくれるでしょう」

「そうでしょうな」警視はとげとげしい声で言った。「移動中にあなたを覚えていそうな人に会いましたか」

「いいえ。列車の車掌のほかは」

「そうか、まったくな！」警視は両手を腰に叩《たた》きつけ、不快感もあらわにカーモディーを見つめた。「あなたの行動を文書にしたためて、警察本部のわたし宛《あて》に郵送してください。もうひとつお尋ねする。お嬢さんのバーニスが麻薬常用者であることはご存じですか」

カーモディーはうなり声をあげ、跳ねるように立ちあがった。またたく間に、頑《かたく》ななまでの寡黙さがゆがんだ憤怒へと変わった。部屋の隅にいたエラリーは椅子から腰を浮かした。一瞬、古美術商が警視に殴りかかるかに見えたからだ。しかし、警視は微動だにせず、冷ややかに相手を見据えていた。カーモディーは両のこぶしを握りしめて、ふたたび腰をおろした。

「なぜわかったんですか」喉《のど》を絞められたような声でつぶやいた。三角にとがった顎の浅黒い肌の下で、筋肉が小刻みに動く。「だれも知らないと思っていた――ウィニフレッドとわたしのほかは」

「ほう、ではフレンチ夫人も知っていたのか」警視は即座に言った。「前々から知っていたんだろうか」

「わかってしまったか」カーモディーはうめくように言った。「なんてことだ！」生気を失った顔を警視へ向けた。「わたしは一年前から気づいていた。ウィニフレッドは――」顔をこわばらせる。「ウィニフレッドはまったく気づかなかった。母親の贔屓目《ひいきめ》だかなんだか」苦々しく付け加えた。「ばかばかしい！　あの女は自分のことしか考えていなかった……。だから、わたしから話しました――二週間前に。あの女は信じなかった。大げんかになりましたよ。でも、最後にはあいつも信じました――そういう目でしたから。わたしは何度もバーニスを説得しようとしました。娘は恥じ入るふうもなく、麻薬の入手先をけっして明かそうとしなかった。そこで、藁《わら》をもつかむ思いでウィニフレッドに相談したんです。わたしにはできなかったことが、ウィニフレッドならうまくやれるかもしれないと考えてね。もう何もわからない……」声が小さくなり、ささやき声になる。「わたしはバーニスを——どこかへ——どこでもいいから連れていき、治療を受けさせるつもりでいた……。そうこうしているうちに、ウィニフレッドが殺されて、バーニスが——いなくなってしまい……」声が途切れた。目の下の大きなたるみがさらに際立つ。カーモディーは苦悩していた——その苦悩がいかに深く、屈折した心理によるものかは、部屋の隅で静かに座しているエラリーだけが感じとれた。

やがて、ひとことも言わず、なんのことわりもなく、カーモディーはすばやく立ちあがって帽子をつかみ、クイーン家のアパートメントから駆け出していった。警視が窓から外を見ると、帽子を握りしめたまま一心不乱に走り去るカーモディーの姿が目に映った。

34　アリバイ——トラスク

トラスクは約束の時間に三十分遅れてクイーン家のアパートメントへやってきた。気怠《けだる》げに現れ、気怠げにクイーン父子に挨拶《あいさつ》し、気怠げに腰をおろし、翡翠《ひすい》の長いホルダーに小粋《こいき》に差しこまれた煙草に気怠げにマッチで火をつけ、気怠げに警視の質問を待った。

月曜の夜はどこにいたか？　ああ、街をぶらぶらしてました——面倒そうに腕をひと振りしてあいまいに答え、口ひげの先をひねった。

〝街〟とはどのあたりか？　ええと、そうだな——覚えてませんね。最初はどこかのナイトクラブにはいったかと。

何時に？　十一時半ぐらいだったんじゃないかな。

十一時半より前はどこにいたか？　ああ、仲間たちとの約束がふいになったんで、開演ぎりぎりにブロードウェイの劇場へ飛びこみました。

ナイトクラブの名前は？　思い出せませんね、ほんとです。

〝思い出せない〟というのはどういうわけか？　そいつは――白状すると、密造酒をひっかけたんですけど、そいつにヘロインの爆弾でもはいってたにちがいない――はっはっは！　明かりが消えたみたいに記憶が飛びました。ひどく酔っ払いましたよ。なんにも覚えてませんね。わかってるのは、火曜の朝十時に、ペンシルヴェニア駅の洗面所で冷たい水を顔にひっかけたことだけだ。何もかもめちゃくちゃでね。ひどい夜を過ごしたに決まってます。朝になって、どっかのクラブから蹴《け》り出されたんじゃないかな。それだけです。大急ぎで帰って、着替えるのがやっとでした。そのあと、百貨店の取締役会に出たんです。

「上等だよ！」警視は小声で毒づいて、醜怪な小動物でも見るようにトラスクをながめた。トラスクは、おおよその見当で、灰皿のあるほうへ煙草の灰を落とした。

「トラスクさん！」警視の声の鞭《むち》のような響きに、取締役のだらしない長身がはっと伸びた。「どのナイトクラブにはいったか思い出せないというのはたしかなのか」

「だから、そうなんですって」トラスクは椅子に身を沈めてのんびりと言った。「びっくりさせないでくださいよ、警視さん。覚えてないって言ったでしょう。頭がすっかり空っぽになってね。何も思い出せないんだ」

「そうか、そいつは残念だ」警視はうなり声で言った。「かまわなければ訊《き》きたいんだが――バーニス・カーモディーが麻薬常用者だったのは知っているのか」

「まさか！」トラスクは姿勢を正した。「てことは、思ったとおりだったのか」

「では、疑っていたと？」

「何度もね。様子がおかしいのはしょっちゅうだった。ありとあらゆる症状が出てたし。そういう連中をわんさと見てきたからわかるんです」トラスクは胸もとのクチナシの花に落ちた煙草の灰を気怠く不快そうに払いのけた。

警視は微笑んだ。「それでも、バーニスさんとの婚約話を進めるのをやめようとは思わなかったのか」

トラスクは高徳の士を気どった。「いや、そんな――まったく！　結婚してから矯正してやるつもりでいたんです。彼女の家族には内緒でね。残念だ――ほんとに」大きく息をついた。そしてもう一度、息をついた。

「あんたとサイラス・フレンチの関係はどうなんだね」警視は苛立《いらだ》ち気味に尋ねた。

「ああ、それなら！」トラスクの顔が輝いた。「まったく申し分ありませんよ、警視。だって、まあ――未来の義理の父とはうまくやっていくのが当然でしょうに。わっはっは！」

「お引きとり願おう」警視はきっぱりと言った。

35 アリバイ――グレイ

ジョン・グレイは手袋をていねいにたたんで上等な黒の山高帽のなかへ入れ、にこやかに微笑んでジューナに手渡した。それからクイーン警視と礼儀正しく握手を交わし、エラリーにはしかるべき誠意のこもった会釈をして、警視の勧めに従って椅子に腰をおろした。

「いやはや！」白い口ひげをなでて含み笑いをする。「実に趣のあるお住まいですな。いや、ほんとうに！　ところで捜査の進展はいかがですか、警視。はっ、はっ！」活発な老オウムよろしく早口でしゃべり、絶えず動く目をしばたたいた。

警視は咳払《せきばら》いをした。「ちょっと確認したいことがありましてね、グレイさん。形だけのことです。お呼び立てしてご迷惑ではありませんでしたか」

「なんの、なんの」グレイは愛想よく言った。「ちょうどサイラスを見舞ってきたところです――そう、サイラス・フレンチを――ええ、ずいぶん具合がよくなりましたよ、ずいぶんね」

「それは何よりだ」警視は言った。「ところで、グレイさん、ほんの形だけのことですが——月曜の夜に何をなさっていたかを説明してもらえますか」

グレイは呆然《ぼうぜん》とした。やがて、ゆっくりと微笑んだ。そして、急に小さな声で笑いだした。「なるほど、なるほど！　賢明ですな、警視さん、実に賢明だ。すべてをたしかめておきたいわけだ。大変興味深い！　おそらく関係者全員が同じ質問を受けにやってくるんでしょうな」

「ええ、そうです」警視は相手を安心させるように言った。「きょうはもう、この部屋の絨毯《じゅうたん》は何人もの同僚のかたに踏まれていますよ」ふたりとも声をあげて笑った。

グレイは礼儀正しく真顔になった。

「月曜の夜ですか。ええと」考えながらひげを引っ張った。「そうそう！　月曜の夜はずっと、行きつけのクラブにいました。ペニー・クラブです。古くからの友人たちと夕食をとってから、ビリヤードをしました——それが恒例でしてね。たしか十時か十時少し過ぎに、ゾーンが——ご存じのとおり、むろんわが社の取締役のひとりですが——雑談をしにぶらりと立ち寄りました。今後の合併問題について話し合ったんです。翌朝の会議でフレンチやほかの取締役たちと協議をすることになっていたものでね。三十分ほどで、ゾーンは頭痛がすると言って帰っていきました」

「なるほど、話はぴったり合います」警視はにやりとして言った。「というのも、さっきゾーンさんがここに来て、あなたとペニー・クラブで会ったと話していましたから」

「おや、そうでしたか」グレイは微笑した。「では、お話しすることはもうほとんどなさそうですな、警視」

「そうでもありませんよ、グレイさん」警視は陽気に舌を鳴らした。「いいえ、事実を明確にしておきたいだけですが——その後はどう過ごされましたか」

「ああ！　いつもと同じですよ。十一時ごろにクラブを出て、歩いて家へ帰りました——住まいはクラブからさほど遠くない、マディソン街にあります。まっすぐ帰宅して、そのまま寝ました」

「おひとり暮らしですか、グレイさん」

グレイは渋い顔をした。「あいにく女性不信なもので、家族はありません。家事は年配の家政婦にまかせています——長期滞在用のホテルで暮らしていますのでね」

「では、その家政婦はあなたがクラブから帰ったとき起きていましたか」

グレイはさっと両手をひろげた。「いいえ。ヒルダは土曜の夕方に、ジャージー・シティーにいる病気の兄の見舞いに出かけて、火曜の午後まで帰ってきませんでした」

「そうですか」警視は嗅《か》ぎ煙草を一服した。「でも、だれかがきっと、あなたが帰宅したところを見たでしょう、グレイさん」

グレイは驚いた顔をして、やがてまた目をしばたたきながら微笑んだ。「ああ、なるほど、わたしのアリバイとやらを証明しろというわけですか」

「そのとおりです」

「では、あれこれ申しあげる必要はありません」グレイはうれしそうに答えた。「わたしがホテルへはいるのを、夜勤のフロント係のジャクソンが見ています。わたしはジャクソンに郵便物が届いていないかと尋ねて、何分か立ち話をしました。それからエレベーターで部屋へ向かったんです」

警視の顔が輝いた。「でしたら、もうお尋ねすることはありません。ただ――」一瞬、浮かない表情を見せる。「あなたが夜勤のフロント係と立ち話をして階上へ向かったのは何時でしたか」

「ちょうど十一時四十分でした。ジャクソンの机の上に掛かっていた壁時計を見て、自分のと比べたのを覚えています」

「ホテルはどちらにありますか、グレイさん」

「マディソン街と三十七丁目通りの角です。バートン・ホテルといいます」

「では、これで――エラリー、おまえから何か質問があれば別だが」

小柄な老取締役は、驚きもあらわにすばやく振り返った。部屋の隅で静かにふたりのやりとりに耳を澄ませていたエラリーの存在を、すっかり忘れていたらしい。待ちかまえているグレイを見て、エラリーは微笑んだ。

「ありがとう、父さん——たしかにグレイさんに訊きたいことがある。あまり長くお引き留めしているんじゃなければね」エラリーは物問いたげに客のほうを見た。

グレイは諭すかのような口調で言った。「まったくかまいませんよ、クイーンさん。お役に立てるならなんなりと——」

「そうですか、では」エラリーはすらりとした長身を椅子から起こして筋肉を伸ばした。「グレイさん、いまから妙なことをお尋ねします。ひとつには、あなたが沈黙を守る思慮深さをお持ちであると信じるからですし、また、フレンチ氏に対する真の友情と氏の不幸を悼むお気持ちとから、率直に話してくださるものと信じるからです」

「どうぞお尋ねください」

「ある仮説を提示します」エラリーは早口でつづけた。「仮に、バーニス・カーモディーが麻薬常用者だったとして……」

グレイは眉《まゆ》をひそめた。「麻薬常用者？」

「そのとおり。そして、母親も義理の父親も、娘の悪習や症状に気づいていなかったとします。やがて、フレンチ夫人が突然その事実を知ったとしましょう……」

「なるほど、なるほど」グレイはつぶやいた。

「この仮説から、つぎのような仮の問題が生じます——知ったフレンチ夫人はどんな行動をとると思いますか？」エラリーは煙草に火をつけた。

　グレイは考えこんだ。しばらくして、エラリーの目をまっすぐに見た。「まず頭に浮かんだのは」あっさりと言う。「夫人はけっしてサイラスには打ち明けないだろうということです」

「それは興味深い。あなたはふたりともをよくご存じなんですね……」

「ええ」グレイは皺《しわ》の寄った小さな顎《あご》を引きしめた。「サイラスは生涯の友です。夫人のことも、たぶんフレンチ家の知人のだれにも劣らず、よく知っています――知っていました。サイラスの人柄も、夫人がそれを心得ていることもよくわかっていますから、夫人がそんなことをサイラスに打ち明けるはずがないと断言できますよ。夫人は自分ひとりの胸にしまいこむにちがいない。前の夫のカーモディーには相談するかもしれないが……」

「そこまで考える必要はありませんよ、グレイさん」エラリーは言った。「でも、夫人はなぜフレンチ社長には明かさないんですか」

「というのも」グレイはあけすけに言った。「サイラスは悪習、特に麻薬中毒の問題に関しては、極端に神経質だからです。この数年、そういう悪習をこの街から消し去ることに全力を注いできたのは、あなたがたもご存じのはずだ。自分の身内がそうだと知ったら、ぜったいに正気ではいられまい……。しかし、もちろん」急いで付け加える。「サイラスは知らない。そう、だから夫人はそういうことは自分の胸におさめておくにちがいない。内緒で娘を矯正させせようとするかもしれない……」

エラリーはきっぱりと言った。「その場合、夫人が沈黙を守る大きな理由のひとつは、夫の財産の少なからぬ取り分を娘のために確保したい、ということではありませんか」

グレイは愕然《がくぜん》としていた。「まあ……わたしにはどうも……ええ、どうしても真実を知りたいとおっしゃるなら、たしかにそのとおりかもしれない。夫人は計算高く——ただし、かならずしも悪い意味ではありませんが——とにかく計算高くてあまりにも現実的な女性でした。母親としては、サイラスが亡くなったら、遺産のかなりの割合をバーニスに受けとらせようと心に決めていたでしょうね……。ほかに質問はありますか、クイーンさん」

エラリーは微笑んだ。「もうじゅうぶんです。言い表せないほど感謝していますよ、グレイさん」

「では」警視が言った。「これでおしまいです」

グレイはほっとした顔つきでジューナからコートと帽子と手袋を受けとり、ていねいな別れのことばを小声で言ってから立ち去った。

警視とエラリーの耳に、通りへ向かって階段をおりていく軽やかですばやい足音が響いた。

36 「時は来《きた》れり……」

クイーン父子は黙々と夕食をとった。ジューナも黙々と給仕をし、それから黙々とあと片づけをした。警視は嗅ぎ煙草入れの茶色の中身にたびたび誘われ、エラリーはまず紙巻き煙草を、つぎにパイプを、そしてまた紙巻き煙草を友とした。そのあいだずっと、ひとことも交わされなかった。これは心地よい沈黙であり、クイーン家ではしばしば見られるものだった。

やがてエラリーが深く息をつき、暖炉の火を見つめた。しかし、最初に口を開いたのは警視だった。

「わたしに言わせれば」警視は苦々しく陰気に言った。「きょうはまったく無駄な一日だったよ」

エラリーは眉を吊《つ》りあげた。「おいおい、父さん、日ごとにますます怒りっぽくなるね……。このところ父さんが悩んでるのと働きすぎなのを知らなかったら、腹を立ててるところだ」

「わたしの鈍感さにか」警視は目をしばたたきながら訊《き》いた。

「いや、いつもの強靭《きょうじん》な精神力が影をひそめてることにさ」エラリーは顔の向きを変えて、にやりと父親に笑いかけた。「きょうの出来事がひとつ残らず無意味だったとでも？」

「手入れは失敗する、スプリンガーは姿をくらます、関係者のアリバイからはろくな収穫がない――うれしい知らせなどひとつもないじゃないか」警視はやり返した。

「おやおや！」エラリーは眉を吊りあげた。「ぼくが楽天的すぎるのかな……。でも、何もかも明々白々だよ！」

エラリーは跳ねるように立ちあがり、机の上を掻《か》きまわしはじめた。分厚いメモの束を手にとり、警視の疲れて途方に暮れた目の前ですばやくめくって内容を確認する。やがて、メモをもとの置き場所へほうり投げた。

「すっかりすんだよ」エラリーは告げた。「何もかもね。あとは大いなる祝福と――証拠だけだ。ぼくはすべての手がかりを――もっと正確に言えば、フレンチ夫人を殺した犯人に容赦なく結びつくすべての手がかりをつかんでる。わが国の法廷や検察制度が要求するような、確固たる証拠じゃないけどね。こういう場合、父さんならどうする？」

警視は自己嫌悪で鼻に皺を寄せた。「わたしには手も足も出ない迷路だったものが、おまえには見通しのよい大通りだというわけか。なんとも悔しいな、エル！　フランケンシュタインの怪物を育てあげて、老後にそいつに悩まされるとは……」そして小さく笑い、わずかに老い衰えた手をエラリーの膝《ひざ》に置いた。

「いい子だ」警視は言った。「おまえがいなかったら、わたしはどうしていいかわからない」

「よしてくれ」エラリーは顔を赤らめた。「感傷的にもなってるな、父さん……」ふたりの指がひそかにふれ合った。「さあ、警視！　これからどうすべきか、助言を頼むよ！」

「わかった、わかった……」警視は照れくさそうに身を引いた。「事件があり、説明はつくものの証拠はないというわけだ。どうすべきか……。ポーカーで言うブラフ、つまりはったりだよ、エル。賭《か》け金をあげて新しい札を引いたのに、できた手札がただの4のワンペアで、しかも真の敵が目の前にいるときはどうすべきか。はったりだよ。さらに賭け金を吊りあげろ！」

エラリーは考えこんだ。「ずっと崖《がけ》っぷちでふらついてるんだが……あ、そうか！」にわかに何かを思いつき、目を輝かせた。「なんと愚かだったんだ！」だしぬけに叫んだ。「とっておきのカードを袖《そで》に隠してたのに、すっかり忘れてたよ！　はったりだって？　つかみどころのないわれらが友のぬらりとした足をすくってやろうじゃないか！」

エラリーは電話機を手もとへ引き寄せて、少しためらったのち、沈鬱《ちんうつ》ながらも愛情のこもったまなざしで自分を見る父親のほうへ押しやった。

「これがリストだ」紙切れに走り書きをしながら言う。「重要人物のね。ぼくがこの厄介なメモを頭に叩《たた》きこむあいだに、父さんは法螺貝《ほらがい》を吹き鳴らして招集をかけてくれないか」

「時間は――」警視は素直に従って尋ねた。

「あすの朝九時半だな」エラリーは答えた。「それから、地方検事に電話をして、われらがスプリンガーをつかまえるように言ってくれ」

「スプリンガーだと！」警視が叫んだ。

「スプリンガーだよ」エラリーは答えた。その後は沈黙がつづき、ときおり静寂を破るのは、電話で話す警視の声だけだった。

幕間《まくあい》、そして読者への挑戦状

殺人を扱った推理小説を読むときに、解決に至る直前でいったん手を休めて論理的分析により犯人を突き止めようと試みるのは、刺激に満ちた頭の訓練だと思うことがしばしばある……。物語に含まれるこの種の妙味を愛好する美食家の多くは、読むことだけでなく推理することにも食指が動くものなので、自分としては、健全なスポーツマン精神に則《のっと》って、読者諸氏に友情あふれる挑戦を提起したい……。結末のくだりは読まずに、読者よ――フレンチ夫人を殺したのはだれだろうか？　……推理小説の愛好家には、闇雲な直感に従って犯人を〝当て推量〟しようとする傾向が大いにある。ある程度はそれもやむなしと認めざるをえないが、論理と常識を働かせることが重要であり、より大きな愉悦の源でもある……。ゆえに、ここで堂々と宣言しよう。本書『フランス白粉《おしろい》の秘密』のこの段階において、読者は犯人を突き止めるのに必要なすべての事実を余さず提示されている。既述の事柄をじゅうぶんに精読すれば、後述の内容を明らかに理解できるはずである。

また会おう！　ア・リヴェデルチ

E・Q

最終話

警察《シュルテ》に四十年も勤めていると、人間狩りへの熱意も削《そ》がれると思われるかもしれない。ありがたいことに、少なくともわたしの場合はそうではなく、興味の尽きせぬことばかりであった……。たとえば、モンマルトルの隠れ家に追い詰めたとき、わたしの目の前でみずからの喉《のど》を掻き切った、愛すべきアンリ・タンクヴィル……つかまる前の乱闘《メレ》でわたしの忠実な部下ふたりを射殺し、あの善良なムーソン巡査部長の鼻の一部を食いちぎった、プティ・シャルロ……。いやはや！　懐旧のあまり感傷的になりつつあるが……これだけははっきり言っておこう。年老いて肉体が衰えた今日でさえ、追跡の最後の段階で、壁を背に切羽詰まって荒い息をつく獲物にとどめの一撃《クー・ド・メン》を加えるスリルを手放す気にはとうていなれない――たとえ、永久《とわ》につづくトルコの天国の愉悦をすべて与えられようとも……

――オーギュスト・ブリヨン『ある警視総監の回顧録』より

37 用意！

関係者はひとりずつはいってきた――こそこそと、物珍しげに、無表情で、うんざりしたように、しぶしぶながら、緊張をあらわにして。だれもが静かにはいってきた――警察によるものものしい包囲を、ぴりぴりと張りつめた空気を、自分たちのわずかな動きをもとらえて値踏みする鋭い視線を意識しながら。何より意識していたのは、迫りくる陰惨な災厄だった。それがだれに訪れ、いかに恐ろしい結果をもたらすかはわからず、想像するしかなかった。

運命の木曜日、午前九時半のことだった。一同が足音を忍ばせて無言のうちに通り抜けたドアには、〈私室　サイラス・フレンチ〉と記されていた……。それぞれが簡素ながら瀟洒《しょうしゃ》な控え室を通って、書斎の重い静寂のなかへ足を踏み入れ、屋根窓に向かう形で整然と並べられた場ちがいなキャンプ用の折りたたみ椅子に腰かけていく。

書斎は人でいっぱいになった。最前列にはサイラス・フレンチ本人がすわり、青白い顔で身を震わせている。その指は隣のマリオン・フレンチの指にしがみつくようにからめられている。マリオンの隣には、寝不足でやつれたウェストリー・ウィーヴァーが困惑顔で腰かけ、フレンチの左隣では、主治医のスチュアート医師が玄人《くろうと》らしい豹《ひょう》のごとき鋭い目で患者を見守っている。その隣には、小鳥を思わせる小ぎれいな恰好《かっこう》のジョン・グレイがすわっていて、ときおり医師の太鼓腹越しに病人の耳へ何やらささやいている。

その後ろの列には、家政婦のホーテンス・アンダーヒルと女中のドリス・キートンがいた。ふたりとも身をこわばらせ、ひそひそ声で話し合ったり、怯《おび》えた目で周囲をうかがったりしている。

さらに後ろの列にいるのは……。ぜいぜいと喉を鳴らすマーチバンクス。時計の鎖をもてあそぶ肥満体のゾーン。毛皮に身を包んで香水のにおいを漂わせるゾーン夫人。夫人が微笑を送る先にいるのが、憂い顔で短い顎《あご》ひげをなでるフランス人のポール・ラヴリー。襟に花を挿しているものの、顔が青ざめ、目の下に鉛色の大きな隈《くま》があるトラスク。むっつりとした顔をして不敵で陰気な雰囲気を漂わせ、すわっていても頭ひとつ飛び出ている古美術商のヴィンセント・カーモディー。穏やかな物腰の支配人、アーノルド・マッケンジー。フレンチ夫人の遺体を発見した黒人の女ダイアナ・ジョンソン。四人の警備員――オフレアティ、ブルーム、ラルスカ、パワーズ……。

会話はほとんどなかった。控え室のドアが開くたび、だれもが椅子の上で体をひねって首を伸ばし、やましげに横目で互いを見やったのち、すばやく窓へ視線をもどした。

会議テーブルは壁際に寄せてあった。テーブルの前に並んだ椅子には、トマス・ヴェリー部長刑事と百貨店の専属探偵ウィリアム・クラウザーがすわり、小声で話していた。しかめ面の麻薬捜査課課長サルヴァトーレ・フィオレッリは、言い知れぬ思いで黒い目を鋭く光らせ、その浅黒い肌の下では傷跡がゆっくりと脈打っていた。警察本部で指紋鑑定を専門とする、小柄で禿《は》げ頭《あたま》の〝ジミー〟もいる。控え室からのドアの前には、扉の番人という重要任務をまかされたブッシュ巡査が立っていた。クイーン警視の腹心の部下たち――ヘイグストローム、フリント、リッター、ジョンソン、ピゴット――を含む刑事の一団は、会議テーブルの向かいの壁際に集結している。書斎の四隅には、帽子を手にした制服警官がひとりずつ無言で立っていた。

クイーン警視もエラリー・クイーンもまだ姿を見せていなかった。人々はそのことについてささやき合い、ブッシュ巡査の広い背中が押しつけられたドアを横目で見やった。

しだいに、はっきりと、別の沈黙が場を覆いはじめた。ささやき声が震え、途切れ、消え失せていく。盗み見がいっそう秘密めき、椅子の上で身をよじる回数がさらに多くなる。サイラス・フレンチが激しく咳《せ》きこみ、体をふたつに折って苦しんだ。スチュアート医師の目に不安そうな光が宿る。発作がおさまると、ウィーヴァーがフレンチのほうへ身を乗り出した。マリオンは驚いた様子で、すぐにふたりの頭が近づき、ふれ合った……。

クラウザーが顔をなでて言った。「いったいなぜ、こんなにもたついてるんですか、部長刑事」ヴェリーが無愛想にかぶりを振る。「どういうことでしょう」

「さあな」

クラウザーは肩をすくめた。

沈黙が深まった。だれもが石のように身を硬くする……。時が経つにつれ、沈黙はますます気詰まりになっていき――静寂そのものがふくれあがり、息づき、命を帯びはじめた……。

そのとき、ヴェリー部長刑事が奇妙なことをした。膝《ひざ》の上に置いたへらのような形の人差し指で、はっきりと三回、調子よく膝を叩《たた》いたのだ。隣のクラウザーですら、その合図に気づかなかった。しかし、何分も前から部長刑事の手を注視していた見張りの警官がただちに行動に移った。この動きをとらえて、全員の目がたちまちその警官に向けられ、事の成り行きを痛々しいほど熱心に見守った……。警官は薄い防水布がかぶせられた机に近づき、大きく身をかがめて慎重に覆いを取り去った。それから後ろへさがって、布をきれいにたたみ、もといた隅へもどっていく……。

だが、その警官もすぐに忘れ去られた。まるでサーチライトの光が机の上に向けられたかのように、部屋にいる全員が己の奥深い裂け目からあふれ出る興味に抗しきれず、あらわになった品々へ視線を注いだ。

そこにあるのは種々雑多なものだった。ガラス天板に整然と並べられ、それぞれの前に品名を記した小さな札が添えてある。エラリーが寝室の鏡台で見つけた、〝W・M・F〟という頭文字のはいった金の口紅ケース。ショーウィンドウで被害者のハンドバッグから見つかった、〝C〟という頭文字のある、浮き彫りが施された銀の口紅ケース。まるい金の札がついた五本の鍵《かぎ》――どれもこのアパートメントの鍵で、四本にはそれぞれサイラス・フレンチ、マリオン・フレンチ、バーニス・カーモディー、ウェストリー・ウィーヴァーの頭文字が刻まれ、残りの一本には〝親鍵〟とある。縞《しま》瑪瑙《めのう》に彫刻を施した一対のブックエンド。そのあいだに、白い粉のはいった小さな瓶とラクダの毛のブラシが置いてある。エラリーがフレンチの机の上で見つけた奇妙な五冊の本。浴室の戸棚にあった剃刀《かみそり》一式。吸い殻でいっぱいの灰皿ふたつ――一方の吸い殻はもう一方よりずっと短い。被害者の首に巻かれていた、〝M・F〟という頭文字のはいった薄手のスカーフ。カード部屋のテーブルにあったカードを、発見されたときと同じように警察が並べた板。サイラス・フレンチとタイプ打ちされた名前にしるしがついた青いメモ用紙。バーニス・カーモディーが失踪《しっそう》当日に身につけていたとホーテンス・アンダーヒルおよびドリス・キートンが証言した、アパートメントのクロゼットにあった青い帽子とパンプス。三八口径の黒いコルトのリボルバー。銃口のそばにあるのは、被害者の命を奪い、いまや錆《さ》びついてひしゃげた金属片と化した二発の銃弾だ。

そこから離れて置かれ、ひときわ目立つのは、鈍色《にびいろ》の鋼鉄の手錠——いまから起ることの象徴であり、先ぶれである……。

そして、ずらりと並んだそれらの品々こそが、捜査の過程で集められた物言わぬ手がかりであり、エラリー・クイーンの招いた不安げな客の目に生々しくさらされていた。ふたたび人々は目を瞠《みは》り、ささやき合った。

けれども、こんどは長くは待たなかった。外の廊下のかすかな物音が書斎でもはっきりと聞きとれた。ヴェリー部長刑事が重たげな足音を立てて控え室のドアへ歩み寄り、ブッシュを脇へ退かせた。ヴェリーの姿が消えると、ドアはひとりでに閉まった。

いまやそのドアが、半ば苛立《いらだ》って当惑した人々の視線の的となり——ドアの向こうでは、何人かの低いささやき声がしばし謎めいた談義をつづけている……。そして、ナイフで鮮やかに断ち切られたかのように話し声がやみ、一瞬の沈黙がおりたのち、ノブが鳴ってドアが内側へ押し開かれ、新たに八人の男が部屋へはいってきた。

38 すべての終わり

ドアのノブにかかっていたのはエラリー・クイーンの手だった——いつもとかすかに様子のちがう、そのやつれ顔の青年は、鋭い目で室内をすばやく一瞥《いちべつ》してから控え室を振り返った。

「お先にどうぞ、委員長」ドアを大きくあけて押さえながらささやいた。スコット・ウェルズ警察委員長がうなり声をあげ、重たげな体を押し出して一同の前へ姿を現した。唇を引き結んだ私服の男三人——委員長の護衛——を従え、部屋を横切って机のほうへ向かった。

つぎに現れたのは、ぎこちなく背筋を伸ばし、異様なほど面変わりしたリチャード・クイーン警視だった。青ざめた顔で、委員長の後ろをだまってついていく。

そのあとに、ヘンリー・サンプソン地方検事と、その助手である赤毛のティモシー・クローニンがつづいた。ふたりは室内の面々には目もくれず、何事かささやき合っていた。

しんがりをつとめるヴェリーが注意深くドアを閉め、指で軽く合図してブッシュ巡査をもとの持ち場に帰してから、自分はクラウザーの隣の椅子に腰をおろした。店の専属探偵は物問いたげにヴェリーを見たが、ヴェリーは何も言わずに巨体を落ち着けた。ふたりは新来の男たちに目を転じた。

エラリー・クイーンとその連れが部屋の前方にある机のそばに立つと、室内が少しざわめいた。クイーン警視が机のすぐ右後ろにある革張りの会議用の椅子を指し示し、委員長に勧めた。ふだんより悲しげで思慮深そうに見えるウェルズは、ひとことも言わずに腰をおろし、机の前で静かにたたずむエラリーに目を向けた。

三人の護衛は、ほかの刑事たちとともに部屋の隅へ退いた。

クイーン警視は机の左側の大きな椅子に腰かけ、クローニン地方検事補が隣にすわった。サンプソン地方検事は警察委員長の横に腰をおろした。中央の机にはさまざまなものが載り、人々の注目を集めている。机の左右の椅子二脚はいずれも警察関係者が占めて、場を威圧している……。

舞台は整った。

エラリー・クイーンは、部屋とその場の面々をもう一度冷ややかに見渡し、委員長のそっけない問いに答えて、これで問題ないと伝えた。それから机の後ろへまわり、屋根窓を背にして立った。頭を低くして机の上を見る。手はガラスの天板へさまよい、ブックエンドの上を漂い、白い粉のはいった瓶をもてあそぶ……。エラリーは微笑んで背筋を伸ばし、顔をあげて鼻眼鏡をはずしてから、黙しつつある聴衆を落ち着いて見やり、そのまま待った……。完璧《かんぺき》な静寂がおりると、ようやく口火を切った。

「紳士淑女のみなさん」月並みな第一声！　それでも、どことなく不気味な何かが空気を震わせた。それはおおぜいの胸からいっせいに漏れたため息だった。

「紳士淑女のみなさん。六十時間前にウィニフレッド・フレンチ夫人がこの建物のなかで射殺されました。四十八時間前にその遺体が発見されました。けさわれわれが集まったこの場は、夫人を殺害した犯人を名指しするための、ワーテルローの戦いとも呼ぶべき最終の決戦場であります」エラリーは静かに語った。そしてほんの少し間を置いた……。

しかし、あのため息の大合唱《アン・マス》のあとでは、呼吸すら慎重におこなわれているようだった。だれも口をきかず、だれもささやかない。一同はひたすら待った。

エラリーの声つきに刃のような鋭さが加わった。「いいでしょう！　前もって何点か説明が必要でしょうね。ウェルズ委員長――」ウェルズのほうを少し振り向く。

「ぼくがこの非公式の審問をおこなうのは、あなたの許可を得てのことですね？」

ウェルズが一度うなずいた。

「では、あらかじめおことわりしておきますが」エラリーは聴衆へ向きなおってつづけた。「ぼくはクイーン警視の代理にすぎません。警視がちょっと喉《のど》を痛めていて、長く話すのが困難で苦痛をともなうのがその理由です。そうですね、警視」父親のほうへしかつめらしく会釈をする。警視はますます青ざめた顔になり、無言でうなずいた。「付け加えると」エラリーはつづけた。「いまからお話しするなかで、〝ぼく〟という一人称を使う場合は、いずれも便宜上それを用いるにすぎず——実のところはクイーン警視その人がおこなった捜査の過程を説明しているものとご理解ください」

エラリーは唐突にことばを切り、挑むようなまなざしで室内を見まわしたが、どの目と耳もしっかりと自分に向けられていたので、すぐさまフレンチ夫人殺害事件の分析に取りかかった。

「紳士淑女のみなさん、今回の事件の捜査の一部始終をお聞かせしましょう」断固とした鋭い口調で切り出した。「一歩一歩、推理に推理を重ね、観察に観察を重ね、ついには唯一の避けがたい結論に達するつもりです。ヘイグストローム、記録をとってるね？」

エラリーの視線の先を全員の目が追った。部屋の片側の刑事たちがひとかたまりになっているなかで、ヘイグストロームが椅子にすわり、速記帳の上で鉛筆を構えている。ヘイグストロームは大きくうなずいた。

「けさこの場で明かされる事実は」エラリーは愉快そうに説明した。「事件の公式記録の一部になります。さあ、前置きはもうじゅうぶんですね！」咳払《せきばら》いをした。

「火曜の正午を十五分ほど過ぎたころ、ウィニフレッド・マーチバンクス・フレンチ夫人が遺体で発見されました──二発の銃弾によって殺害され、一発は心臓、もう一発は心臓の下の前胸部に命中していました。現場に駆けつけたクイーン警視は、いくつかの事実に注目した結果」──そこで間を置く──「一階のショーウィンドウは、実は犯行現場ではないと確信するに至りました」

室内は静まり返っていた。忘我、恐怖、嫌悪、悲嘆──ありとあらゆる感情が、聞き入る青白い顔に浮かんでいる。エラリー・クイーンは早口につづけた。

「殺人現場はショーウィンドウではないという結論を示したのは、この捜査の初期段階で見つかった五つの要因です。

第一の要因は、月曜の夜には夫人がこのアパートメントの自分専用の合い鍵《かぎ》を持っていたにもかかわらず、遺体が発見された火曜の昼には、その鍵が身辺からも所持品からも見つからなかったという事実です。夜警主任のオフレアティは、夫人が月曜の夜十一時五十分に守衛室を出てエレベーターに向かったとき、たしかに鍵を持っていたと証言しました。それなのに、鍵はなくなった。店内や敷地内をくまなく探しましたが、依然として見つかりません。このことは何を意味するのか？　その鍵と今回の事件のあいだになんらかの関連があるということです。では、どのように？　そう、鍵はこのアパートメントのものです。それが紛失しているのは、このアパートメントもどこかで事件と結びつくことを示唆していないでしょうか。少なくとも、鍵の紛失という事実から、このアパートメントが犯行現場だったかもしれないと疑ったとしても不自然ではありません」

エラリーはことばを切った。目の前の人々の渋面を見ているのがふと愉快に感じられ、唇が小刻みに震えた。

「それはこじつけでしょうか？　みなさんの顔に信じられないと書いてあります。それでも、このことは覚えておいてください。鍵の紛失自体はなんの意味もありませんが――いまからお話しする四つの事実と考え合わせると、まちがいなく重要な意味を帯びてきます」

エラリーは本筋にもどった。

「第二の要因は、奇怪で興味深くすらあります――もっとも、やがておわかりになるでしょうが、犯罪の究明というのは、説得力のある派手な要因を集めて成り立つものではなく、いまからお話しするようなちょっとした矛盾などをもとにして組み立てていくものなのです……。申しあげておきたいのは、この犯行が深夜零時を少し過ぎたころにおこなわれたという事実です。これはプラウティ医師の報告から単純に計算して割り出したもので――プラウティ医師は検死官補です――夫人の遺体が見つかったのは死後およそ十二時間後だったということでした。

もし、夫人が深夜零時の少しあとにショーウィンドウのなかで射殺されたとしたら」エラリーは目をきらめかせて言った。「殺人犯は真っ暗闇のなかで、あるいは懐中電灯のかすかな光に頼って犯行に及んだことになります！　というのも、あのショーウィンドウには明かりのつく照明設備がなく――それどころか、電球もなく――電気の配線すらなされていません。それでも、犯人は被害者と面会し、話をし、おそらく口論となったあげく、ふたつの急所へ的確に銃弾を撃ちこみ、死体を格納ベッドに隠し、血痕《けっこん》を消すなど、さまざまな始末をしたと推測せざるをえない――そのすべてを、せいぜい懐中電灯の明かりしかない部屋でやってのけたと！　いや、それでは筋が通りません。というわけでクイーン警視は、きわめて論理的に、犯行現場はショーウィンドウではないと結論づけたのです」

興奮の小さなざわめきが起こった。エラリーは微笑してつづけた。

「とはいえ、この点だけで警視が確信に達したわけではありません。ここで第三の要因が登場します。それは口紅ケースです――浮き彫りが施された長い銀のケースで――〝C〟という頭文字が刻まれており、フレンチ夫人の遺体のそばのハンドバッグから見つかりました。これが夫人のものではけっしてありえないことについては、いまはまだ論じません。注目すべきは、その中身の口紅の色が、夫人の唇に塗られた口紅の色よりも断然濃いことです。そのことは、夫人自身の口紅が――唇に塗られていた淡い色の口紅が――どこか近くになくてはならないことを意味します。ところが、それがありません！　どこにあるのか？　犯人が持ち去ったのでしょうか？　それはずいぶんばかげています。最も妥当な解釈は、見あたらない口紅はおそらくこの建物のどこか別の場所にあるというものです……。では、なぜこの建物の別の場所なのか？――なぜ夫人の自宅や、そうでなくとも店の外ではないのか？

それにはもっともな理由があります。淡い赤の口紅を塗ったフレンチ夫人の唇――物言わぬ死者の唇には、口紅が最後まで塗り終えられていなかったのです！　上唇の両端にふたつ、下唇の真ん中にひとつ、口紅の塊がありましたが、それは塗り伸ばされておらず――指先でつけてそのまま放置されていました……」エラリーはマリオン・フレンチのほうを向いた。穏やかに尋ねる。「あなたは口紅をどういうふうに塗りますか」

娘は小声で答えた。「いまおっしゃったとおりです、クイーンさん。上唇の両端に一か所ずつと下唇の中央に一か所、合わせて三か所に塗ります」

「ありがとう」エラリーは微笑んだ。「これで、ひとりの女性が口紅を塗りはじめたものの最後まで塗り終えなかったという確証が得られました。しかし、それは不自然であり、注目に値します。女性がそんな繊細な作業を途中でやめるような事態はめったに起こりません。そんなことはほとんどありえない！ あるとしたら、ある種の暴力によって邪魔がはいった場合かもしれない。暴力によって邪魔がはいるというのは？ 現に夫人は殺害されています！ それが答なのでしょうか」

エラリーは声の調子を変え、先を進めた。「どうやらそのようです。しかし、いずれにしろあの口紅はショーウィンドウで塗られたものではありません。口紅はどこにあったのか？ のちにアパートメントでそれが見つかったことは、ひとつの裏づけにすぎません……。

第四の要因は、生理学的なものです。プラウティ医師は死体の出血量が非常に少ない事実に疑問をいだきました。どちらの傷も——特にその一方は——かなりの出血があったはずです。前胸部には多くの血管と筋肉が集まっていますが、銃弾が撃ちこまれたことでそれらがずたずたに引き裂かれたにちがいなく、無惨な傷跡が残っていました。血はどうなったのか？ 犯人が片づけたのか？ しかし、暗闇あるいは薄暗がりで、それらの傷口から流れ出た大量の血の痕跡《こんせき》をすっかりぬぐい去ることなどできたはずがありません。そこで、またしても、血が流れ出たのは——どこか別の場所だったと結論せざるをえませんでした。つまり、夫人はショーウィンドウではなく別の場所で撃たれたことになります。

そして、第五の要因は心理的なものであり、残念ながら」——悲しげに微笑む——

「法廷ではあまり重視されないでしょう。それでも、ぼくにとっては実に強力な意味を持っていました。というのも、あのショーウィンドウが犯行現場だという考えにはどうしても違和感を覚えたからです。犯人の立場からすると、あんな場所で事に及ぶのは荒唐無《こうとうむ》稽《けい》で、危険で、愚かなことです。密会して殺すなら、秘密裏に人目を避けておこなうのがあたりまえで――そのために必要な条件がたくさんあります。あのショーウィンドウはそれらの条件をひとつも満たしていません。夜警主任の守衛室から五十フィートと離れていない。そのうえ、あの区域は定期的にたびたび見まわりが来る。そして、銃弾が発射されたはずなのに――銃声を聞いた者はいない。そうです！クイーン警視もぼくも――どれひとつとして決定的ではありませんが、全体として見ると重要な、以上の五つの理由によって――犯行現場はあのショーウィンドウではないと考えました」

エラリーはことばを切った。聴衆は息を詰めて集中しながら、熱心に耳を傾けていた。ウェルズ委員長は小さな目に新たな光を宿してエラリーを見守っている。警視は物思いに深々と沈んでいた。

「ショーウィンドウではないとしたら」エラリーは先をつづけた。「犯行現場はいったいどこなのか。鍵が指し示すのはアパートメントです――人目につかず、照明があり、口紅を塗るのにふさわしい場所――たしかにアパートメントが最も可能性が高いように思えました。そこでクイーン警視は、みずからは依然として初動捜査がおこなわれているショーウィンドウを離れるわけにはいかなかったため、ぼくの判断力と洞察力を信頼し、アパートメントへ行って調査するようぼくに命じました。その結果、興味深い事実がいくつか判明しました……。

アパートメントで最初に見つかったのは、寝室の鏡台の上にあったフレンチ夫人の口紅でした」エラリーは机から金の口紅ケースをつまみあげ、少しのあいだ掲げてみせた。「もちろん、この口紅によって、月曜の夜にフレンチ夫人がアパートメントにいたことがただちに証明されました。鏡台に置いてあった真珠母貝のトレイの湾曲したふちの下にすっかり隠れていたので、おそらく犯人が見逃したのでしょう。というより、犯人にはそれを探す理由すらありませんでした。というのも、夫人のハンドバッグのなかの口紅と唇に塗られていた口紅の色がちがうことに、犯人は気づかなかったと思われるからです」エラリーはきらめく金属のケースを机にもどした。

「さて、鏡台の上で口紅が見つかりました。これは何を意味するか？　夫人が鏡台の前で口紅を塗っていたときに邪魔がはいったと考えて問題がなさそうです。けれども、口紅が鏡台の上で見つかった事実から考えると、撃たれたのは寝室ではなかったように思えました。では、何に邪魔されたのか？　もちろん、ドアをノックする音か、犯人がアパートメントにはいってくる音でしょう。しかし、後者ではありえません。というのも、あとで証明しますが、犯人はアパートメントの鍵《かぎ》を持っていなかったからです。となると、ドアをノックする音にちがいありません。しかも、夫人はそれを待っていたはずです。その音がよほど気になったか、あるいはよほど重要だったせいで、夫人は塗りかけなのにもかまわずただちに口紅を置き、急いで書斎を通り抜けて控え室へ向かい、夜の訪問者を迎えたからです。おそらく夫人がドアをあけて訪問者が中へはいり、ふたりで書斎へと進んで、夫人は机の後ろに、訪問者はその右手で夫人と向かい合う形で立ったと思われます――つまり、夫人はいまぼくの立っている位置に、犯人はいまヘイグストローム刑事が腰かけているあたりに、それぞれ立っていたことになります。

　なぜそれがわかるのかは」エラリーは早口につづけた。「きわめて単純です。書斎を調べたところ、机の上にあったこのブックエンドに」――縞瑪瑙《しまめのう》のブックエンド一対を注意深く持ちあげて一同に見せる――「ひそかに細工が施されていたからです。一方の底に貼られた緑のフェルトの色がもう一方より薄いのです。ウィーヴァーさんから提供された情報によって、このブックエンドはほんの二か月前、サイラス・フレンチさんの誕生祝いにグレイさんから贈られたものであること、当時は新品そのもので、色の濃さはどちらもまったく同じだったことがわかりました。さらに、このブックエンドは書斎からも、それどころか机の上からも、一度も持ち去られたことはないというのです。となると、どうやらフェルトの変化は調べた日の前夜に起こったと考えられます。そして、それを証明できたのは、強力な拡大鏡でフェルトを観察してみて、縞瑪瑙とフェルトの境目の接着剤の筋に白い粉がところどころ付着していることに気づいたときでした。

接着剤にはまだ少し粘り気があったことから、ごく最近使用されたものであることがわかりました。粉はというと、ぼく自身がざっと調べ、正式な指紋鑑定の専門家が分析した結果、警察が使うようなありふれた指紋検出用の粉であることが判明しました。しかし、指紋検出用の粉の使用は犯罪とのかかわりを感じさせます。縞瑪瑙の表面には指紋はありませんでした。それは指紋が拭《ふ》きとられたことを意味します。では、なぜ粉がついていたのか？　まず、残っているかもしれない指紋を浮かびあがらせるために表面に粉を振りかけ、つぎに、見つかった指紋を消したのでしょう。ここまではどう見ても明らかです。

しかし、ここでさらに大きな疑問が生じます――そもそもブックエンドが素手で扱われたのはなぜかという問題です」エラリーは微笑んだ。「これは重要な問題であり、その答は重要な事実を物語ります。さて、ブックエンドに素手でふれたのが、一方のフェルトを貼り替えるためだったのはまちがいありません。では、なぜフェルトは貼り替えられたのか？」

エラリーは挑みかかるような目でいたずらっぽく一同を見た。「筋の通る答はただひとつ。犯罪の痕跡を隠す、または取り除くためです。しかし、そのような痕跡とは何か――注意深くフェルトをすっかり剝《は》がし、フェルトやラシャの売り場へ駆けおりて（いかに危険かご想像がつくでしょう！）、フェルトと接着剤を持ち帰ったのち、ようやくブックエンドに新たな緩衝材を貼りつけるという、それほどの手間をかけなくてはいけなかったような痕跡とは？　致命的な意味を持つ痕跡にちがいありません。犯罪の痕跡として最も致命的なのは――血痕《けっこん》だと思います。そして、それが答でした。

そう、プラウティ医師は大量の血液が流れたはずだと断言していました。つまり、ぼくは夫人の心臓の血が体から噴出した場所を突き止めたというわけです！　そのときの状況を再現してみましょう。ブックエンドはぼくがいま立っている場所とは反対側の机の端に置いてありました。となると、血はいまのぼくに近い場所から流れていったはずです。もし、フレンチ夫人がここに立っていて撃たれたと仮定すると、最初の銃弾が腹部の上の前胸部に命中し、血が机のガラスの上へとじかにほとばしり、端まで流れていってブックエンドを血まみれにした。そして、夫人が椅子にくずおれて前のめりになったちょうどそのとき、二発目の銃弾が前と同じ場所から放たれて心臓に命中した。今回もいくらか出血がありました。血がついたのはブックエンドの一方だけ――机の中央に近いほうでした。すっかり血まみれになったので、犯人はフェルトをすべて剝ぎとって新たなものに貼り替えざるをえなかったのです。なぜ犯人がその痕跡を隠さなくてはならないと考えたかは、あとで説明します。新しいフェルトの色合いがちがう点については――色というのは、人工的な照明のもとでは、太陽光のもとより正確に見分けるのがむずかしいという事実があります。夜にはふたつの緑が同じ色に見えたのでしょう。ぼくは日光のおかげで即座にちがいがわかりましたが……。

これで、殺害されたときにフレンチ夫人がいた位置を正確に突き止めたことがおわかりでしょう。犯人の位置は銃創の角度から割り出しました。傷口がずたずたで左向きだったことから、犯人はかなり右寄りに立っていたのがわかります」

エラリーはことばを切り、ハンカチで唇を軽く叩《たた》いた。「話が本筋から少しはずれました。こんなことをしたのは、このアパートメントが犯行現場であるまぎれもない証拠をつかんでいることを、みなさんに納得していただきたかったからです。細工の施されたこのブックエンドを見つけるまでは、確信が持てませんでした。それ以前に隣のカード部屋で」――つかの間掲げてみせる――「こちらのカードや吸い殻が見つかっていたんですが」

エラリーはカードの載った板を机に置いた。「これらのカードはカード部屋のテーブルに並んでいて、バンクのゲームを中断したのがひと目でわかりました。ウィーヴァーさんの証言によると、前日の晩はきれいに片づいていて、カードはなかったそうです。言うまでもなく、それは何者かが夜のあいだにカードを使ったことを意味します。ウィーヴァーさんはさらに、フレンチ家の家族や友人や知り合いのなかで、夫人とその娘バーニス・カーモディーさんだけがバンクに夢中だったこと――さらには、ふたりがそのゲームに明け暮れていたのは広く知られた事実だったことを証言してくれました。

テーブルの上の灰皿にあった煙草の吸い殻からは〈公爵夫人〉という銘柄が見てとれ――これはバーニスさんが愛用していたものだと、またしてもウィーヴァーさんによって確認されました。バーニスさんが好んだ、スミレの香りをつけた煙草です。となると、月曜の夜にフレンチ夫人とバーニスさんはふたりともこのアパートメントにいて、バーニスさんは愛用の珍しい煙草を吸い、ふたりで大好きなバンクをして遊んでいたように思えました。

また、寝室のクロゼットから帽子と靴が見つかったんですが、フレンチ家の家政婦アンダーヒルさんと女中のキートンさんによると、それらは殺人のあった月曜日に、バーニスさんが外出したまま姿を消したときに身につけていたということでした。クロゼットからは帽子と靴がもうひと組なくなっており、バーニスさんがそれまで着用していた濡《ぬ》れた帽子と靴を乾いたものに取り替えたと推測できました。

この件はこのくらいにしましょう」エラリーはことばを切り、異様にきらめく目であたりを見まわした。聴衆からはかすかな声すら聞こえない。一同は幻惑されたように、罪の証拠が徐々に組み立てられていくのをじっと見守るばかりだった。

「では、最も重要な点に移りましょう……。アパートメントが犯行現場であるとわかった以上、どうしても疑問が生じます。死体はなぜ階下のショーウィンドウへ移されたのかという疑問です。いったいどんな目的があったのか。かならず、なんらかの目的があったはずです。ここまで、抜け目のない周到な策謀のしるしが数多く見受けられますから、犯人が正真正銘の異常者で、なんの理由もなくそんなことをしたとはとうてい考えられません。

第一に考えられるのは、アパートメントが犯行現場でないように見せかけるために死体を移動したというものです。しかし、これはさまざまな事実から考えて筋が通りません。もし犯人が犯行の痕跡《こんせき》をアパートメントからすべて消したかったのなら、なぜバンクで遊んだ形跡や吸い殻、靴や帽子も始末しなかったのか？　死体が発見されなければ、あるいは殺人が発覚しなければ、そうした品々が見つかっても犯罪を指し示すわけではありません。しかし、死体を永久に隠しておけると望むことはできませんでした。いずれ、どうにかして死体が見つかり、アパートメントが調べられ、カードや吸い殻やその他の品々によって、ここが犯行現場だったことが明らかになるはずです。

となると、死体が移されたのはまったく別の理由からだったのは明らかです。いったいどんな理由か？　考えたすえに答が出ました——死体の発見を遅らせるためです。どうやってこの答にたどり着いたのか。これは簡単な暗算の問題でした。ショーウィンドウでの実演展示は毎日正午きっかりにおこなわれます。これは不変の法則でした。ショーウィンドウには正午まで人がはいりません。そのことはだれもが知っていました。死体を格納ベッドに隠せば、十二時十五分までは見つからないという絶対の確信が犯人にはあったのです。これこそ、われわれが求めていた納得のゆく明快な理由でした——明らかに不利な点がたくさんあるのにショーウィンドウが使われたのはなぜか、などという数々の疑問で混迷していたなかに、ひと筋の光明が差したというわけです。犯人がわざわざ六階からショーウィンドウへ死体を運びこんだのは、翌日の午前中いっぱいは死体が発見されないのを知っていたからにちがいない、とわれわれは確信しました。

すると、当然ながら、つぎの疑問が生じます。犯人はなぜ死体の発見を遅らせたかったのか？　よく考えれば、つじつまの合う答はひとつしかないことがわかります——犯人には火曜の朝にしなくてはならないことがあり、死体が見つかるとそれをするのが危うくなるか、不可能にさえなるからです！」

一同は固唾《かたず》を呑《の》んでエラリーのことばに耳を傾けている。

「しなくてはならないこととはなんだったのでしょうか」エラリーは目をきらめかせて問いかけた。「ここで別の話をしましょう……。どうやって店へ侵入したにしろ、犯人はひと晩じゅう店内にいたはずです。はいる方法は三つありましたが、人目につかずに出ていく方法はありませんでした。侵入するには、日中から店内に隠れていたか、閉店後に従業員通用口からはいったか、夜十一時に配送トラックが来て翌日の食料が荷おろしされている隙に貨物搬入口から忍びこんだかのどれかです。おそらく最後の方法が用いられたのでしょう。というのも、オフレアティは従業員通用口からはいってきた人間をひとりも見ていないし、午後五時半から真夜中まで店に隠れているより午後十一時に忍びこむほうが犯人にとっても好都合だからです。

しかし、どうやって出たのか。オフレアティの報告によると、従業員通用口から出ていった者はひとりもなく、ほかの出入口はすべて施錠されて閂《かんぬき》がかけられ、三十九丁目通り側の貨物搬入口は十一時半に閉鎖されました。それはつまり夫人が店に到着する十五分前で、殺害される三十分前です。したがって、犯人は夜通し店に居残るしかなく、翌朝九時に開店するまで逃げられなかった。九時になれば、早朝の客のふりをして店から出ていくことができます。

けれども、ここでまた別の要因がからんできます。九時に自由の身となって店を出ていくことができたなら、発見を遅らせるためにわざわざ死体をショーウィンドウへ運ばなくても、どんな用事があろうとそれをすませることもできたはずです。肝心なのは、犯人はそれでも死体を移動させたということです。つまり犯人は、九時になっても自由に店を出ていけなかった。死体の発見を遅らせる必要があった。九時以降も店にとどまらざるをえなかったのです！」

部屋のそこかしこからいっせいに息を呑む音がした。エラリーはすばやく室内を見まわし、だれがいまの発言に衝撃を受け、驚愕《きょうがく》の反応と、ひょっとしたら恐怖の反応を示したのかを見定めようとした。

「何人かはぼくが言わんとするところを察知されたようですね」微笑んで言った。「犯人が九時以降も店にとどまらざるをえなかった理由はひとつしかありえません――すなわち、犯人はこの店の関係者です！」

こんどは全員のこわばった顔に、不信、疑惑、恐怖の色がありありと浮かんだ。だれもが知らず識《し》らず隣人から体を引き離した。まるで、最後の告発の条件にあてはまる人間がおおぜいいることに突然気づいたかのように。

「そう、それがわれわれのたどり着いた結論です」エラリーは感情を排した声でつづけた。「謎の犯人がこの店の従業員か、公式あるいは非公式の立場でこの店にかかわりのある人物だとすると、殺人が発覚したときに持ち場にいなければ注意を引いたでしょう。犯人は、店にいないことが何より重要だったにもかかわらず、そのことに気づかれるわけにはいかなかった。むずかしい立場にあったのです。この連絡票は」――机にある青い紙切れを見せる――「ウィーヴァーさんが前日の夜にこの机に置いたものですが、犯人はこれを読んで、ウィーヴァーさんとフレンチ社長が翌朝九時にこのアパートメントへ来ることを知りました。死体をアパートメントに残せば、九時には殺人が発覚して大騒ぎになり、店を抜け出して秘密の用事をすませることができなくなる。しかも、電話連絡すら監視されるかもしれない。だから、店から抜け出すか、電話をかけるまでは（特に監視する理由がなければ、どこにかけたかを突き止められはしないので）、死体が見つからないようにしなくてはならなかった。犯人の知るかぎりで、死体の発見を確実に遅らせる唯一の方法は、ショーウィンドウに隠すことだった。それを犯人はみごとに実行したのです。

ここに至って、われわれは犯人がどうやってこの建物にはいったかという小さな疑問を解き明かすことができました。月曜日の勤務表はすでに入手してあります。さっきも言ったとおり、犯人は店の従業員か、店となんらかのかかわりがある人物です。とはいえ、勤務表によると、全員が定刻どおりか、規定の手続きをとって退出していました。となると、残った唯一の方法として、犯人は貨物搬入口から侵入したにちがいありません。

もうひとつの問題は、犯人が死体の発見を遅らせようとした件についてです……。みなさんも思いつかれたでしょうが、ぼくの頭にもつぎのことが浮かびました。すなわち、犯行の痕跡を消しはじめたあと、謎の犯人が並々ならぬ危険を冒して苦難の旅に出たのはずいぶんなことではないかと。たとえば――死体を階下へ運んだことです。しかしこれは、なんらかの用事を――どんな用かはまだはっきりしていませんが――すませるために午前中の時間を稼がなくてはならなかったということで説明がつきました。さらに――犯人はなぜわざわざ新しいフェルトをとりにいったり、指紋を注意深く拭《ふ》きとったりなどしたのか。これらもまた、朝の時間を稼ぐ必要があったことと、血まみれのブックエンドがウィーヴァーさんによって、たとえば九時に見つかったら、ただちに犯罪があったのではないかと疑われ、用事を果たすのが困難になりかねないということで説明がつきます。つまり、犯人がしなくてはならなかった用事は、何より差し迫った重大事にちがいなく――急を要するあまり、その用事がすむまでは犯罪があったと疑われる危険を冒せなかったのでしょう……」

エラリーはことばを切り、胸ポケットから取り出した一枚の紙に目を通したのち、ようやく言った。「ここで、われわれが突き止めようとしている犯人がこの店の公式あるいは半ば公式の関係者だという結論からいったん離れることになります。話がまったく別の筋道へそれても、いま述べたことはどうぞ覚えていてください……。

少し前に、バーニス・カーモディーさんが月曜の夜にこのアパートメントにいた具体的な証拠を四つあげました。見つかった順に言うと、バーニスさんとその母親だけが夢中だったバンクのゲーム、バーニスさんが特別に作らせていたスミレの香水入りの〈公爵夫人〉という煙草、そして、姿を消した月曜の午後に身につけているのを目撃された帽子と靴です。

いまから、それらの証拠が、バーニスさんが月曜の夜にここにいたことを証明するどころか、正反対の事実を証明することを明らかにします」エラリーはきびきびとつづけた。「バンクの痕跡《こんせき》はわれわれのささやかな反証にはなんの役にも立ちません。カードはごくふつうに並んでいただけで、これについてはとりあえずさておくとします。けれども、吸い殻はぼくの主張を確固たるものにする見解を与えてくれます。これは」――証拠物件の載せてあるテーブルから、灰皿のひとつを持ちあげる――「この吸い殻はカード部屋のテーブルにあったものです」灰皿から吸い殻をひとつつまみあげ、高く掲げた。「ご覧のとおり、この煙草は根もとの近くまで吸いつくしてあります――それどころか、銘柄名が刷ってある小さい端しか残っていません。この灰皿にはいっている十本余りの吸い殻は例外なく、どれも同じように短くなるまで吸ってありました。

一方、フレンチ邸のバーニスさんの寝室では、こちらの吸い殻が見つかりました」

エラリーはふたつ目の灰皿を指し示し、散らかって灰にまみれた奥底から吸い殻をひとつつまみあげて聴衆に見せた。「この吸い殻は、銘柄はもちろん同じ〈公爵夫人〉ですが、せいぜい四分の一程度しか吸ってありません――バーニスさんは五、六回ふかすだけで吸いさしを灰皿に押しつぶしていたのです。寝室にあったこの灰皿の吸い殻は、すべて同じ吸い方がされていました。

言い換えれば」エラリーは屈託のない笑みを浮かべて言った。「同一人物が吸ったと思われるふた組の煙草の吸い殻が正反対とも言うべき姿を見せているという、興味深い現象が見受けられるのです。調べたところ、バーニスさんは、あとで説明するある理由から非常に神経質で――本人をよく知る人たちはみな、彼女が愛用の煙草をこのように乱暴でもったいない吸い方をするのを先刻承知で、ほかの吸い方を見た覚えがないほどなのです。

このことから何がわかるでしょうか」長い間があった。「カード部屋のテーブルにあった吸い殻はバーニスさんが吸ったものではないということ、そして、これはいつも四分の一しか吸わない本人の癖を知らない別の人物が吸ったか用意したものだということです……。

つぎに、靴と帽子についてですが」エラリーは聴衆に最新の説を咀嚼《そしゃく》する暇を与えずに言った。「小細工がされたさらなる形跡が見つかりました。それらは一見、月曜の夜にバーニスさんがここに来て、午後から夕方にかけての雨で湿った帽子と靴を脱ぎ、寝室のクロゼットにあった数少ない自分の衣類から別のものを身につけて、アパートメントを出ていったかのように思えます。ところが、帽子は鍔《つば》を下にして箱にはいっていました。そして靴は、踵《かかと》が靴袋の口からはみ出すように突っこんでありました。そのような場合にふつうはどう収納するのかを実験してみたところ、大多数の女性は帽子の頂を下に向け、鍔が上に来るようにして箱におさめます。また、今回のように大きなバックルのついた靴の場合、踵を靴袋のなかに入れ、靴袋の布地にバックルが引っかからないようにします。それなのに、残されていた靴も帽子も、妙なことに、そうした女性の習慣について無知であることを示していました。そこから得られる結論もまた明らかです――靴と帽子をしまったのはバーニスさんではなく、男だったという結論です。鍔を下にして帽子をしまうのは男性の習慣ですし、男性はバックルの意味するところを知りませんからね。靴置き場にあった靴は、どれもたまたまバックルがついていなかったので、すべて踵が見えていた。バーニスさんの靴をしまった人間が何者であれ、ついほかの靴と同じしまい方をしたわけですが、それは女性ならけっしてしないことだったのです。

ここで正直に言いますと、これらの点は、個々に取りあげた場合、はなはだ説得力に欠けるうえに決定的ではありません。しかし、三つを考え合わせると、その証拠は看過するにはあまりに重大です――煙草を吸い、帽子と靴をクロゼットにしまったのは、バーニスさんではなく別の人間――男性だったのです」

エラリーは咳払《せきばら》いをした。声がかすれてきたにもかかわらず、口調は熱を帯びてくる。「この最後の点に関連して、きわめて興味深い証拠品がもうひとつあります」エラリーはつづけた。「浴室を調べていて、ウィーヴァーさんとぼくは謎の盗難に出くわしました。ウィーヴァーさんは月曜の午後五時半に安全剃刀《かみそり》を使ったのですが、それが最後の一枚だったので、翌朝も使わざるをえないと思い、洗って箱にしまっておきました。なんと、その刃が火曜の朝にはなくなっていたのです。ウィーヴァーさんは月曜の晩は多忙だったこともあり、新しい刃を買い求めるのを忘れたまま、火曜の早朝――正確には八時半にアパートメントに来ました。フレンチ社長が出勤する九時までに片づけなくてはならない仕事があったからです。ウィーヴァーさんはアパートメントでひげを剃《そ》るつもりでした。ところが、前日の午後遅くにしまったばかりの刃が消えていたといいます。おことわりしておきますが、フレンチ社長は剃刀をお持ちではなく、ご自身で剃ることはありません。

では、なぜ剃刀の刃が消えてしまったのか？　月曜の夜か火曜の朝早く、ウィーヴァーさんがここへ来るより前にその刃が使われたことは明らかです。だれが使ったのか？　ふたりのうちのどちらか――フレンチ夫人か、夫人を殺した犯人です。フレンチ夫人が何かを切る道具として使ったのかもしれないし、犯人が使ったのかもしれません。

ふたつのうち、筋が通っているのは、言うまでもなく後者のほうです。犯人が諸般の事情から店内で一夜を過ごさなくてはならなかったことを思い出してください。最も安全に過ごせる場所はどこか？　もちろん、このアパートメントに決まっています！　暗い売り場をうろついたり、店内のどこかに身を隠したりするのは、この部屋にいるのとは比べ物にならないほど危険です――夜間警備員がひと晩じゅう見まわりをしているんですから！　さて――われわれは剃刀の刃が使われたことを知っています。それはふつう、ひげが剃られたことを意味します。そう、当然ですね。犯人は朝になれば一従業員か一関係者として姿を現さざるをえないのですから。しばしアパートメントに居座っているあいだにひげを剃ってはいけない理由はありません。冷血漢そのものという気がしますが、むしろ犯人の性格に見合っていると言えるでしょう。何では、なぜ刃がなくなったのか？　刃に何かが起こったからにちがいありません。何が起こったのか？　折れたのか？　大いにありえます！　その刃は何度か使われていたので、もろかったのです。剃刀の柄に取りつけるときに少しでもよけいな力が加わると、刃は簡単に折れかねません。そのような事態になったと仮定しましょう。犯人はなぜ折れた刃を残しておかなかったのか？　犯人は狡猾《こうかつ》な曲者《くせもの》で、なかなかすぐれた心理学者でもあるからです。折れた刃が残っていれば、前の日も折れていたと思うより、前の日は折れていなかったことを思い出す可能性のほうが高いからです。一方、刃がなければ、疑いをいだかせたり記憶を呼び覚ますきっかけがありません。なくなったものより、形の変わったもののほうが、より強力な心理的刺激をもたらしますからね。少なくとも、ぼくが犯人の立場だったらそう考えたはずです。結果として、この事件を企てた人物が刃を持ち去ったのは正しかったと思います——犯人の立場から見ると正しい判断でした。その証拠に、ウィーヴァーさんはぼくが尋ねるまで、刃がなくなったことについてまったく気づかないも同然でした。気づいたのは、ぼくが先入観を排して客観的な観察力を働かせつつ捜査したからにすぎません」

エラリーは小さく笑った。「これまで述べてきたのは、いくつもの仮説と、根拠がさほど強くない推理にすぎません。とはいえ、この十分間にざっとお話ししたとりとめのない些細《ささい》な事実を考え合わせれば、常識から言って、この剃刀の刃はひげを剃るのに用いられ、それが折れ、そして持ち去られたにちがいないと納得してもらえるでしょう。剃刀の刃が本来の目的以外の用途に使われた証拠は見つかっておらず、その点もぼくの主張を裏づけるばかりです。この思考の筋道はひとまず置いて、また別の、まったく異なる筋道へ進みましょう。この事件の捜査において最も重要な筋道のひとつです」

硬い椅子の上でこっそり身をよじる気配や、すばやく息を呑《の》む音がした。エラリーへ向けられた目はちらとも揺るがなかった。

「みなさんはこうお考えになっているかもしれません」エラリーは落ち着き払った非情な声で言った。「この事件にはふたり以上の人間が関与しているのではないかと。靴や帽子をしまったのはバーニスさんでなかったとしても——決定的な証拠である吸い殻の件はこの際無視して——やはりバーニスさんは現場にいたのではないかと。そして別の人間が——男性が——帽子と靴をしまうあいだ、そばに立っていたのではないか、別のことをしていたのではないか、と。その考えを完膚なきまでに叩《たた》きつぶしてみせましょう」

エラリーは両の手のひらを机に載せて、少し前かがみになった。「さて、みなさん、このアパートメントへ出入りできる正当な権利を持っていたのはだれでしょうか？　答は鍵《かぎ》の所有者五人です。すなわち——フレンチ社長、フレンチ夫人、バーニス・カーモディーさん、マリオン・フレンチさん、ウィーヴァーさんです。親鍵はオフレアティの机に厳重に保管されており、オフレアティか日勤の警備員オシェーンに知られずに手に入れることはできません。そして、両名から親鍵が持ち出されたという報告はないので、親鍵を計算に入れなくてもいいのは明らかです。

いわば、現存《イン・エッセ》する六本の鍵のうち、勘定に入れることのできるのは五本です。フレンチ夫人の合い鍵は紛失したままですからね。そのほかの合い鍵はすべて、それぞれの持ち主が肌身離さず所持していたことが確認されました。夫人の合い鍵は捜査陣が総力を結集して探していますが、依然として見つかっていません。夫人は月曜の夜に店を訪れたときに鍵を持っていたとオフレアティが断言したにもかかわらず、鍵はこの店内にないのです。

ぼくはこの即興の審問の冒頭で、おそらく犯人が鍵を持ち去ったのだろうと言いました。いまここで、犯人は鍵を持ち去っただけでなく、持ち去らざるをえなかったと明言します。

われわれは犯人が鍵を手に入れたがっていた確証をひとつつかんでいます。月曜の午後、バーニスさんがフレンチ邸をこっそり抜け出たあとしばらくして、家政婦のアンダーヒルさんが一本の電話を受けています。相手はバーニスさんだと名乗りました。アンダーヒルさんにアパートメントの鍵を用意するように頼み、すぐに使いの者にとりにいかせると言ったそうです。しかし、同じ日の朝、バーニスさんはアンダーヒルさんに、アパートメントの鍵をなくしたようなので、ほかの人の鍵を借りて合い鍵を作ってもらいたいと頼んだばかりだったのです！

電話の主がバーニスさんだったかどうかは怪しいと、アンダーヒルさんは考えています。宣誓のうえ証言してもいいそうですが、けさ合い鍵を作るよう指示されたばかりなのにと相手に伝えたとき、電話の主の近くに別の人間がいて、どう返事をすべきか指図をしていたというのです。そして、相手はあわてて電話を切ってしまった……。このことから何が推測できるでしょうか？　電話の主は明らかにバーニスさんではなく、アパートメントの鍵を手に入れるために偽装電話をかけさせられた共犯者か、犯人が金で雇った人間です！」

エラリーは大きく息を吸った。「この一件から浮かびあがる興味深い問題について考えることは、ひとまずみなさんにおまかせします……。さて、ここで別の結論に至る論理の迷宮へみなさんをご案内しましょう——そう、本来の筋道に立ち返るのです。犯人はなぜ鍵を必要としたのか？　当然ながら、アパートメントにはいる手段を確保するためです。手に入れないかぎり、鍵を持つ別の人間の助けを借りてはいるしかなかった。おそらく犯人はフレンチ夫人がアパートメントへ入れてくれるものと予期していたものの、周到な犯行計画を練るなかで、自分で鍵を持つことが不可欠だと考えたのでしょう。偽装電話をかけて〝使いの者〟を差し向けようとした理由は、それで説明がつきます。しかし、事件を解く鍵はここにあります！

犯人はフレンチ夫人をアパートメントで殺害しました。これまでに述べたさまざまな理由から、犯人は死体をショーウィンドウへ運ばなくてはならなくなり、あることにふと気づきました。アパートメントのドアにはスプリング錠がついていて、ドアが閉じると自動的に施錠されます。バーニス・カーモディーさんの鍵を手に入れそこなったので、鍵はありません。でも、死体はなんとしてもアパートメントから運び出さなくてはならない。しかも、そのあとでアパートメントにもどって、すべきことがたくさんあります――指紋を拭《ふ》きとり、靴や帽子、バンクや吸い殻の手がかりをひそかに〝仕込む〟のです。実のところ、たとえ死体を運びおろす前に部屋を片づけて偽の手がかりを〝仕込む〟としても、やはりもう一度アパートメントにはいる手段が必要でした。店内をこっそり歩きまわり、ブックエンドに細工をするためのフェルトや接着剤やその他の道具を調達しなくてはならないからです。で、どうやってアパートメントへもどるのか？　しかも犯人はアパートメントで泊まるつもりでいたようです――繰り返しますが、どうやってもどるのか？　つまり、死体を運びおろすのが部屋を片づける前であれ、そのあとであれ、犯人にはアパートメントにもう一度はいる手立てが必要だったのです……。

はじめは、スプリング錠つきのドアが閉じないように、ドアと床の隙間に何かをはさもうと考えたはずです。でも、警備員が来たらどうする？　犯人はこう考えたにちがいありません。警備員は一時間ごとに廊下を見まわりにくる。ドアが少しでもあいていれば、かならず気づいて調べようとするにちがいない、と。いや、ドアは閉じていなくてはならない。しかし――そうだ！　フレンチ夫人が鍵を持っている――夫人自身がアパートメントへはいるのに使った鍵を。それを使えばいい、と。ぼくの目には、机に突っ伏して血まみれで死んでいる夫人を尻目《しりめ》に、犯人がハンドバッグから鍵を取り出して自分のポケットに入れ、死体をかついでアパートメントを出たところで、これでおぞましい仕事を終えて無事に帰ってこられる手段を確保できたとひと安心する姿が浮かぶようです。

「にもかかわらず」——暗い笑みを浮かべる——「犯人はもう一度アパートメントにはいるために、鍵を持ち帰らざるをえませんでした。だから死体の周辺からは鍵が見つからなかったのです。たしかに、アパートメントに引き返してあと始末をすませたのち、ショーウィンドウへ鍵をもどしにいくこともできたでしょう。しかし——それはもちろんばかげた話で——その場合、どうやってアパートメントへもどるというのでしょう？　そのうえ、危険に遭遇しかねません——一階売り場のショーウィンドウへ忍びこむところを見とがめられる危険をもう一度冒すことになるのですから……。一度目もじゅうぶん危険でしたが、それはやむをえませんでした。いや、犯人はおそらく、鍵をポケットに入れて翌朝店を出たら始末するのが最善だと考えたのでしょう。もちろん、アパートメントに残しておく手もありました。たとえばカードテーブルの上などに。けれども、鍵がアパートメントになかったという事実は、犯人が持ち去ったことを示しています——犯人にはふたつの道があり、そのうちのひとつを選んだのです。

したがって」——一瞬の間を置く——「犯人は共犯者なしで殺人を犯したことがわかります。

信じていらっしゃらない顔がいくつか見えますね。しかし、これは明々白々です。共犯者がいれば、犯人が鍵を奪わなくてはならない理由はまったくないのですから！……犯人が死体を運びおろすあいだ、共犯者はアパートメントに残って、階下の仕事がすんだらドアをあけてやればいいのです。おわかりでしょうか？　鍵を奪わざるをえなかったという事実そのものが、単独犯による犯行だったことを示しています。いや、こんな反論があるかもしれません。犯人はふたりだった可能性もある、ふたりで死体を運んだのかもしれないじゃないか、と。それには確信を持って〝ノー！〟と答えます。というのは、そんなことをしたら倍の危険をともなうからです——ひとりよりふたりのほうが警備員に感づかれやすいですからね。この犯行は綿密に練りあげられていて——その考案者がそんなつまらない危険を冒すはずがありません」

エラリーは唐突にことばを切ってメモに視線を落とした。だれも身じろぎひとつしない。ふたたびエラリーが顔をあげたとき、口もとが引きしまって内心の緊張をあらわにしていたが、そのわけはだれにも想像がつかなかった。

「紳士淑女のみなさん、いよいよ」エラリーは抑揚のない落ち着いた声で告げた。

「とらえどころのないわれらが犯人の人物像をある程度くわしく述べられる段階にたどり着きました。お聞きになりたいですか？」

エラリーは挑みかかるような目で聴衆を見まわした。それを受けて、興奮にこわばった一同の体が萎縮《いしゅく》した。だれもが顔をそむけた。物音ひとつ起こらない。

「お聞きになりたいものと見なします」エラリーはなおも平板な声で言ったが、どことなく脅かして楽しんでいるような響きがあった。「けっこうです、それではじめましょう！」

エラリーは目をきらめかせて身を乗り出した。「われらが殺人犯は男性です。靴と帽子をクロゼットにしまう際の手口に加え、剃刀《かみそり》の刃の紛失という事実が、男性であることを示しています。死体を隠すなどに要する肉体的な力、知識に裏打ちされた強《きょう》靭《じん》な判断力、冷酷さ、大胆さ――そのすべてがまぎれもなく男性を指し示していますし、毎日剃《そ》らねばならないかなり濃い顎《あご》ひげの持ち主だと付け加えてもいい」

一同は固唾《かたず》を吞《の》んで、エラリーの唇の動きを目で追った。

「われらが犯人は単独で行動し、共犯者はいませんでした。長々と説明しましたが、鍵《かぎ》が紛失している点から推理したすえにその結論を得ました」

全員が身じろぎひとつしなかった。

「その単独犯はこの百貨店の関係者です。死体を階下のショーウィンドウへ移動させたことや、これもまたくわしく説明しましたが、ほかのいくつもの事実から証明できます」

エラリーはわずかに緊張をゆるめた。小さな笑みを浮かべてもう一度室内を見まわした。ハンカチを唇にあて、あちらこちらへ目をやる。汗をかきながら妙にこわばった顔で座しているウェルズ委員長へ。疲れきった様子で椅子にぐったりと身を沈め、小ぶりの手で両目を覆っている父親へ。左手にいる、微動だにしない刑事たちへ。右手にいる、ヴェリー、クラウザー、〝ジミー〟、フィオレッリへ。そしてエラリーはまた口を開いた。

「ある一点については」淡々と言う。「まだ確固たる結論に達していませんでした。火曜の朝、犯人が是が非でも手がけなくてはいけなかった重大な用件とはなんだったのかという点です……。

ここで、机の上にあった五冊の本にまつわるきわめておもしろい問題がかかわってきます――古生物学、音楽の初歩、中世の商業、切手収集、大衆演芸の下品なジョークという、なんとも興味深い雑多な寄せ集めです」

エラリーは、五冊の奇妙な本と、書きこみと、ウィーヴァーから聞いたスプリンガーの二面性と、本に記された所番地が麻薬密売の場所だと判明した事実について手短に説明し、最後に、ウィーヴァーが入手した六冊目の本に所番地があった九十八丁目の家屋の手入れが失敗に終わったことを話した。

「六冊目の本を用意したとき」エラリーはますます緊張を高める聴衆に向かって言った。「スプリンガーは本の暗号が書き写されたり第三者に知られたりしているとは想像もしていなかったはずです。もし気づいていたら、いつもどおりの細工をしてウィーヴァーさんに調べられるような真似はしなかったでしょう。だから、月曜の夜、ウィーヴァーさんに尾行されつつ店をあとにしたとき、六冊目の本であるルシアン・タッカーの『室内装飾の最新流行』がその若き素人探偵の手中にあるとは、スプリンガーは知る由もありませんでした。さらに、その日はひと晩じゅう、ブロンクスのアパートメントへ帰ってからも、だれとも会ったり話したりしなかったので(電話会社を通じて、帰宅後どこへも電話をかけなかったことを確認しました)、どんなに早くても翌日、つまり火曜の朝に出勤するまでは、本の暗号が他人に書き換えられたことを知りえませんでした。言い換えれば、殺人事件が発覚するまでは、ということです。仮にスプリンガーではなく別のだれかが、暗号の仕組みを感づかれたことをなんらかの方法で知ったのだとすると、そのだれかが何者であれ、ひと晩じゅう店から出られなかったわけですから、店内から他人に連絡しうる唯一の手段は電話しかなかった点を忘れてはなりません。しかも、この店の電話は、オフレアティの机に通じる主回線一本を除いて、夜間はすべて不通になることがわかりました。また、問題の夜は主回線は使われなかったと、オフレアティ本人が証言しています。となると、月曜の夜から火曜の早朝にかけて、何者であれ店内にいた人物が、ウィーヴァーさんが持ち去った六冊目の本について、スプリンガーやほかのだれかに知らせることは不可能だったと結論せざるをえません」

エラリーは急いで話を進めた。「翌日の火曜の朝、麻薬密売組織が大混乱に陥ったのは――火曜の午後に取引で使うはずだった九十八丁目の家から急遽《きゅうきょ》撤収したことが、その明らかな証拠ですが――暗号の仕組みがばれたのを、密売組織のだれかが夜のうちに察知したからにほかなりません。繰り返しますが、月曜の晩にスプリンガーがいつものように六冊目の本に暗号を書きこんだ事実は、その時点では密売組織が暗号の仕組みを安全と見なしていたことを示しています。それなのに、翌朝には組織はあわてふためき、顧客である麻薬常用者たちの要求を満たさぬうちに、九十八丁目通りの拠点から逃げ出したのです。このことからも、一味のだれかがまずい事態を察知したのは前日の夜だったと推論することができます。

察知できるのはつぎの場合にかぎられます。第一は、月曜の夜、ウィーヴァーさんが店を去ったのちに――最後に店を出たのは彼です――書籍売り場のいつもの棚にあるはずの六冊目の本がすり替えられたことに気づいた場合。第二は、月曜の夜、フレンチ社長の机にある五冊の本に気づいた場合。第三は、その両方です。したがって、犯行の翌朝に拠点が撤収されたということは、月曜の夜にどちらか一方あるいは両方に気づいた何者かが、警告を発したからだと結論せざるをえません。その何者かは——よりくわしく言うと——スプリンガーとウィーヴァーさんが去ったあとも店にいたにちがいなく、ゆえに、火曜の朝九時まで店から出られず、だれにも連絡ができなかった人物です」

いくつかの顔が理解の兆しに輝いた。エラリーは微笑んだ。「何人かのかたは避けがたい結論を予知なさっているようですね……。問題の夜、店内にいて、本にまつわるどちらか一方あるいは両方の発見ができる立場にあったのはだれか？　答は犯人です。五冊の本がいやでも目につく部屋でフレンチ夫人を殺害した男にほかなりません。その後の犯人の行動のなかに、アパートメントで五冊の本にたしかに気づいたことを裏づける何かが見受けられるでしょうか？　見受けられます。翌朝、ある用事をすませる時間を稼ぐために、死体をショーウィンドウへ移した事実がそれです——その用事が何かはこれまで謎でしたが……。

紳士淑女のみなさん、一連の推理の鎖は」エラリーは妙に勝ち誇ったように言った。「あまりに強く、あまりに完璧《かんぺき》に結合していて、真実であると認めざるをえません。犯人にとっての重大な用事とは、火曜の朝に麻薬密売組織に警告することだったのです。

言い換えれば、しだいに明らかになってきた人物像に、ひとつの要素が加わるということです――われらが犯人は男性で、単独犯で、店の関係者で、体制の整った大きな麻薬密売組織に属しています」

エラリーはことばを切り、繊細な指で机の上の五冊の本をもてあそんだ。「しかも、ますます明らかになりつつある犯人の人物像に、さらなる条件を付け加えることができます。

というのも、麻薬密売にかかわりのある犯人が事件当夜の前にフレンチ社長のアパートメントへはいっていたなら――ここでの〝前〟とは、問題の夜からさかのぼって六週間以内ならいつでもかまいませんが――机の上の本に気づいて警戒心をいだき、ただちに書籍売り場での暗号作戦を中止するよう命じたにちがいありません。それなのに、犯行当夜まで本を用いた暗号作戦がおこなわれていたことから、月曜の夜に先立つ一週間から六週間は、犯人はフレンチ社長の書斎にはいっていないと考えるのがきわめて自然です……。われわれはふたたび、机の上にあるこれらの本を見たのが犯人だったという確証を得ました。というのも、血に染まったブックエンドを調べ、のちに手を加えた犯人が、この五冊の本に気づかないはずがなく――それらがいかに恐ろしい意味を持つかを悟らないわけがありません。

「犯罪の証拠であるこれらの本を見る実のところ」エラリーはすばやくつづけた。

なり、犯人がすぐさま懐中電灯を手にして階下の書籍売り場に忍びこみ、六冊目の本もまた他人に手をつけられたかどうかをたしかめたと推論するのは、さしてむずかしいことではありません。そしてもちろん、六冊目の原本がないことに気づいたにちがいありません――絶体絶命の発見であり、ゲームが終わったことを一刻も早く仲間に伝えなくてはならなくなりました。これはきわめて筋の通る推論であり、喜ばしいことに、まもなく、より明確に実証できるでしょう！」

エラリーはそこでことばを切り、ハンカチで額をぬぐって、ぼんやりと鼻眼鏡のレンズを磨いた。今回は会話のさざ波が静寂を破り、はじめは低い調子だったのが興奮のどよめきへと高まったが、エラリーが静粛を求めて手をあげると、ぴたりとやんだ。

「分析を終えるために」エラリーは眼鏡を鼻の上にもどし、ふたたび口を開いた。「ここからの話は、不快感を与えるほど個人的なものになろうかと思います。というのも、みなさんおひとりおひとりを俎上《そじょう》に載せ、この分析で作りあげた尺度に照らして測るつもりだからです！」

たちまち叫び声が飛び交い、顔という顔に、憤慨、反感、当惑、不遜《ふそん》といった表情が浮かんだ。エラリーは肩をすくめてウェルズ警察委員長のほうを見た。ウェルズはきっぱりした口調で「やりたまえ！」と言い、目の前の人々をにらんだ。一同はつぶやきながらも静まった。

エラリーは半ば微笑しながら聴衆に向きなおった。「けっして突飛な考えを持ち出したわけではありませんよ。ですから、この場にいるみなさんとしては――いや、みなさんのほとんどは――抗議する理由などないのです。ともあれ、このわくわくするちょっとした消去法のゲームをはじめましょう。

ぼくの尺度における第一の条件――犯人は男性である点から、頭の訓練を兼ねて考えてみますと、マリオン・フレンチさん、バーニス・カーモディーさん、コーネリアス・ゾーン夫人は除外してよいとわかるでしょう。

第二の条件――その男性は単独犯である点――は、人物像の特定とは関係がなく役に立ちませんから、第三の条件、すなわち犯人は男性でこの百貨店の関係者である点へ進むことにします。さらに、第四の条件、すなわち犯人は過去六週間にわたってこのアパートメントに立ち入っていない点へも進みましょう。

まずは、サイラス・フレンチさん」エラリーは憔悴《しょうすい》した老富豪へ無造作に会釈をした。「フレンチさんはもちろんこの店の関係者です。また、物理的に犯行が可能だったかどうかという視点で見ると、たしかに可能でした。つい先だってひそかに検証したのですが、もしフレンチさんが訪問先のホイットニー氏の運転手を買収して、月曜の夜にグレイトネックからニューヨークへ自分はもどり、そのことを忘れるよう口止めしたとすれば、貨物搬入口から忍びこむのにじゅうぶん間に合い、アパートメントにはいることができました。月曜の夜九時に、軽い体調不良を訴えてホイットニー邸の寝室へ引きとったあとは、その運転手以外にフレンチさんの姿を見た者はいないのです。

しかし――」エラリーはフレンチの青ざめた顔に笑みを送った。「フレンチさんは過去六週間にわたって――それどころか、何年ものあいだ毎日――まちがいなくこの部屋にいました。それが決め手にならないようなら、ご安心ください、フレンチさん。というのも、いままで意図的に言及を差し控えてきた別の条件があり、それによると、あなたの犯行は心理的に不可能です」

フレンチが体の力を抜き、震える口もとにかすかな笑みを浮かべた。マリオンが父親の手を握りしめる。「つぎに」エラリーはたたみかけるように言った。「忌まわしきブックエンドの贈り主にしてフレンチ一家の親しい友である、ジョン・グレイさんです。グレイさん、あなたは」エラリーは小粋《こいき》な老重役にじかに呼びかけつつ、おごそかに言った。「数多くの理由によって除外できます。実に重要な立場でこの店とかかわりがあり、また、火曜の朝の所在が不明な点は重視されるものの、あなたも過去六週間にたびたびこのアパートメントを訪れており、先週金曜日にここで開かれた取締役会にも出席なさっています。さらに、あなたには月曜の夜のアリバイがあり、調査の結果、あなたが思う以上に有力であることがわかりました。月曜の夜十一時四十分にホテルの夜勤のフロント係と話をしたというあなたの言い分がそのフロント係によって裏づけられ、あなたがアパートメントへ忍びこむのは不可能だったことが証明されただけでなく、あなたの知らない別の人物――同じホテルの宿泊者が、あなたが十一時四十五分に自分の部屋へはいるのを見かけていました……。その事実がなくとも、あなたが有罪だなどと真剣に考えることはできません。あなたの友である夜勤のフロント係が誠実な人物でないことを疑う理由は何もないからです。それは、フレンチさんの場合に、ホイットニー氏の運転手が不正直だとする理由がないのと同じです。あのとき買収の話を持ち出したのは、まずありえないにしろ、可能性の範囲内で起こりうる事態だからです」

グレイは妙なため息をついて椅子の背にもたれ、上着のポケットに小さな両手を突っこんだ。エラリーは、赤い顔で神経質そうに時計の鎖をいじっているコーネリアス・ゾーンのほうを向いた。「ゾーンさん、あなたのアリバイはあやふやなうえ、奥さんに口裏を合わせてもらえば、殺人をおこなうことは可能でした。けれども、あなたも百貨店の取締役であり、何年にもわたって二週に一度はこの部屋を訪れている。また、フレンチさんやグレイさんと同じく、さっき述べた心理的に容認しがたい条件により、あなたも除外できます。

マーチバンクスさん」――殺されたフレンチ夫人の兄である不機嫌な顔つきの大柄な男

を見て、エラリーはつづけた。「車でロングアイランドへ行ってリトルネックの別宅で一夜を過ごしたけれど、アリバイを証明できる人物はひとりもいないという話でしたが、そういうことであれば、ニューヨークへ引き返し、店に忍びこんで殺人を犯すことは物理的に可能でした。しかし、きのうはあれほど腹を立てる必要はなかったんですよ——あなたもまた、ゾーンさんと同じく、ここで開かれる取締役会の常連として候補から除外できるだけでなく、ぼくが伏せている条件によっても退けられます。

そしてトラスクさんは——」エラリーの口調が少し険しくなった。「月曜の夜から火曜の朝にかけて、酩酊《めいてい》状態で街をうろついていたそうですが——」呆然《ぼうぜん》としたトラスクの口が大きく開く。「あなたもまた、先ほど定めた尺度だけでなく、例の秘密の条件に照らしても、無実です」

エラリーはことばを切り、ヴィンセント・カーモディーの石のような浅黒い顔を物思わしげに見つめた。「カーモディーさん。あなたには多くの点で、お詫《わ》びとお悔やみを申しあげなくてはなりません。この店の関係者ではないので、あなたはまったく考慮の対象ではありません。事件当夜はコネチカットへ出かけていたとのことですが、仮にそれが根も葉もない虚偽だったとして、殺人を犯した可能性は否定できないとしても、フレンチ夫人の遺体を階下のショーウィンドウへ運ぶ必要などあったはずがありません。というのは、自分の不在に気づかれやしないかと恐れることなく、朝の九時に店を出ていけたからです。あなたはこの店とかかわりがありません。そして、あなたもぼくのとっておきの秘密の条件によって除外できます。

さて、つぎは」エラリーは、ポール・ラヴリーのいかにもフランス人らしい、不安げな顔を見てつづけた。「あなたの番です。ご心配は要りません！」と微笑む。「あなたは殺人を犯してはいない！　そう確信していたので、月曜の夜のアリバイをわざわざ尋ねはしませんでした。あなたは何週間にもわたって毎日このアパートメントに出入りされた。そのうえ、フランスから渡米されて日が浅い――したがって、この国やこの街の緊密な麻薬密売組織の一員と疑うのは、可能性の枠をはるかに超えています。そして、あなたもまた、われらが殺人犯ではありません。いまなお伏せたままの最後の条件に論理的に合致しないからです。さらに、精神分析の立場から詳細を付け加えると、あなたのように洗練されたヨーロッパ式の知性の持ち主なら、われらが謎の犯人を苦境に追いこんだ嘆かわしい失敗はけっして犯さなかったはずです。というのも、ここにいる男性のなかで、あなただけは、女性が帽子を箱へどうおさめるかやバックルつきの靴をどう収納するかをご存じなほど世知に長《た》けたかただからです。

さて、いよいよ」エラリーは明るい口調でつづけたが、目には熱っぽい光が宿っていた。「捜査の対象がずいぶん絞られました。もちろん、この店の従業員のひとりである、支配人のマッケンジーさんについても議論すべきでしょう。いえ、いえ！　抗議なさるには及びませんよ、マッケンジーさん——あなたはとうに除外されています。まもなく明らかになる最後の条件にそぐわないうえに、過去六週間以内にこのアパートメントに立ち入っている。しかし、このアパートメントに一度もはいったことがなく、月曜の夜の行動が証明されない何百人もの従業員は、殺人犯である可能性があります。まもなくその問題を取りあげます。その前に、ここでみなさんに——」エラリーが控え室へ通じるドアの前のブッシュ巡査にすばやく合図を送ると、ブッシュはすぐさまうなずき、ドアをあけ放したまま書斎から出ていった。「これまでほぼ未知なる人物だったひとりの紳士をご紹介したいと思います。その紳士とは、ほかでもない——」廊下へ通じるドアのあたりでざわめきが起こり、ブッシュ巡査が書斎へはいってきた。その後ろには、ひとりの刑事がつづき、真っ青な顔をして手錠をかけられた男の肘《ひじ》をしかと握っていた。「ジェイムズ・スプリンガーさんです！」

エラリーは暗い笑みを浮かべて、少し後ろへさがった。刑事が囚《とら》われ人を部屋の前へ送りこむと、ただちに警官によって椅子が二脚用意された。ふたりが腰をおろし、スプリンガーは手錠のはまった両手を力なく膝《ひざ》に載せてじっと床を見つめた。鋭い顔つきと半白の髪を持つ中年男で、右頬の鮮やかな痣《あざ》がつい先ごろの乱闘を雄弁に物語っていた。

一同は無言でその男を見つめた。フレンチ社長は裏切り者の従業員を前にして、怒りのあまりことばを失っていた。わななく腕を、ウィーヴァーとマリオンの双方が手で押さえている。だが、聴衆はひとことも発さず——熱っぽい目を瞠《みは》るばかりで、一様に凍りついていた……。

「スプリンガーさん」エラリーは静かに言った——とはいえ、その声は緊迫した空気のなかで砲弾のごとく炸裂《さくれつ》した——「スプリンガーさんは検察側の証人として共犯者について語ってくれることになりました。警察の追及を首尾よくかわせると思いこんで逃げ出したものの、それに備えていた捜査当局によって、逃亡を図ったその日に身柄を拘束されたのです。逮捕の事実は極秘にされてきました。スプリンガーさんはわれわれにはとうてい推理しえなかったいきさつを事細かに語ってくれました。

たとえば、つぎのようにです。殺人犯は麻薬密売組織でスプリンガーさんの上役にあたり、組織はいままさに国じゅうへ散りぢりとなって当局に手配されていること。殺人犯は、ニューヨークの密売組織の〝顔役〟とも言うべき人物の右腕だったこと。かなり重度の麻薬依存症であるらしいことが捜査によって判明したバーニス・カーモディーさんは、ヘロイン常用の悪習に染まるようになったため、なんらかの不正な手立てで〝顔役〟と出会って暗号の仕組みを教わり、麻薬への依存傾向が強くなった結果、自分の知人を組織の顧客になるよう誘いこみ、ある意味では密売組織の一員になっていたこと。バーニスさんの忌まわしい悪習は家族に気づかれていなかったものの、やがて、実の父であるカーモディーさんが疑いをいだくようになり、前妻であるフレンチ夫人に相談したところ、夫人は娘の様子を観察するようになり、それが真実であると気づいたこと。フレンチ夫人は持ち前の強引な流儀で娘をじかに責め立てて、ついにはバーニスさんの弱まった意志を打ち砕き、すべてを――バーニスさんが使う麻薬を直接供給している百貨店関係者の名前も含めて何もかもを――白状させたこと。夫人はその手の悪習を激しく忌みきらうフレンチ氏には事の真相を打ち明けず、先週の月曜日に、バーニスさんが新しく手に入れて特製の口紅の二重底に隠し持っていた麻薬を取りあげたこと。さらに、百貨店の従業員であるその男と今週月曜日の真夜中にひそかに面会する約束を娘に取りつけさせ、娘のために直談判し――麻薬組織を警察へ密告すると脅すことで娘から手を引かせ、母親みずから内密に更生させるつもりだったこと。会見の約束はバーニスさんを通じて日曜に取りつけられたこと。相手の男がその緊急事態をただちに自分のボス、すなわち神出鬼没の〝顔役〟に報告したところ、〝顔役〟は、いまや重要な情報を知りすぎたフレンチ夫人を生かしておくわけにいかないとして、例によって血も涙もなく夫人の殺害を命じるとともに、機械のなかの弱い歯車だとわかったバーニスさんを、母親もろとも始末するよう指示したこと。おまえも殺すぞと脅された男は、犯行の計画を練り、夫人との会見の約束に応じたこと。百貨店の従業員である男は、貨物搬入口が毎晩決まった時刻に三十分だけあくのを知っていて、そこからひそかに忍びこんだこと。夜半まで店の化粧室に隠れたのち、六階のアパートメントをこっそり訪れ、ドアをノックして、数分前に到着していたフレンチ夫人に迎えられたこと。われわれが推理したとおり、夫人は机のそばに立ち、ふたりで言い争ったこと。男は夫人のハンドバッグのなかにヘロインを詰めた口紅ケースがあるとはつゆ知らず、知っていれば奪っていたにちがいないこと。躊躇《ちゅうちょ》なく銃を発砲して夫人を殺害し、大量の出血によってブックエンドが血まみれになったこと。机の上にかがみこんだときに五冊の本が目にはいり、本を用いた暗号の仕組みに何者かが気づいたのを悟ったこと。翌朝の九時にウィーヴァーさんとフレンチ社長が出勤してくる旨が書かれた青い連絡票を見つけたこと。翌朝までは店から出られず電話もかけられないので、この思いがけない展開について組織の仲間のだれとも連絡がとれないと悟ったこと。もし死体をアパートメントに残しておけば、九時には発見され、店から出て自分への疑いをそらすこともできなくなってしまうので、翌朝店を抜け出して仲間に警告する時間を稼ぐために、死体をショーウィンドウに隠すと決めたこと。そして、発見現場へ死体を移しおおせたこと。また、アパートメントへ引き返す途中で一階の書籍売り場へ寄り、案の定六冊目の原本もなくなっているのをたしかめたこと。月曜の午後に偽の電話をかけてバーニスさんの鍵《かぎ》を手に入れようとして失敗したので、フレンチ夫人の鍵を奪ったこと。最後に、アパートメントへもどって書斎を片づけ、ブックエンドに手を加え、バーニスさんに不利な証拠を〝仕込み〟、一夜を明かし、朝になってひげを剃《そ》り、折れた刃を持ち去った。そして、九時少し過ぎに早朝の客にまぎれて店を出て、すぐにまた、正式な出勤手続きをするために通常の従業員通用口から店にはいったこと。その後まもなく、どうにか隙を見て店を抜け出し、組織の〝顔役〟に本の暗号の仕組みが露見したと報告したこと……」

エラリーは咳払《せきばら》いをして、容赦なくつづけた。「スプリンガーさんはまた、バーニスさんの誘拐にまつわる事情も明らかにしてくれました。日曜日に手持ちの麻薬をフレンチ夫人に取りあげられ、やけを起こしたバーニスさんは殺人犯と連絡をとりました。それは相手の思う壺《つぼ》で——新たに渡すからダウンタウンで落ち合おうと犯人は言いました。バーニスさんは月曜の午後に外出したあと、すぐさま誘拐され、組織の人間にブルックリンの隠れ家へ連れこまれて殺害されました。バーニスさんの着衣は剝《は》ぎとられ、重罪を犯す前の犯人のもとへ届けられました。犯人はそれらの衣類を月曜の夜にアパートメントへ行くときに持参しました——帽子と靴は何気ない小包のように見せかけてありましたが、雨で少し湿っていて、小細工にはもってこいでした。

お待ちかねの決着《デヌマ》に進む前に、もうひとつ説明すべき点があります……。それは、バンク、吸い殻、靴と帽子を〝仕込み〟、あたかもバーニスさんが事件にかかわっているように見せかけた理由です。これについても、邪悪な車輪の歯車のひとつにすぎなかった――おそらくは重要な歯車だった――スプリンガーさんが、しぶしぶあらましを説明してくれました。

犯人が、バーニスさんがアパートメントにいたように見せかけたのは、すでに必然の結果としてバーニスさんが消されていたからです。殺されて行方不明に陥るとなれば、ふたつの出来事が――娘の失踪《しっそう》と母親の殺害が――結びつけて考えられるのは当然です。あたかも娘が殺人を犯したかのように見えるにちがいない。それは事実に反するものの、当面は警察を混乱させて捜査を攪乱《かくらん》できるかもしれないと犯人は考えたのでしょう。そんなごまかしが長くつづくと本気で期待していたわけではありません――単なる目くらまし《レッド・ヘリング》であって、捜査の矛先を自分からそらすことができそうなものならなんでもよかったのです。しかも、そうした〝小細工〟は実に造作もないことでした。煙草はバーニスさんの行きつけの煙草商であるザントスから手に入れました。バン特注の煙草をどこから仕入れているか、本人から聞いたことがあったからです。バンクについても、同じようにして知っていました。あとはたわいもありませんでした……

……」

一同は硬い折りたたみ椅子の端まで腰をずらし、身を乗り出して、一語も聞き漏らすまいと耳を澄ましていた。この分析がどこへ行き着くのかわかりかねるというふうに、ときおりとまどい気味に互いの顔を見合わせている。エラリーはつぎのひとこととで全員の注意を引きもどした。

「スプリンガーさん！」その名が鋭く響きわたった。囚われ人ははっとして、青ざめた顔をおずおずとあげた。視線はたちまち、それまでじっと見入っていた絨毯《じゅうたん》の上へ落ちた。「スプリンガーさん、ぼくはあなたの証言を正確に――すべて伝えたでしょうか」

スプリンガーの目が急に苦悩の色を帯びてまたたき、眼窩《がんか》の奥でまわって、前方で揺れ動く人の群れからひとつの顔を必死に探した。口から出たのは単調なかすれ声で、聞き耳を立てている人々にかろうじて届いた。

「はい」

「けっこうです、それでは！」エラリーは身を乗り出して、勝ち誇ったように高らかに告げた。「少し前にぼくが〝秘密の〟と形容し、これまで伏せてきた条件について、ご説明しなくてはなりません……。

思い返してもらいたいのですが、ブックエンドの話をしたとき、縞瑪瑙《しまめのう》と新しいフェルトの境目の接着剤に粉が付着していたと言いましたね。その粉はありふれた指紋検出用の粉でした。

粉の正体を突き止めた瞬間、目の前の霧が晴れ、真相に気づきました。紳士および淑女のみなさん、最初はこう考えたのです」エラリーはつづけた。「指紋検出用の粉を使うとは、犯人は実にすぐれた知能犯にちがいない――いや、それどころか超犯罪者だ。警察の商売道具を利用しうる人物だ――それもっともな考えです……。しかし」――そのことばが一同の胸にずしりと応《こた》えた――「もうひとつ別の推論も導き出されました――その推論によると、すべての容疑者を一挙に排除できるのです、ただひとりを除いて……」エラリーの目は炎を放ち、声のかすれは消えていた。証拠物件を並べた机の上へ注意深く身を乗り出し、エラリー自身の個性の磁力で聴衆を惹《ひ》きつける。「そう、すべての容疑者を一挙に排除できるのです――ただひとりを除いて……」ゆっくりと繰り返す。

大きな意味をはらんだ瞬間が過ぎたあと、エラリーは先をつづけた。「そのひとりとは、フレンチ百貨店に雇われている男性で、過去六週間はこのアパートメントにはいったことがない人物です。すでに死亡していたバーニス・カーモディーさんの足どりに関する偽情報を、前科のない共犯者を通じてわれわれに提供することで、自分に対する追及をかわそうと試みた人物。そして、バーニスさんが濡《ぬ》れ衣《ぎぬ》を着せられたことをわれわれが突き止めたと知ると、着せたのは自分だったにもかかわらず、われわれに同意すると言ってのけるほど抜け目のない人物。本を用いた暗号の仕組みとスプリンガーさんの裏切りの話が出たとき、その場に居合わせており――さらに言えば、その場にいた唯一の容疑者であり――そして、スプリンガーさんが逮捕されたらわが身が重大な危険に陥ると悟るや、スプリンガーさんに逃げるよう警告した人物。そして、何より重要なことに、今回の捜査の関係者のなかで、指紋検出用の粉を使うのが自然で完全に理にかなっていた唯一の人物です……」

エラリーは唐突にことばを切り、興味と期待と追跡の熱意がこもったまなざしを部屋の片隅へじっと注いだ。

「その男から目を離すな、ヴェリー！」エラリーはだしぬけに鋭い声で叫んだ。

一同が振り向く暇もなく、目の前で演じられる速やかで熾烈《しれつ》な一幕の意味を呑《の》みこめずにいるうちに、短く激しい格闘の音と、雄牛のうなりに似た怒声と、あえぐような荒々しい息づかいが聞こえ、ついには、耳を聾《ろう》さんばかりのとてつもなく大きな銃声がとどろいた……。

エラリーは机のそばの定位置で、力なく疲れきった様子で立っていた。人々が部屋のあちこちから、静かな一画へといっせいに駆け寄るあいだも、エラリーは動かなかった。その静かな一画では、すでに息絶えた男が血だまりに横たわっている。

ねじれた死体のもとへ、電光石火のごとく真っ先に駆けつけたのはクイーン警視だった。警視はすばやく絨毯にひざまずくと、真っ赤な顔で荒い息をつくヴェリー部長刑事の巨体を押しのけ、引きつった自殺者の体をひっくり返して、すぐそばの見物人にさえ聞きとれない小声でつぶやいた。

「法的な証拠はなく——はったりが効いたわけだ！　……神よ、息子を与えてくれて感謝します……」

死体の顔は、フレンチ百貨店の専属探偵、ウィリアム・クラウザーのものだった。

解説　華麗なるフランス！

飯城勇三

——クイーンのリアリティに対するハンドリングは、今でも充分に新しいし、これからも、さらに広く受け入れられるものと確信する。少なくとも、新しい文体と表記で訳されれば、まだしばらくは古典にならないだろう。それが、理にかなったものの証しだと信じる。

（森博嗣『100人の森博嗣』より）

その刊行——二作めのジンクスなんて怖くない

デビュー作『ローマ帽子の秘密』の好評を受けて、翌年、同じストークス社から『フランス白粉の秘密』が刊行されました。二作めというのは、作家にとって、プロでやっていけるかどうかの試金石だと言われています。一作めに勝るとも劣らない作品を書けない作家は、プロの力量を持っていないと見なされるからですね。実際、コンテストでクイーンを破ったI《イザベル》・B・マイヤーズは、二作めで消えてしまいました。

しかし、クイーンは違いました。『フランス白粉』は、『ローマ帽子』を上回る好評をもって迎えられたのです。一九三〇年六月に刊行されたこの本が、十月までに六刷を重ねたという事実からも、その人気がうかがえるでしょう。

もっとも、一般大衆に受けたからといって、口うるさい書評家連中までもが誉め称《たた》えたとは限りません。刊行当時の、いささか辛口の書評を紹介しましょう。イギリスの雑誌「ロンドン・マーキュリー」一九三〇年十二月号に載ったフランシス・ロイドの書評です。

エラリー・クイーン氏の『フランス白粉の秘密』は、冷血な事件である。ヴァン・ダイン氏が広めたこのタイプの作品に見られるように、登場人物はそこそこ巧みに描かれてはいるが、扱いがあまりにも冷淡なので、誰がどうなろうと気にする読者は一人もいないように思える――クイーン父子《おやこ》すら例外ではないのだ。我々が登場人物に対して深い興味を抱くように仕向ける気が作者にあるのかどうか、いささか疑わしく思う。

その結果、我々が興味を抱く対象は、派手で手の込んだ殺人の解明ということになる。クロスワード・パズルを解くような頭のトレーニングとしてならば、確かに本作は優れているだろう。おまけに、彼の前作『ローマ帽子の秘密』と同じように、我々はこの本を四分の三ほど読み進んだところで、すべての手がかりを

> 入手し、自らも探偵として犯人を指摘する機会を与えられていることを教えられるのだ。こういった試みは、なかなか楽しい。そして、私は犯人を指摘できなかったことを告白すべきだろう。ただし、私以外の読者ならば指摘できたということは想像しがたいのだが。(中略)
>
> とはいえ、こういったドライで複雑で非人間的なタイプの探偵小説を好む人たちにとっては、『フランス白粉の秘密』より優れた作品を見つけることはできないだろう。私個人としては、こういった作品より、もう少し人間的で、もっと明るい作品を好むのだが。

要するに、この書評家は、クイーン作品は「単なるパズルで人間が描けていない」と批判しているのです。これは、新本格ミステリの作家たちがデビュー当時に受けた批判と、まったく同じではありませんか。彼らの多くがクイーンを偶像視している事実と併せて考えると、まったくもって興味深い現象だと言えるでしょう。

その魅力――「踊るクイーン《ダンシング・クイーン》捜査班」

本作は多くの魅力を備えていますが、ここでは二点だけ触れることにします。

一つめは、『ローマ帽子』と同じく、〝都会を舞台にした警察小説〟としての魅力。

『フランス白粉の秘密』初刊本の表紙（資料提供・川上光弘氏）

まず、事件の舞台となったデパートは、前作の舞台となった劇場以上に、都会を象徴しています。アメリカの人気雑誌「ライフ」一九四三年十一月二十二日号のクイーン特集記事によると、「リーとダネイの二人がデパートのショーウィンドウの前を通った時に、壁格納ベッドを展示していたことが『フランス白粉』のきっかけになった」そうなので、まさしく、大都市から生まれた作品と言えるでしょう。

そして、その舞台の上で、クイーン警視率《ひき》いる殺人課は、前作以上の大活躍をします。しかも、今回の相手は〝麻薬密売組織〟！　おまけに、警察委員長のスコット・ウェルズという、「事件は現場で起きている」ことを知らないお邪魔虫付きなのですから、面白すぎます。これはもう、テレビドラマにしなければなりませんね。

しかし、今回はエラリーも負けてはいません。前作では父親の捜査をボケっと眺めているだけでしたが、本作では自らフレンチのアパートメントの捜査を敢行。ようやく名探偵らしい行動ができたせいか、鼻眼鏡も前作よりよけいに回しております（それにしても、民間人のくせにウェルズの前で警察を差し置いて捜査をするエラリーって、いい度胸をしていますねえ。パパの首は大丈夫でしょうか）。

では、二つめの魅力を――述べる前に、ファン向けの小ネタを挙げておきましょう。

〔その1〕14pの見取図をじっくり見てください。一階と最上階のエレベーターの位置に注目すると、おかしな点に気づきませんか？　そうです、最上階の面積が広すぎるのです。この図はクイーンが描いたようですが、ひょっとして、〈エッシャーの騙《だま》し絵〉の先駆なのでしょうか……。

〔その2〕第17章では、エラリーの〈犯罪捜査のための携帯道具箱〉が初登場。なかなかステキな小道具で、ちょっと欲しくなりませんか？　ちなみに、国名シリーズでは他二作に登場しているので、どの作品でどんな時に使われるのか、お楽しみに。

その推理——消去法推理《エリミネーション》の光輝《イルミネーション》

本書の二つめの魅力は、もちろん、〝推理〟に他なりません。解決篇でのエラリーの推理だけでも五十三頁と長いのですが、問題篇にも予備的な推理が出て来るのです。12章に十二頁、24章に二十一頁、25章に九頁、28章に八頁。全部合わせると百三頁に達し、なんと、本書の二割を超えてしまうのですよ！

そしてもちろん、量だけでなく質も伴っています。前作が「消えた帽子の謎」という一本の糸から真相をたぐり寄せたとするならば、本作は無数の手がかりという糸で編んだ網で真相をからめとったといった感じでしょうか。とにかく、本作の手がかりの数の多さといったらありません（442pから一頁にわたって証拠品が挙げられて

QUEEN

AND HIS AUTHORS RICH

by JOHN BAINBRIDGE

Orange was published in England in two editions, one for sale in Great Britain, the other for distribution among English-speaking people on the Continent. Reprocessed into several foreign languages, the book was subsequently published in translated editions in France, Spain, Hungary, Denmark, Czechoslovakia, Italy, Norway, Brazil and Argentina. It was also published in Sweden, after first being serialized in a Swedish magazine. Back in this country, the story was reprocessed into a 49¢ edition by Triangle Books which sold about 75,000 copies. Pocket Books then reprocessed it into a 25¢ reprint, selling some 300,000 copies at this price. Mercury Books, applying the familiar technique, disposed of around 60,000 copies of their two-bit edition. Finally, a West Coast publishing firm reprocessed the reprint into a 10¢ edition, to be dispensed through vending machines like chewing gum. Altogether, Dannay and Lee estimate that *The Chinese Orange*, which they feel has a promising future, has so far sold well over a million copies. This is admittedly squeezing a lot out of one orange.

Whodunit started with Poe

Ever since Edgar Allan Poe invented the detective story in his *The Murders in the Rue Morgue* a trifle over a century ago, the whodunit has been the cause of a lively vendetta. It has been acidly denounced as "the lowest of the literary lusts" and elaborately praised as "the natural recreation of noble minds." People who read mysteries have been diagnosed as sufferers from "an unhappy childhood, business worries or a maladjusted sex life." People who do *not* read mysteries have been labeled as anarchists. The feud is not ended, but while the foes of the mystery story have been winning the battles, its friends seem quietly to have won the war. Today one out of every four fiction titles published in the English language is a mystery story. Among some 5,000,000 copies of mysteries printed in the U. S. each year, discriminating readers are offered a choice among scores of attractive titles ranging from *Murder With Your Malted* to *The Case of the Kippered Corpse*. They can enjoy murders committed by every means known to man, plus a few known only to God. To solve the ugly crimes, they can select either a man or woman, married or single, tall, short, fat or thin, an amateur or a professional, tipsy or abstemious, a detective who has 40 names or one without any, an investigator who is actually a priest or one who is really a murderer, an Oriental sleuth with nine children or a childless Occidental, a dick who has 20-20 vision or one who is blind in both eyes. But if the customers follow the mob they pick Ellery Queen, who currently ranks No. 1, at least in sales, on the whodunit hit parade.

As a sleuth, Ellery Queen, who has been called "the logical successor to Sherlock Holmes," falls somewhere between S. S. Van Dine's erudite Philo Vance and a heavily diluted edition of Dashiell Hammett's slick Nick Charles. When

CONTINUED ON NEXT PAGE

Ellery Queen is a *clean-cut six-footer in early 30's with gray eyes*, dark brown hair and a predominant mentality, according to Dannay *(bottom right)* and Lee *(bottom left)* who describe him as a sort of cross between Walter Pidgeon and Franchot Tone.

71

「ライフ」誌クイーン特集記事より、探偵エラリー

Manny and Danny, first cousins and partners in crime, are Manfred B. Lee (*top*) and Frederic Dannay who have merchandised their creation, Detective-Author Ellery Queen, into a $100,000-a-year book, motion picture, radio program, magazine business.

ELLERY

CRIME MADE HIM FAMOUS

It is the custom of Frederic Dannay and Manfred B. Lee, the prolific detective-story writers who operate under the pseudonym of Ellery Queen, to refer to themselves as merchants of murder. In many respects their grisly self-appraisal is apt. As the A & P of the mystery-story business, Lee and Dannay merchandise murder with the brisk efficiency of a commodity in a supermarket. In their role as authors, they have produced a five-foot shelf of murder books which last year sold 2,091,000 copies. As radio entertainers, they purvey a weekly radio program called *The Adventures of Ellery Queen* which is retailed to an estimated audience of 15,000,000 customers. As editors, they turn out *Ellery Queen's Mystery Magazine*, a bimonthly publication which sells 152,000 copies regularly. In their spare time they have peddled a dozen of their works to the movies, written a play, provided the material for the continuity for a series of Ellery Queen comic books and made numerous appearances on the lecture platform. On the basis of output alone, future historians will have a hard time denying to Lee and Dannay a place among the ranks of such great collaborators as Beaumont and Fletcher, Addison and Steele and Lum and Abner.

In the 15 years of their collaboration, Dannay and Lee, writing in tandem as Ellery Queen, have committed murders to suit nearly every taste and every purse. For their regular customers, including the President of the U. S. they have turned out 20 full-length mystery novels, five so-called junior mysteries and two books of short stories. For bargain hunters, they have manufactured four heavy anthologies. For scholarly types, they have put out a prestige item entitled *The Detective Story: A Bibliography*. And for the kiddies, they have prepared two juvenile mystery books over the rather precious signature of Ellery Queen Jr. Up to the present moment, their inventory adds up to 34 titles which, at a conservative estimate, have sold approximately 10,000,000 copies, or an average of about 300,000 per title. Since the majority of mystery stories sell in the neighborhood of 3,000 copies in their original editions, the record of Ellery Queen, even in Bible-selling circles, would be considered a more than modest success.

Perhaps the main reason that the firm of Lee and Dannay has been able to blanket the mystery-story market is their effective use of an industrial technique known as reprocessing. This means making one murder go a long way. A fair example of the reprocessing technique in operation is the case of an Ellery Queen murder story called *The Chinese Orange Mystery*. Lee and Dannay manufactured this product in 1934 and it appeared originally in *Redbook* magazine. After this it was reprocessed slightly and published by Frederick A. Stokes as a book, selling about 15,000 copies in the regular two-dollar edition. A few months later it was reprocessed by Grosset & Dunlap into a 75¢ clothbound edition, which sold around 30,000 copies. Then Republic Pictures bought the story and reprocessed it into a B movie. Still a rugged property, *The Chinese*

70

「ライフ」誌クイーン特集記事より、リーとダネイいますが、これがすべてだと思ったら大間違い！）。間違いなく、クイーン作品の中でもトップクラスと言えますし、そうなると、世界の本格ミステリの中でもトップクラスに位置するわけです。

さらに、これらの多種多様な手がかりをすべて組み込んだ推理の緻密《ちみつ》さもまた、トップクラスと言えるでしょう。中でも注目すべき点は、解決篇の終盤で用いられている〈消去法推理〉です。

〈消去法推理〉とは、通常の推理が手がかりを犯人に結びつけているのに対して、手がかりを犯人ではない容疑者を消去するのに用いるものです。これは推理の緻密さを要求されるため——犯人以外の容疑者まで推理の対象になるため——ほとんどの本格ミステリでは扱っていませんし、クイーン作品においてさえも少数派です。実際、本作の推理にしても、徹底して消去法だけで犯人を特定しているわけではありません。エラリーが485pで言うように、「ちょっとした消去法のゲーム」に留《とど》まっているのです。とはいえ、この推理法のために、「最後の一行で犯人の名前を明かす」という、前代未聞の趣向を用いることができたという点も、指摘しておきましょう。すべての手がかりを一人の人物に結びつける推理では、こんなことはできませんからね。

なお、クイーンはこの推理法を手放さず、三年後の『Zの悲劇』では、徹頭徹尾、消去法だけで犯人を推理するという離《はな》れ業《わざ》を成し遂げています。この『Zの悲劇』も本文庫から出ているので、ぜひ読み比べてみてください。

その漫画——アメコミ版『フランス白粉の秘密』？

クイーンはアメリカでも人気作家なので、当然のことながら、漫画雑誌にも登場しています。その中の一つ「Crackajack Funnies」誌では、クイーンの小説をたびたび漫画化。なんと、一九四一年四月号では、『フランス白粉』が六頁にまとめられているのです！　どうやったらこの長篇が六頁に収まるのか、内容を紹介しましょう。

※注意!!　ここから解説の終わりまでには真相のヒント的な文章が出て来ます。

高価なゴッホの絵を手に入れたブロック氏が、マスクで顔を隠した人物に殺される。絵を奪った犯人は、被害者ともみ合った時に、ガラス張りのデスクに自分の指紋をつけてしまったことに気づく。

翌日、クイーン父子が捜査に乗り出す。犯人は、ゴッホの絵のことを知っていた人物の中にいるに違いない。被害者の妹、絵を調べた鑑定家、絵の警備のために雇われた私立探偵の三人の内、誰が犯人なのだろうか？　犯行現場のデスクで見つかった白い粉が指紋採集粉だと知ったエラリーが、「犯人がわかった」と言ったところで、〈読者への挑戦状〉がはさまれる。

そして、解決篇では、本書の498pに登場する「そして、何より重要なことに〜」以下の推理と同じものをエラリーが披露。逃げようとする犯人を、エラリーがタコ殴りにして終わり。

なんと、「指紋採集粉の手がかり」だけを使っているのです。『フランス白粉』について、「消去法推理なんてしなくても、指紋採集粉の手がかりだけで犯人がわかるじゃないか」という批判がありますが、この漫画家も、同じ考えなのかもしれませんね。

その来日——初翻訳は〝意外な犯人〟

本作の初紹介は、ミステリ専門誌「ぷろふいる」でした。「飾窓の秘密」という題で、一九三六年一月号から六月号まで連載。訳者名は「番場重次」となっていますが、同誌に創作も書いている馬場重次と同じ人とのこと。そして、この翻訳は「ミステリの邦訳史に残る最低最悪の珍訳」と言われています。二割ほどの抄訳だからではありません。ラストが問題なのです。論より証拠ということで、最後の部分を再録してみましょう（ルビは一部を除いて省略）。本書の490pからに対応しています。

エラリーが控室の扉にゐるブッシュ巡査に鋭く合図をすると、巡査は蒼白《あをざ》めた顔をした男に手錠をかけて入つて来た——

『フランス白粉の秘密』を原作とした？アメコミ版クイーン

『ゼームズ・スプリンガー君です！』

とエラリイが云つた。

スプリンガーは手錠をはめた手を膝へ、弱々しく置いて、床をジッと見詰めた。灰色の髪、右頰に痣がある。怜悧さうな中年男で、先程はひどく暴れたものらしい。

エラリイは室内の雰囲気を破つて静かに云ふ。

『皆さん！スプリンガアは阿片團の頭目で、今もアメリカ中を騒がしてゐる男です。この都市の闇の権力者であると云えるのです。カーモディ嬢は阿片中毒の中途に彼を知り、（中略）』

人々は堅い表情で、椅子に坐り、一語も聞き漏らすまいとして、耳を傾ける。エラリーの説明も終つた。錯走《さくそう》に錯走を続けたフレンチ百貨店の殺人事件は解決したのだ。

『毛氈《もうせん》と縞瑪瑙《しまめのう》の間の膠《にかわ》に附着してゐた粉末は警察で使ふものですが、これを持つてゐる犯人は特別な人間だと考へてゐました。恐らくは指紋用粉末がこの事件に関する唯一の捜査上資料で――』

とエラリイは最後に云つたが、ギョッとして振向いた。スプリンガアはうむと喘《あえ》いで、警官の腕の中へ崩れるやうに倒れた。人々は驚いて集まつた。暫くする

　と犯人は完全に動かぬものとなつた。(完)

どうですか? 何と、犯人が違うのです。原作では麻薬組織のパシリだった書籍売り場の主任がボスに昇格。そして、指紋採集粉の手がかりの重要性を訳しておきながら、それと関係ない書籍売り場の主任を犯人として、勝手に自殺させて強引に幕引き。まるで、途中で打ち切られた連載漫画のようではありませんか。本書の読者なら、「エラリーの推理はこれからだったのに!」とか「長く緻密な推理坂を登り始めたばかりじゃないか!」とか文句をつけるでしょうけど、他の訳が出ていなかった戦前の読者は、これが真相だと信じていたのでしょうねえ……。

　こんな珍訳が生まれた理由については、当時の「ぷろふいる」編集者・九鬼紫郎に語ってもらいましょう(「幻影城」誌一九七五年六月号のエッセイより抜粋)。

　前にもふれたが馬場君は、(「ぷろふいる」発行人の)熊谷氏の腰巾着《こしぎんちゃく》と陰口をされる青年で、四条河原町《しじょうかわら》に自宅があるが、そこには母堂と兄がいて彼を敬遠し、そのために外に出て、熊谷氏にまつわりついて、いるらしかった。私の推定では熊谷氏の幼なじみであろう。映画館の二階見物席から、映写中に飛び下りたという話題の主で。一時間も話をかわさぬうちに、こりゃちょっとヘンな男だぞ、とわかる異様人だった。

(中略)いけなかったことは、短編を訳させるくらいで、彼を平和にしておかなかったことだ。長編に手をつけたので、どこかのバランスが狂ってしまったのだ。馬場君は誤訳問題後、すっかり意気沈み、ペチャクチャ喋《しゃべ》らなくなった。そのほうが静かでよかったが、不憫《ふびん》な人であった。私が東京へ去ってまもなく、馬場君はアパートの自室でガス自殺をとげた。

なんと、訳者は自殺にまで追い込まれてしまったのですね。これ以上追及するのはやめて、きちんとした訳で読める私たちの幸運に感謝することにしましょう。

その新訳——親しき仲には礼儀なし？

解決篇でのエラリーの推理の中に、「二人の人間は一人より夜間警備員に気づかれる危険性が倍になる」という理屈が出て来ます。みなさんは、有栖川有栖氏や法月綸太郎氏が、これに対して、「倍になるとは限らないだろう。一人が死体を運ぶ間にもう一人が見張りをすれば、逆に危険は小さくなるはずだ」といった意味の批判している文を読んだことがありませんか？

実は、これは——『ローマ帽子』のアンフェア批判と同じく——従来の翻訳に問題があったのです。これまでは、警備員に「見つかる」「発見される」という訳文が多かったので、読者はエラリーが夜警に目撃される危険について話していると解釈してしまいます。しかし、原文は「detect」なので、ここは〝物音〟のことを言っていると考えるべきではないでしょうか。物音ならば、二人だと二倍の音がしますからね。

　こちらの解釈が正しいことは、１１３ｐの夜警のラルスカの証言――「変な物音を聞いた」――を読めばわかります。作者がこの証言のシーンを描いたのは、「デパートのような広くて死角の多いところでは、姿を見られるより物音を聞かれる危険性の方が大きい」というデータを出したかったとしか考えられませんからね。となると、本書のように、「警備員に感づかれやすい」と訳した方が、作者の意図を正しく伝えていることになるはずです。

　翻訳について、もう一点。

　前作『ローマ帽子の秘密』の訳文を他の邦訳書と比べた人は、クイーン父子の会話の感じが、かなり違うのに気づいたと思います。『ローマ帽子』のエラリー初登場時のセリフを、ちょっと比べてみましょうか。
①井上勇訳『ローマ帽子の謎』（創元推理文庫／一九六〇年）
　ぼくのほうは、おせじをおかえしするどころじゃありませんよ。あなたのおかげで、ぼくは愛書家の無上の天国からひきずりおろされたんですからね。

②石川年訳『ローマ劇場毒殺事件』(角川文庫/一九六三年)
お父さんに、色よい返事はできませんよ。あなたはぼくを愛書家の天国からおびき出したんですからね。
③宇野利泰訳『ローマ帽子の秘密』(ハヤカワ・ミステリ文庫/一九八二年)
迷惑しなかったといえば、嘘になります。おかげでぼくは、愛書家の天国を見捨てて来ました。
④中村有希訳『ローマ帽子の謎』(創元推理文庫/二〇一一年)
ぼくの方は、素直に同じ言葉を返せませんよ。愛書家の至上の天国から引きずりおろされたんですから。
⑤越前敏弥・青木創訳『ローマ帽子の秘密』(角川文庫/二〇一二年)
こっちはお愛想を返す気になれないね。愛書家の至上の楽園から急に引きずり出されたんだから。

ご覧のように、本シリーズの訳文だけが、かなりくだけた感じになっていますね。また、エラリーの警視への呼びかけは、他の訳が「お父さん」になっているのに対して、本シリーズでは「父さん」に。やはり他の訳では警視が自分を「わし」と言っているのに対して、本シリーズでは「わたし」です。英語には日本語ほど目上・目下の区別がないので、このあたりは訳者の裁量《さいりょう》なのですが、従来の訳とかなり違うので、訳者の越前さんに聞いてみました。以下がその回答です。

　エラリーの口調については、もっとくだけたものがよいと以前から思っていました。若き日のエラリーは、少なくとも父親に対しては、思いっきり生意気でやんちゃな存在であったはずです。そして、父親はそれを大きな包容力で受け入れている。今回の新訳では、その感じをなるべく出したいと考えています。ついでに言うと、クイーン警視のほうは、「わし」という自称を使うようなじじむさい存在ではないと思っており、「老人」という訳語などをつとめて使わないようにしています。

　そういうなかで、父子それぞれの際立った魅力が多くの読者に伝わったらいいな、というのが今回の改変の狙いです。

なるほど、ですね。国名シリーズ時代のエラリーならば、そういう解釈もありだと思います。さて、みなさんの感想はどうでしょうか？

フランス白粉《おしろい》の秘密《ひみつ》

エラリー・クイーン　越前敏弥《えちぜんとしや》・下村純子《しもむらじゅんこ》＝訳

平成24年 12月25日　初版発行
令和７年 ９月30日　23版発行

発行者●山下直久

発行●株式会社KADOKAWA
〒102-8177　東京都千代田区富士見2-13-3
電話　0570-002-301（ナビダイヤル）

角川文庫 17735

印刷所●株式会社KADOKAWA
製本所●株式会社KADOKAWA

表紙画●和田三造

ISBN978-4-04-100344-2　C0197

角川文庫発刊に際して

角川源義

第二次世界大戦の敗北は、軍事力の敗北であった以上に、私たちの若い文化力の敗退であった。私たちの文化が戦争に対して如何に無力であり、単なるあだ花に過ぎなかったかを、私たちは身を以て体験し痛感した。西洋近代文化の摂取にとって、明治以後八十年の歳月は決して短かすぎたとは言えない。にもかかわらず、近代文化の伝統を確立し、自由な批判と柔軟な良識に富む文化層として自らを形成することに私たちは失敗して来た。そしてこれは、各層への文化の普及滲透を任務とする出版人の責任でもあった。

一九四五年以来、私たちは再び振出しに戻り、第一歩から踏み出すことを余儀なくされた。これは大きな不幸ではあるが、反面、これまでの混沌・未熟・歪曲の中にあった我が国の文化に秩序と確たる基礎を齎らすためには絶好の機会でもある。角川書店は、このような祖国の文化的危機にあたり、微力をも顧みず再建の礎石たるべき抱負と決意とをもって出発したが、ここに創立以来の念願を果すべく角川文庫を発刊する。これまで刊行されたあらゆる全集叢書文庫類の長所と短所とを検討し、古今東西の不朽の典籍を、良心的編集のもとに、廉価に、そして書架にふさわしい美本として、多くのひとびとに提供しようとする。しかし私たちは徒らに百科全書的な知識のジレッタントを作ることを目的とせず、あくまで祖国の文化に秩序と再建への道を示し、この文庫を角川書店の栄ある事業として、今後永久に継続発展せしめ、学芸と教養との殿堂として大成せんことを期したい。多くの読書子の愛情ある忠言と支持とによって、この希望と抱負とを完遂せしめられんことを願う。

一九四九年五月三日

角川文庫海外作品

ローマ帽子の秘密
エラリー・クイーン
越前敏弥・青木　創＝訳

観客でごったがえすブロードウェイのローマ劇場で、非常事態が発生。劇の進行中に、NYきっての悪徳弁護士と噂される人物が、毒殺されたのだ。名探偵エラリー・クイーンの新たな一面が見られる決定的新訳！

Xの悲劇
エラリー・クイーン
越前敏弥＝訳

結婚披露を終えたばかりの株式仲買人が満員電車の中で死亡。ポケットにはニコチンの塗られた無数の針が刺さったコルク玉が入っていた。元シェイクスピア俳優の名探偵レーンが事件に挑む。決定版新訳！

Yの悲劇
エラリー・クイーン
越前敏弥＝訳

大富豪ヨーク・ハッターの死体が港で発見される。毒物による自殺だと考えられたが、その後、異形のハッター一族に信じられない惨劇がふりかかる。ミステリ史上最高の傑作が、名翻訳家の最新訳で蘇る。

Zの悲劇
エラリー・クイーン
越前敏弥＝訳

黒い噂のある上院議員が刺殺され刑務所を出所したばかりの男に死刑判決が下されるが、彼は無実を訴える。サム元警視の娘で鋭い推理の冴えを見せるペイシェンスとレーンは、真犯人をあげることができるのか？

レーン最後の事件
エラリー・クイーン
越前敏弥＝訳

サム元警視を訪れ大金で封筒の保管を依頼した男は、なんとひげを七色に染め上げていた。折しも博物館ではシェイクスピア稀覯本のすり替え事件が発生する。ペイシェンスとレーンが導く衝撃の結末とは？

角川文庫海外作品

ボビーZの気怠く優雅な人生
ドン・ウィンズロウ
東江一紀＝訳
伝説的な麻薬ディーラー、ボビーZが死んだ。ボビーを麻薬王ドン・ウェルテロとの秘密取引の条件にするつもりだった麻薬取締局は困り果てる。そこへ服役中の泥棒ティムがボビーZに生き写しと判明し……。

歓喜の島
ドン・ウィンズロウ
後藤由季子＝訳
舞台は50年代末のNY。CIAを辞めマンハッタンへ帰ったウォルターは探偵となり二つの事件を担当する。だがそれは、彼の愛人をも巻き込み米ソ・諜報機関の戦いへと発展していく——。

カリフォルニアの炎
ドン・ウィンズロウ
東江一紀＝訳
カリフォルニア火災生命の腕利き保険調査員ジャックは、焼死したパメラ・ヴェイルの死に疑問を抱く。不動産会社社長の夫ニックには元KGBという裏の顔が隠されていた——。

犬の力 (上)(下)
ドン・ウィンズロウ
東江一紀＝訳
血みどろの麻薬戦争に巻き込まれた、DEAの捜査官、ドラッグの密売人、コールガール、殺し屋、そして司祭。戦火は南米のジャングルからカリフォルニアとメキシコの国境へと達し、地獄絵図を描く。

フランキー・マシーンの冬 (上)(下)
ドン・ウィンズロウ
東江一紀＝訳
かつてその見事な手際から〝フランキー・マシーン〟と呼ばれた伝説の殺し屋フランク・マキアーノ。サンディエゴで堅気として平和な日々を送っていた彼が嵌められた罠とは——。鬼才が放つ円熟の犯罪小説。

角川文庫海外作品

夜明けのパトロール

ドン・ウィンズロウ
中山　宥＝訳

サンディエゴの探偵ブーン・ダニエルズ。仕事よりも夜明けのサーフィンをこよなく愛する彼だが、裁判での証言を前に失踪したストリッパーを捜すことに。しかし彼女は死体で発見され、ブーンにも危険が迫る。

野蛮なやつら

ドン・ウィンズロウ
東江一紀＝訳

カリフォルニアでマリファナのビジネスで成功していたベンとチョン。だがメキシコの麻薬カルテルが介入し、二人の恋人オフィーリアが拉致されてしまう。二人は彼女を取り戻すために危険な賭けにでるが——。

骨とともに葬られ　(上)(下)

ジェニファー・リー・キャレル
布施由紀子＝訳

ハムレットの父王のように殺害された恩師の残した手掛かりをたどって、ケイトはシェイクスピアの秘められた謎と失われた幻の戯曲を追う。あっと驚くトリビア満載、驚愕のノンストップ歴史ミステリ。

純粋理性批判殺人事件　(上)(下)

マイケル・グレゴリオ
羽田詩津子＝訳

一八〇四年のドイツ。連続殺人事件に頭を抱える捜査員の前に現れたのは哲学者カントだった！　悪魔の爪が殺した、という唯一の手掛かりをもとに極上の推理を展開する才人の活躍を描いた歴史ミステリ。

贖罪の日々　(上)(下)

マイケル・グレゴリオ
羽田詩津子＝訳

三人の子どもが死体となって発見された。若き予審判事ハノが呼び出され、被害者の母親の死体も発見されるが、巧妙に調査を阻む勢力があらわれる。フランス占領下のプロイセンで繰り広げられるサスペンス。

角川文庫海外作品

オデッサ・ファイル

フレデリック・フォーサイス
篠原　慎＝訳

オデッサとは元ナチス親衛隊隊員の救済を目的とする地下組織で、その存在は公然の秘密とされている。リガの殺人鬼と呼ばれた元SS高級将校を巡って、この悪魔の組織に挑む一記者の、戦慄の追跡行。

アヴェンジャー（上）（下）

フレデリック・フォーサイス
篠原　慎＝訳

弁護士デクスターの裏稼業は、「人狩り」。世界中に逃げた凶悪犯を捕らえ、法の手に引き渡すまでが彼の仕事だ。今回の依頼人は財界の大物で、ボスニアで孫を殺した犯人を捕まえてほしいというものだった……。

アフガンの男（上）（下）

フレデリック・フォーサイス
篠原　慎＝訳

逮捕劇のさなかに死亡したアルカイダ幹部の残したPCから、大規模テロ計画の文書が発見される。米英諜報部は内情を探るため、元SAS将校を収容中のタリバン戦士の替え玉としてアルカイダに潜入させる……。

ダ・ヴィンチ・コード（上）（中）（下）

ダン・ブラウン
越前敏弥＝訳

ルーヴル美術館のソニエール館長が館内のグランド・ギャラリーで異様な死体で発見された。殺害当夜、館長と会う約束をしていたハーヴァード大学教授ラングドンは、警察より捜査協力を求められる。

天使と悪魔（上）（中）（下）

ダン・ブラウン
越前敏弥＝訳

ハーヴァード大の図像学者ラングドンはスイスの科学研究所長からある紋章について説明を求められる。それは十七世紀にガリレオが創設した科学者たちの秘密結社〈イルミナティ〉のものだった。

角川文庫海外作品

デセプション・ポイント(上)(下)
ダン・ブラウン
越前敏弥＝訳

国家偵察局員レイチェルの仕事は、大統領へ提出する機密情報の分析。大統領選の最中、レイチェルは大統領から直々に呼び出される。NASAが大発見をしたので、彼女の目で確かめてほしいというのだが……。

パズル・パレス(上)(下)
ダン・ブラウン
越前敏弥・熊谷千寿＝訳

史上最大の諜報機関にして、暗号学の最高峰・米国家安全保障局のスーパーコンピュータが狙われる。対テロ対策として開発されたが、全通信を傍受・解読できるこのコンピュータの存在は、国家機密だった……。

ビーストリー
アレックス・フリン
古川奈々子＝訳

ハンサムなカイルは学園一の人気者。しかしそれを鼻にかけ女子生徒にひどい仕打ちをして魔女に野獣に変えられてしまう。期限までに真実の愛に出会えるのか？　最高に甘くロマンチックな現代版美女と野獣。

運命の書(上)(下)
ブラッド・メルツァー
越前敏弥＝訳

米国大統領暗殺を狙った弾丸に撃たれた一人の側近。しかし8年後、死んだはずのその男が目撃され、調査を開始した補佐官は命を狙われはじめる。すべてはフリーメイソンの陰謀か？　傑作サスペンス。

スコッチに涙を託して
デニス・レヘイン
鎌田三平＝訳

上院議員のもとから失踪した黒人掃除婦。彼女は議員の秘められたスキャンダルを撮影した写真を持ち去っていた。写真の奪回を依頼された探偵パトリックとアンジーは、写真を巡る陰謀に巻き込まれていく。

角川文庫海外作品

闇よ、我が手を取りたまえ　デニス・レヘイン　鎌田三平＝訳

写真を送りつけ、脅迫を繰り返した後に被写体を殺害する事件が続発。パトリックも捜査にかかわるが、次に写真が送りつけられたのは、相棒のアンジーだった！

穢れしものに祝福を　デニス・レヘイン　鎌田三平＝訳

大富豪ストーンの娘デズレイが死体で発見された。逮捕されたのはジェイ——私に探偵の技術を教えた人生の師だった。彼になにが起きたのか。そして混乱する私の前に、死んだはずの女デズレイが現れて……。

雨に祈りを　デニス・レヘイン　鎌田三平＝訳

愛するフィアンセと幸せに暮らしていたはずのカレンが投身自殺した。ドラッグを大量に服用して。カレンを知るパトリックは、事件の臭いをかぎとるが——。

アイ・アム・ナンバー4〈ロリエン・レガシーズ〉　ピタカス・ロア　尾之上浩司＝訳

惑星ロリエンから、9人の若い異星人が地球にやってきた。彼らの惑星はモガドール人によって破壊されていた。彼らは世界各地に散り、潜在能力を鍛えていたが、モガドール人の追っ手が迫っていた——。

メタルギアソリッド1、2　レイモンド・ベンソン　富永和子＝訳

AD2005年。アラスカ・フォックス島沖の孤島、シャドー・モセス島において、ハイテク特殊部隊フォックスハウンドが突如として蜂起、核兵器廃棄所を占拠した。政府は鎮圧のため、元隊員を呼び戻した——。